民國新聞專題史研究叢書

力陸專題

倪延年　主編

第3冊

民國時期的新聞教育

李建新　著

花木蘭文化事業有限公司

國家圖書館出版品預行編目資料

民國時期的新聞教育／李建新 著 — 初版 — 新北市：花木蘭文
化事業有限公司，2020〔民 109〕
目 2+254 面；19×26 公分
（民國新聞專題史研究叢書：第 3 冊）
ISBN 978-986-518-120-8（精裝）
1. 新聞史 2. 傳播教育 3. 中國
890.9208　　　　　　　　　　　　　　　　　　109010120

ISBN-978-986-518-120-8

9 789865 181208

民國新聞專題史研究叢書

第 三 冊　　　　　　　　　　ISBN：978-986-518-120-8

民國時期的新聞教育

作　　者　李建新
叢書主編　倪延年
出　　版　花木蘭文化事業有限公司
發 行 人　高小娟
總 編 輯　杜潔祥
副總編輯　楊嘉樂
編　　輯　許郁翎、張雅淋　美術編輯　陳逸婷
聯絡地址　235 新北市中和區中安街七二號十三樓
　　　　　電話：02-2923-1455／傳真：02-2923-1452
網　　址　http://www.huamulan.tw 信箱 hml810518@gmail.com
印　　刷　普羅文化出版廣告事業
初　　版　2020 年 9 月
全書字數　232427 字
定　　價　共 12 冊（精裝）新台幣 36,000 元

民國時期的新聞教育

李建新 著

此項研究得到國家社會科學基金重大項目
「中華民國新聞史」（編號：13&ZD154）資助

《中華民國新聞史》學術顧問委員會

主任委員

方漢奇　中國人民大學榮譽一級教授，中國新聞史學會創會會長，中國人民大學新聞學院教授，博士研究生導師。

執行主任委員

趙玉明　中國傳媒大學教授，博士生導師，中國新聞史學會第二任會長，北京廣播學院原副院長。

副主任委員

朱曉進　南京師範大學教授，博士生導師，副校長，中國民主促進會江蘇省主委，政協江蘇省副主席。

程曼麗　北京大學教授，博士生導師，中國新聞史學會會長，北京大學華文傳媒研究中心主任。

委員（按姓氏漢語拼音為序）

顧理平　南京師範大學教授，博士生導師，南京師範大學新聞與傳播學院院長。

黃　瑚　復旦大學教授，博士研究生導師，復旦大學新聞學院常務副院長，中國新聞史學會副會長。

李　彬　清華大學教授，博士研究生導師，清華大學新聞與傳播學院學術委員會主任。

劉光牛　新華通訊社高級編輯，新華社新聞研究所副所長。

劉　昶　中國傳媒大學教授，博士研究生導師，中國傳媒大學新聞傳播學部新聞學院院長。

馬振犢　中國第二歷史檔案館副館長，研究員，中國近現代史史料學會副會長。

倪　寧　中國人民大學教授，博士研究生導師，中國人民大學新聞學院執行院長。

秦國榮　南京師範大學教授，博士研究生導師，南京師範大學社會科學學術委員會秘書長，南京師範大學社會科學處處長。

吳廷俊（常設）華中科技大學二級教授，博士生導師，中國新聞史學會副會長，中國新聞史學會新聞教育史分會會長。

二○一四年三月

《中華民國新聞史》編纂委員會

主任委員

吳廷俊　華中科技大學二級教授，博士研究生導師，中國新聞史學會副會長暨新聞教育史分會會長。項目常設顧問。

執行主任委員

倪延年　南京師範大學教授，博士研究生導師，中國新聞史學會特邀理事，南京師範大學民國新聞史研究所所長。主編《中華民國新聞史》（第 1 卷），協助主任委員完成項目研究組織協調工作。

副主任委員

張曉鋒　南京師範大學教授，博士研究生導師，中國新聞史學會常務理事，中國新聞史學會臺灣與東南亞華文新聞傳播史研究會副會長，南京師範大學新聞與傳播學院執行院長。協助主任委員完成項目組織協調工作。

委員（以姓氏漢語拼音為序）

艾紅紅　中國傳媒大學教授，博士研究生導師，中國新聞史學會常務理事，主編《中華民國新聞史》（第 5 卷），負責全書「民國時期的新聞廣播業」特約專題稿和《民國新聞專題史研究叢書·民國時期的新聞廣播業》分冊撰稿。

白潤生　中央民族大學教授，中國新聞史學會特邀理事，負責全書「民國時期的少數民族新聞業」特約專題稿和《民國新聞專題史研究叢書·民國時期的少數民族新聞業》分冊撰稿。

鄧紹根　中國人民大學教授，博士生導師，中國新聞史學會副秘書長。負責全書「民國時期的外國在華新聞業」特約專題稿和《民國新聞專題史研究叢書·民國時期的外國在華新聞業》分冊撰稿。

方曉紅　南京師範大學教授，博士研究生導師。負責全書「民國時期的新聞管理體制」特約專題稿和《民國新聞專題史研究叢書·民國時期的新聞管理體制》分冊撰稿。

郭必強　中國第二歷史檔案館研究室主任，研究員，中國近現代史史料學會常務理事、副秘書長。負責協助有關史料的查閱和審核工作。

韓叢耀　南京大學教授，博士研究生導師。負責全書「民國時期的圖像新聞業」特約專題稿和《民國新聞專題史研究叢書‧民國時期的圖像新聞業》分冊撰稿。

何　村　渤海大學教授。協助首席專家完成相關工作。

李建新　上海大學教授，博士研究生導師，中國新聞史學會常務理事。負責全書「民國時期的新聞教育」特約專題稿和《民國新聞專題史研究叢書‧民國時期的新聞教育》分冊撰稿。

李秀雲　天津師範大學教授，博士生導師，新聞傳播學院副院長，中國新聞史學會常務理事。參加全書「民國時期的新聞學研究」特約專題稿和《民國新聞專題史研究叢書‧民國時期的新聞學研究》分冊撰稿。

劉　亞　南京政治學院教授，博士研究生導師。主編《中華民國新聞史》（第4卷），負責全書「民國時期的軍隊新聞業」特約專題稿和《民國新聞專題史研究叢書‧民國時期的軍隊新聞業》分冊撰稿。

劉繼忠　南京師範大學副教授，博士。南京師範大學民國新聞史研究所副所長。主編《中華民國新聞史》（第3卷）。

徐新平　湖南師範大學教授，博士研究生導師，中國新聞史學會常務理事。負責全書「民國時期的新聞學研究」特約專題稿和《民國新聞專題史研究叢書‧民國時期的新聞學研究》分冊撰稿。

萬京華　新華通訊社新聞研究所研究員，新聞史論研究室主任，中國新聞史學會常務理事。負責全書「民國時期的新聞通訊業」特約專題稿和《民國新聞專題史研究叢書‧民國時期的新聞通訊業》分冊撰稿。

王潤澤　中國人民大學教授，博士研究生導師，新聞學院副院長，中國新聞史學會副會長兼會刊《新聞春秋》主編。主編《中華民國新聞史》（第2卷）。

張立勤　華南師範大學副教授，博士。負責全書「民國時期的新聞業經營」特約專題稿和《民國新聞專題史研究叢書‧民國時期的新聞業經營》分冊撰稿。

二〇一八年十二月

《民國新聞專題史研究叢書》序

倪延年

國家社會科學基金重大項目 2013 年度（第二批）「中華民國新聞史」自 2013 年 11 月立項以來，項目組全體同仁歷經五年奮力拼搏，終於如期完成了研究任務，交出了自己的答卷。項目最終成果可分兩個部分：即 5 卷本的《中華民國新聞史》和由 10 個專題 12 個分冊組成的《民國新聞專題史研究叢書》。本序主要就「民國新聞專題史」研究的歷史進程、研究對象、研究組織及研究原則等涉及全套《叢書》的相關問題作一個概括性介紹。

一

從孫中山領導在南京創立中華民國臨時政府（俗稱民國南京臨時政府）的 1912 年元旦，到我們撰寫定稿「民國新聞專題史」各分冊的現在（2018 年底），兩個時間點相距一百多年。回顧這一百多年「民國新聞專題史」研究的歷史進程，真是讓人感慨萬千。這一百多年的歷史進程，從大的方面可以劃分為中華民國時期（38 年左右）和中華人民共和國時期（建國已近 70 年）兩個階段；每一階段又可分成兩個小的階段——這兩個大的階段和四個小的階段，正好構成了「民國新聞專題史」研究發展的完整歷程。

一、「中華民國時期」的 38 年可以日本發動全面侵華戰爭而製造的北平盧溝橋「七·七事變」為節點劃分為兩個階段。

（一）從孫中山領導創建「中華民國」到「七·七事變」爆發是中華民國時期「民國新聞專題史研究」的第一個階段。

民國成立近十年後，中國共產黨正式誕生並迅速走上國內政治舞臺。由

於社會主義蘇聯的牽線搭橋，以馬克思主義為指導思想的中國共產黨和孫中山重新解釋「三民主義」改組執行「聯俄、聯共、扶助農工」三大政策的中國國民黨，合作開展反帝反封建大革命運動，並一起發動了以打倒北洋軍閥、推翻北洋政府為目標的「北伐戰爭」。就在國共兩黨合作的北伐戰爭勢如破竹推進，共產黨領導組織的上海工人第三次武裝起義成功之後，國民黨右派勢力代表蔣介石、汪精衛等從 1927 年 4 月起先後製造了上海「四‧一二政變」、「武漢七‧一五政變」，依仗軍隊血腥鎮壓曾經共同反對北洋軍閥的合作夥伴共產黨人。嚴峻的政治環境迫使共產黨人要麼是轉入地下狀態堅持反對國民黨反動派的鬥爭，要麼是到國民黨鞭長莫及的偏遠山區開展武裝鬥爭。儘管共產黨誓言要推翻國民黨政府，但共產黨領導的工農紅軍不但弱小，且處於被國民黨軍隊追擊「圍剿」狀態，難以造成對國民黨統治的直接威脅。以蔣介石國民黨集團主導的「中華民國」獲得了一個相對穩定的發展時期，經濟、文化、教育及科學技術等得到較快發展。

　　或許因為人文社會科學研究需要一定時間積累，所以在 1937 年之前的中國學術界，傳統人文社會科學領域對當朝「中華民國」的研究似乎還沒有全面展開。但也有例外。中國學術界在 20 世紀 30 年代中期就出版了一批研究「中華民國」憲政、立法及政治生活等方面的專著。其中最早的是著名歷史學家和法學家吳宗慈所撰《中華民國憲法史》，該書對從 1913 年《天壇憲草》議定到 1923 年《中華民國憲法》正式公布的 10 年制憲歷程做了詳盡記錄，描繪了 1923 年《中華民國憲法》從起草到完成的全過程。後來又先後出版了潘樹藩的《中華民國憲法史》（上海商務印書館，1935 年版），謝振民編著、張知本校訂的《中華民國立法史》（正中書局 1937 年版），吳經熊、黃公覺的《中國制憲史》（上海商務印書館 1937 年版）及郭衛、林紀東的《中華民國憲法史料》等一些著作。儘管中國法史學界出版了多種中華民國「憲法史」或「立法史」著作，但筆者至今沒有發現當時新聞史學界出版名為《中華民國新聞史》的學術專著或「民國新聞專題史」方面的系列研究著作。或許是因為新聞史比憲法（立法）史距社會現實政治略遠了一些？或許是新聞史學界研究人才和學術積澱還沒具備出版《中華民國新聞史》的條件？或許是受「新聞無學」慣性思維影響，人們還沒關注到「民國新聞史」學術研究？或許是新聞學人關注點還是在新聞報刊採編發售等「實用」技術總結，而無暇關注相對「虛」一些的「民國新聞史」理論研究？或許是新聞史學界受數千

年「當代人不修當代史」文化傳統習慣制約和影響，認爲不應撰寫當朝「民國新聞史」等，筆者不得而知。儘管沒有明確答案，但可以肯定的是由於上述一種或數種因素的綜合作用，才出現這一階段尙未撰寫出版《中華民國新聞史》或「民國新聞專題史」系列專著的實際結果。

（二）從中華民族全面抗日戰爭爆發，到蔣介石指揮的國民黨軍隊在抗日戰爭勝利後的國共內戰中被共產黨領導的人民解放軍打敗並播遷到臺灣諸島爲中華民國時期的第二個階段。

日本軍隊在中國北平盧溝橋製造「七‧七事變」，發動了對中國的全面武裝侵略。中華民族爲救民族於危亡奮起抵抗，進入以國共合作爲標誌的全民族抗日戰爭階段。歷經八年的全民族艱苦浴血奮戰，中國的抗日戰爭暨世界反法西斯戰爭取得了勝利。抗日戰爭勝利後的國共兩黨關於和平建國的談判因多種因素破裂，兩黨軍隊兵戎相見，最後是國民黨的「國民革命軍」被共產黨領導的「人民解放軍」徹底打敗，一路播遷到中國東南沿海的臺澎金馬諸島。這一階段仍然沒有發現《中華民國新聞史》及「民國新聞專題史」研究系列著作問世。

抗戰時期的「中華民國國民政府」是世界大多數國家承認的中國中央政府。國共合作抗日後，共產黨領導的中國工農紅軍陝北主力部隊改編爲「國民革命軍第八路軍」，南方各省的紅軍游擊隊改編爲「國民革命軍新編陸軍第四軍」。共產黨在江西瑞金創建的中華蘇維埃共和國臨時中央政府長征結束後落腳的「陝甘寧革命根據地」，此時也改稱中華民國「陝甘寧邊區」。由於中華民族在奪取抗日戰爭勝利的同時也爲世界反法西斯戰爭勝利做出了重要貢獻，中國的國際地位得到明顯提高，國際影響力迅速增強。在第二次世界大戰結束前由美國、英國和中國等同盟國設計新的世界秩序並成立聯合國時，國民黨主導的中華民國成爲聯合國的五個常任理事國之一。抗日戰爭勝利後，全國各民主黨派和民眾希望國共兩黨能夠實現孫中山先生「和平建國」遺願。但蔣介石國民黨集團及其主導的「中華民國」政府依仗在抗戰時期撤到大後方保存下來的軍隊和美國巨額軍事援助，在自認爲各項戰爭準備到位之時，撕毀了國共兩黨簽署的《雙十停戰協定》，1946 年 6 月 26 日向中原地區的中共部隊發起進攻，拉開了國共兩黨軍隊公開內戰的序幕。這場內戰一打數年，直到「中華民國」首都南京被人民解放軍「佔領」，中華人民共和國中央人民政府在北京宣告成立，並於 1949 年 10 月 1 日舉行了開國大典。抗

日戰爭前期，日本侵略軍依仗軍事優勢迅速向中國腹地推進，在佔領中國城鄉廣大地區的同時進行滅絕性的文化、文物、文獻及文人的掠奪。爲了保存實力堅持長期抗戰，也爲了保存數千年的文化遺產，中華民國政府在艱苦和匆忙的情況下，組織了大規模的「南遷」（從北方遷向南方）和「內遷」（從沿海遷向內地）。日本帝國主義侵略戰爭造成的巨大破壞和日本軍國主義的有組織掠奪及大規模遷移對文化、文物造成了難以估量的損失。大批年輕有爲的學者作家投筆從戎與外敵血戰，大批學養深厚的專家學者失去了基本的研究條件，大批年輕學生因戰爭和逃難失去正常的求學機會，無數文獻史料由於搬遷損壞或被日本人搶掠不能爲國人研究所用，包括新聞史研究在內的學術活動被迫停滯或中斷。在這種動盪和動亂的社會環境下，沒有《中華民國新聞史》和「民國新聞專題史」學術著作問世似乎也在情理之中。

二、中華人民共和國建國後的 70 年可以中共決定實行改革開放政策的十一屆三中全會召開爲標誌劃分爲兩個階段。

（一）從中華人民共和國中央人民政府在北京宣告成立到中共十一屆三中全會召開前的 30 年是中華人民共和國成立後的第一個階段。

在國共兩黨軍隊內戰中潰敗到臺灣的蔣介石國民黨集團，拒不承認「中華民國國民政府（總統府）」被共產黨領導的人民解放軍推翻（人民解放軍佔領了首都南京，解放了除臺澎金馬諸島以外的絕大部分國土）的現實，仍以「中華民國政府」的名義在臺澎金馬諸島施行統治。在聯合國大會 1971 年 10 月 25 日以壓倒多數通過阿爾及利亞等國提出的「關於恢復中華人民共和國在聯合國的一切合法權利，並立即將臺灣當局的代表從聯合國及其所屬機構中驅逐出去」的提案即「第 2758 號決議」前的相當長時間裏，國民黨臺灣當局在美國等西方國家的支持下用「中華民國」名義佔據中國在聯合國的常任理事國席位及合法權利。爲了鞏固在臺灣地區實行的「一黨統治」，蔣家父子及國民黨集團在臺灣實施了長達 38 年的「戒嚴體制」。一方面是臺灣地區的新聞史學研究者身處「中華民國」社會氛圍中，二是當局實施「威權體制」統制和禁錮人們的思想，加上傳統的「當朝人不修當朝史」的史學傳統，因而臺灣地區不可能出現斷代史性質的「中華民國新聞史」，當然也就不可能出版「民國新聞專題史」研究方面的系列著作。臺灣地區新聞史學者如曾虛白、賴光臨、李瞻等人所著（主編）的《中國新聞（傳播）（事業）史》中關於「中

華民國時期新聞史」的有關內容則是作為「中國新聞史」的一個「時期」予以介紹，而不是作為中國歷史的一個「朝代」予以敘述。

中華人民共和國成立剛滿周歲就被迫進行抗美援朝戰爭，國民黨潰敗前潛伏的大批特務和不法地主資本家趁機興風作浪，在臺灣的國民黨當局高調宣稱要「光復大陸」並不時派遣武裝特務騷擾沿海地區；美國在侵略朝鮮的同時把第七艦隊開進臺灣海峽阻擋大陸解放臺灣，不斷在中國邊境地區和周邊國家製造局部戰爭和政治事件，企圖把人民中國扼殺在搖籃中；蘇聯的大國沙文主義做法和蘇聯共產黨在黨際關係上以「老子黨」自居的傲慢態度，使剛剛建國的新中國領導人為維護國家利益和民族尊嚴據理力爭，最後導致矛盾公開化和激烈化。共產黨領導的社會主義中國與美國等西方資本主義國家在意識形態方面勢不兩立，共產黨領導下實行社會主義制度的中國大陸與國民黨蔣介石（蔣經國）集團管治下實行資本主義制度的臺灣地區在軍事政治方面勢不兩立，社會主義陣營內部又因堅決反對蘇聯的霸權主義和蘇聯勢不兩立。階級敵人時刻虎視眈眈，新生政權時刻受到嚴重威脅。為此，共產黨在創建人民共和國後，通過鎮壓反革命、土地改革、三反五反、公私合營、知識分子改造、高校院系調整及專業改造等一系列政治和行政舉措，淡化和消除蔣介石國民黨集團在大陸統治時期的影響和痕跡，以鞏固共產黨和人民政權的執政基礎。「繃緊階級鬥爭這根弦」使一些人片面認為研究「中華民國時期」歷史是意在為蔣介石國民黨「樹碑立傳」、「鼓吹復辟」或「招魂」。在「階級鬥爭年年講、月月講、天天講」的社會氛圍中，人們對研究「中華民國時期新聞史」唯恐避之不及，生怕引火燒身，實際形成諸多學術禁區。在這種社會環境裏，中國大陸地區沒有出版《中華民國新聞史》及「民國新聞專題史」方面研究的系列著作也在情理之中。

（二）從中共十一屆三中全會召開到當前（二十一世紀前二十年左右），可暫且視為中華人民共和國成立後的第二個階段，這個階段還在繼續向前延伸。

中共十一屆三中全會後，中國大陸進入改革開放的「歷史新時期」，包括「民國新聞史研究」在內各方面的學術研究也隨之進入歷史新時期。由於數十年積壓下來的研究課題太多及思想解放的漸進性，直到 2007 年 8 月才在上海《新聞記者》（第 8 期）刊載的《研究民國新聞史的新資料——讀〈胡政之文集〉》（作者王詠梅）一文標題中出現「民國新聞史」這一名詞。儘管這僅

僅是一篇介紹《胡政之文集》的書評，但因其在文章標題中率先使用了「民國新聞史」這一學術概念，同時開始了民國新聞專題史研究（民國新聞史人物專題研究）的探索，因而在「民國新聞史」研究的歷程上具有特別的意義。2008 年 12 月，胡小平所著《民國新聞史》由青海人民出版社出版，這是 1949 年後大陸學者撰寫出版的學術著述中最早在書名中出現「民國新聞史」概念的專著。全書 27 萬字。包括「第一編　北洋時期新聞業的成長」、「第二編　國民政府時期的新聞業」、「第三編　抗戰時期的新聞業」、「第四編　內戰時期的新聞業」）等四編；每「編」設「章」。其中第一編 12 章，第二編 8 章，第三編 10 章，第四編 5 章。「章」下不分「節」，更沒「目」和「點」，全書正文除「章」標題外，以自然段方式一貫到底。附有「主要參考書目」，記載有 21 種圖書有關信息。2011 年 3 月 26 日在北京大學舉行「成舍我與民國新聞史」國際學術研討會是目前所知在中國大陸舉辦的第一個由中國大陸地區學術團體（中國新聞史學會）、臺灣地區學術團體（世新大學舍我紀念館）和美國相關學術團體（柏克萊加州大學東亞研究院）共同主辦，大陸地區高校新聞院系（北京大學新聞與傳播學院）和學術團體（北京大學新聞學研究會）協辦的民國時期重要新聞史人物「成舍我與民國新聞史」的專題學術活動，也是大陸新聞史學界舉辦的第一個由中外學術界人士參加的「民國新聞史」專題學術活動，是中國新聞史學會舉辦的以特定新聞史人物（成舍我）為研究對象的專題學術活動，把「民國新聞專題史」研究向前推進了一大步。

自 2011 年 1 月 10 日《安徽大學學報：哲學社會科學版》第 1 期刊載《論民國新聞史研究的意義、體系和實施》（倪延年）一文後，大陸地區學術刊物不斷有研究「民國新聞史」的論文發表。儘管一些論文標題沒有出現「民國新聞史」，但研究對象、主題或內容都屬於「民國新聞史」研究，其中大部分屬於「民國新聞專題史研究」。2013 年 6 月 10 日，全國哲學社會科學規劃領導小組辦公室（簡稱全國社科規劃辦公室）宣布「中華民國新聞史研究」獲准立項為當年度「重點項目」；同年 11 月全國社科規劃辦公室宣布由南京師範大學作為責任單位，中國人民大學、中國傳媒大學和新華通訊社作為合作單位，及全國 20 多個學術單位 40 多位專家學者組成團隊參加競標的「中華民國新聞史」中標立項為 2013 年度國家社科基金重大項目（第二批）（編號 13&ZD154）。設計的項目成果包括由 10 個專題 12 個分冊組成的《民國新聞專題史研究叢書》，這似乎是大陸新聞史學界「民國新聞專題史」方面第一次

有計劃的系列研究。爲了增強學術界對「民國新聞專題史」研究的關注和重視，中國新聞史學會和南京師範大學聯合主辦，南京師範大學新聞與傳播學院和南京師範大學民國新聞史研究所承辦的「再現歷史探尋規律：首屆民國新聞史研究高層學術論壇」2014 年 5 月在南京師範大學順利舉行。會議籌辦方在所有應徵的論文中評審出 42 篇出版了會議論文集《民國新聞史研究2014》，海峽對岸的新聞史學者跨過臺灣海峽來到南京參加這次學術盛會，並以大會報告向與會同行介紹研究成果；2015 年 11 月舉辦了第二屆民國新聞史高層論壇，評審出 48 篇出版了會議論文集《民國新聞史研究 2015》；2016 年11 月舉辦了第三屆民國新聞史高層論壇，評審出 40 篇出版了會議論文集《民國新聞史研究 2016》；2018 年 11 月舉辦了第四屆民國新聞史高層論壇，評選出 42 位學者在論壇進行論文演講交流——其中絕大部分是進行「民國新聞專題（人物、事件、媒介）史」研究的論文。我們相信，隨著思想解放不斷深入和研究隊伍的不斷擴大，「民國新聞史」專題研究肯定會繼續發展，並且肯定會發展得更快更好。

二

　　國家社會科學基金重大項目「中華民國新聞史」研究的總體問題是對在特定國際和國內社會環境下，民國時期新聞事業孕育、產生、發展和變化的歷史進程及其內在規律和經驗教訓進行學科的研究、歷史的總結和科學的評價。主要是探討這一階段新聞業發展變化的社會背景，思考新聞業發展對社會環境改變的作用，考察新聞業和社會變革的互動關係，再現民國時期新聞業發展和變化的歷史圖景，盡可能涵蓋完整的民國時期新聞業，包括新聞報刊業、新聞通訊業、新聞廣播業、少數民族新聞業、軍隊新聞業、圖像新聞業、外國在華新聞業以及新聞管理體制、新聞業經營、新聞教育、新聞學研究等諸多側面。

　　爲充分發揮新聞史學界集中力量辦大事的優勢，提高研究成果的整體水平，項目組在設計了完成最終成果《中華民國新聞史》（5 卷本）研究撰稿任務的五個子課題的同時，設計了對「民國時期新聞史」進行專門研究 10 個特約專門課題即：「民國時期」的新聞廣播業、新聞通訊業、少數民族新聞業、軍隊新聞業、圖像新聞業、外國在華新聞業、新聞教育、新聞學研究、新聞管理體制和新聞業經營。之所以確定上述專題作爲「民國新聞史」的特約研

究專題，主要考慮以下幾方面因素：首先是這些「特約專題」在「民國時期新聞業」中有比較豐富的研究內容即「有內容可以研究」，它們的存在和發展對「民國新聞業」發揮社會功能具有獨特的作用；其次是這些「特約專題」的深入系統研究對構建完整豐滿的「民國新聞史」體系具有重要作用即「應當重點研究」。這些「特約專題」的深入系統研究可使這些民國時期新聞業中的重要領域得以更充分反映，展現更爲客觀全面的民國新聞史體系；三是這些「特約專題」領域已出現具有較深厚學術積澱、豐富研究經驗、較高水平成果並得到學界公認的領頭人即「有人勝任研究」，既爲深入全面研究這些「特約專題」提供了人才支撐，也使實施這一系列工程成爲可能。鑒於中國大陸改革開放後已出版如《中國近代報刊史》和《中國現代報刊發展史》等專門研究民國時期新聞報刊的著作，且作爲「民國時期的新聞報刊」在設計爲 25萬字左右的《民國新聞專題史研究叢書》分冊中難以充分展開；再如復旦大學黃瑚教授 1999 年 8 月就出版《中國近代新聞法制史論》，主體部分內容就是「民國時期的新聞法制」；2007 年 6 月馬光仁出版的《中國近代新聞法制史》也是主要研究「民國時期的新聞法制」，2007 年立項的國家社科基金重點項目「中國新聞法制通史研究」最終成果《中國新聞法制通史》（6 卷八冊）中設有「近代卷」，也是研究「民國時期的新聞法制」（且已在 2015 年出版）。因此本項目就沒有把民國時期的「新聞報刊業」和「新聞法制」設計爲特約研究專題進行專門研究。

在國家社科基金重大項目「中華民國新聞史」設計的成果體系中，《中華民國新聞史》（5 卷本）是把「民國時期新聞業」放在當時特定的政治、經濟、軍事、科技、文化、教育等諸因素構成的社會環境背景下，探討其孕育、發生、發展、變化的歷史進程、內在規律及經驗教訓，從縱向對民國時期新聞業的發展歷程進行研究，以探討「民國時期新聞業」在不同歷史階段的發展變化及其主要特點，旨在體現新聞業與社會同進互動的思想。由 10 個專題 12個分冊組成的《民國新聞專題史研究叢書》則是向新聞史學界集中展現民國時期新聞史中此前少有學者深入系統研究的若干側面的專門發展歷史。其研究成果首先是作爲《中華民國新聞史》（5 卷本）的學術支撐，《民國新聞專題史研究叢書》的分冊課題都是「中華民國新聞史」項目的「特約研究課題」。課題負責人角色定位首先是「中華民國新聞史」項目「特約撰稿人」，其次是《民國新聞專題史研究叢書》分冊撰稿人。「特約研究課題」成果的內容精華

將以「特約專題稿」形式納入《中華民國新聞史》各卷，以提高《中華民國新聞史》（5 卷本）的整體水平。這些「特約研究課題」負責人都是在民國新聞史研究特定側面具有領先優勢的專家學者，他們在「中華民國新聞史」整體框架下對各自優勢領域進行深入的專題研究並撰成 20～25 萬字左右的獨立專著納入《民國新聞專題史研究叢書》統一出版，為讀者深入系統瞭解民國新聞史的重要側面提供可資閱讀的文本。

《民國新聞專題史研究叢書》各分冊從中觀的橫向層面展現民國新聞史若干側面的發展進程，《中華民國新聞史》（5 卷本）則在宏觀的縱向層面展現中華民國時期新聞事業的起源產生以及在不同階段中發展、變化的歷史進程。《民國新聞專題史研究叢書》各分冊著作者在完成分冊書稿後，把該「特約研究專題」的研究成果撰成規定篇幅的「特約專題稿」，成為 5 卷本《中華民國新聞史》內容的有機組成部分。之所以如此設計，目的是盡可能集中專家學者的集體智慧，提高國家社會科學基金重大項目成果《中華民國新聞史》（5 卷本）的整體水平，為達到高起點、高標準、高水平、權威性的設計目標提供保障。

三

為圓滿實現《民國新聞專題史研究叢書》的設計功能，項目組在全國新聞史學界範圍內選聘了一批具有深厚學術積澱、良好學術道德的專家學者，組成了《民國新聞專題史研究叢書》的強大著者團隊。他們（以姓名首字漢語拼音為序）是：

艾紅紅（《民國時期的新聞廣播業》著者）。女，博士，中國傳媒大學新聞學院教授，博士生導師，中國人民大學新聞學院博士後，兼任中國新聞史學會常務理事。已出版《中國廣播電視史初論》、《新時期電視新聞改革研究》、《〈新聞聯播〉研究》《中國宗教廣播史》及《中國民營廣播史》等著作 5 部；與他人合著《中國廣播電視史教程》、《中國廣播電視圖史》（副主編）等著作 7 部；在《國際新聞界》、《山東社會科學》等發表《從黨派「營地」到民眾「喉舌」：民主黨派報刊屬性與功能之變遷（1928～1949）》、《民國時期基督教廣播特色初探》、《中國廣播電視的歷史發展及其動因考察》等論文數十篇。參與完成國家社科基金課題 2 項，其中之一《中國廣播電視通史》獲教育部科研成果二等獎、吳玉章獎一等獎。參與完成國家廣電總局重點課題 1 項、教

育部人文社科重點研究基地重大課題 1 項。主持完成教育部人文社科項目「中國宗教廣播史研究」，參與教育部馬克思主義理論研究和建設工程第二批重點教材《中國新聞傳播史》編寫。

白潤生（《民國時期的少數民族新聞業》著者）。中央民族大學教授，兼任中國新聞史學會特邀理事、少數民族新聞傳播史研究委員會名譽會長、中國報協民族地區報業分會顧問。曾任中國高等教育學會新聞學與傳播學專業委員會第五屆理事會理事，教育部新聞學學科教學指導委員會第二屆委員，國家民委少數民族語言文字出版、翻譯專業高級職稱評定委員會委員。主持國家「十五」社科基金項目「少數民族語文的新聞事業研究」和北京市高等教育精品教材《中國少數民族新聞傳播史》項目。獨著（或第一作者）出版著作 15 部，五次獲省部級獎。《中國少數民族文字報刊史綱》1996 年獲北京市第四屆哲學社會科學優秀成果二等獎、1998 年獲教育部普通高等學校第二屆人文社會科學研究成果二等獎；《中國少數民族新聞傳播通史》2010 年獲國家民委第二屆人文社會科學成果獎著作類二等獎；2011 年獲北京高等教育精品教材；《當代中國少數民族新聞事業調查報告》獲教育部第六屆普通高等學校科學研究（人文社會科學）優秀成果三等獎。另外，2014 年出版的《守護好我們的精神家園——白凱文少數民族文化文選》獲 2016 年中國新聞史學會「新聞傳播學會獎第二屆組委會特別獎」。參與編撰的著作 14 部，任副主編的 3 部（其中有一部負責通稿）、任編委的 3 部，任特約撰稿人的 1 部、任第二作者的 1 部。發表 140 餘篇學術論文。其中《承載民族夢想：中國少數民族文字報刊的百年回望》譯成英文發表在《中國民族》（英文版）2017 年第 4 期上，這是我國學者第一次面向國外介紹中國少數民族文字報刊的歷史概況。這既象徵著白潤生治學「三十年如一日」的辛勤耕耘，更代表了一位學者在少數民族新聞傳播研究領域所能達到的學術高峰。自 1995 年開始《中國青年報》、中央人民廣播電臺、《人民日報》及《中國民族報》、《中國文化報》、人民網等國家級媒體先後發表《鬧中取冷白潤生》、《使歷史成為「歷史」——訪韜奮園丁獎獲得者白潤生》、《薪火不斷溫自升——記少數民族新聞學學者白潤生》等專訪 10 餘篇，是中國少數民族新聞史研究的開創者和帶頭人。其生平被收入《中國新聞年鑒》（1997 年版）「中國新聞界名人」專欄及《中國新聞界人物》等 20 多部辭書。

鄧紹根（《民國時期的外國在華新聞業》主編及主要著者）。博士，中國

人民大學新聞學院教授，博士生導師、中國人民大學馬克思主義新聞觀研究中心主任、中國新聞史學會聯席秘書長，長期從事中國新聞傳播史論研究，主持國家及省部級課題 10 餘項，參與重大課題 3 項；先後在《新聞與傳播研究》《國際新聞界》《現代傳播》《新聞大學》等新聞傳播學術刊物發表論文 100餘篇，其中論文《論民國新聞界對國際新聞自由運動的響應及其影響和結局》（《新聞與傳播研究》2013 年第 9 期）榮獲「2012～2013 年廣東省哲學人文社會科學優秀成果論文類一等獎」；參與的教改項目《馬克思主義新聞觀指導下新聞人才培養「六結合」模式的創建與實踐》先後獲得「2017 年廣東省教學成果獎一等獎」和「2018 年國家級教學成果獎二等獎」；出版有《新聞學在北大》（增訂本）、《中國新聞學的篳路藍縷：北京大學新聞學研究會》《美國在華早期新聞傳播史 1827～1872》等學術書籍八部，其中《中國新聞學的篳路藍縷：北京大學新聞學研究會》（清華大學出版社 2015 年）獲得「第七屆吳玉章人文社會科學青年獎」。

方曉紅（《民國時期的新聞管理體制》主編兼主要作者）。女，復旦大學新聞學院博士後，南京師範大學新聞與傳播學院教授、博士生導師，曾任南京師範大學新聞與傳播學院院長兼任中國新聞史學會常務理事、教育部高等學校新聞學學科教學指導委員會委員、中國新聞教育學會理事、武漢大學媒介發展中心研究員、鄭州大學新聞傳播研究中心研究員、江蘇省新聞傳播學重點學科帶頭人。主要從事中國新聞史、大眾傳媒與農村研究。出版有《中國新聞史》、《報刊·市場·小說》、《大眾傳媒與農村》、《農村傳播學研究方法初探》等，獲江蘇省哲學社會科學優秀成果二等獎 1 項、三等獎 2 項。在《新聞與傳播研究》、《新聞大學》、《江蘇社會科學》等發表《抗日戰爭與解放戰爭時期中國報刊事業的特點》、《論梁啓超的報刊理論與小說理論之關係》等數十篇。主持完成國家社科基金項目 2 項、江蘇省社科基金項目 2 項，目前主持國家社科基金項目和江蘇省高校社科基金重點項目各 1 項。

韓叢耀（《民國時期的圖像新聞業》主編兼主要著者）。南京大學新聞傳播學院／歷史學院教授，博士生導師；中華圖像文化研究所所長，法國歐亞印象交流協會（ISASES）顧問。長期從事圖像史學與視覺傳播領域的研究與教學工作，在國內外發表專業學術論文 100 多篇，出版學術專著 20 餘部。代表性成果有《新聞攝影學》、《圖像傳播學》、《中國近代圖像新聞史》（6 卷）和《中國現代圖像新聞史》（10 卷）、《中華圖像文化史》（40 卷，主編）。獨

立主持國家級科研項目 6 項，國際科研項目 2 項，省部級科研項目 10 項。主持完成國家社科基金項目 2 項：「中國近代（1840～1919）圖像新聞出版史研究」（07BXW007）和「中國現代（1919～1949）圖像新聞傳播史研究」（11BXW005）。國家社科基金重大招標項目「中國新聞傳播技術史」（14ZDB129）首席專家；以色列 SIP 研究項目首席專家；澳門「澳門視覺形象傳播譜系研究」首席專家。曾兩次獲得中國攝影金像獎；國家級教學成果二等獎。學術研究成果獲第四屆中華優秀出版物圖書獎、第七屆高等學校科學研究優秀成果獎（人文社會科學）二等獎。

李建新（《民國時期的新聞教育》著者）。上海大學新聞傳播系教授、博士生導師、上海大學國際新聞傳播教育研究中心主任、《棋友》雜誌社副總編、《中國新聞傳播教育年鑒》編委會副主任委員、長三角象棋聯誼會常務副主席兼秘書長、上海大學象棋協會會長。中國新聞史學會常務理事，中國新聞史學會新聞傳播教育史研究委員會副會長。工學學士、哲學碩士、教育學博士、新聞傳播學博士後，美國密蘇里大學新聞學院訪問學者。曾任太原理工大學學報編輯部主任、執行主編，兼任《中國改革報・新財富週刊》執行主編、《中國企業報・新聞週刊》副主編等職。在新聞史、新聞理論、新聞業務等新聞學三個主要學科領域有突破性、首創性研究成果，《人民日報》記者以「新聞學研究的全能專家」為題進行過報導。學術成績被《人民日報》、新華社、《中國社會科學報》、《中國新聞出版報》、《文匯報》、《新華每日電訊》、人民網、光明網、新浪網等進行過報導。長期研究國內外新聞傳播教育，三次入選教育部新聞傳播教育研究的課題組；在新聞與哲學、新聞與社會、國家形象的塑造與傳播、中華文化的對外傳播、突發事件報導、文體報導、人物專訪、媒介戰略、新聞評論、企業媒介應對、媒介融合教育、新媒體環境下的新聞實務等方面均有獨到的研究成果。承擔國家社科基金重大子項目、重點及省部級項目多項；完成其他橫向課題 30 多項；發表學術論文 150 餘篇；獨立出版新聞傳播學專著 10 部，合作出版相關專著 9 部，在《人民日報》、《聖路易新聞報》等發表各類新聞類作品 300 多篇。獲得哲學人文社會科學省部級獎、全國優秀圖書獎、全國徵文比賽一等獎等 30 餘項。

李秀雲（《民國時期的新聞學研究》主要作者），女，歷史學博士，天津師範大學新聞傳播學院院長、教授、博士生導師、天津地方新聞史研究所所長，中國新聞史學會常務理事、中國新聞史學會地方新聞史研究委員會副會

長。天津市「131」創新型人才培養工程第一層次人選、天津市宣傳文化「五個一批」人才、天津市高等學校學科領軍人才、天津市高等學校創新團隊帶頭人。長期從事中國新聞學術史、中國新聞思想史研究。主持國家社科基金項目《以學刊爲中心的新聞學術思想史研究》、《中國當代新聞學研究範式的轉換》，教育部基金項目《中國當代新聞學術史》，天津社科基金項目《民國新聞學刊與新聞學術》、《〈大公報〉專刊研究》等 12 項。出版《中國新聞學術史（1834～1949）》（2004）、《中國現代新聞思想史》（2007）、《〈大公報〉專刊研究（1927～1937）》（2007）、《留學生與中國新聞學》（2009）、《中國當代新聞學研究範式的轉換》（2015）等五本專著，在《新聞大學》、《國際新聞界》等期刊發表《黃天鵬對中國新聞學術研究的貢獻》、《梁啓超輿論觀之演變及其成因》等論文 60 餘篇。專著《中國新聞學術史》獲天津市社會科學優秀成果獎三等獎（2008）。

　　劉亞（《民國時期的軍隊新聞業》著者）。原解放軍南京政治學院軍事新聞傳播系教授，博士研究生導師。1975 年 7 月畢業於復旦大學新聞系。1984年 6 月參加軍隊新聞教育工作，致力於新聞史教學與研究。講授大專、本科、碩士和博士研究生不同學歷等級課程。作爲第四完成者的《深化軍事新聞教學改革，全面構建輿論戰課程教學體系》獲國家級教學成果二等獎、軍隊級教學成果一等獎。發表《中國軍事新聞事業的產生與發展》《新中國我軍新聞事業 50 年》《加強軍事新聞宣傳的發展戰略研究》《20 世紀中國軍事新聞學研究》等 30 多篇論文。出版與參與編撰 10 部論著與教材。參加 5 項國家社科基金課題研究，主持的國家「十一五」規劃課題《中國人民軍隊新聞史研究》以全優結項。

　　萬京華（《民國時期的新聞通訊業》主編兼主要作者），女，新華社新聞研究所新聞史研究室主任，高級編輯（研究員），中國新聞史學會常務理事，長期從事新聞史研究工作。參與《新華通訊社史》第一卷、《新華社 80 年輝煌歷程》、《新華社烈士傳》、《中國名記者》叢書等重點圖書編撰。在國內學術期刊發表《毛澤東與新中國的新聞事業》、《周恩來與新華社駐外記者》、《鄧小平與新聞工作》、《解放戰爭時期新華社軍隊分社的創建與發展》、《從紅中社到新華社》等論文 140 多篇。參與國家社科基金重大項目 1 項，國家出版基金重點項目 1 項，新華社國家高端智庫重大項目 1 項。《在敵後抗日根據地創建的新華分社及其歷史貢獻》獲中直工委紀念抗戰勝利 60 週年徵文二等

獎。參與編輯製作的十集電視紀錄片《新華社傳奇》獲第六屆「記錄·中國」三等獎。參與研究的 3 項成果先後獲新華社社級好稿、新華社社長總編輯獎等。

徐新平（《民國時期的新聞學研究》主編兼主要作者）。湖南師範大學新聞與傳播學院教授，博士生導師，傳媒倫理與法制研究所所長，兼任中國新聞史學會常務理事。先後主持完成國家社科基金項目「中國新聞倫理思想的演進」、「晚清時期新聞思想研究」，湖南省社科基金項目「新聞倫理學研究」、「中國近代新聞思想史」和「中國現代民營報人新聞思想研究」等，參與教育部人文社科研究基地重大項目「中國共產黨新聞思想史」的研究，遴選為教育部馬克思主義理論研究和建設工程第二批重點教材《中國新聞傳播史》骨幹成員。已出版《維新派新聞思想研究》、《新聞倫理學新論》、《中國新聞倫理思想的演進》等專著，在《新聞與傳播研究》《新聞大學》等學術刊物發表《晚清時期中國對外新聞傳播思想》、《論維新派新聞自由觀》、《中國新聞人才觀的變遷》等新聞學論文 70 餘篇。有關論文被中國人民大學複印報刊資料《新聞與傳播》全文轉載。專著《維新派新聞思想研究》獲湖南省第 11 屆哲學社會科學優秀成果三等獎，參著《中國共產黨新聞思想史》獲第五屆吳玉章社會科學成果優秀獎。

張立勤（《民國時期的新聞業經營》著者）。女，華南師範大學新聞傳播系副教授，碩士生導師。武漢大學文學士，復旦大學媒介管理學博士。美國北卡羅來納大學教堂山分校訪問學者，南京師範大學民國新聞史研究所特約研究員。有過近十年的新聞從業經歷，曾任《南風窗》雜誌社記者，先後出版 3 部新聞紀實作品，在《中國青年報》、《南風窗》、《南方週末》等媒體發表了數十篇深度報導。2006 年至今從事新聞傳播教學與研究，對媒介經營管理、新聞史等領域有著持久的學術興趣。主持國家社科一般項目 1 項、國家社科重大項目子課題 1 項、省部級課題 2 項，已出版學術專著 2 部，曾在《國際新聞界》、《新聞大學》等核心期刊發表二十餘篇學術論文。

上述專家學者來自北京、上海、廣州、天津、長沙、杭州和南京等地 10 多個教學研究單位，其中既有德高望重的學術界前輩帶頭人如中央民族大學白潤生教授，又有一批「70 後」的朝氣蓬勃「新生代」學者，團隊主體則是從事新聞史教學研究數十年既有豐富經驗又有豐碩成果的「50 後」學者專家；他們中間既有來自國內著名高等學院的教授，也有國家通訊社研究單位的學

者；既有擅長研究新聞廣播史、新聞通訊業史、新聞經營史、新聞學術史及新聞管理史的專家，更有擅長研究新聞教育史、少數民族新聞史、軍隊新聞史、圖像新聞史及外國在華新聞史等方面的專家，整個團隊專長互補、信息共享、精誠合作、攜手同進，爲特約專題研究順利推進及「特約專題稿」如期高質量完成和《民國新聞專題史研究叢書》分冊撰稿提供了堅實的保障。

四

在特約專題研究和《民國新聞專題史研究叢書》分冊撰稿過程中，特約專題負責人（分冊撰稿者）認眞貫徹實事求是的思想路線，堅持尊重歷史存在、尊重文化傳統、尊重不同學派的原則；遵循歷史唯物主義和辯證唯物主義原則和方法，既看到「民國新聞史上的確發生、存在過不少與現代文明和民主法制不合拍的歷史事實」，也看到「民國新聞業在科學技術普及、進步力量努力、世界民主潮流推動以及新聞事業規律的共同發力下有了長足的發展」的客觀存在；努力探尋「民國新聞業」有關側面在近四十年中的發展規律，以「新聞」、「新聞人」、「新聞媒介」「新聞活動」及「新聞事業」爲中心，突出「民國新聞史」的階段和時代特點，努力再現中國新聞業在「中華民國時期」近四十年間的發展概貌。以嚴肅認眞和對國家負責的態度，敬業踏實進行項目研究。

作爲國家社科基金重大項目「中華民國新聞史」特約研究專題負責人、《民國新聞專題史研究叢書》分冊撰稿者及項目首席專家，我們當然希望這套《民國新聞專題史研究叢書》能反映 21 世紀 20 年代新聞史學界「民國新聞專題史」研究和認識的整體水平，基本能滿足新聞史學工作者、新聞業務工作者及對這一段新聞史感興趣的讀者瞭解叢書所涉及民國時期新聞史不同側面較詳細歷史情況的需要。毋庸諱言，這套《民國新聞專題史研究叢書》肯定還有諸多不足和遺憾之處：首先是首席專家設計「特約研究專題」時考慮未必十分妥當，可能使一些更重要的民國新聞史「側面」沒有列入「特約研究專題」研究以致留下缺憾；二是各分冊由不同專家學者分頭執筆，各人表述習慣和行文風格不盡一致，整套叢書各分冊在行文及語言風格上難以完全統一；三是因爲各位執筆者的社會閱歷、學術積澱、人文素養及研究重點等不盡相同，在某些問題的認識全面性、分析科學性及表述嚴密性等難免參差不齊，甚至有些評價不一定全面正確，有些觀點不一定十分妥當；四是受各種

條件限制，儘管各分冊著者都盡了最大的努力，但還是有些原始文獻和檔案資料未能充分利用，致使有些內容比較單薄，詳略不盡得當。我們衷心期待廣大讀者尤其是業內專家學者的批評和指正，以便在有機會再版或增訂時予以修改，使之不斷趨於完善。

二〇一八年十二月二十五日

目
次

第一章　總　論

第一節　民國新聞教育研究：概述、價值、意義

一、研究概述

　　從 1912 年中華民國成立到 1949 年國民黨退敗臺灣的 38 年，是中國近代歷史上比較特殊的一個歷史時期——民國時期，也是中國的新聞教育在經歷了初創與起步期之後，逐漸發展的一個時期，也是中國新聞教育多元呈現、類型迭出、流派紛呈、進步明顯的時期。

　　新聞史學泰斗方漢奇先生說：「歷史研究多少都是為現實服務的，研究歷史不會是為研究歷史而研究歷史。研究歷史是以史為鑒，在歷史當中得到借鑒，來更好地做當前的工作，所以歷史是能夠很好地為現實服務的」、「歷史講究史德、史識、史才，新聞記者也是要講究德、才、史，因為今天的新聞就是明天的歷史。現在寫的書面的歷史是過去的新聞，這兩者有相通的地方」。[1]

　　新聞史是與新聞事業的發展以及社會的發展緊密關聯的，新聞教育也與此息息相關。一部中國新聞傳播教育的歷史，可以折射和體現出許多中國社會、中國教育、中國新聞傳播事業發展的歷史。而且，新聞傳播教育還對社會、對教育、對新聞傳播事業有巨大的「反作用」。民國時期的新聞教育也應有此作用和功能。

1　方漢奇：《新聞有學　學海無涯》，www.XINHUANET.com，2005-06-15。

　　中國新聞傳播教育以 1918 年北京大學新聞學研究會的成立為標誌。在時段上它在中華民國的時間範疇之內。因此可以說，中國的新聞教育發端於中華民國，到現在已經走過了將近 100 年的歷史。

　　百年修史，是為了不忘過去，更是為了知曉未來！

　　對於民國新聞教育的研究已經取得了一些成果：這些成果主要發表在中國社科院新聞研究所主辦的《新聞研究資料》、《新聞與傳播研究》，復旦大學新聞學院主辦的《新聞大學》，中國人民大學主辦的《新聞學論集》、《國際新聞界》及國內其他新聞類核心期刊和臺灣、香港等地的期刊上。

　　方漢奇教授的《七十年來的中國新聞傳播教育》，趙玉明教授的《中國新聞學教育與研究八十年》，吳廷俊教授的《中國大陸新聞傳播教育的歷史評析與發展思考》等均有對民國新聞教育的研究與理析。

　　在專著和綜合性出版物中開列篇章介紹民國新聞傳播教育的有：戈公振的《中國報學史》、《新聞學撮要》，曾虛白的《中國新聞事業史》，王洪鈞的《我篤信新聞傳播教育》，方漢奇的《中國新聞事業史》，甘惜分的《新聞學大辭典》，吳廷俊的《中國新聞業歷史綱要》，丁淦林的《中國新聞事業史新編》，童兵的《中外新聞比較綱要》，張濤的《中華人民共和國新聞史》，許煥隆的《中國新聞事業發展史》，邱沛篁、吳信訓等的《新聞傳播百科全書》，馮健主編的《中國新聞實用大辭典》，白潤生的《中國新聞通史綱要》，以及《中國新聞年鑒》等 60 餘部專著或出版物。這些專著或出版物在主要介紹中國新聞事業史的時候，按不同的歷史時期分別介紹了民國時期的新聞教育的情況。

二、民國新聞教育研究的價值及意義

（一）探求它的史料價值

具體體現在以下幾個方面：

1、資料的收集和整理

　　由於民國的教育框架中，新聞教育所佔的分量不是很大，如在新聞學中，新聞教育只是其中可以概括一敘的部分。在教育學中，新聞教育也是排除在教育學主要構建之外的旁枝小葉，加之新聞教育學科本身在很長的一個時間裏的不獨立和不確定性，使之在新聞和教育的任何一科中都不佔優勢。因此，有關這方面的史料及對其進行的研習、探討就比較少見。中國早期的

新聞教育主要集中在幾個大中城市，但有關新聞教育的資料卻並不集中，散軼、散失、散見於全國各地的文史資料中的有關新聞教育的史料，給研究這一課題者帶來了很大的不便，對這些資料的收集、整理本身就是一個史學研究過程。

2、對史料的考證、甄別

在介紹民國新聞教育的史料中，由於作者中的絕大多數是從事或經歷過新聞教育的業內人士，他們的觀點只能代表局部，不能說明全部，況且在民國新聞教育的發展變化中，有不少的新聞教育單位的性質、類型和教學宗旨是完全不同的，其教育立場、理念、方法也不盡相同，作為史料，存有時代的侷限性和作者認識差別所造成的疏誤。因此，對這些史料進行實事求是的考證，對各家之言進行甄別，並對這些史料進行辨析，在撲朔迷離的史料中，分析辨別出史料的真偽和正確與否，並對正確史料進行合理的遴選。

3、對史料的系統、合理利用

通過對史料的研究發現，民國新聞教育的發展過程，充滿了開拓，充滿了坎坷，也充滿了希望。這些史料既是作為中國新聞傳播教育的歷史見證而誌於史，更應視為當今中國新聞傳播教育發展所必不可少的歷史標尺。這把「尺子」對新時期的新聞傳播教育應該能起到參照、合理吸納、引以為戒等方面的作用。我國雖有多種版本的中國新聞史（或稱新聞事業史、新聞事業發展史等）和中國教育史及高等教育史等，但提及新聞傳播教育的部分內容不多、論述不夠、展開不深、概括不全，這是有待於從史料研究的角度去完成的。

（二）探求它的理論價值

通過對這一課題的研究論證，可以從理論上總結出中國新聞傳播教育的一些規律性的東西來，可以弄清中國新聞傳播教育存在發展的流派，分析概括出它們的特點，進行正反兩方面的經驗總結。進而求得在什麼樣的情況下新聞傳播教育可以加速發展，在什麼樣的情況下，新聞傳播教育就會止步不前的內外因及其他們的關係，以此來面對和處理我國當前的新聞傳播教育所必須面對和處理的問題。

（三）探求它的實踐價值

目前，中國的新聞傳播教育面臨著新的發展機遇和挑戰。從宏觀方面

講，地球變小，國際間的交流與合作日趨繁榮，中國新聞傳播教育的國際化勢在必行；從微觀方面講，中國新聞傳播教育自身發展到一定階段，也需要總結和反思。新聞傳播教育和其他任何一種教育一樣，不是孤立的、靜止的、封閉的教育，而是一種聯繫的、變化的、開放的教育，與其他教育相比，它還有注重實踐的特點。因此，本課題的研究重點注意了如何把前人進行過的新聞傳播教育的實踐轉變爲對現代新聞傳播教育實踐的參考和指導，如何汲取中國新聞傳播教育教學與實踐中的歷史經驗教訓，以便更好地服務於現在的新聞傳播教育。做史學研究既是爲了總結歷史，也是爲了發展歷史。這就要求在研究歷史的過程中，既能入古，又能出古。能入古，就能瞭解過去，能出古就能把我現在，擁有未來。

（四）探求它的學科價值

學科系指按照學問的性質而劃分的門類，也指學校教學的科目。只要我們繼續在事實存在的基礎上對中國新聞傳播教育加以進一步地研究，其作爲一門學科存在的依據總是可以找到的。況且這一課題涉及到的母本是新聞學和教育學兩個完全獨立、完善的學科，是兩個學科的交叉性研究，其研究內容又涉及到中國新聞事業和教育事業兩個主要方面，同時本課題的研究還應顧及到世界新聞事業和世界教育事業的歷史。這些業已存在的學科對新學科的影響和滲透作用是顯而易見的，作爲一種關聯或派生，新學科是在成熟學科的土壤中成長起來的，有紮實的基礎和根基。因此，做好對這一課題的研究，對中國新聞傳播教育學的建立與發展有一定的學科價值[1]。

就民國新聞教育本身而言，黨派、群體、新聞媒體、個人及國外新聞教育思想的介入，都對其發展產生過大的影響，也出現了多種模式並形成了許多不同的類型和風格。

在中國新聞教育的初創時期，即有學人意識到了一個學科的理論與實際相結合的重要性，「過去的新聞教育多偏於空洞的理論，而方針也未能確定。原來任何一種教育，如果忽略了實際，則受教育者於學成後往往不能應用；同時，方針不確定，施教者也常感到無所適從。所以今後新聞教育的支持者，對於這一點是應該首先認清的」[2]。認爲要想使新聞事業無限的發展，唯有進行普及新聞教育之一途。

---

1 李建新：《中國新聞教育史論》，新華出版社，2003年版。
2 吳憲增編：《中國新聞教育史》，石門新報社，1944年版。

第二節　對民國新聞教育的總體把握和認識

民國時期的新聞教育有許多不同的實踐，也有許多不同的類型，這些不同既可以從管理方面體現，也可以從教學方式、內容、要求等方面體現出來，但反應它的根本還應該是教育的理念。民國時期新聞教育的理念是多元呈現。主要體現如下：

一、大學新聞教育：新聞教育要注意社會環境的需要

持這一思想的是復旦大學新聞系和系主任謝六逸等爲代表的大學新聞教育單位。

謝六逸是復旦大學新聞系首屆系主任。在他 1929 年 9 月～1938 年 8 月擔任復旦大學新聞系系主任期間，主張新聞教育要「理論與實踐並重，教學與科研並重」，鼓勵學生鑽研新聞學術研究，出版新聞學書刊。1931 年創辦復新通訊社，作爲學生實習新聞業務園地；1935 年 10 月還舉辦過首屆世界報紙展覽會。

謝六逸認爲：「大學是一國的最高學府，最高學府不能獨立地完成某學術上的研究，殊令人有『大學無用』之感。」[1]因此，他對大學的最高使命提出兩點要求：其一，各種學術研究的完備；其二，注意社會的環境需要。就第一點說，是如何完善的問題。第二點，則應該審視社會所需要的人才，加以充分的指導和訓練。正是根據這兩種理由，謝六逸主張大學的文學院，應該開辦新聞學系或新聞學業專修科[2]。

謝六逸還提出了新聞教育要注意環境的需要的觀點，認爲社會對新聞信息的需求是開設新聞教育的最根本的出發點和立足點，他認爲新聞學系在大學裏應該佔有重要的地位，它負擔重要的使命，它直接替學校服務，間接爲社會服務。[3]

在新聞教育的操持過程中，謝六逸認爲「新聞學的知識與技能，是最活用的知識……他們對於一切生活的體驗與觀察，較之任何學系的學生爲豐富，同時新聞系的學生對於各種科學必須涉獵，所以他們的常識最爲充分」[4]。

1　李建新：《中國新聞教育史論》，新華出版社，2003 年版，第 113 頁。
2　李建新：《中國新聞教育史論》，新華出版社，2003 年版，第 113 頁。
3　陳桂蘭主編：《薪繼火傳》，復旦大學出版社，1999 年版。
4　陳桂蘭主編：《薪繼火傳》，復旦大學出版社，1999 年版。

在這個層面，謝六逸不僅概括出了新聞教育的核心宗旨，那就是滿足社會需要，而且還給出了新聞教育的正確路徑——接觸社會，知識與技能同樣重要。

二、中國共產黨早期理論家：新聞專業學生要做猴子，不要做綿羊

持這一思想的代表是陳望道。陳望道（1891～1977）是爲數不多的早期中國革命家和新聞教育家，「他最早翻譯了《共產黨宣言》，在新聞教育中的觀點爲共產黨的新聞教育注入了源頭活水。比如提出的新聞專業的學生要做猴子，不要做綿羊的觀點等。他認爲新聞記者應該具有降妖除魔的「孫悟空」特質，不能像羔羊一樣，不敢抗爭，任人宰割」[1]。

陳望道從 1941 年至 1950 年，擔任復旦大學新聞系主任達 9 年之久。在他主持下，復旦新聞系樹立了民主的優良作風，人才輩出，成爲全國各高校中著名的系科之一。他有豐富的辦學經驗和進步的新聞教育思想。

作爲一個無產階級的新聞教育工作者，陳望道秉持了無產階級新聞教育的理念，堅持了無產階級新聞教育的做法，如他堅持新聞教育必須做到理論學習與新聞實踐相結合。1943 年 3 月 1 日，復旦新聞系恢復復新通訊社（1931 年創辦，抗日戰爭爆發後停辦），陳望道先生親自兼任社長，設編輯、採訪、總務 3 部；編輯、記者均由學生擔任，教師作指導，每 5 天發油印新聞稿一次，免費供各報刊採用。1944 年，又創辦鉛印小報《復旦新聞》，作爲學生實習機構[2]。他爲了進一步充實新聞教學的設備與內容，使有志於新聞事業的青年更能學以致用，1944 年 4 月陳望道先生發起創建新聞館，師生群起響應[3]。爲此，他還請書法名家于右任先生題寫了「復旦新聞館、天下記者家」的書作，製成牌匾，放置在新聞系醒目的位置，喚起大家對新聞工作的敬重和熱愛。

最能體現陳望道個人新聞教育思想的是他提出的觀點「新聞專業的學生要做猴子，不要做綿羊」。

他說：「我不教學生做綿羊，我教他們做猴子。」[4]就是說，要求學生敢於和善於爲眞理而鬥爭。猴子是聰明、靈巧、智慧、勇敢的化身。猴子中傑出

1 陳桂蘭主編：《薪繼火傳》，復旦大學出版社，1999 年版。
2 鄧明以：《陳望道傳》，復旦大學出版社，1995 年版。
3 鄧明以：《陳望道傳》，復旦大學出版社，1995 年版。
4 李建新：《中國新聞教育史論》，新華出版社，2003 年版，第 121 頁。

的代表是神話中的猴王孫悟空。試想，如果一個新聞系的學生能有孫悟空一般的本領，那他在工作中還有何懼何難呢？縱有數不盡的妖魔鬼怪沿路阻礙，但猴王最終還是保護師父取回了眞經。陳望道希望他的學生也能像猴子一樣，在經過不懈的努力後，能實現心中的目標。爲此，他支持學生參加民主運動，保護學生，把一個個遭到特務盯梢的學生藏在家裏，把他們轉移到解放區去。從 1943 年起，復旦新聞學生每週舉行一次「新聞晚會」，他希望他的學生們能夠像猴子一樣鑽天入地，縱橫四海，在新聞的領域、在政治的領域、在社會的領域等等，進行獨具個性色彩的探索。

猴子的代表孫悟空最爲人們所稱道的是它有一雙火眼金睛，能夠明辨是非，敢於鋤奸滅害，敢於堅持正確的東西，哪怕這樣的觀點一時不爲「師傅」所認可。

陳望道把猴子的這個有點結合新聞工作的特色以「宣揚眞理，改革社會」的方式來教育和要求他的學生。他在擔任復旦新聞系主任之後，決定把復旦大學的新聞教育辦成紅色民主堡壘。他決心在原有的基礎上發揚「宣揚眞理，改革社會」的精神，並把它作爲民主辦系的一個政治綱領。[1]

三、民間非學歷教育者：新聞教育是綜合性的教育

持這一觀點的代表人物是顧執中。

顧執中「1928 年在上海創辦的一個以培養新聞人才爲主要目的的學校，到 1953 年最後一批學生分配完畢，歷時 25 年」[2]民治新聞專科學校，是民國時期比較有影響力的一所新聞學校。經過二十多年的實踐與摸索，顧執中在其後來的總結中深刻地體會到，新聞教育應該是綜合性的教育。他的觀點是「新聞事業既成爲專業職業，新聞工作員也需要專門人才，這種專門人才的培養，就是新聞工作員的教育問題……新聞學不只是研究新聞紙的理論，而是研究整個新聞事業理論和實際，所以新聞工作員的教育，可以分爲新聞教育的理論和新聞教育的實際兩項分別討論。」[3]

顧執中的新聞教育實踐，其實就是把綜合性教育的理念貫穿始終的過程，經過多年學理的探討和技術上的運用，他不獨建立了報學的理論體系，使報學列爲社會科學的一部分，並且從試驗研究之中，對於報業的改進有重大

---

1 鄧明以：《陳望道傳》，復旦大學出版社，1995 年版。
2 李建新：《中國新聞教育史論》，新華出版社，2003 年版。
3 顧執中：《報人生涯》，江蘇古籍出版社，1987 年版。

貢獻，世界報業的經營標準因而提高，報界人才的素質也趨於優秀。」[1]

顧執中說：「不進新聞學院，也能幹新聞工作，因此，就不需要新聞教育，今顯然這個理由是不充分的。」[2]

顧執中及民治新專堅持在教學中把跟新聞工作有密切關係的知識和技能像編輯、採訪、管理、印刷和發行等等，有系統地傳授給新聞系學生。由於新聞對人類社會影響的重要，這些有關新聞工作的知識和技能在實際工作前先行學習，並且要學習得非常之好，是必要的。他認為把從未學習和研究過新聞的人當作新聞記者是一種冒險的行為，因為報社和通訊社在新聞方面所犯的錯誤，有時竟會嚴重得不只是經濟方面的損失，同時也是政治方面的對人類和國家極為不利的損害。由於新聞工作的特殊性，顧執中認為新聞記者的情操、態度、方法、思維等，與專業知識及專業知識之外的其他廣博的知識一樣，對新聞記者工作的成敗構成重大的影響。因此，顧執中在教學中堅持新聞教育的綜合性，盡可能多地把相關的知識與做記者的基本要求傳授給學生。

顧執中還認為：「新聞教育的另一種作用，是要把現在正在工作著的新聞工作者的各種先進經驗和錯誤教訓拿來放在學校中，分析研究，做出結論，以教育未來的新聞工作者。」

四、「媒介集團」經營者：入太廟，每事問

這一思想的代表人物是成舍我。成舍我以「三個世界」名世。「三個世界」是指成舍我在 1924 年 4 月 1 日至 1925 年 10 月 1 日，一年半的時間內先後創辦的《世界晚報》、《世界日報》和《世界畫報》，後稱「三個世界」。三報各具特色，但卻互為犄角，俱損俱榮。因而，成舍我被稱為「中國最早嘗試報團化經營的報人。」[3]從數量和規模看，成舍我當初經營的「三個世界」完全是一個「媒介集團」，他辦新聞教育，完全是為了「集團」的需要，因此，他對新聞教育的要求更貼近實戰，更注重應用能力的培養和對新聞業態的把控。

1933 年 2 月，成舍我的世界新聞專科學校創辦，這年先開辦附設的初級職業班。首先辦起來的是排字和編輯兩個初級班，由於不收學費，要求入學

---

1 顧執中：《報人生涯》，江蘇古籍出版社，1987 年版。

2 顧執中：《上海民治新聞專科學校的誕生與成長》，《新聞研究資料》（5）。

3 方漢奇著、李矗主編：《中國新聞學之最》，新華出版社，2005 年版。

的非常踴躍。1935 年 9 月，又辦附設的高級職業班；1937 年決定開辦本科，7 月已登報招生，因北京淪陷，學校停辦。在第一屆初級職業班招生簡章中，開頭闡述辦校的意義說：「本校目的，在改進中國新聞事業，及訓練手腦並用之新聞人才。」

世界新聞專科學校有自己的實習工廠。在該工廠廠房門上有副對聯，頗引人注目，上聯：「莫刮他人脂膏，」下聯：「要滴自身血汗」，橫批：「手腦並用」。後來「手腦並用」成為校訓。

他在每次辦學過程中，對學生們做出的第一個許諾，就是「聘請最好的老師」。在北平新專時期，他所請的老師如張友漁、左笑鴻、薩空了、趙家驤等都是具有豐富學識和辦報經驗的人。學校工作的其他方面，他也聘請最有工作經驗的人，體現了他的眼光和膽識[1]。最能代表成舍我新聞教育思想的是他曾經給學生的一個題詞「入太廟，每事問」。

成舍我在給一位學生題詞時寫道：「入太廟，每事問。採訪記者應有此精神」[2]。「太廟」包羅的東西太多，也太有玄機，要真正能學得其中一二，就要「每事問」。1918 年至 1921 年，成舍我就讀北大之時，正是這所大學迅速崛起並在中國思想文化界獨領風騷的時期。五四時期北大提倡並領導新文化運動的崇高地位以及蔡元培校長親自發起組織中國第一個新聞學研究團體以及蔡元培、徐寶璜等強調的「新聞從業人員必須具備特別之經驗與廣博知識」[3]對青年成舍我產生巨大影響，其後的新聞事件也使他切身地感受到博識之廣聞之於新聞記者的重要性。因此，他提倡「入太廟，每事問」，要求學生對一切陌生的東西感興趣，要敢於提出問題，提出質疑，要有探賾索隱的治學謹慎，同時作為一名記者，就要有堅持真理、追求真實、報導真相的責任與義務，縱然是「太廟」禁地也不應擋住記者發現「新聞點」的視角，也不能捂住記者採訪新聞的「新聞嘴」。

從今天的視角看，我們可以把「太廟」理解成整個社會。一個合格的「新聞人」，應該是一個完全瞭解社會的人，能夠對社會的諸多未知進行關注、進行報導的人，不放過任何社會疑問與疑點的人。「每事問」既是要求，也是法則，更是武器。

1　方漢奇：《成舍我傳略》，見《報海生涯》，新華出版社，1998 年版。
2　方漢奇：《成舍我傳略》，見《報海生涯》，新華出版社，1998 年版。
3　成原平：《輿論家的態度與修養》，見《報海生涯》，新華出版社，1998 年版。

1920 年 4 月，成舍我在上海的《時事新報》發表文章說：「總之，輿論家是要往前進的，不可以隨後走的。他是要秉公理的，不可以存黨見的。他是要顧道德的、不可以攻陰私的。他是要據事實的，不可以憑臆想。他是要靠知識的，不可以尚意氣的。」[1]他希望通過這些新聞教育的理念的灌輸和堅持能為新聞界培養出「辦報、興學、問政」的合格人才來。他很贊同徐寶璜的觀點，認為辦報是要「立在社會之前、創造正當之輿論」，應「謹慎據實直書」、應代表國民輿論而不是黨派利益等。[2]

五、報人：靠感性試水，用理性固基

倡導並踐行這一理念的是知名報人趙敏恒。趙敏恒早年以記者工作名世，後來以新聞教育而出彩。他於 1944 年出版的《採訪十五年》雖然不是探討新聞教育的專著，但也從中透露出許多新聞教育的信息。這些信息昭示了民國時期報人對新聞教育的看法和要求。[3]

靠感性試水，用理性固基，實際上是顧及了新聞教育的兩個方面，就是實踐與理論。趙敏恒以向媒體投稿而被採用為契機激發了他的新聞熱情，並由此而步入新聞殿堂。在他簡單的從事新聞的實務之後就感覺到新聞工作需要理論的支撐。於是，他在清華學校畢業後，到美國留學，「他先在科羅拉多大學文學院就讀，接著又進密蘇里大學新聞學院，系統地學習了新聞學原理、採訪、編輯、新聞、特寫、社評寫作、鄉村報紙、資料編存、報業管理、廣告、印刷等課程，對新聞專業的基本技能進行了全面訓練」，1925 年 6 月，趙敏恒獲新聞學學士。是年 9 月，他入紐約哥倫比亞大學新聞學院研究院深造。1926 年 5 月，趙敏恒獲得新聞學碩士學位，成為最早出洋攻讀新聞專業並取得碩士學位的中國人[4]。他以自己的親歷親為詮釋了他對新聞教育的理解：感性試水，理性固基，其內涵和寓意是，如果要選擇新聞工作，首先要看看自己的直觀感受如何，不能強求，如果一旦選中，則一定要堅定不移、持之以恆，既要感性上繼續升溫，還要在理論上力求深究，把學科的根基夯結實。

1939 年 1 月至 1944 年，趙敏恒任路透社重慶分社社長，兼任復旦大學新

---

1 舍我，《輿論家的態度》，《時事新報》，1920 年 4 月 15 日。
2 徐寶璜：《新聞學》，北京大學出版部，1919 年版。
3 趙敏恒：《採訪十五年》，天地出版社，1944 年版。
4 夏林根主編：《近代中國名記者》，福建人民出版社，1990 年版。

聞系教授，並為重慶的報紙撰寫專欄稿。這期間，他在記者和老師的雙重身份中交替轉換角色，在新聞實務和新聞教育之間探求新聞教育的規律和真諦，總結並踐行了「靠感性試水，用理性固基」這一新聞教育的理念。

「我一向對於新聞學校沒有多大好感，而竟對於新聞學系學生如此情誼，實非初料所及。」「在美國密蘇里大學和哥倫比亞大學新聞系畢業後，雖想在新聞界打出江山，然時時感覺到新聞學校給學生們準備工作的不足和學校教授能力經驗的薄弱。」「回國後看見當時我國新聞學校多半都是野雞學校，某大學新聞系主任，根本沒有作過新聞記者，對於新聞學術毫無研究，拿了新聞系主任招牌，到處招搖，作個人政治活動，令我對於新聞學校的印象，一天比一天壞。」[1] 在現實面前，他沒有選擇沉默，而是想到了做一個教師，更確切的說是一個新聞教育者的職責和應該擔當的道義。

幾年下來，趙敏恒對新聞教育有了切合實際的感受：「我感覺得新聞學校本身一定得有刊物，最好能有日刊和週刊兩種，給學生以充分實習機會，免得新聞學校出來的學生被同業認為外行。同時上課方式，最好改作談話方式，師生間可籍以發生私人感情。學生得不到學術的指導，還可以得到教授人格精神的感化，學校課程不應完全注意學術，技術與學術課程一點並重」[2]。

《採訪十五年》是趙敏恒最為有名的著作之一，書中有新聞教育的一篇文章，題目是《我看新聞教育》，比較核心的內容有：「我離開新聞學校後從事新聞事業的時間愈長久，愈感覺到新聞教育的重要」；「新聞從業人員大致可分兩種：一種純粹職業化，拿它當一種職業養家活口，只求維持飯碗，沒有前進創造精神和意志，另一種則拿它當一種事業，時時想改善，時時求進步」；「新聞學校學生沒有富於經驗的老記者們在旁提攜指導，有無從下手之苦」等等，他的這種認知，對新聞教育的理解和態度、對想從事新聞職業人生的看法，很具有洞明透徹、引領指導的風範。

六、政治大學新聞系：敦品勵學

政黨新聞教育也發端於民國這個歷史時期。其中，國民黨創辦的政治大學的新聞教育是一個代表。

1935 年 9 月，國民黨中央常委會決議在中央政校設立新聞系，馬星野負

1　趙敏恒：《採訪十五年》，天地出版社，1944 年版。
2　趙敏恒：《採訪十五年》，天地出版社，1944 年版。

責籌建工作，政治大學新聞系的「目標是培養眞誠純潔的青年，成爲大公無私，盡忠職守的新聞記者……信仰三民主義，忠愛國家民族，並以促進自由世界人士之團結與瞭解爲目標。深信新聞道德重於新聞的採編技術。新聞系之教育使命就是要敦品勵學，發揚以往的光榮傳統，開拓燦爛的未來」[1]。這一時期，政校新聞系的課程設置及師資隊伍的大致情況是：在專業課方面，馬星野講授「新聞學概論」、「新聞事業史」、「新聞寫作」、「社論寫作」；劉覺民、黃天鵬講授「報業組織與經營」（「報業經營與管理」）；湯德臣講授「採訪與編輯」（「新聞採訪」）；錢華講授「新聞採訪」、「新聞編輯」；沈頌芳講授「新聞編輯」；俞頌華講授「編輯學」；趙敏恒、顧執中講授「採訪學」；錢滄碩等講授「編輯學」；王芸生講授「評論」；戴公亮講授「攝影」等。在基礎課方面，有左舜生講授「中國近代史」；壽勉成講授「現代經濟問題」；趙蘭坪等講授「經濟學」；蕭孝嶸講授「心理學」；孫本文講授「社會問題」；胡貫一、詹文滸講授「哲學」；陳石孚講授政治學；戴德華（Edward G. Taylor）及其妻子懷娣（Roberta White）以及周其勳、高植等分別講授新聞英語、英文寫作與英文。其他課程還有文學與寫作、廣告學、會計學等等。[2]

　　南京政府成立後，制定了一些發展新聞事業和教育事業的政策。在教育方面，國民黨政府重新制定了教育宗旨、教育政策，頒布各項教育法令、法規、綱領，主要思想是在三民主義旗幟下，突出民族主義思想和傳統倫理道德，強化國民黨的政治要求。同時，也兼採西方的教育學說，在學校實踐中汲取資本主義國家的教育制度和管理方式，學校類別、層次及數量都有不同程度的發展，新聞教育中「敦品勵學」就是這一思想的體現。

七、效法西方：新聞學如同醫科、法科，應實行 5 年學制

　　民國時期已經有不少學者從西方學成歸來，並把西方新聞教育的理念、做法等「移植」到中國來。他們中的許許多多的觀點，爲中國的新聞教育提供了幫助和參考。其中，蔣蔭恩是比較有代表性的一位。

　　蔣蔭恩曾經在美國密蘇里新聞學院留學，對密蘇里新聞教育模式相當熟悉，在他回到母校燕京大學任教以後便有意無意地效法其密蘇里的新聞教育

---

1 謝然之教授九秩華誕祝壽文集編輯委員會：《新聞與教育生涯》，東大圖書公司，中華民國八十九年版，第 14～15 頁。

2 葛思恩：《記早期的政治大學新聞系》，《新聞研究資料》，1989 年版（1），第 169 頁。

來。在他主持新聞系的時候，他還兼任面向社會公開發行的系報《燕京新聞》的發行人，編輯、校對、出版、發行等各個環節都有學生全程參與。[1]這就爲學生全面能力的培養提供了一個訓練平臺。

蔣蔭恩認同「新聞本能」的存在，也就是說，這類人本身具有成爲新聞人才的天賦，只需要得到發展的機會，便很容易獲得成功；同時他也苟同「如果兩個本質相同的人從事新聞事業，那麼接受過新聞教育的那個一定是更適合於新聞工作的」[2]的觀點。

蔣蔭恩對於大學新聞學系的課程設置有這樣一種見解，即認爲「大學新聞學系的新聞學本身課程，除必要者外，應該儘量減少，以便學生能多讀新聞學以外的課程，充實他職業上所需的基本知識。」[3]

蔣蔭恩認爲現行的大學新聞系學年期限很有修改的必要，應該實行五年制，即：「最初兩年讀普通科目，三四年級讀新聞科目，第五年則在導師監督下，入學系自辦之日報實習一年，如符合標準，始能畢業。」[4]

新聞學是一個注重應用能力培養的學科，新聞能力與醫生的診病能力、法官的斷案能力、農民的耕種能力等一樣，要在實戰中學習，並靠實戰來檢驗，然後繼續在實戰中提高。

另外一方面，新聞記者手握筆桿子，執掌社會公器，引導大眾輿論，無異於社會的裁判者，新聞教育又怎麼能馬虎呢？而且還有一點，「新聞記者立言紀事，影響個人毀譽，關係國家榮辱，非有精深修養，不克肆應肯當，則其在校受教之際，必須經過嚴格訓練，實屬毫無疑問。」[5]在包括蔣蔭恩在內的早年的新聞教育家看來，新聞工作是文人的活計，文人論政在中國有著非常好的傳統，一個記者如果文字工夫不過硬，即便有再好的題材，有再好的內容也無法用新聞作品體現，這是非常不應該的。

效法醫科的培養模式，蔣蔭恩提出了將大學的新聞學系改爲五年制的觀點，他還進行了相關的論證：實行五年制的先決條件必須是新聞學系自身辦

---

1 陳家順：《中國近代新聞教育思想本土化的範例——燕京大學新聞教育述評》，《河北師範大學學報》（教育科學版），2008 年第 10 卷第 7 期，第 44 頁。

2 王萍：《蔣蔭恩的新聞教育理念與實踐研究》，上海大學碩士論文，2013 年 4 月。

3 龍偉等：《民國新聞教育史料選輯》，北京大學出版社，2010 年版，第 187 頁。

4 龍偉等：《民國新聞教育史料選輯》，北京大學出版社，2010 年版，第 189 頁。

5 李建新、王萍：《蔣蔭恩的新聞教育理念與實踐研究》，見《新聞學論集（第 30 輯）》，2014 年 1 月。

有一定規模的報紙（日報或晚報），並同時具有完備的現代印刷設備，以便使學生在最後一學年有充分的實習時間和機會[1]。

　　新聞教育實行 5 年制，實際上是增加學生的實戰能力，給他們更多的時間去進行新聞工作的歷練。應該說方向是正確的。蔣等沒有慮及人文社會科學與醫科的差別以及當時人們的承受能力，所以這樣的倡議並沒有得到多少響應，也沒有開展起來。

1　李建新、王萍：《蔣蔭恩的新聞教育理念與實踐研究》，見《新聞學論集（第 30 輯）》，2014 年 1 月。

第二章　民國新聞教育萌芽的內外因

第一節　普及新聞教育是一種社會需要

　　報業的發展早於新聞教育。在中國新聞報業發展初期，基本是效法西方，因此「我國的新聞事業難與外國並駕齊驅」，為了改變這一狀況，就需要普及新聞教育，這是當時有識之士的認識和呼籲。

　　「中國現在的新聞紙，尚未達到理想之程度，其中有三原因：（一）教育不普及，因此國民知識程度未能達到水準，全體國民有大部分不能閱報，所能閱報者，僅是一小部分的知識階級而已。其不能閱讀之國民，多係目不識丁者流，若使教育普及，中國新聞紙之發行份數定大量增加。（二）交通不便，報紙運送過於緩慢，遠地之讀者不能閱當日之報，因交通之阻塞，亦不訂閱。（三）國民經濟力羸弱，每日之收入，不足衣食住之開銷，故無餘資訂閱報紙。有此三大原因，中國的新聞紙甚難發達。如果將來把此項問題解決，新聞事業之發展，定有一日千里之勢。雖美國之新聞有如此之發達，恐亦難與中國相提並論也。因為美國之新聞，政府是聯邦組織，各州獨立，甲州之新聞，不能暢銷於乙州，同時乙州之新聞亦不能販賣於甲地。回顧我國地大人眾，一份中央報紙，可以傳遍於領土每一角落——可是當事變前天津之《大公報》，以全國首屈一指之大報，每日不過僅發行十五萬份，與全人口四萬五千萬相比較，平均三千人中有一份《大公報》，倘若將來有一日，不用說每一個人訂閱一份報，就是在五十個人合訂一份報紙時，還需發行九百萬份呢[1]？

1　吳憲增：《中國新聞教育史》，石門新報社，1944 年版。

在一些人看來：「新聞教育之普及，除大學及學院必須設有專系外，並應在大學及學院一年級設有新聞學之課程，專科學校亦同」。固然是肄業新聞系者，每以從事新聞事業為目的，但是另一方面說，「若不是為從事新聞事業者，而欲在文學、工程、商業上有所貢獻的人，似乎對新聞學知道與否不關重要，這句話從表面上來看，似乎不無理由，其實不然，無論在任何事業上去努力，要想尋找對本科有關係之材料，便不得不去閱讀報紙，而報紙是新聞學研究的對象，由於報紙之關係，便有研究新聞學之必要，況新聞學對研究各種科學，有增加思考敏捷之力，頭腦明晰之補助。若我們對某種科學研究有了心得、或是發明，欲藉報紙發表，苦於無新聞學知識，亦不能如願以償。假設有新聞學知識，便可隨時隨地將自己之意思見諸報端，故此大學一年級應有新聞學之課程」[1]。

其次就是師範學校，這裡所謂師範學校包括高中師範、簡易師範、鄉村師範三種，固為師範畢業生，是預備到社會上領導一群小學生做人，在這一群小學生眼裏，看老師為「萬能博士」，一切事情都要向他請教，若遇報紙有疑問時，亦由老師去指導解答，倘無新聞學常識，便難於出口作圓滿的答覆。如果在師範學校設有新聞學課程時，可免去隔靴抓癢之病，同時亦可指導學生之閱報方式，如某版為要聞消息，某版為社會新聞，某版為各地通訊，某版為副刊等等。把各版內容及意義，詳細對小學生加以說明，促其閱報之興趣，養成閱報之習慣。所以師範學校應當積極增設新聞學的課程。

最後就是中等學校也應該設有新聞課程，至於中學為什麼要有新聞學課程，對中學生有什麼利益及影響，黃天鵬先生曾說：「普通中等學校，若設有新聞學課程，最低限度可以養成學生五種能力：（1）具有寫作的技能，在報紙上能自由地發表意見。（2）對新聞紙有閱讀的興味和習慣，藉以獲得多量的知識。（3）無論任何種的新聞紙都有敏銳的判別眼力，不致為有作用的新聞紙所同化。（4）能盡讀者的責任，有監督記者的力量，督責新聞社的向上。（5）為職業上開一新途徑，將來也可以從事高尚的記者職業或是宣傳和編纂這一類的工作。」而為中國新聞學教師之人，不必存養成新聞記者之觀念，只是為使學生對新聞有正確的認識，及閱報之興趣，所以教師的責任有下列六種：

---

1 蕭東發主編：《新聞學在北大》，北京大學出版社，2006 年版。

1、引起學生對於作文有嗜好心，並養成寫作的習慣。

2、由新聞學而增加其對文章及思想的評判力。

3、使學生對於新聞的搜集與製作，要有獨創的心力。

4、增加學生的觀察力：

　　（1）能精確的來理解一切的事物。

　　（2）對事物抱有善良的觀念。

　　（3）從新聞紙的記事，進而對高尚的文學有憧憬的心影。

5、使學生認識新聞紙是指導公眾的言論機關，對新聞紙的發述與社會的影響，也有相當的學識。

6、授以新聞的分類，選擇新聞紙的各種知識。

這種新聞教育之普及，不是個人之力所能辦到，乃是國家之教育問題，尚希賢明的教育執政者，爲普及新聞教育而作有力的提倡，方能獲得莫大的效果[1]。

普及新聞教育，是各個行業、各種職業的人都需要的，它是讀懂新聞紙、并能夠從新聞紙中獲取自己需要的信息的主要渠道。因此，在大學一年級應該開始具有普遍意義的新聞教育，在示範類學校也應該開設新聞教育的課，並以此來指導和滿足學生和社會各界更多的人對新聞的解惑之求。

第二節　國際交流空間的擴大與國際新聞教育理念和模式的引入

民國新聞教育的萌芽基於兩個方面的原因：

第一，在 1918 年的前後，中國已經有了現代意義上的報刊以及新聞業，新聞實踐的需要給教育界提出了經過正規的學校教育培養新聞工作者的要求，一些從事新聞工作的人認識到了新聞教育的重要而萌生了開始新聞傳播教育的想法，與此同時，新聞媒體中的一些人也以師徒傳授的方式來進行有關新聞工作與新聞知識的傳授。那一時期也有一些新聞人到海外謀生，他們在學習瞭解了海外新聞業以及新聞傳播教育的情況後，返回國內，有了「洋爲中用」的想法；

第二，世界新聞教育的開展給了中國以啟示和可以借鑒的樣板。有史料

1　吳憲增：《中國新聞教育史》，石門新報社，1944 年版。

記載,「在世界上最早的第一本新聞學著作是德國的 1845 年,美國的最早的新聞學著作是 1873 年」。[1]前者是德國學者普爾茲所寫的《德國新聞事業史》。後者則是著名便士報《紐約先驅報》(TheHerald)的編輯主任哈德森(Fredrick Hudson)所寫的《美國新聞業》。所以,也有學者論述到:世界新聞教育起步於歐美,以德國為早,隨後美國趕了上來,並成為主流。17 世紀中葉,在德國大學中,以報紙為研究對象的學位論文一時成為時髦。18 世紀德國就出現了為培養記者而編寫的最初的講義。[2]1903 年美國俄克拉荷馬州的中央州立大學建立了新聞系。1904 年,美國的伊利諾斯大學和威斯康星大學創立了 4 年制的新聞教育。

「1908 年沃爾特・威廉姆斯(Walter Williams)在密蘇里大學創建世界上第一所新聞學院,作為美國新聞教育,也是世界新聞教育開端的正式標誌。1912 年,由美國著名報人——紐約《世界報》(The World)的老闆約瑟夫・普利策(Jo 2 seph Pulitzer)捐鉅資創辦的哥倫比亞大學新聞學院正式成立。此時,全美已經有 7 所大學設立了新聞系,其中還有 3 所大學成立了專門的新聞學院。有 30 多所大學開設了新聞學課程」[3]。

在歐洲,除德國外,法國巴黎社會學院於 1900 年設置了報學系。英國倫敦大學 1919 年率先開設了新聞學專業的教育。

據記載,美國政黨報紙《美國電訊報》(The United States Telegraph)編輯達夫・格林(Duff Green)最早提出新聞教育構想,但其計劃未能付諸實施。最早的大學新聞課程是在 1869 年開設於華盛頓和李大學(Washingtonand Lee University),是一項獎學金項目的一部分,專門提供給南方的印刷工人,目的是把課堂所學與在當地報紙排字房中的實踐結合起來。此後,位於美國中西部的一批大學也在當地報業協會的支持下開設了多項新聞學課程。堪薩斯州立大學 1873 年開辦印刷課程。康奈爾大學 1875 年開設新聞方面的講座;密蘇里大學 1878 年開設了新聞寫作課程。相繼開設新聞學課程的還有愛荷華州立大學(1892 年)、印第安納大學(1893 年)、堪薩斯大學(1894 年)、密歇根大學(1895 年)、內布拉斯加大學(1898 年)等。從課程設置上來看,也主要是圍繞報業發展所需要的知識結構。以最早系統教授新聞學課程的賓夕

---

1 方漢奇:《新聞有學 學海無涯》,www.XINHUANET.com,2005-06-15。
2 《新聞文存》,中國新聞出版社,1987 年版。
3 黃鸝:《論美國新聞教育的職業化》,華中科技大學學位論文,2005 年版。

法尼亞大學爲例，1893 年至 1901 年間，開設的課程就有：《製作報紙的歷史和藝術》、《誹謗法和商業管理》、《新聞採訪與編輯》、《當前事務專題講座》，以及來訪記者開設的講座等。1902 年伊利諾伊大學在英語系開設了四年制的新聞課程[1]。

　　近代新聞傳播事業發源於西方，眞正意義上的新聞傳播教育也肇始於西方。中國大陸、中國香港、中國臺灣、中國澳門等兩岸四地的新聞傳播教育也是從西方傳進中國的。美國不僅是西方各國中新聞傳播教育最爲發達的國家，對中國新聞傳播教育的影響也最爲深遠。根據 Weaver & Wilhoit（1986）的劃分，美國的新聞傳播教育可以分成四個階段。「第一階段是 1700 至 1860 年的「學徒制」；其次是 1860 至 1920 年新聞傳播教育的開展階段，後來成爲典範的密蘇里和哥倫比亞大學的新聞學院就分別在 1908 和 1912 成立；第三階段大概由 1920 至 1940 年，這一時期內有不少大學模仿密大和哥大的模式創辦新聞院系，而課程也開始社會科學化；1940 年代至今是第四個階段，在這個時期新聞傳播學院陸續在美國的研究性大學中建立，課程劃分細密，學生人數激增，而研究所學位課程也大行其道」[2]。

　　現代報章的形式大概是在十九世紀中葉傳入大陸和香港。那時美國已在大學開始設立新聞課程，但新聞傳播教育在當時的中國則是不可思議的，因爲對於滿清王朝來說，新聞媒介帶有顚覆性，屬於禁學。直到 1911 年清朝被推翻後，新聞傳播教育才逐漸受到大學和業界的關注。中國的新聞傳播教育可以追溯至 1918 年北京大學開辦的新聞課程（鄭貞銘，1964）。同年，「北大校長蔡元培設立新聞研究會，定時提供新聞課程。上海的聖約翰大學則在 1920 年成立新聞系，課程設計以美國爲師（袁昶超，1957）。燕京大學在 1924 年也成立新聞系，後由密蘇里大學的教授出任第二任系主任，課程取向與密大相同，當時該系已經要求學生修讀社會科學和人文科學，所佔學分高達百分之七十五（鄭貞銘，1964）。後來成爲中國新聞傳播教育重鎭的是 1929 年在復旦大學成立的新聞系。它的創系宗旨跟聖約翰和燕京大學不一樣，所強調的是爲中文新聞媒介培養人才。1934 年在中央政治大學成立的新聞系則強調新聞傳播教育與政治的結合，該系的主旨是爲國民黨和政府訓練新聞人員。當然，除了這些正規的新聞傳播教育以外，還有其他各種專科新聞訓練學

1　陳昌鳳：《中美新聞教育傳承與流變》，中國廣播電視出版社，2006 年版。
2　陳昌鳳：《中美新聞教育傳承與流變》，中國廣播電視出版社，2006 年版。

校，也為中國培養了不少新聞人才」[1]。

由於抗日戰爭，新聞傳播教育和大學教育在 1937 年至 1945 年受到重大衝擊，一直到戰後一兩年才得以重整旗鼓。1949 年以後，因為政局的變化和世界形勢的改變，兩岸四地的新聞傳播教育開始出現了分道揚鑣的局面：中國大陸是社會主義的新聞傳播教育，香港、臺灣、澳門等地則是深受美國影響的自由主義新聞傳播教育。

「鴉片戰爭以後的近百年的中國歷史，是一部西方資本主義列強挾其先進的生產力以其堅船利炮撞開中國大門，進而侵略、蹂躪、奴役、乃至企圖瓜分中國的血跡斑斑的屈辱史；也是古老、封閉、落後的中國開始從封建社會的噩夢中醒來，進而抗爭、奮進、革命，最後走向獨立、主權和社會主義的奮鬥史[2]。期間，廣州三元里人民自發的抗暴鬥爭打響了近代史上中國人民武裝反抗外來侵略者的第一槍；太平天國的英雄們勇敢地向清王朝進行了旨在推翻封建統治的鬥爭；戊戌變法是漸次覺醒了的中國民族資產階級試圖衝破帝國主義和封建主義壓迫的第一個政治行動；辛亥革命雖然推翻了延續數千年之久的帝制，但是，封建的外殼雖已砸破，但民主、共和的理想之光並未照耀中華大地；北洋軍閥的反動統治依然使中國人民深陷在帝國主義、封建主義、官僚資本主義三座大山的壓迫之下。

1919 年的五四運動作為中國革命的一個轉折點，作為新民主主義革命開始的標誌和中國現代史的開篇，使中國革命發展到了新的歷史階段。以「德先生」（民主）和「賽先生」（科學）為旗幟的新思維衝破了僵化的傳統文化的藩籬，在中華大地掀起了一次偉大的思想解放運動。這次思想解放運動活躍和推動了中國思想文化領域的向前發展，促進了文學和文藝的繁榮。西學東漸和傳統國學的發揚光大，使一些新興的學科在這一時期發展和成長起來。新聞傳播教育便是其中之一。

新聞傳播教育是為了傳授新聞學知識和技能，培養新聞傳播專業人才而進行的專業教育。新聞傳播教育的主要形式是正規的、系統的學院教育。新聞傳播教育的另一種重要形式是對在職新聞從業人員進行終身的繼續教育。新聞傳播教育是新聞傳播機構和新聞傳播活動的人力資源保障，又是新聞傳播事業生產流程中的「上游工序」。

---

1 方漢奇：《新聞史的奇情壯彩》，華文出版社，2000 年版。
2 李建新：《中國新聞教育史論》，新華出版社，2003 年版。

　　中國新聞傳播教育以中西結合、應用爲主起步，以實現國際化爲最終的歸宿。瞭解和總結這段歷史，可以使我們很好地借鑒過去，把握今天，擁有未來。

第三節　近代教育體系爲民國新聞教育萌芽提供了機制保障

　　中國教育有著悠久的歷史。據資料介紹，1965 年，考古工作者在我國的雲南省元謀縣發現了兩顆猿人的門齒化石，距今約有 170 萬年的歷史，是我們知道的中國境內最早的原始人類。按照「教育起源於原始人類爲保證自身生存和發展的實踐過程中」的說法可以認定，中國的教育歷史至少有百萬年以上。[1]

　　自原始社會末期學校萌芽，中國的教育一直在按自己的方式發展。中國古代無專門師範教育，飽讀四書五經的讀書人除能「學而優則仕」外，亦能設學授徒，爲人之師。在一個漫長的時間裏，中國教育在古代教育的範疇中發展。到了明末清初，西方傳教士開始到中國傳播西學；鴉片戰爭後，國門洞開，中國受到西方教育的衝擊，有人開始翻譯介紹西方教育的理論著作。中國的「教育學科」是隨著西方教育在國內的傳播，以及西方近代班級授課制的實行而產生的。

　　中國近代大學教育的出現，可以說是從外面引進的，而不是從內部自然產生的；是被動而非主動的。它產生的直接原因，是在同西方文化的接觸中孕育出來的，然而這種文化接觸，卻是伴隨著西方列強對中國的侵略而來的。

　　1840 年中英之間爆發了第一次鴉片戰爭，結果中國戰敗，簽訂了《南京條約》，割讓香港，開闢五口通商。從此中國閉關自守的國門被西方列強用炮艦打開，侵略者一個個接踵而來。1860 年，英法聯軍攻陷京津，火燒圓明園。直到此時，被李鴻章稱爲「數千年來未有之強敵」才眞正震動了國人，清朝中央政府被迫設立總理各國事務的衙門，直接同列強交往。在同列強打交道的過程中，有一些高級官僚主張學習西方的科技，被稱爲洋務派。洋務派所進行的一些活動，史稱洋務運動。在洋務運動期間，他們創立同文館，造就

1　張惠芬、金忠明編：《中國教育簡史》，華東師範大學出版社，2000 年版。

翻譯人才，以便與列強交涉，創辦水路學堂，培養新型軍事人才，以適應軍隊的近代化；又設立一些民用和軍事工業，目的在於「富國強兵」。

鴉片戰爭後約 20 年間，西方的傳教士在中國傳教和辦學校，把現代教育的火種引入到了中國，另一方面，洋務運動中形成的洋務教育思潮也要求改革不適應社會發展的傳統教育，洋務運動中的「務採西學」、「改革科舉」、「建立新學」、「中體西用」等教育思潮加速了中國古代教育向近代的轉變。這一時期教育的改革，主要表現在兩方面：一是創辦新型學校，二是開始留學教育。

他們那時相當普遍的看法是：要救亡圖存，必須向外國學習，實行變法；要變法，首先要變人，這就必須從廢科舉、興學堂做起。以前，中國幾乎沒有近代知識分子，只有舊式士大夫。他們熟讀的只是四書五經之類的所謂「聖賢之道」，擅長的也只是寫一些「代聖賢立言」的八股文章，用這些去應付科舉考試，以求走上做官的道路。靠這樣的士大夫，對於建設近代國家，抵抗外來侵略，都是根本談不上的。這種狀況不改變，中國是沒有希望的。在當時，梁啓超的看法很有代表性，他說：「變法之本，在育人才；人才之興，在開學校；學校之立，在變科舉。」戊戌維新運動要求改革政治，同時也開創了近代中國教育改革的新紀元。雖然短命的「百日維新」被舊勢力打得落花流水，但是創辦新式學堂卻成爲維新事業惟一保留下來的一項變革。開明的中國知識分子在國家面臨瓜分豆剖的危難時刻，發出了「師夷長技以制夷」的呼聲，效法泰西、興辦學校，成爲不少人的共識。

近代知識分子王國維曾感歎：「以中國之大，當事及學者之眾，教育之事之亟，而無一人深究教育學理及教育行政者，是可異已。以余之不知教育，且不好之也，乃不得不作教育上之論文及教育上之批評，其可悲爲如何矣。」[1]

辛亥革命推翻了兩千多年的封建帝制。這一重大變局使國人感到一切都與過去不同，教育學科內容開始得到更新。中華民國將清朝學部改爲教育部，通過《普通教育暫行辦法》，對清末教育進行重大改革。

民國初年，出現了一些新的教育思潮，對清末直譯照搬外國著作的方式及風格形成了有力衝擊。1913 年，黃炎培發表《學校教育採用實用主義之商榷》一文，明確提出實用主義教育；1915 年，陳獨秀在《今日之教育方針》

---

1 王國維：《教育小言十二則》，《教育世紀》，1906 年版（117）。

中明確提出「職業教育」是四大教育方針之一。從此，職業教育代替實利教育、實用教育和實業教育而成為一種重要的教育思潮，直接影響到教育學科的調整和改革。[1]

「1914 年以後，留美學生陸續回國。如郭秉文 1908 年赴美，獲教育學博士，1914 年回國，任南京高等師範學校校長；胡適 1910 年赴美，獲哲學博士，1917 年回國，任北大教務長；蔣夢麟 1912 年留美，獲博士學位，1917 年回國，任南京高等師範學校教授、教育科主任。這些受美國教育薰陶的學者執掌中國教育界，美式教育理論在中國漸生影響，美國進步主義教育理論強調要注重學生的主動性和創造性，使學生個性自由發展，課程設置強調了要考慮現代社會的需要等，對中國傳統教育做了必要的變革」[2]。

此時的新聞學和新聞事業在我國已呈興旺之勢。其中擘畫者有不少是從美、日等國回來的。他們認為，新聞工作是一種職業，其從業人員需要接受職業教育，這正符合了當時社會所提倡的「職業教育」之動議。再者，世界新聞傳播教育也始於美國，在國人尚未搞清中國的新聞傳播教育是什麼樣的時候，學習傚仿美國的做法，也就是一個可以接受的選擇，而此時美國的教育理念和模式正為國人所推崇，因此，中國新聞傳播教育在起步階段是受美國新聞傳播教育的影響的，它是在我國整個教育機制走出塵封的格局，尋求與世界對話的背景之下進行的。中國新聞傳播教育的出現是離不開整個教育體系的重新構建這個大背景的。

第四節　新文化運動加速了民國新聞教育的誕生

新文化運動是指辛亥革命失敗後從 1915 年開始至五四運動前夕，中國思想文化戰線上發生在舊新之交的急速轉變中的由激進的資產階級民主主義者發起的較辛亥革命時期更猛烈的思想文化革命。它是帝國主義的文化侵略和中國人民反文化侵略的必然結果；是在辛亥革命失敗後帝國主義的奴化思想與封建復古主義結成反動同盟向辛亥革命的文化思想反撲面前作出的回擊。從根本上說，它是中國資產階級在辛亥革命後繼續要求變革政治的結果，是資產階級的政治鬥爭在思想文化戰線上的反映。

1　金林祥主編：《20 世紀中國教育學科的發展與反思》，上海世紀出版集團、上海教育出版社，2000 年版。
2　李建新：《中國新聞教育的歷史流變》，華中科技大學學位論文，2002 年版。

　　鴉片戰爭失敗後，西方「新學」輸入，原來的舊文體已不能滿足人民群眾社會生活的需要，日益要求一種新的文體來容納現實生活和思想中的新內容，因而出現了主張改變舊文體，使文字「適用於今、通用於俗」，倡導「我手寫我心」的「詩界革命」和梁啟超的以通俗流暢的「新文體」寫的論說文。梁認為「愚天下之具，莫如文言；智天下之具，莫如白話」，並提出要「崇白話廢文言」的主張。

　　1915 年 9 月 15 日，《新青年》在上海創刊，以此為標誌，揭開了新文化運動的序幕。

　　中國的新聞傳播教育在這場運動的促動下加速了它由孕育到分娩的過程。

　　「從形式上看，新文化運動借助創辦刊物來宣傳進步的思想和主張，一些宣傳新文化、新思想的報刊雨後春筍般地出現，把當時最有效的傳播手段運用到運動中來，及時、客觀、靈活地向廣大人民群眾宣傳科學與民主，進行思想啟蒙，既推動了新聞事業的發展，也激活了人們對新聞傳播教育的渴求」；「從內容上看，新文化運動針對封建思想文化的束縛，打出了民主和科學的大旗，向青年讀者提出了 6 個方面的要求：自主的而非奴隸的；進步的而非保守的；進取的而非隱退的；世界的而非鎖國的；實利的而非虛文的；科學的而非想像的[1]」。

　　《新青年》的主要創辦人陳獨秀把「改造青年思想，輔導青年修養」的宗旨和現實的社會政治、青年的思想實際逐漸結合起來。他向讀者疾呼：「國人而欲脫蒙昧時代，羞為淺化之民也，則急起直追，當以科學與人權並重。」《新青年》的宣傳內容主要有：提倡自由民主，反對封建禮教，開展批孔鬥爭；提倡科學，反對迷信；發起文學革命運動等。這些活動的開展，使人們的思想和認識得以進一步地解放和提高，伴隨著越來越多的文章和進步刊物的問世，人們受教育受啟發的程度日益加強，在這一過程中，自然引發了更多的人開始重視並從事新聞傳播教育。

　　創辦報刊、宣傳新思想和新文化是新文化運動的主要形式。新文化運動時期，國內的報刊等出版物如雨後春筍一般。在《新青年》等刊物的啟發與感召下，陳獨秀、李大釗等同仁為適應新的形勢的發展，又於 1918 年 12 月 22 日創辦了一份小型政治時事評論報紙《每週評論》，以「輸入新思想」，「提

1　李建新：《中國新聞教育的歷史流變》，華中科技大學學位論文，2002 年版。

倡新文學」為己任，重在批評事實，把思想文化鬥爭和政治鬥爭緊密結合起來。在《新青年》、《每週評論》的帶動下，進步學生報刊在 1919 年一年之內就達 400 種之多，形成了進步報刊宣傳陣線。其中影響較大的有毛澤東主編的《湘江評論》、周恩來主編的《天津學生聯合會報》、瞿秋白等編輯的《新社會》旬刊，少年中國學會出版的《少年中國》雜誌和惲代英主編的《學生週刊》等。

在新文化運動的推動下，《新青年》等報刊在倡導民主科學方面、在推動新聞事業發展方面，在新聞學研究和新聞理論的豐富完善等工作上均取得了突破性的成果。

「《新青年》發起新文化運動後，廣泛採用社論、專論、代論、來論、外論等多種形式，打破民國以來萬馬齊暗的沉悶局面，政論重新受到重視並發展到一個新的階段。在真理與謬誤的辯論中，形成各種思想交鋒的自由市場，把不同觀點的文章或摘要同時刊出，讓讀者甄別、比較、討論，發揮了引導社會輿論、有助讀者明辨是非的作用」，「新文化運動的開展，極大地推動了中國新聞事業的發展。隨著新文化運動的開展，西方的科學思想開始在中國傳播，西方的新聞學思想和理論也在中國得到一定的傳播」[1]。

早在 19 世紀末興起的資產階級維新運動，不僅將中國人的辦報活動推向高潮，也有人開始研究報紙的功能，對報學產生了興趣。資產階級維新派的領袖人物康有為、梁啓超、嚴復、譚嗣同等，無不對報學研究具有濃厚的興趣，提出了不少對中國新聞事業發展十分有益的真知灼見。如康有為的「設報達聰」；梁啓超的「去塞求通」；嚴復的「通上下之情，通中外之故」；譚嗣同的「報紙要代民立言」，報紙要成為「民史」、「民口」等等，都具有一定的思想內涵。在新聞理論上他們也有許多有見地的觀點，如「報館有兩大天職：一曰對於政府而為其監督者，二曰對於國民而為其嚮導者」，報紙要「若孝子之事父母，若良師之誘蒙童」那樣去嚮導國民、開民智、造新民。提出了辦報的 4 條基本原則，即「宗旨定而高」、「思想新而正」、「材料富而當」、「報事確而速」。他們認為輿論是天地間最大的「社會制裁之力」，報館則是體現輿論最有力的機關，報館要健全輿論等。他們的新聞思想和新聞觀點，經相互的交流和不斷地向人灌輸，在社會上擴散開來，這實際上也是一種新聞傳播教育，只不過沒有一個正規的形式，沒有登堂授課而已。因為此時他們已

1　吳廷俊：《中國新聞史新修》，復旦大學出版社，2008 年版。

經有了新聞實踐的體會、有了經驗和研究的總結、有了他人對他們的新聞學觀點的渴望瞭解，新聞傳播教育的基本條件具備了。其中，梁啓超的報學思想對中國新聞傳播教育的產生和發展有較大影響。

梁啓超是以政治家的身份從事報刊活動的。他從 1895 年開始創辦報刊到 1922 年停止報刊活動，一共 27 年。27 年中，他親自創辦、主編報刊 11 種。他除主編過《中外紀聞》外，還參與創辦並主編《時務報》，「遙領」過《知新報》，竭力贊助過《湘報》、《湘學報》的出版，還支持過《農學會報》、《萃報》等的創辦活動，或為其作序，或為其寫敘例。在這些報學實踐中，梁啓超逐步形成了他的報學思想，這一思想主要集中在他的新聞學處女作《論報館有益於國事》一文中。他說：「無耳目、無喉舌，是曰廢疾。今夫萬國並立、猶比鄰也。齊州以內，猶同室也。比鄰之事而吾不知，甚乃同室所為不相聞問，則有耳目而無耳目；上有所措置之不能喻之民，下有所苦患之不能告之君，則有喉舌而無喉舌；其有助耳目喉舌之用而起天下之廢疾者，則報館之謂也。」[1]

梁啓超認為，一個國家如果不設報館，不出版報刊，就像一個人沒有耳目和喉舌一樣，是為廢疾之人。內情不能外達，外情不能內傳，上情不能下達，下情不能上傳，內外阻隔，上下蔽塞，無耳目以廣聽聞，無喉舌以助交流。這種「壅塞」嚴重地阻礙了社會的進步和國家的強盛，因而需要辦報以「去塞求通」。報紙如何能發揮「耳目喉舌」的功能，起到「去塞求通」的作用呢？梁啓超認為，維新派報紙必須具備四項基本內容：「廣譯五洲近事」，「詳錄各省新政」，「博搜交涉要案」，「旁載政治學藝要書」！

梁啓超還認為，中國應像西方資產階級國家那樣，大力興辦各類型的報紙，繁榮中國的新聞事業，不僅有各種科目的報，還應有供不同年齡的人閱讀的報，以及出版時間長短不一的報，這樣可以達到「閱報愈多者其人愈智、報館愈多者其國愈強」的目的。

新文化運動時期，不但報刊蓬勃發展，新聞思想也不斷深化。新文化運動主將之一陳獨秀對創辦報學和發展新聞事業就有其獨到的見解。這種見解主要體現在他民主、科學的辦報態度方面。主要包括三個方面的內容：

其一，以「兼容並包」的方針組成同人編輯部。陳獨秀根據西方民主原則，反對專制主義，提倡在真理面前人人平等。他說「學術思想之專制，其

1　童兵：《中西新聞比較論綱》，新華出版社，1999 年版。

湮塞人智，爲禍之烈，遠在政界帝王之上。」在他創編刊物的過程中，實行「言論自由」、「不尙一尊」的原則，是很有遠見和民主的做法。

其二，確立以「自由討論」、「各抒己見」的原則編發稿件。陳獨秀等人認爲：「眞理以辯論而明，學術由競爭而進」，「言論自由神聖不可侵犯，爲各國憲法所特別保護。」他把這些理念貫穿在了《新青年》及其他刊物的編發之中。

其三，提倡以充分說理的精神撰寫文章。陳獨秀曾說：創辦報刊，是用來展開思想鬥爭的，但鬥爭雙方都得講道理，應「拿出自己的知識本領來正正堂堂的爭辯」。他堅決反對借用學術以外的勢力壓人。因而《新青年》表示，「寧歡迎有意識有信仰的反對，不歡迎無意識無信仰的隨聲附和」。[1]

新文化運動後，新聞學研究在前人的基礎上又上了一個臺階，社會上出現了專門研究新聞學的組織，有大量的新聞學論著出版。這些研究組織，研究者個人或論著的編撰者，無不希望自己的知識讓別人知曉，因此，新聞傳播教育的漸次開展也就水到渠成了。

「從人物上看，參加新文化運動的知名人士有陳獨秀、李大釗、魯迅、胡適、錢玄同、劉半農、沈尹默、周作人、高一涵、陶孟和、王星拱、陳大齊、張申府等進步人士，還有不少名教授等，在推動民族文化的更新和發展中，他們全方位地批判、消化舊文化，科學合理地引進新文化，在實踐中爲中國的新聞傳播教育奠定了堅實的基礎，後來這些人中的部分人士，還直接或間接地投身於新聞傳播教育的行列之中，這使得本是文化教育一個組成部分的中國新聞傳播教育，在新文化運動的洗禮中加快了步頻」[2]。

「新文化運動對中國新聞學研究和新聞傳播教育有著直接的推動作用。在新聞學研究方面，通過新文化運動期間的探討與爭鳴，使新聞從業人員更進一步的明確了一些新聞學的理論與實踐的問題，在具體工作中感悟出了不少心得與體會，能較準確地評品和掌握報刊的宣傳教育功能；言論出版的自由觀念；報刊文風的通俗化原則等理論問題，也對報刊的輿論導向功能；報人的社會地位與品格素質；報刊的溝通功能等問題有了進一步的認識，不少作者發表了不少的有關新聞學研究的文章，繁榮了新聞學研究，壯大了新聞學研究的隊伍。這一時期不少出去學習新聞學的留學人員先後回國，把

1　蕭超然：《北京大學與五四運動》，北京大學出版社，1995 年版。
2　吳廷俊：《中國新聞史新修》，復旦大學出版社，2008 年版。

新聞學的理論及時帶回了祖國，也從客觀上為新聞傳播教育準備和培養了人才。中國新聞傳播教育能在 1918 年發端，與新文化運動的催生是密不可分的」[1]。

正如前面所提及的那樣，中國的新聞傳播教育是受了國外新聞傳播教育的影響並借鑒、學習了人家的經驗後才開始起步的。

國外的新聞傳播教育，無論從開展的早還是從發達的程度看，首屈一指的當數美國。美國的新聞機構一般自己不培訓新聞從業人員，新聞從業人員絕大多數來自全國各地的新聞學院和新聞系。當然，美國也有不少人反對新聞傳播教育。持反對論調的人不外兩派：一派是教育界的科學至上論者，另一派為報界的經驗主義者。前者如芝加哥大學校長郝金斯（Robert M. Hutchins）便竭力主張大學裏面不可設置新聞系，他認為新聞傳播教育是職業教育的一種，並非專門科學。新聞學本身既不成為一完整的理論體系，必須依附於人文科學與社會科學而勉強拼湊，這樣未免破壞了其他學系的完整，而且直接影響大學教育制度的本身。另一反對派則來自「行伍出身」的新聞從業人員，他們是純粹的經驗主義者，以為「新聞鼻」是天生的，做新聞記者必須從校對學徒做起，在編輯部掃地抹桌子比在學校裏捧書本更為有益。儘管有著二大派別的反對，美國諸多的新聞院系和新聞傳播教育家還是主張在大學進行新聞傳播教育。他們認為，只有正規的新聞院系才能培養出合格的新聞人才。美國俄克拉何馬州的中央州立大學新聞繫於 1903 年建立，4 年制的新聞傳播教育 1904 年創於伊利諾斯大學和威斯康星大學。1908 年，著名的新聞傳播教育家威廉斯博士主持創辦了密蘇里新聞學院，標誌著美國新聞傳播教育的正式開始。1912 年，被譽稱為現代美國報紙的先驅者和示範者的普利策創辦了哥倫比亞大學新聞學院，這是美國新聞傳播教育史上的一個里程碑。這是世界上新聞傳播教育的最早源流。新聞傳播教育以此為標誌在美國獲得了與醫學、法學及其他學科同等的地位。

美國新聞界人士認為，新聞學不僅是研究新聞的學問，而是集一切學問之大成的科學。著名報人普利策曾說過：「應該承認新聞工作是一項偉大的並需要高度文化修養的職業，要有最淵博的知識和最高尚的品格。」正因為如此，美國大學的新聞傳播教育都把基礎課的教學放在重要位置。一般專業課占全部課程的 25%，基礎課占 75%。專業課主要包括實用技術課和理論

---

1 李建新：《中國新聞教育史論》，新華出版社，2003 年版。

課。實用技術課主要是採訪、寫作、編輯、攝影等，理論課主要是新聞學理論、新聞史等。基礎課主要是廣泛的人文科學、自然科學和社會科學知識。在 4 年制大學裏，1、2 年級主要學習基礎課，從 3 年級才開始學習新聞專業課，即使在學習專業課時，還要選修一定數量的基礎課。

以密蘇里新聞學院為例，該院 1、2 年級學生主要在文理學院學習，課程有：「外語、自然科學、經濟學、美國政治、英文及其他社會科學、人文科學等。3、4 年級學新聞專業課。專業課又分為必修課和各組專門課程兩種。必修課有新聞寫作、編輯、採訪、廣告學、新聞史、新聞事業與社會的關係等。新聞學系學生第 3 年才開始選擇志願，依志願可分為新聞評論組、廣告組、雜誌寫作組、廣播電視組、農業新聞組等。學院為上列各組開設了 60 種以上的各類新聞專門課程。法國雖然是一個報業發達的國家，但其學院風氣和宗教影響，未能使報學教育有特殊的發展。報學專科本來是創始於法國，巴黎社會學院於 1900 年設置報學系，但外國學生比法國的多」[1]。

前蘇聯的新聞傳播教育始於 1919 年。這一年，塔斯社的前身羅斯塔社創辦了一所新聞學校，目的是培養工農幹部，使他們成為報社和宣傳部門的工作人員。1921 年，蘇聯在莫斯科建立了莫斯科新聞學院。學制 1 年，開設系統的專業課程，主要是加強新聞理論研究，培養有經驗的新聞從業人員。1923 年蘇聯政府頒布法令，將莫斯科新聞學院列入高等教育範疇，改名為國立莫斯科新聞學院，從此開始了正規的大學新聞傳播教育。該院學制 3 年，主要課程有社會經濟基礎，俄羅斯文學史、西方文學史、國家法、蘇聯財政經濟政策、對外政策、國際關係，心理學、邏輯學等，目的在於擴大學生的知識領域。除此之外，學生還要學習新聞理論和專業技能課。

英國是世界上新聞事業相當發達的國家，有名列世界四大通訊社之一的路透社，有《泰晤士報》，有世界知名的英國廣播公司（BBC）。英國人認為：「論西洋之現代新聞事業者，莫不推英吉利為開山祖師。美國雖為現代新聞事業最發達之地，然其源流則仍來自英國。蓋當英國盡其全力開拓美洲時，遠離重洋彼此各地之情況，必須有相當之明瞭，於是新聞事業乃得萌芽。」早在 1896 年英國倫敦即有新聞傳播教育出現，1902 年希爾又辦了一個私立的記者養成學校。英國新聞傳播教育的歷史可以追溯到 1919 年。1919 年，英國

1　林牧茵：《移植與流變——密蘇里大學新聞教育模式在中國》，復旦大學學位論文（1921～1952），2012 年版。

創辦了倫敦新聞學院。這是一所商業性的函授學校，靠工商界和新聞界知名人士的支持和贊助。開設課程有：新聞學基礎理論、新聞寫作、廣播、電視以及其他與寫作有關的課程。英國新聞界人士認為，新聞業務沒有必要花費太多的時間去學習，主要是參加實踐。文、理科大學生畢業後轉入新聞學的研究，更能適應新聞工作的要求。

以上幾個國家的新聞傳播教育均早於我國。那個時候信息、文化、教育等幾方面的交流雖不及今天便捷，但我國與以上幾個國家的往來還是頗多的。加上美、英等國都希望他們在華的影響能持續增長，竭力想辦法使中國人知道，他們的文化、教育制度是惟一值得效法的，於是便有了大量的新聞理論和新聞傳播教育模式對中國的傳入。

這些外國新聞理論的傳入和國外新聞傳播教育模式對中國新聞傳播教育曾經產生過重大的影響，催生了中國的新聞傳播教育。美英等國新聞界的著名人士紛紛到中國講學，傳授西方資產階級新聞思想和新聞傳播教育的理念，進一步擴大了資產階級新聞理論和辦報經驗在中國的傳播。「從 1921 年底到 1922 年間不到 1 年時間裏，即有英國《泰晤士報》社長北岩，美國密蘇里大學新聞學院院長威廉、美國新聞出版界協會會長格拉士，美國《紐約時報》著名記者高森，美聯社社長諾伊斯等人來華活動。他們到處發表演講，宣傳資產階級的辦報思想和辦報經驗，介紹西方的新聞傳播教育情況。尤以密蘇里大學新聞學院院長威廉博士的演講影響最大。1921 年他來華訪問，在北大發表演說，由胡適口譯，講題是《世界之新聞學》，提出報紙成功的 4 個條件，即：報紙要獨立；辦報要大膽，要有勇氣；新聞要正確、真實；記載要有興趣。他又指出報人成功的因素有三，即：知識、技能和高尚的人格。他的這些理論在當時的中國影響很大，密蘇里新聞學院的模式，及其他一些歐美國家新聞傳播教育的模式，對部分中國人有了較大吸引力。一些外國教會的在華人員和新聞單位的人開始登上中國新聞傳播教育的舞臺，有的則是把西方的新聞傳播教育模式直接移植過來。處於萌芽和起步狀態的中國新聞傳播教育，受此種理論和模式的影響，開始傚仿之，在一個短的時期內，新聞傳播教育即在幾個大城市迅速展開」[1]。外國新聞傳播教育的理論和模式，就這樣影響和促進了中國新聞傳播教育的發展，這是中國新聞傳播教育得以起步的外部條件之一。

---

1 李建新：《中國新聞教育史論》，新華出版社，2003 年版。

第五節　「報業學堂」發出了民國新聞教育的啓創之聲

1912 年全國報界俱進會在上海舉行大會，倡議成立「報業學堂」，進行新聞傳播教育，這是中國開設新聞傳播教育的最早倡議。

1912 年前的中國報界有一種認識：「歐美名記者，往昔僉謂報館爲最佳之報學院，實用方法恐難於教室內教授。故報業教育初興之時，頗遭報界之輕視。然自此種人才（受過新聞傳播教育）加入報界之後，覺成績優良，遠過於未受專門訓練者，於是報界之懷疑始去，而樂與教育界攜手。」客觀存在的事實使那一時期漠視新聞傳播教育的人終於認識到：「世界有一顚撲不破之公例，即學問絕無害於經驗，而有助於經驗也。」[1]

在那時的人們看來：記者之職責至重，而社會之希望於記者亦甚高。「然執今之報界中人，而詢其因何而爲記者，如何而後成良好之記者，恐能作明瞭之答覆者千百之十一耳。故由道德上、理想上以造就報業人才，則報館不如學校，學問與經驗，兩不宜偏廢也。」從這裡可以看到，創設新聞傳播教育，不僅有了實在的需求，有了感性的體悟，更有了在對有無新聞傳播教育的對比中得出的結論。全國報界俱進會能把在中國創設新聞傳播教育作爲一個倡議向全國發出，足以見得新聞傳播教育在中國已是春潮湧動，只待東風了。

當時一些對新聞事務及新聞傳播教育做過深入研究者在進行了全面的思考和分析之後，就當時新聞事業與新聞傳播教育的現狀、未來及它們之間的相互關係進一步表明觀點：「抑尤有進者，報業職業也。一論一評一記事，須對讀者負責任，非有素養者，曷足以語此？譬之醫之處方，可以活人亦可以殺人。往昔私相傳授，惟重經驗，今則非大學生不得肄習，非有卒業證書，不得爲人治病。此無他，愼重人命而已。歐美名記者，固有出身於報館者，然此種人不數數見，豈足以應報界之需？故報業之必須有教育，即使有志於此者，於未入報界之先，予以專門之訓練，及關於政治學、心理學、社會學之高級知識，乃尊重職業之意，豈有他哉？」[2]

在這些認識的基礎上，全國報界俱進會提議設立新聞學校，並有如下提案：「吾國報業之不發達，豈無故耶？其最大原因，則在無專門之人才。夫一國之中，所賴灌輸文化，啓牖知識、陶鑄人才，其功不在教育之下者，厥惟

1　戈公振：《中國報學史》，三聯書店，1955 年版。
2　丁淦林：《中國新聞事業史新編》，四川人民出版社，1998 年版。

報業。乃不先養專才、欲起而與世界報業相抗衡，烏乎得？且報業之範圍，固不僅在言論，凡交通、調查諸大端，悉包舉於內，而為一國一社會之大機關。任大責重、豈能率爾操觚？吾國報業，方（仿）諸先進國，其幼稚殊不可諱。一訪事、一編輯、一廣告之布置、一發行之方法，在先進國均有良法寓其間，以博社會之歡迎，以故有報業學堂之設。不寧惟是，且有專家日求改良，以濟其後焉。吾國報業，既未得根本上之根本策劃，欲求改良，果有何道？土廣民廣，既甲於世界，若就人口及地為標準，以設報館（先進國報館取屬人主義，滿若干人口，應設報館一，取屬地主義者，有若干地面，應設報館一。），則尚邈乎其遠。通埠雖稍有建設，而勢尚式微，今後若謀進步，擴張之數，正未可量。而能勝此重負，幾何不先有以養育之？僅此寥寥有數人才，流貫交通有數之地點，其有補於國家社會之處，固屬有限。對於各本業專學之前途，究如何以有操勝之權，亦未能必也。某也目光所及，擬於根本改良，爰公同提議組織報業學堂，靜候公決。」[1]

令人遺憾的是，「全國報界俱進會」成立不久即宣告瓦解，成立報業學堂的倡議雖由這個組織向全國發出，但把實現新聞傳播教育的美好想法卻留給了後人。這個倡議雖然過眼煙雲般的很快被人們所不提及，但它在中國新聞傳播教育史上確留下了重墨濃彩的一筆，千字不足的倡議，銘刻下了中國新聞傳播教育萌衝的印記。

最早開設新聞傳播教育之倡議的歷史意義，在於它首次以一個組織的名義向全國進行召喚，捅破了「新聞傳播教育」的窗戶紙，使大家從「學」的層面上開始重視新聞傳播教育，國人開始真正認識到了辦報有學，新聞有學。它的意義還在於廓清了人們的一種認識，那就是接受「報業教育者」「遠過於未受專門訓練者」。這個觀點建立在事實和比較的基礎之上，令人信服。「開設新聞傳播教育的倡議由專業團體提出，而不是由政府或其他不相干的組織提出，說明了新聞傳播教育不是政客們的一時興起，不是官僚們的貪功求贊，不是富豪們的誇富顯能，不是學究們的故弄玄虛，而是一種社會的實實在在的需要，是老百姓正常生活的渴望，是社會功能的一種基本體現。有了這樣一個基調，新聞傳播教育的開展就更為人所接受，亦讓人覺得很有必要[2]」。

---

1 丁淦林：《中國新聞事業史新編》，四川人民出版社，1998 年版。
2 李建新：《中國新聞教育史論》，新華出版社，2003 年版。

　　上海歷來是中國的新聞中心之一，在 1912 年前後，上海的新聞事業遠較其他地方發達，全國報界俱進會在上海召開大會，在上海向全國發出成立「報業學堂」的倡議，顯然是考慮到了它的權威性和感召力。

　　從事物發展變化的規律來看，任何事物的發展變化都要經歷一個由量變到質變的過程。事物的發展總是從量變開始，量變達到一定程度引起質變，量變是質變的必要準備、質變是量變的必然結果。在這個變化過程中，内因起主要的決定的作用，外因起次要的輔助的作用。如果我們把開設中國的新聞傳播教育視爲一個質變，那麼在此之前就必然有進行新聞傳播教育的嘗試，進行新聞傳播教育的努力和呼籲，呼喚社會開始新聞傳播教育的量變。這也印證了本文前面已經述及的其實在新文化運動的前後即有新聞傳播教育活動的存在的正確性，並從一個側面說明了我國新聞事業和新聞傳播教育事業的開展在世界上是較早的。

　　另外，全國報界俱進會能把開辦「報業學堂」的目的、意義、必要性、可行性等問題講的比較透徹，還給出了新聞傳播教育的組織大綱，這是很難憑空想像出來的，它必定是在一定的實踐經驗的基礎上提煉概括出來的，是彙集了多方經驗的集大成者，說明在那一時期，中國的新聞傳播教育已經是「暗流湧動」，後來中國的新聞傳播教育能出現從無到有的質變，新聞傳播教育能在正規的高等院校裏登堂入室，不過是這種「暗流湧動」露出「冰山一角」而已。

第六節　全國報界聯合會與新聞學組織大綱

　　全國報界聯合會，乃廣州七十二行商報與新國民報提議所組織。此會由廣州報界公會電告上海報界公會發起，於民國八年四月十五日在廣州成立。並議決籌設新聞大學，以後因會員意見分歧，故會務亦形停頓。其所議決設立之新聞大學亦未實現；但是對於新聞大學組織大綱已擬就。

　　全國報界聯合會新聞大學組織大綱

　　　　新聞大學之宗旨：

　　　　（一）造就專門人才。

　　　　（二）促進全國新聞業之發達。

　　　　（三）補助國際輿論。

　　　　（四）輸入新文化。

　　新聞大學之成立，由全國報界聯合會選舉委員五人，擇定國內相當之大學準備組織之。

　　新聞大學設立於擇定大學內，即名為某大學之新聞學科。

　　新聞大學之經費，由擇定大學與本會兩方合併籌足固定基本金三十萬元，存儲生息，以作當年經費之用，以後視發達之程度逐漸推廣。

　　新聞大學主要學科，由大學教授會定之。

　　新聞大學應附設函授科，周行科，使國內現在從事新聞及一般有志入學而不得者，皆得有受大學同等之教育，並促進社會之文化。

　　新聞大學審經濟之狀況，應聘請國際著有名望、得各國輿論信用之新聞學大家主持教授。

　　謀新聞大學之發達起見，得設定各科名譽殿，授與各方之熱心援助本大學者。

　　本大學學院之收錄，由籌備員與擇定之大學協定之。

　　本大綱一切應行修改或未盡事宜，均由籌備員與擇定大學兩方議定之[1]。

第七節　新聞人才的批量需求催生民國的新聞教育

　　中國近代的新聞事業產生於鴉片戰爭前後。

　　中國雖然有號稱世界上最早的報紙——「邸報」綿延了千餘年，但是在封建專制制度下，自給自足，分散落後的小農經濟基本上不需要信息傳遞和市場新聞，加之清王朝對內一直採取高壓禁錮措施，對外一直奉行閉關鎖國的政策，在客觀上阻止和制約了新聞事業在我國的產生和發展。

　　19 世紀上半葉，處於資本主義自由競爭階段的歐美資本主義國家迅速發展，首先是英國，它經歷產業革命最早，成為世界頭號資本主義強國，迅速地對外推行以商品輸出為特徵的侵略活動，企圖成為「世界工廠」。

　　19 世紀初，英國控制了印度，20 至 30 年代，又侵入緬甸、阿富汗，並開始把中國作為侵略的重點。發展比不上英國的法、美等國，這時也同樣貪婪地注視著中國，企圖打開中國的大門。在這種形勢下，儘管由於中國自給

1　吳憲增：《中國新聞教育史》，石門新報社，1944 年版。

自足的自然經濟頑強地抵制，西方工業品在中國難以暢銷，早期的中外貿易中國一直保持順差，但是落後的中國畢竟抵禦不住西方資本主義的侵略。尤其是英國等資本主義國家很快發現清政府的腐敗，轉而賄買清朝官吏，向中國偷運大量鴉片，逐漸打開了中國這個封建帝國的大門。

隨著西方資本主義商品的侵入，紛沓而至的外國傳教士、商人漸漸麇集在南洋和中國沿海城市。他們陸續地創辦了一批旨在維護殖民者利益、宣揚西方宗教文化的外文或中文報紙。最早的有 1815 年英國傳教士在馬來西亞出版、以中國人為發行對象的中文《察世俗每月統記傳》。嗣後，還有：1823 年至 1826 年巴達維亞（今雅加達）出版的中文《特選撮要每月紀傳》，1828 年在澳門出版的中文《依涇雜說》，1828 年至 1829 年在馬六甲出版的中文《天下新聞》，1833 年至 1837 年在廣州、新加坡出版的中文《東西洋考每月統記傳》，1838 年在廣州出版的中文《各國消息》，1822 年在澳門出版的葡文《蜜蜂華報》，1834 年至 1838 年在澳門出版的葡文《澳門鈔報》，1827 年至 1845 年在廣州、澳門、香港出版的英文《廣州紀錄報》，1832 年至 1853 年在廣州、澳門出版的英文《中國叢報》等等。[1]

1840 年鴉片戰爭的失敗，開始了中國封建社會的解體。清王朝雖然在外表上還保留著一個獨立的架子，但是中國已進入了半殖民地、半封建社會的形成期。從 19 世紀 40 年代到 60 年代，隨著清王朝兩次對外戰爭的失敗，同英、美、法、俄訂立一連串不平等條約，清王朝由盲目排外政策一變而為屈辱的媚外政策。正如馬克思所說：「清王朝的聲威一遇到不列顛的槍炮就掃地以盡，天朝帝國萬世長存的迷信就受到了致命的打擊，野蠻的、閉關自守住的、與文明世界隔絕的狀態被打破了。」[2]

中國門戶洞開，在華外報進一步深入中國腹地，並成倍增加。「據不完全統計，外國人辦的中文報刊有：香港《遐邇貫珍》（1853～1856），上海《六合叢談》（1857～1858），寧波《中外新報》（1858～1861），香港《香港新聞》（1861～？），上海《中外雜誌》（1865～？），廣州《中外新聞七日錄》（1865～？），上海《教會新報》（後改為《萬國公報》）（1868～1907），福州《中國讀者》（1868～？），北京《中西聞見錄》（1872～1890），上海《益聞錄》（1879

---

1 方漢奇、張之華主編：《中國新聞事業簡史（第 2 版）》，中國人民大學出版社，1995 年版。

2 《馬克思恩格斯全集》，人民出版社，1980 年版。

～1936），上海《聖心報》（1887～？），上海《學塾月報》、《新學月報》（1897
～？）等；外國人辦的外文報刊有：香港《Daily Press》（1845～？），《China Mail》
（《德臣報》）（1857～？），《South China Morning Post》（《南華早報》）（1881
～？），上海《North China Daily News》（《字林西報》）（1850～1951），《Daily
Shipping and Commercial list》（《上海航運日報》），《Shanghai Evening Pose
Mercury》（《大美晚報》）（1867～1949），天津《The Peking Tientsin Times》（《京
津泰晤士報》）（1894～？）」。[1]

　　面對外國資本主義潮水般的文化侵略，清政府竟然在中國土地上奉行只
准外國人辦報、而不准華人自己辦報的賣國言禁政策。這就更加鼓勵了外報
的畸形泛濫。這些在華外報所宣言的辦報主張，雖然並不完全是中國近代資
產階級新聞思想的直接先導，但卻在一定程度上刺激和啓發了中國人對近代
報刊功能的思索。毛澤東說：「中國封建社會內的商品經濟的發展，已經孕育
著資本主義的萌芽，如果沒有外國資本主義的影響，中國也將緩慢地發展到
資本主義社會。」[2]清王朝儘管一度摧折了中國資本主義經濟因素的萌芽，但
不能永遠禁錮中國資本主義經濟因素的生長；更不可能斬盡殺絕中國思想界
的先進分子和禁止各種進步思想的傳播。

　　早在明末，由於中國資本主義經濟萌芽，反映在意識形態方面的反封建
專制的民主思想就迸發出光輝的異彩。王夫之、黃宗羲就是代表人物。

　　到了清末，伴隨著東南沿海一代資本主義經濟因素繼續滋長，這股民主
思潮的反封建洪流便一再變換形式表現出來，並和抵禦外侮的愛國主義思潮
相匯合，演變成了最早向西方尋求救國整理的先驅者隊伍。他們當中的許多
人曾敏銳地對新聞事業予以特別關注。

　　鴉片戰爭前後，由於中國民族資產階級還沒有產生，這支先驅者隊伍的
組織成分顯得異常駁雜。這裡面有面臨民族危機，從清王朝統治階級內部分
化出的具有改革要求的地主階級革新派，也有一些從小較少受封建傳統文化
束縛、耳聞目濡到一些西方資本主義文化的知識分子，還有少數一度躋身於
近代新興買辦階級行列、富有愛國熱忱的商人等等。他們之中有的人沒有辦
過報紙，有的人則仿照外國人創辦了報紙。於是國人辦報開始了，如 1873 年

1　方漢奇、張之華主編：《中國新聞事業簡史（第 2 版）》，中國人民大學出版社，1995
　　年版。
2　陳旭麓、方詩銘等：《中國近代史詞典》，上海辭書出版社，1982 年版。

7 月，艾小梅在漢口創辦《昭文新報》；1874 年 1 月，王韜在香港集資購買了英華書院的印刷設備，創辦了《循環日報》，1874 年 6 月，留過學當過寶順洋行買辦的容閎，請洋商掛名擔任主筆，自己創辦了《彙報》。儘管這些中國近代最早的報刊寥若晨星、兔起鶻落，辦報人也有沒有自覺地對報刊理論作過系統的探討，但是這些先驅者們圍繞在抵禦外侮、振興中華這一目標下，分別從各個不同的角度，開始對近代報刊這一傳播工具，進行著各自不同的探索。他們的辦報主張和對報刊功能的零散、膚淺的論述，哪怕僅僅是電光石火般的一知半解，也是近代中國新聞事業發展中具有首創與啟蒙作用的創舉。

「19 世紀 70 年代後，中國近代的新聞事業有了一定的發展。香港、上海等地創刊和創辦的報紙層出不窮，其中尤以商業性的報刊為甚，如上海的《申報》、《新聞報》等，這裡面有外國人辦的報紙，也有中國人自己辦的報紙。隨著在華外報的發展和西方資產階級新聞思想的傳入，一部分先進的中國知識分子開始對近代報刊這一大眾傳播工具及其社會作用有所認識，國人辦報的呼聲及高潮也隨之出現。據不完全統計，自 1873 年至 1895 年的 20 餘年中，中國人自辦的近代報刊約有 30 種」[1]。

1895 年中日甲午戰爭的失敗，加劇了中華民族的危機，加深了中國社會的半殖民地化。但是，軍事上的慘敗，割地賠款的羞辱，卻喚醒了更多的中國人奮起抗爭，在禦侮圖強的吶喊聲中維新變法。以康有為、梁啟超等為代表的資產階級改良派人士，首先拿起了報刊這一武器，辦起了一大批以宣傳變法維新為主旨的近代報刊。中國出現了第一次辦報高潮。1900 年 1 月 5 日，《中國日報》在香港創刊，標誌著中國資產階級革命派辦報活動的興起，1905 年 8 月 20 日，中國同盟會在日本東京舉行成立大會，中國同盟會的成立將資產階級革命派的辦報活動發展到成熟階段，1905 年 11 月 26 日，《民報》在日本東京創刊，作為資產階級革命報刊，《民報》有了一個統一的、明確的宣傳宗旨和綱領，即三民主義。1906 年以後，清王朝為了維護其搖搖欲墜的政治統治，不得不宣布「預備立憲」，並開始頒布新聞法規，通過新聞法制手段來管制他認為已經失控了的新聞事業。然而，清王朝的這些舉措非但沒有達到其預期的目的，反而給了已經壯大起來的中國資產階級以進一步發展的契機，新聞事業進一步蓬勃發展，形成了中國新聞事業史上的第二次國人辦

1　吳廷俊：《中國新聞史新修》，復旦大學出版社，2008 年版。

報高潮。[1]

資產階級革命報刊是第二次國人辦報高潮的主流。上海、武漢和港穗是資產階級革命派在國內的三大辦報基地。比較著名的有《中國女報》、《神州日報》、「豎三民」報、《楚報》、《商務報》、《中國日報》等。中國的新聞事業在第二次國人辦報高潮中得到了前所未有的發展，一些新的辦報思想開始從報刊的內容中體現出來，官辦的、民辦的、買辦的等種種報刊得到了較為自由的發展空間。大多數報紙已有近代形態的報紙發展成為現代形態的報紙，結束了「報」、「刊」不分的時代。在內容上，報紙一般已具備新聞、評論、副刊和廣告四大要素，新聞報導量大大增加。第二次國人辦報高潮期間，由於政治形勢的發展和受到西方報刊的影響，國人所辦報紙的報紙評論的形式日益多了起來，有「社論」、「社說」、「時論」、「代論」、「來論」、「時評」等，新聞方面開始劃分政治新聞、經濟新聞、社會新聞、國際新聞等，新聞工作出現了專業化和細化的趨勢，對從業人員的要求有了提高。

1915 年前後，伴隨著新文化運動的興起，啓蒙報刊開始出現，它以《新青年》的創辦為標誌，具有代表性的是長沙的《湘江評論》，天津的《天津學生聯合會報》，以及全國學聯在上海出版的《全國學生聯合會日刊》，《上海學生聯合會通俗叢刊》，北京學聯出版的《五七》日刊，武漢學聯出版的《學生週刊》等。這些啓蒙報刊有 3 個基本特點：「其一是組織上非黨非派，擺脫舊的資產階級政黨的政治趨向，嘗試「從事國民運動、勿囿於政黨運動」的做法，把主要力量放在發動思想文化運動上，以求提高國民的素質和覺悟。其二是在內容上一方面猛烈地批判以孔家店為旗幟的傳統文化；一方面熱情地宣傳西方的民主和科學，主張新道德、新思想、新文學。其三是在風格上實行百花齊放，反對以政治勢力和武人威權對學術爭論的禁壓，打破封建專制禁錮思想的牢籠，形成一種百花競放的民主局面」[2]。

啓蒙報刊不僅推動促進了中國新聞事業的發展，也造就了一大批新文化運動和從事新聞工作的先鋒戰士，陳獨秀、胡適、魯迅、李大釗、錢玄同、吳虞、劉半農、易白沙、傅斯年、羅家倫等人都置身其間，他們以空前的輿論和文化宣傳，呼籲和喚起民眾，改造國民性，摧毀舊傳統，爭取「法律上之平等人權，倫理上之獨立人格，學術上之破除迷信，思想自由」，他們傳播

1　吳廷俊：《中國新聞傳播史稿》，華中理工大學出版社，1999 年版。
2　吳廷俊：《中國新聞史新修》，復旦大學出版社，2008 年版。

新思想、新文化，使新聞事業走向了新的階段，出現了更加興旺發達的喜人局面，加速了新聞傳播教育的出現。

1918 年 10 月，北京大學成立新聞學研究會，昭示了新聞傳播教育在中國的正式發端。其實，早在此前，已有不少的組織、學會和有志於拓展中國新聞傳播教育的人士就已開始了這方面的謀劃和實踐，並有相應的舉措和行動，只是那些努力和嘗試沒有標準性的意義，新聞教育的一些做法也屬探求、摸索的性質，不系統也不完整，不足以成為一個標誌而已。一些在華外報館工作的中國人沿襲英國等西方國家的做法，從師學徒，習學採編技藝。如為中國近代報刊撰稿的第一個華人梁發，就是從 1815 年起跟隨英國傳教士米憐，擔任《察世俗每月統記傳》刻工，從中學會寫稿並開始為報刊撰稿的。報人黃勝，自 1845 年起主編香港《中外新報》，在此之前，他也曾在英人主辦的《德臣報》學習印刷業務。知名的中國近代報刊政論家王韜，也通過為香港《華京日報》等報刊撰稿，而逐漸熟悉近代報刊的一些採編技藝。

有研究認為，新聞事業的產生，必須具備兩方面的條件：社會生產方式發展到一定水平，社會能夠提供生產報刊等新聞媒介的全部必要物質條件；社會明確提出對於某種新聞媒介的廣泛、普遍、合理、不可缺少的要求。

中國是世界上最早有報紙的國家，原始態手抄報紙和印刷報紙均最早出現在中國。中國新聞事業的發展有著近 1300 年的歷史。但是在早期的一個漫長而緩慢的發展時期，中國的新聞事業不僅沒有保持住在世界上的領先位置，反而遠遠地落在了別人的後面。由此，伴隨著新聞事業發展的需要而產生的新聞傳播教育，遲至 20 世紀初才告發軔，但還不得不步人後塵。如果把北京大學新聞學研究會比喻為中國新聞傳播教育的起步點，那麼此前的一個較長時期則就可視為中國新聞傳播教育的「萌芽」時期。

1840 年到 1949 年百餘年中，中國是半封建半殖民地社會，救亡興邦的改良浪潮和反對帝國主義的革命運動連綿不斷，報刊成為其中最活躍、最有效的政治工具。所有報刊，或直接或間接地同政治利益集團有著千絲萬縷的聯繫。在新聞工作實踐中注重政治目的，在新聞學研究中強調政治因素，成為眾人皆知的時代特徵。戊戌變法失敗後，中國政治鬥爭的格局發生了重大變化。其中最大變化之一是民族資產階級越來越迅速分化，逐步形成兩股主要的政治力量，一股是以康有為、梁啟超為代表的資產階級改良派，這一派和

戊戌變法時期的維新派既有聯繫又有區別。戊戌變法時期，維新派在以光緒皇帝爲首的帝黨的支持下，希圖從上而下進行改革。他們通過創辦報刊，進行輿論宣傳，對地主、官僚出身的知識分子及資產階級知識分子進行啓蒙思想的教育，促進了中國知識分子思想的覺醒和解放，也極大地推進了報業及新聞事業在中國的發展。另一股政治力量是以孫中山爲首的資產階級改革派。這一股政治力量早在甲午戰爭時就出現了，但在戊戌變法時期還很幼弱，故不能在政治舞臺上佔據主導地位。戊戌變法失敗後，資產階級革命派力量漸強，他們主張用暴力推翻封建制度，推翻清政府。在整個辛亥革命時期，他們創辦了大量報刊，宣傳革命，同清廷鬥爭。《萬國公報》、《強學報》、《時務報》、《湘報》、《國聞報》、《中國日報》、《蘇報》、《遊學譯編》、《湖北學生界》、《浙江潮》、《警鐘日報》、《民報》等一大批報刊相繼出現，國人的辦報活動出現了新的高潮，新聞事業也步入了一個快速發展期。新聞事業的日益發達和新聞從業人員的相對不足以及從業人員專業知識的不系統、不全面、不精深，客觀上有了對新聞傳播教育的需求。

中國的新聞傳播教育開設之前，新聞從業人員沿襲英國等西方國家的做法，從師學徒，習學採編技藝。

19 世紀 90 年代末和 20 世紀初，我國掀起了一個留學熱潮，大批的資產階級革新派人物及矢志救國救民的進步人士，到海外學習，希望通過學習國外的先進知識與技藝來拯救日趨衰敗的半封建、半殖民地的中國。辦報以求索救國之路，是這些在海外流亡或留學的中國志士的主要活動方式之一。此種活動在日本尤甚。1898 年 12 月，康有爲、梁啓超等在日本橫濱創辦《清議報》，1905 年創刊的中國同盟會機關報《民報》，是團結在孫中山周圍的留日學生主辦的最主要的一份報紙。國人在創辦報刊的實踐中體會到光有辦報的熱情是不夠的，靠照搬西方人的做法是行不通的，而且在報刊的作用越來越大的情況下，要把報刊辦好必須有紮實的理論與實踐爲基本條件。進行系統的新聞人才的培養成爲了大家的共識，一些有卓見的人開始致力於新聞學的學習與研究之中，他們由在新聞媒體從師學藝發展到到國外學習新聞學，開始了中國新聞傳播教育的最早的活動。林白水（1874～1926 年）1904 年 10月自費東渡日本，在早稻田大學法科學習，兼學新聞學，次年回國。邵力子（1881～1967 年）1907 年赴日本學習新聞學課程，他們二人被認爲是中國最早學習新聞學的留學生。之後出去學習新聞學的人更是不勝枚舉，包括徐寶

璜、邵飄萍等在內的人士，在學習和接受了西方的新聞學理論和知識後回到
國內，積極倡導和實踐著新聞傳播教育在中國的實施，這從人才的準備和思
想的轉化上為中國新聞傳播教育的起步創造了條件。

第三章　民國新聞教育的創立與
初步發展（1918～1927）

第一節　民國新聞教育創立前後的基本概況

　　1918～1927 年為中國新聞傳播教育的創立和初步發展時期。這個時期應該關注的焦點是北京大學新聞學研究會、燕京大學、聖約翰大學、平民大學、光華大學、大夏大學等的新聞傳播教育，他們不僅有地域的代表性，也有模式與教育法則的代表性。中國的新聞傳播教育在經歷了一定時期的先期醞釀和萌芽之後，伴隨著中國政局的動盪和新舊文化的更替步入了它的初創時期。

　　「五四」運動以後，中國內部各種危機日益加深，外敵侵略依然不斷，中國人民反帝反封建的鬥爭如火如荼。在教育上，為解決中國的各類社會問題和教育自身的發展問題，各種門類的教育學科不斷出現和系統化發展。「從1920 年到北伐戰爭前的六七年間，是中國新聞傳播教育的初創時期。1920 年上海聖約翰大學率先成立報學系，標誌著中國高等學校正規新聞傳播教育的開始。前此兩年，北京大學新聞學研究會成立並在政治系開設新聞選修課，則是它的先聲。這以後，陸續問世的還有廈門大學、平民大學、法政大學、南方大學、國民大學等校的新聞系科，共有 8 所院校創辦了報學系或新聞系。其中，北大新聞學研究會的成立具有標誌性的意義，這個存在於五四運動前後的組織為中國的新聞傳播教育吹響了起航的號角。新聞傳播教育能在短時間內迅猛發展，與當時的大背景和文化環境是密切相關的，平民

大學、燕京大學新聞系的成立則可視爲這一階段新聞傳播教育的集大成的體現」[1]。

中國新舊文化的更替是在中國政治和社會結構體制發生變化的過程中，在中國結束幾千年封建社會的統治，逐漸地向資本主義過渡的過程中，在中國人的傳統思想逐步地開始接受西方進步思想的過程中，在世界歷史發展的進程有了根本改變的過程中完成和實現的。

俄國十月革命勝利，改變了整個世界歷史的方向，對中國社會和革命發生了巨大的影響。第一，十月革命勝利的消息傳到中國，輿論界出現了「俄國式革命」的概念。1917 年 11 月 10 日，上海《民國日報》報導了「彼得格勒戍軍與勞動社會已推倒克倫斯基政府」的消息。《申報》、《時報》、《晨鐘報》、《東方雜誌》等也接著作了類似的報導。1918 年 3 月 15 日，《東方雜誌》發表《述俄國過激派領袖列寧》，稱俄國成立的「勞兵政府」是「最激烈之純粹社會主義」。4 月，《勞動》2 號上發表《俄國過激派施行之政略》中說：俄國革命「鬧得轟天震地」，地主富翁「栗栗危懼」，害怕私產化爲烏有，而勞動者們卻「天天盼望他們的革命早日成功，早早普及」。中國輿論界的報導在中國人民中最初形成了「俄國式革命」的概念。第二，中國各革命階級引起了強烈反響，工人階級中出現了「工人之國」的火焰。從十月革命勝利至 1918 年 5 月，大約有 4 萬名在俄國的華工陸續回到中國，他們介紹俄國的見聞。開灤礦工中首先燃起了「工人之國」的火焰。第三，馬列主義在中國傳播了，早期新文化運動發生了質變。《新青年》1918 年 5 卷 5 號登載了李大釗的《庶民的勝利》和《布爾什維主義的勝利》，《新青年》轉變爲宣傳介紹馬列主義的主要陣地。從十月革命勝利到中國共產黨成立之前，該雜誌共載宣傳介紹馬列主義的論文 137 篇。第四，李大釗、陳獨秀、毛澤東、周恩來等贊成俄國十月革命的具有初步共產主義思想的先進分子隊伍逐漸形成了。先進分子把反君主帝制、反貴族軍閥和反資產階級政府、軍國主義一致起來，號召借平民主義呼聲將他們打倒。李大釗號召用「民主主義把帝制打倒」，用「社會主義把軍國主義打倒」，號召「勞工階級要聯合他們全世界的同胞」，「去打破國界，打倒全世界資本的階級」。

中國的「五四運動」是在當時世界革命的號召下，在俄國革命的號召下發生的，「它帶著爲辛亥革命還不曾有的姿態，這就是徹底地不妥協地反帝國

1　李建新：《中國新聞教育史論》，新華出版社，2003 年版。

主義和徹底地不妥協地反封建主義。」五四運動開始了中國人民在無產階級領導之下要變半殖民地半封建社會爲獨立國的新階段。是「爲終結殖民地、半殖民地、半封建社會和建立社會主義社會之間的一個過渡的階段。」中國新民主主義革命的帷幕也由此拉開。

　　中國新民主主義革命的深入開展，促進了中國新舊文化的更替。中國新舊文化的更替以1917年俄國十月革命爲標誌劃分爲兩個階段：

　　1915～1917年為第一階段。

　　伴隨著新文化運動的開展而進行的新舊文化的更替的主要原因有4條：

　　（1）它是帝國主義的文化侵略和中國人民反文化侵略的必然結果；

　　（2）它是在辛亥革命失敗後帝國主義的奴化思想與封建復古主義結成反動同盟向辛亥革命的文化思想反撲面前作出的回擊；

　　（3）它是資本主義在中國進一步發展的條件下，民族資產階級和上層小資產階級反侵略、反封建和要求改變現狀的政治主張在思想文化上的表現；

　　（4）它又是第一次世界大戰期間，在中國人民反內戰、反軍閥鬥爭的推動下，激進的民主主義者發起的一場思想文化革命。

　　1917～1919年初為第二階段。

　　1917年初，陳獨秀應北大校長蔡元培之聘出任北大文科學長，李大釗、錢玄同、胡適、魯迅等成爲了《新青年》的主要撰稿人，新舊文化的更替進一步深入。他們反對舊文學、提倡新文學；反對文言文，提倡白話文。1917年1月，胡適在《新青年》上發表《文學改良芻議》，主張以白話文代替文言文。陳獨秀發表了《文學革命論》，認爲文學無論在形式上和內容上都要進行一次革命，要提倡「國民文學」，通俗的「社會文學」。魯迅則把反封建的革命性與白話文的創造性相結合，樹立了新文學的典型，並於1918年5月在《新青年》上發表了第一篇白話文小說《狂人日記》。

　　辛亥革命後，民國初建，《臨時約法》規定：「人民有言論著作刊行之自由」。一時新辦報刊如雨後春筍，蔚爲大觀。新聞傳播教育也開始發展壯大起來。據統計，從1920年至1926年，全國高校共創辦了12個新聞系（科），初步形成了一個新聞傳播教育的系統。

　　「1920年，上海聖約翰大學創辦了新聞系。該系由美籍教授卜惠廉（W. A. S. Pott）提議設立，附於普通文科內。聘請當時密勒氏評論報主筆柏德生（D. D. Ptterson）擔任系主任，授課時間都在晚間。當時選修這個專業的學生

有 40～50 人，並發行英文《約大週刊》。校長見學生對新聞學頗有興趣，乃函告美國董事會，從美國聘請了 1 名新聞學教授前來任課。1924 年，武道（M. E. Votan）來華任系主任。開設課程有新聞、編校及社論、廣告、新聞學歷史與原理等，以英語講授，每學期學生約 50～60 人。聖約翰大學原為美國基督教聖公會所設，課程設置與當時美國大學新聞系的大致相同，可以說完全是仿美式。1942 年底太平洋戰爭爆發，日軍佔領上海，約大報學系被迫停辦。1947 年恢復，武道再度擔任系主任。上海解放後，由黃嘉德任系主任，教授有汪英賓、助教有武必熙等人，課程大部分改用中文講授。原英文《約大週刊》停辦，改出中文週刊《約翰新聞》。1952 年院系調整時併入復旦大學新聞系」[1]。

「1922 年，愛國華僑陳嘉庚創辦廈門大學，開設 8 個學科，其中有報學 1 科。在此之前，該校在北京、上海、廣州、福州、新加坡、馬尼拉等城市的報紙上刊登了招生廣告。該校新聞學科的設置，廣告宣傳在先，實際成立在後。草創伊始，教授缺乏，僅有 1 名學生，課程與文科相同，徒有其名。翌年夏，有一些江浙學生負笈前往，報學科人數增加至 6 人。但學校當局重視理論，漠視其他學科，報學科學生乃組織同學會，內則要求學校當局聘請主任，添設課程，購買圖書與印刷機器，外則介紹同志加入此科。1922 年冬，學校聘孫貴定為報學科主任。孫於報學頗有心得，銳意經營。報學科遂日有起色。1923 年廈門大學發生學潮，教授 9 人和全體學生宣布離校，赴滬創設大夏大學，報學科也因此停辦了」[2]。

「1923 年北京平民大學創立報學系，由徐寶璜擔任系主任，教授有《京報》社長邵飄萍，《國聞通訊社》社長吳天生。首創 4 年學制，加上 2 年預科，共 6 年，為國人自辦正規新聞傳播教育之始。學生分 3 班，其中男生 105 人，女生 8 人。他們在課外組織「新聞學研究會」，於 1924 年出版《北京平民大學新聞學系級刊》，每半月出 1 次，由王豫洲主編」[3]。該系的課程比較齊全，共設 46 門，按學年分配如下：

第 1 學年：新聞學概論、速記術、經濟學、政治學、文學概論、哲學概論、民法概要、中國文學研究、英文讀報、日文憲法、文字學，共 12 門課，

1　方漢奇：《新聞史的奇情壯彩》，華文出版社，2000 年版。
2　方漢奇：《新聞史的奇情壯彩》，華文出版社，2000 年版。
3　方漢奇：《新聞史的奇情壯彩》，華文出版社，2000 年版。

每週授課時間爲 23 小時。

第 2 學年：新聞採集法、新聞編述法、廣告學、社會學、照相製版術、財政學、中國近代政治外交史、平時國際公法、統計學、中國文學研究、英文讀報、日文讀報、文字學等 12 門課，每週授課 23 小時。

第 3 學年：新聞經營法、新聞評論、採編實習、時事研究、現行法令綱要、戰時國際公法、中國近代財政史、現代金、融論、近代小說、英文讀報等 11 門課，每週授課時間爲 20 小時。

第 4 學年：新聞事業發達史、戲劇書評、出版法、採編實習、評論實習、群眾心理、時事研究、現代各國政治外交史、現代社會問題、現代戲劇、英文等 11 門課程，每週授課時間爲 20 小時。

這些教材有的由本系教師編寫，有的則由教師口授而學生記筆記的。有時亦到報館實習。

平民大學新聞系的創辦，標誌著北方新聞傳播教育的興起。繼平民大學新聞系之後，1924 年北京又出現了 3 個新聞系，即民國大學報學系（預科）、國際大學報學系和燕京大學新聞系。前 2 個報學系創辦不久便停辦了，只有燕京大學新聞系堅持辦了下來，而且卓有成就，無論是教學內容、教學規模、培養學生的人數，還是在當時的影響，都是巨大的。在中國新聞傳播教育史上，佔有比較重要的地位。

與北京平民大學、燕京大學創辦新聞傳播教育相呼應，這一時期上海的新聞傳播教育也很活躍。南北兩地新聞傳播教育互動發展，爭奇鬥豔的格局開始形成。

1925 年春，上海南方大學創立報學系，《申報》協理汪英賓兼任系主任，分設本科與專修科。該系辦系宗旨爲：「報業，高尚之職業也。惟其感化人民思想及道德之重大無比，故亟宜訓練較善之新聞記者，以編較善之報章、而供公眾以較善之服務。報業之爲職業也，舉凡記者、主筆、經理、圖解者、通信員、發行人、廣告員，凡用報章或定期刊以採集設備發行新聞於公眾者皆屬之。本科之唯一目的，爲養成男女之有品學者，以此職業去服務公眾。」該系還曾規定：凡學生修完必修與選修各課滿 80 學分而經畢業考試及格者，由學校授予「報學士」學位。南方大學報學系創設時僅有本科生 18 人，專修科 5 人，選修生 80 多人。戈公振等爲教授。該系還成立南方大學通訊社，由學生外出採訪新聞，免費提供給上海各報採用。1926 年因鬧學潮反對該校校

長而停辦。從此再沒有復課。

南方大學報學系停辦以後，部分師生在上海國民大學建立報學系，由戈公振擔任系主任。戈公振，1890～1935，原名紹發，字春霆，號公振。江蘇東臺人。青年時代畢業於東臺高等學堂。1912 年進《東臺日報》任職。1913年起進入上海《時報》工作，歷時 15 年，任編輯和總編輯，主持報紙改革，創《圖畫時報》，並開始新聞學和中國報刊史的研究。1927 年 2 月，出國考察歐美、日本各國和新聞事業，並出席同年 8 月國際歐盟在日內瓦召開的報界專家會議，作了《新聞電費率與新聞檢查法》的發言。1928 年底回國，參加《申報》工作，任該報總管理處設計處主任，兼《申報星期畫刊》主編。「九·一八」事變後，憤於國難，從事抗日救亡運動，並和鄒韜奮等人一道積極籌備辦報。1932 年，以記者身份隨國聯調查團赴東北調查，一度為日偽警憲所拘捕。同年 9 月，隨調查團去歐洲。1933 年 3 月起，在前蘇聯居住 3 年，為國內報刊寫了不少介紹蘇聯建設情況的通訊報導，由鄒韜奮輯成專集《從東北到蘇聯》加以出版。1935 年 8 月，應鄒韜奮邀請，回國參加《生活日報》籌辦工作，10 月 22 日在上海病逝。

1927 年戈公振出版了《中國報學史》一書。這是中國最早的全面、系統地敘述中國報刊歷史的專著，是中國新聞史研究的奠基之作。曾多次重印，並有日文譯本。大半個世紀以來，中國的新聞史學者無不受它的影響，是從事新聞學研究的人「不可不看」的著作，至今仍有重要的參考價值。除了《中國報學史》外，戈公振還有《新聞學撮要》、《新聞學》等專著。他還講授中國報學史和新聞學。此外還聘請《商報》總編輯陳布雷講授社論寫作，《商報》編輯潘公展講授編輯法，《時事新報》總編輯潘公弼講授報館管理。學生專讀者 6 人，選讀者 30 餘人。這個系的學生還曾聯合上海光華大學、大夏大學報學系學生，組成「上海報學社」和「上海新聞學會」，內則提倡讀書，外則參觀報館。

1926 年，上海光華大學、大夏大學、滬江大學都增設報學系，開設有新聞學、廣告學等科目。同時，上海復旦大學也在中國文學科中將原設立的新聞學講座擴大為「新聞學組」，聘陳望道為系主任。與此同時，南方一些大專院校，如南京中央大學、廣州中山大學及上海商學院等，也開設了新聞科或「新聞學概論」一類的科目。這種現象說明，新聞傳播教育已為國人所喜愛和敬重，也受到了社會的廣泛重視。

　　新聞函授教育在初創時期迅速發展。上海的新聞函授教育創辦較早，1925 年由周孝庵等成立的上海新聞大學在法租界茄勒路昌興路 1 弄 1 號設立了新聞函授部，招生廣告宣布：「本大學根據實驗參以新聞學原理，以造就優秀之男女記者，服務新聞界爲宗旨。」男女「有志新聞事業者，隨時均可入學」，「報名者分文不收」，「學費低廉」。因此受到普遍歡迎，報名者達 700 多人。同年 9 月，上海新聞文化界人士「爲普及國人於國內政治社會各項高尙新聞知識，造就新聞人才起見」，在上海法租界貝勒路承道里 1 號，設立了上海新聞專修函授學校，不收學費，6 個月爲 1 期。第一期招收學員 200 餘名。1932 年 6 月，上海新世紀函授社也增設了新聞函授科，內分本科、選科和研究 3 類。

　　在新聞函授教育中，師資比較齊全、管理比較完善、成效更爲明顯的是申報新聞函授學校。該校創辦於 1933 年 1 月，校長史量才，副校長張蘊和。申報館創辦新聞函授學校的目的，在《申報新聞函授學校概況》一文中，作了如下說明：「我國今後之新聞事業，既必將隨時代之邁進，而益趨發展，則我國新聞界今日責任之重可知。此實力如何，即新聞人才之養成是也」，「在不久之將來，此種需要必將日益加增，若不事先養成，必不足以應付將來。」該校培養目標：「以養成管理與編輯地方報紙人才，訓練採訪新聞通訊技能爲宗旨。」所設課程以實用爲主，分必修與選修兩大類，共 18 門課，包括基礎知識、專業知識、輔助知識及寫作訓練等。聘請謝六逸、郭步陶、趙君豪、錢伯涵等著名教授和報人授課[1]。

　　新聞函授教育的開展，既爲正規新聞傳播教育之必要補充，又拓寬了新聞人才的培養渠道，爲那時和後來的新聞傳播教育所廣泛採用。

　　報童教育，是早期中國新聞教育的一個「補充」，是特殊時期特定情境之下的一種存在，但這種「教育」「更爲罕見，僅前北京世界日報社長成舍我一人有此獨特之眼光耳」[2]。茲將該社之報童工讀學校章程，擇其要者分述於下：

　　　定名：本校定名爲世界日報社附設報童工讀學校。
　　　宗旨：本校以訓練世界日報社售報之兒童、獲輸以普通常識，預備
　　　　　　將來獨立謀生或升學爲宗旨。

1　李建新：《中國新聞教育史論》，新華出版社，2003 年版，第 39～43 頁。
2　吳憲增編：《中國新聞教育史》，石門新報社，1944 年版。

授課：本校取單級授制，分工作與授課二種。

資格：凡爲世界報社售報之兒童，年歲在十歲至十六歲者爲合格。

費用：免取一切費用，並供給制服書紙用品等物。

第二節　北京大學新聞學研究會成立及運行

「五四」前夕，隨著新文化運動的深入和廣大人民群眾思想的進一步解放，一些社會出版物和新辦報刊層出不窮。北京大學學生在課餘之暇自辦刊物，從事新聞工作的不乏其人。可是當時學校課程尚無新聞學；北京各大學也沒有設新聞專業，於是一些學生便去找剛從美國回來不久的徐寶璜教授請教，徐曾在美國密芝根大學學過幾門有關新聞學的課程，很樂意指導同學學習；這些北大學生又將這個意思告訴《京報》社長邵飄萍，邵氏身爲社長，但仍親自寫社論，採編新聞，「時感人力不足，因向北大同學組稿。他主動寫信給蔡子民（蔡元培）校長，倡議設立新聞學研究會」[1]。

1918 年 7 月 4 日的《北京大學日刊》登出了一則引人注目的消息，預告「爲灌輸新聞知識、培養新聞人才」，「本會將於下學年設一新聞研究會」。兩天以後，該日刊又全文刊登了由校長蔡元培擬就的該會八條簡章，簡章中首先規定該會的名稱爲「北京大學新聞研究會」，然後提出該會的宗旨爲「灌輸新聞知識，培養新聞人才」。並確定研究的內容爲六項：新聞之範圍、新聞之採集、新聞之編輯、新聞之選題、新聞通訊法、新聞紙與通訊社之組織。研究時間定爲每週 3 小時；申明該會「隸屬於北京大學」。簡章同時還規定了入會的手續，凡「校內外人均得入會，」校內會員每人每年應納會費 9 元，校外會員 18 元，分 3 期繳納等。同年 9 月正式招收會員，並於 9 月 17 日、21 日、25 日、27 日連續在《北京大學日刊》上刊登招收會員的《校長布告》，謂「凡願入會者於本月內向日刊處報名。」此後，即有「數十人」陸續報名入會。

1918 年 10 月 14 日晚 8 時，「北京大學新聞學研究會」在北大理科第 16 教室（現沙灘馬神廟北大舊址）正式開會成立。到會會員「數十人」。首先由蔡元培校長發表《北大新聞學研究會成立演說詞》，他首先闡述了進行新聞學研究的必要性：「凡事皆先有術後有學。外國之有新聞學，起於新聞發展以

1　羅章龍：《憶北京大學新聞學研究會與邵振清》，《新聞研究資料》（4）。

後。在我國自有新聞以來，不過數十年……民國元年以後，新聞驟增，僅北京一隅，聞有 80 餘種。……惟其發展之道，全恃經驗，如舊官僚之辦事然。苟不濟之以學理則進步殆亦有限。此吾人之所以提出新聞學之意也。」接著他指出了新聞學與各種學科的關係：「歐美各國，科學發達，新聞界之經驗又豐富，故新聞學早已成立。」所以，研究會要像《申報》那樣「先介紹歐美新聞學」。最後，蔡元培強調新聞人應以嚴肅的態度對待新聞事業，養成良好的職業道德，否則不但「自毀其品格」，而且「貽害於社會」。繼由「研究會」主任徐寶璜演講《新聞紙之職務及盡職之方法》[1]。自此以後，每逢星期一、三、五晚上 8 點至 9 點，全體會員便都聚集在理科 16 教室或文科大樓第 34 教室（現沙灘紅樓北大舊址）或聽課、或練習、或研究、或議事。半個月以後，邵飄萍講授開始，又增加了每星期日上午的 2 小時。

　　1919 年 2 月，「研究會」正式活動約 4 個月後，由於會員逐漸增加，會務不斷發展，主任徐寶璜因「擔任職務過多，精力不及」，提出改組意見，經多數同意召開改組大會，在會上修改、通過簡章，並選舉「職員」。大家推舉徐寶璜及會員譚鳴謙、陳公博、曹傑、黃欣等 5 人為「起草員」修改簡章，提交大會討論通過。5 人起草員修改的簡章較蔡元培原擬簡章為詳盡，計有如下八項重要添改：

1、名稱由原來的「北京大學新聞研究會」改定為「北京大學新聞學研究會」。

2、原宗旨「輸灌新聞智識、培養新聞人才」改為「研究新聞學理，增長新聞經驗、以謀新聞事業之發展，」突出了對新聞理論的研究。

3、研究之重要項目中的第一項「新聞之範圍」具體為「新聞學之根本智識」！

4、提出「為增長會員新聞經驗起見，」「視會務發達的程度」，增辦日刊週刊

5、新簡章規定設會長一人，副會長一人，導師若干人，幹事二人。會長由校長擔任，副會長由會員公推導師一人兼任，職務均為「維持會務、督促進行」。導師由會長聘請。幹事辦理會內一切事務、由會員互選充任。

1　寧樹藩：《中國新聞事業通史（第 2 卷）》，中國人民大學出版社，1996 年版。

6、新簡章規定大會每年舉行 2 次，「但得臨時增加之」。研究的方法，採取講授、聯席會兩種形式。

7、校內會員每人年納會費，由原來的 9 元減爲 6 元，校外會員由 18 元減爲 12 元。

8、規定：研究滿一年以上發給證書[1]。

一切準備就緒後，改組大會於 1919 年 2 月 19 日午後在文科第 34 教室正式召開。蔡元培當選爲正會長，徐寶璜當選爲副會長，曹傑、陳公博當選爲幹事。

蔡元培從研究會的發起、籌建，到章程的制定、教育與教學及研究活動的開展，都置身其間，傾心力和心血爲研究會創造一切便利，保證了這個組織能按既定的目標前進，在研究會一系列的活動中，都可以看到蔡元培的身影，由此可以說蔡元培是中國新聞傳播教育的創始人。

蔡元培之所以熱心於新聞學研究和新聞教育，是因爲這位大教育家與新聞事業有著密切的淵源。1901 年蔡元培和張元濟在上海合辦《外交報》，常爲該刊撰寫翻譯稿件。1903 年蔡元培與章太炎等愛國學社成員一起爲《蘇報》寫了不少關於民主革命的文章。同年 12 月，任對俄同志會機關報《俄事警聞》撰述。1904 年 3 月任《警鐘日報》主編，著文抨擊沙俄侵佔我國東北領土主權[2]。豐富的辦報實踐經歷使得蔡元培形成了對於新聞事業的眞知灼見，並把想法滲透於教育事業中，自然有了對北大新聞學研究會的全力支持。

「北京大學新聞學研究會」的成立，是我國將新聞作爲一門科學進行研究的開端。蔡元培在研究會成立會上回顧我國新聞的發展史後，指出：「我國自有新聞以來，不過數十年，則自今日而始從事於新聞學」。在這個開端中邵飄萍和徐寶璜是兩位起了重要啓蒙作用的導師。他們根據自己新聞工作的實踐和經驗，比較系統地向會員介紹了近代新聞學的認識，新聞作品的採編技巧和經驗。其講授的內容，無論新聞工作的理論或實踐，今天仍有不少是值得我們借鑒的。[3]

邵飄萍和徐寶璜在研究會每週二三次的講演中，除系統介紹了各國新聞社、報社的組織、規模以及從組稿、採訪、編輯、校對、排版到印刷一系列

---

1 蕭東發主編：《新聞學在北大》，北京大學出版社，2006 年版。

2 劉建明：《宣傳輿論學大辭典》，經濟日報出版社，1993 年版。

3 張之華主編：《中國新聞事業史文選》，中國人民大學出版社，1999 年版。

報紙出版的程序外，還詳細論述了報紙的任務，新聞之定義、新聞之採集以及新聞之編輯等。向初學會員介紹說報紙的主要任務有六：供給新聞、代表輿論、創造輿論、灌輸知識、提倡道德、助商業之發達。向會員一再強調報紙所登之新聞「第一要確實」，「所謂新聞者，非閉門捏造之消息，非以訛傳訛之消息，非顛倒事實之消息，亦非明日黃花之消息。」在新聞採集的研究中，總結提出「訪員」（即記者、編輯）應具備以下六個條件：「至廣或至深之知識」「強健之記憶力」「行文寫字均須敏捷」，「極勤懇」，「知人性」（即熟悉採訪對象），「知外國語一二種」等。還強調「訪員不可受賄，為他人隱藏事情，或於編輯時顛倒事實」。不少會員在「研究會」短短一二年的學習研究中，獲得一些新聞知識和寫作編輯技巧，成了當時一些報刊雜誌的主力。如地質系學生高尚德，歷史系學生譚植棠等都是當時各種鼓吹進步、革新、倡言民主、科學的報紙刊物的積極撰稿人。高尚德還是當時校內外有影響的刊物《新潮》的主要編輯之一，後來參與編輯中國共產黨機關報《嚮導》週報和華北地區黨的刊物《政治生活》，發表了不少宣傳馬克思主義的文章。

「研究會」除正式開班，請導師講授新聞工作的理論與實踐外，還組織講演、參觀、練習、辦刊物、舉行期滿式發給證書等多項活動。值得一提的是，該會於 1919 年 3 月 10 日晚 7：30，請偉大的共產主義先驅者李大釗在理科第 16 教室向會員作了一個講演。此時距由中國共產主義知識分子領導的、劃時代的五四運動僅只一個多月。

1919 年 3 月 14 日，北京大學新聞學研究會改組大會後不久，根據會務發展程度和會員的要求，照章在這一年的春假以後出版《新聞週刊》。下設新聞、評論、翻譯、通信四部。發行此週刊的目的有三：便會員之練習；便新聞學識之傳播；便同志之商榷。

此《新聞週刊》當時「不僅為中國惟一傳播新聞學識之報，且為中國首先採用橫行式之報」。《新聞週刊》一共發行了 3 期，五四以後停刊，蔡元培為此曾表示惋惜，說「本會所辦之新聞週刊，五四以後，因人事倥傯、遂至停刊、余甚惋惜」云云。

照會章規定，會員研究滿一年以上者，發給證書。至 1919 年 10 月，「研究會」舉行了研究期滿式。此次發給證書分聽講一年和聽講半年兩種，毛澤東是得聽講半年證書的會員之一。因他當時正在湖南，證書並未直接發到他的手裏。

　　新聞學研究會是什麼時候結束的？比較一致的觀點是 1920 年 12 月中旬，它大約存在了兩年零兩個月的實踐。理由如下：

　　1919 年的五四運動，北大是指揮部，北大的絕大多數學生投入了這場轟轟烈烈的愛國運動。罷課一直持續了好幾個月，學校的一切都宣告停頓。當時「研究會」的情況是：主要領導人之一蔡元培辭去北大校長職務、離京出走。導師邵飄萍此時也因五四運動爆發後在《京報》上痛斥反動軍閥的賣國罪行、被反動軍警追捕，逃出北京，去了日本。徐寶璜和大多數會員也投入了運動。因此「研究會」作為一個學術研究團體的活動無形中趨於停止。1920年 10 月以後，「研究會」的活動，因領導人出走的出走，會員畢業的畢業，惟一負責人徐寶璜也因就任民國大學校長，基本上不在北大，而逐漸減少、停止、終至不宣而散。

　　「北京大學新聞學研究會雖然存在的實踐不太長，但它的誕生卻是里程碑式的，它是中國的新聞事業和新聞學研究發展到一定階段的產物，是中國的人文教育範疇不斷擴大的產物，也是受國外新聞傳播教育影響的結果。它的最為標誌性的意義就在於它的成立宣告了中國新聞傳播教育的開始。它的影響持續到了日後我國的新聞學研究與新聞傳播教育。從它的章程中可以看出，這個研究會是面向所有喜歡和愛好新聞學人士的，沒有門戶之見、高低之分，它的教學活動和有關之決議的形成是民主的，它追求的是事業上的滿足而不是經濟上的獲利。雖然它是一個研究組織，但它的許多課題卻與時代及社會的進步緊密結合了起來，為推動整個社會的進步和文明水平的提高做出了貢獻，它雖然不像正規大學那樣在課程設置、教學安排、實踐實習諸方面有板有眼，但卻培養出了應時的急需人才，甚至開啟了一代偉人的新聞學之門，這是歷史不應忘記的」[1]！

　　北京大學新聞學研究會的成立說明，外國人可辦新聞傳播教育，中國人同樣能做到。由中國人自己組織、自己管理、自己授課的新聞傳播教育才是符合中國實際的有現實意義的新聞傳播教育。中國的教授不僅在課堂上能夠傳道授業，也能出研究專著，發表學術文章。它的出現還說明我們不一定要完全倣仿別人的一套，只要按照新聞傳播教育的規律辦事，我們也可以做得更好。誠然，由於北大新聞學研究會是業餘講座的性質，它尚不能冠以正規新聞傳播教育的名稱，從它的成立及其開展的一系列活動來看，新聞傳播教

---

[1] 李建新：《中國新聞教育史論》，新華出版社，2003 年版。

育像其他教育一樣，是一門科學，是理論性與實踐性結合的非常緊密的科學。從事新聞傳播教育的人要認識到這項工作的重要性和艱巨性，並在工作中不斷摸索它的內在特點與規律，才能把新聞傳播教育搞好。北京大學新聞學研究會的成立，還造就了像徐寶璜、邵飄萍等新聞傳播教育家的一代大家，它既有發軔的標誌，又有奠基的功效。在這個研究會組織中從教與學的不少人，在日後的新聞傳播教育中大展身手，爲新聞傳播教育付出了很大的心血，因此它的奠基作用也是十分明顯的。

毛澤東在北京大學工作期間曾經參加過北京大學新聞學研究會組織的新聞教育活動，學習過有關新聞學的知識，並與個別新聞學的導師建立了比較好的師生情誼，爲他日後在領導中國革命和建設的同時能夠寫出許多膾炙人口的新聞作品奠定了基礎。這是北大的光榮；是中國新聞教育的光榮。

1918 年 6 月，毛澤東從湖南第一師範學校畢業。這時第一師範教員楊昌濟應北京大學校長蔡元培邀請，前去擔任倫理學教授。不久楊昌濟從北京來信勸毛到北大學習，並告知「法國政府來中國招募工人，有志青年可以利用這個機會到法國去勤工儉學」。8 月 19 日，毛澤東第一次到達北京。他以主要精力從事赴法勤工儉學的組織工作，爲了解決每月最低限度生活費不得不謀一個職業。經楊教授介紹通過北大圖書館長李大釗，毛澤東到圖書館擔任每月八塊大洋的助理員。

毛澤東在北大最先加入的新聞團體，應該是「新聞研究會」。在新聞研究會的學習與研究活動中，毛澤東不僅增長了新聞學的理論知識和技能，而且與一些師友建立了友誼。據《毛澤東自傳》，「我參加哲學研究會和新聞學研究會，想藉此能聽大學裏的課程」。[1]

北京大學新聞學研究會在其一年多的存在時間裏，進行了比較集中的新聞教育，勉勵會員們總結「我國新聞界之經驗」、「歸納之而印證學理」；1919年 2 月 19 日午後召開改組大會；1919 年 2 月 24 日召開全體會員大會。討論「講演會大綱」，作出籌辦通訊社和出版「傳播新聞學識之報」——《新聞週刊》的決定等等，這些活動，毛澤東都參加了[2]。

在 1919 年 10 月 16 日北京大學新聞學研究會第一次研究期滿頒發證書的儀式上，得到聽講一年證書的有 23 人，得到聽講半年證書的有 32 人。毛澤

1　〔美〕埃德加·斯諾：《毛澤東自傳》，青島出版社，2003 年版。
2　方漢奇：《新聞學研究會·新聞戰線》，1979 年版（2）。

東名列「得聽講半年之證書者」之一，因爲頒發證書時毛已回湖南，故證書沒有直接發到他手中。

應該說毛澤東能夠成爲新聞大家，與這個短暫而實用的既是啓蒙又是學理的教育有密不可分的關係。毛澤東成功的新聞實踐，特別是對新聞宣傳的獨創性理論成果，均得益於他早年在北大系統的理論學習。

毛澤東在北大學習新聞期間，還與邵飄萍有過比較密切的請教與學習過程。1918 年 7 月，有著「鐵肩辣手」之譽的名記者邵飄萍在京創辦新聞編譯社；10 月，創辦《京報》，任社長，其人「余百無一嗜，唯對新聞事業乃有非常趣味」。作爲《京報》社長，邵飄萍應北大學生之邀，致函蔡元培校長，倡議建立新聞學研究會。極力促成後，他應聘爲導師。當年，毛澤東在研究會聽課之餘，曾多次到邵府拜訪。在困難時期，邵飄萍幫過毛澤東的忙，給過一些資助。據邵夫人湯修慧回憶：「那時毛澤東是北大職員，平易近人，到我家裏來，很有禮貌，叫飄萍爲先生，叫俺爲邵師娘。」研究會的兩個導師中，邵飄萍給毛澤東留下的印象比較深刻。1936 年，毛澤東在接受美國記者埃德加・斯諾採訪時說：「特別是邵（飄萍），對我幫助很大。他是新聞學會的講師，是一個自由主義者，一個具有熱烈理想和優良品質的人。」1949 年 4 月 21 日，毛澤東親自批准邵飄萍爲革命烈士。1974 年，81 歲高齡的毛主席在會見外賓時，還提到邵飄萍。

毛澤東在幾十年的革命風雨里程中，寫下了不少膾炙人口的新聞作品，如「人民解放軍佔領南京」等，這與他早年在北大接受新聞傳播教育是分不開的，也爲我國無產階級新聞事業的發展奠定了基礎。

第三節　初創時期新聞傳播教育的代表院系——燕京大學新聞系

萬事開頭難。中國新聞傳播教育的「開頭」之「難」，不是設立它有多麼大的阻力或者反對的聲音，「難」在一時不知該如何進行，如何展開。在這個背景下，習學、移植西方似乎是一條可取的道路。

新聞傳播教育初創時期，燕京大學的新聞傳播教育吸納了國內外的先進經驗，得到了美國密蘇里新聞學院的協助，除課程的安排較合理外，學校還定期與美國密蘇里新聞學院交換教授和研究生，該系培養的學生綜合素質高

業務能力強，外文水平紮實，在國內外媒體中享有較高的聲譽，且該系自創辦以來，它的教學理念模式、內容等爲國內其他學校所借鑒和學習。與初創時期的其他新聞院系相比，燕大新聞系不僅在教學諸方面有一定的優勢，新聞傳播教育堅持的時間也長，這一切使得該系成爲了初創時期的代表院校之一。

燕京大學新聞系於 1924 年初創，1929 年正式建系，到 1952 年全國高等院校院系調整併入北京大學，經過了艱難曲折而又不斷發展壯大的成長歷程，時跨 23 年，在中國新聞傳播教育事業和新聞人才的培養諸方面取得了不凡的業績，人所共知，世所稱道。

「燕京大學新聞系的設立，是時勢所趨，亦時勢所需。它適應了中國社會、政治、經濟變革、發展的需要。燕大在建校之初即提出了：「大學不僅應有文學院、神學院及醫學院、并應努力建教育學院、商學院、新聞學院、農業及林業系」。1922 年，燕大首度計劃把新聞系列入學科建設日程，擬請時任美國合眾社駐北平記者貝思（C. D. Bess）來校執教，未果。然後，燕大校長又與美國密蘇里大學聯繫，想與世界上第一所新聞學院合作來完成燕大新聞傳播教育的起步」[1]。

1924 年，燕京大學新聞系正式創立，美國人白瑞華（Ros Well.B.Britton 音譯名爲布立頓）爲系主任，藍序（Veanon. Nash，英譯名聶世芬）等爲教授。學系建制、設施均不完備，僅在文學院開設了用英語講授的新聞學課程。計劃 4 年修完 16 門專業課：報學原理（新聞學概論）、比較新聞、報紙採訪、編輯、社論、特寫、通訊、英文寫作、報業管理、廣告、發行、印刷與出版等。雖然受到學生的歡迎，一開始就有 11 人選修，終因經費支絀，教學設施和教學力量不足，又缺少這一應用學科必需的中外報紙、通訊社、電臺、圖書資料、實習資料、實習園地等，因而教學質量難以保證。

1926 年 5 月，燕大遷入尙未最後竣工的海淀新校址，百事待興，校務繁忙，新聞系課程暫維持現狀。這年 10 月，白瑞華教授離校回美國籌款，藍序教授代理系主任。1927 年，白瑞華因病辭職，新聞系課程暫停。

燕大新聞系當時提出：「燕大新聞系的目的，是借著鼓勵許多受過良好教育，有理想的人從事新聞工作，以協助中國發展出高尙、富有服務精神及負責任的新聞事業。課程主要是讓學生得到初步的新聞訓練，以期他們能把新

1　李建新：《中國新聞教育史論》，新華出版社，2003 年版。

聞事業樹立成最有潛力的事業，成爲促進公益及國際友好關係的砥柱。」[1]

借鑒密蘇里新聞學院的教學、教育經驗，新聞系的《本系學則》指出：「新聞學乃多方面之學科，與人生任何部分均有關係。因此，新聞人才，不但具有專門的知識與訓練，對於各種學識皆宜有清晰之概念。所以本學系對於新聞的專門學識極爲注重，而同時對於其他與新聞有特殊關係的學科亦爲重視。」因此，要求主修新聞專業的學生，副修一門與新聞有特殊關係的學科，如政治、經濟、社會、歷史等，主張新聞系應培養「今日中國報界所缺乏的……有遠見、有魄力、有主張……能負重大責任、有創見及改革能力的領袖人才[2]」。

彼時燕大新聞學課程，按這一要求分爲四類：

一、必修基礎課：國文一年、英文兩年，16 學分；法學院政治、經濟、社會學基礎課選讀 2 門；理學院數、理、化、生物基礎課選讀一門；歷史基礎課一門；共 20 學分。並按全校本科生必修體育的規定，修完三年體育課，共 6 學分。

二、主修課：新聞專業課程，包括實習和論文，共 44 學分。

三、副修課：選定一門學科，不得少於 20 學分。

四、選修課：依本專業學習需要及本人志趣選修其他學科、約 30 學分以上，4 年修滿 136 學分。學生編級，按各人所得學分編定，大體是：

一年級	第一學期	0～18 學分
	第二學期	19～35 學分
二年級	第一學期	3～54 學分
	第二學期	55～71 學分
三年級	第一學期	72～88 學分
	第二學期	89～103 學分
四年級	第一學期	104～136 學分

這樣的課程安排和選課、學分制度，體現了燕大新聞傳播教育的基礎訓練要求與通才教育的特點，既有利於培養學生獨立思考與發展的能力，又可以受到全面的基礎教育，培養既有專業學識，又有較廣泛的知識基礎的新聞

---

1 李壽朋、王士谷等：《燕京大學史稿》，人民中國出版社，1999 年版。
2 李壽朋、王士谷等：《燕京大學史稿》，人民中國出版社，1999 年版。

人才。《本系學則》規定：「本系課程理論與實習並重。實習共有三方面：一、本學系之刊物；二、報紙雜誌之投稿；三、假期間及畢業後在報館之實習」。

　　與密大新聞學院的合作，除了交換研究生和交換教授，雙方承認本科學歷，畢業生可以直接報考兩校的新聞學碩士研究生。這使得燕大的新聞傳播教育在那個時期就具有了國際合作的模式，具有了國際的辦學思維，無疑是執牛耳者。

第四節　初創時期新聞教育的代表人物及其標誌性成果

　　中國最早的新聞學理論專著是徐寶璜的《新聞學》，中國最早的新聞採訪學專著是邵飄萍的《實際應用新聞學》。這兩本專著也是中國新聞教育初創時期的標誌性成果，作為中國新聞教育的拓荒者，徐寶璜、邵飄萍是中國新聞傳播教育初創時期的代表人物。他們把新聞實踐與新聞學研究結合起來，在實踐、研究、教學、交流、提高等這樣一個過程中，鋪設出了中國新聞傳播教育的道路。

　　徐寶璜著的《新聞學》，原為北京大學政治系和新聞學研究會的講稿，後經四次修訂，1919 年 12 月出單行本。此書比較系統地論述了新聞學性質、報紙職能、新聞價值、採訪要點，新聞通訊社組織、新聞編輯、報紙社論、廣告發行、報社組織各個方面。這是我國學者自著的第一本理論新聞學專著，被舊中國新聞界譽為「破天荒」之作，作者也被新聞學界稱為「開山鼻祖」、「第一位大師」。

　　邵飄萍著的《實際應用新聞學》，又名《新聞材料採集法》，是在參照日本記者杉村廣太郎（筆名楚人冠）著的《最近新聞紙學》和結合自身十餘年辦報實踐基礎上寫的我國第一本新聞採訪學專著。此書在 1923 年出版後，廣為流傳，被舊中國新聞界評為「立論本於國情，舉例由於實踐」，「報學界罕見之出版物」。

　　新聞學理論固然源於新聞工作實踐的經驗積累和科學概括，也受到社會經濟、政治，文化的影響與制約。但作為一門科學，一種學術的知識體系，從無到有，從不成熟到逐步成熟，要經歷一個比較複雜的過程：既離不開古今的歷史繼承，也受到中外文化交流的影響。時間已經過去了將近 100 年的

時間，但徐寶璜、邵飄萍在新聞學理論方面的建樹，在新聞教育中的一些做法等仍然在影響著今天，他們的著作依然具有實用性與研究價值，這也使我們感到中國的新聞教育其實是在一個比較高的起點上起步的。

一、徐寶璜與他的《新聞學》

1919年12月，由北京大學出版部以新聞學研究會名義出版了徐寶璜的《新聞學》。

據《北京大學日刊》記載，在新聞學研究會成立後的 3 個月裏，徐寶璜就向會員們發表了「新聞紙之職務及盡職方法」、「新聞之精彩」、「新聞之價值」、「新聞之採集」等演講，系統講授新聞學理論和實踐。1920 年起，先後在民國大學、朝陽大學、中國大學、平民大學等校教授新聞、經濟等方面課程，並擔任平民大學新聞系主任。

徐寶璜（1894～1930）字伯軒，江西九江人，是我國最早的新聞學者和新聞教育家，是最先在國內開設新聞學課程的大學教授，主張報紙應具有獨立的社會地位，應代表國民提出建議和要求。認為報紙的輿論是根據新聞而來，新聞又以正確的事實為基礎，因此新聞中的事實正確與否決定輿論的健全與否，報紙在提倡道德，開啟民智方面具有重要的職責和作用。徐寶璜在美國密蘇理大學受過系統的新聞學教育，在對西方報業進行考察和研究的基礎上，把西方自由主義報刊理念轉化為適應當時中國發展進程的新聞學思想，並應用於新聞教育中。徐寶璜堅持，一個新聞人首先必須是一個合格的自由主義者。在他看來，只有當新聞從業人員具備自由主義所要求的公共化和獨立性職業品格，才能保證報紙真正具有公共化和獨立性。報紙具備了獨立性，方能真正傳達民意，從而形成強大的輿論，監督政府和抵禦壓制。為培養出社會和民眾需要的新聞從業人員，徐寶璜認為，必須保持新聞教育獨立於政治的立場之外，任何來自官方或政治派別的染指，都將給新聞人才的培養造成災難性的後果。

徐寶璜在我國新聞教育方面做出了很大的貢獻，被譽為「新聞教育界第一位大師」，和「新聞學界最初開山鼻祖」。

徐寶璜 1912 年北京大學畢業後，官費留學美國，在密歇根大學攻讀經濟學和新聞學。1916 年回國後，先後擔任北京《晨報》編輯和北京大學教授兼校長室秘書。1918 年 10 月，北大校長蔡元培發起成立新聞學研究會，並開設「新聞學」為政治系四年級選修課，由徐氏每週講授《新聞學大意》，1920 年

以後，徐先後在民國大學、北平大學、朝陽大學、中國大學、平民大學任教，
擔任過民國大學代理校長、京華美術專門學校校長、平民大學新聞系主任、
第三中山大學勞農學院教授兼總務主任、北京大學經濟系主任兼註冊部主任
等職。1930 年積極為北京大學籌辦新聞系，工作極其繁重，終因積勞成疾，
於 1930 年 6 月 1 日逝世，年僅 37 歲。

　　徐寶璜接受蔡元培的學術自由、兼收並蓄的主張，政治傾向民主，反對
封建軍閥。他一生最大的貢獻，就是提倡新聞學。著作除《新聞學》外，還
有《保險學》，另譯有《貨幣論》，1923 年又與胡愈之合著《新聞事業》，由商
務印書館出版。1919 年北大新聞學研究會出版的《新聞週刊》，1924 年北京
《平民大學新聞系級刊》的創辦和 1927 年北京出版的《新聞學刊》，都得到
過他的支持。

　　《新聞學》全書共十四章，約六萬字，系統地論述了新聞的定義，新聞
的價值、報紙的性質、職務（職能）編輯採集（採訪）、社論（評論）和報社、
通訊社的任務、組織以及廣告、發行等等，包括新聞理論和實踐以及新聞事
業的經營等全部內容，言簡意賅，材料新鮮，所介紹的歐美先進國家報業及
其發展狀況都是我國學者以前所不大瞭解的。這本書反映了我國進步知識分
子的反封建的民主主義思想，是「五四」運動前夕，我國學術界接受了資本
主義的「德賽二先生」（民主與科學）的產物，其中很多觀點是針對袁世凱和
北洋政府的，這本書正如蔡元培所說，「在我國新聞界實為破天荒之作」。[1]《新
聞學》一書所列「訪員應守之金科玉律」，實際上就是一種職業新聞工作者的
信條，徐寶璜列舉了 16 條記者應該遵循的基本原則，這些原則即使在今天看
來，也不失為有見地之論。

　　蔡元培在《新聞學》出版的序言中寫道：徐先生草《新聞學》一篇，一
年以來，凡四易其稿而後定。這也印證了本書是在講義的基礎上多次修改而
成的說法。蔡元培這樣評價新聞的價值與作用：余惟新聞者，史之流裔耳。
古之人君，左史記言，右史記事，非猶今之新聞中記某某之談話若行動乎？
「不修春秋」，錄各國報告，非猶今新聞中有未電通信若譯件乎？由是觀之，
雖謂新聞之內容，無異於史可也。然則我國固早有史學矣，何需乎特別之新
聞學？雖然，新聞之與史又有異點：兩者雖同記以往之事，史所記不嫌其舊，
而新聞所記則愈新愈善，其異一；作史者可窮年累月以成之，而新聞則成之

1　余家宏：《徐寶璜與新聞學》，見：《新聞文存》。

於俄頃，其異二；史者純粹著述之業，而新聞則有營業性質，其異三；是以我國雖有史學，而不足以包新聞學。[1]

凡學之起，常在其對象特別發展以後……似此例推，則我國新聞之發起（昔之邸報與新聞性質不同），不過數十年，至今日而始有新聞學之端倪，未為晚也。

邵飄萍在寫給《新聞學》的序中提到：新聞記者，竊歎我國新聞界人才之寥落，良由無人以新聞為一學科而研究之者。試觀歐美及日本近年以來，新聞之學，與日俱進，專門著述，充棟汗牛，其新聞事業之發達，亦即學術進步之效果耳。在這裡，邵飄萍從當時新聞界的需要以及中外新聞事業、新聞教育事業的對比中發出了要重視中國新聞教育的呼喚。

徐寶璜的自序認為：新聞學乃近世青年學問之一種，尚在發育時期，余對於斯學，雖曾稍事涉獵，然並無系統之研究。客歲蔡校長設立新聞學研究會，命余主任其事，並兼任導師。余乃於暑假中，正式加以研究，就所得著《新聞學大意》……本書所言，取材於西籍者不少，然西籍中亦無完善之書，或為歷史之記述，或為一方之研究。至能令人讀之而窺全豹者，尚未一見也。本書雖仍不完備，然對於新聞學之重要問題，則皆為有系統之說明；而討論新聞紙之性質與其職務，及新聞之定義與其價值，自信所言，頗多為西方學者所未言及者。至其他尚未討論之問題當續行研究，俟再版時再為補足也。

吾國之報紙，現多徘徊歧路，即已入迷途者，亦復不少。此書發刊之意，希望能導其正當之方向而行，為新聞界開一新生面。至此書不當之處，自所不免，余甚希望高明者有以教之。附：《新聞學》目錄

序
第一章　新聞學之性質與重要
　第一節　新聞紙之職務
　第二節　新聞之定義
　第三節　新聞之精彩
　第四節　新聞之價值
第二章　新聞之採集
　第一節　新聞之分類

1　新聞文存。

二、邵飄萍與他的《實際應用新聞學》

　　邵飄萍是中國新聞教育與新聞學研究的拓荒者之一。1918 年 10 月 14 日，他與蔡元培（當時北大校長）、徐寶璜（文科教授）一起發起成立了新聞學研究會，並擔任該會講師，主講新聞採訪學。他在主辦《京報》的同時，又先後兼任北京平民大學、民國大學，法政大學教授，講授實際應用新聞學，還曾打算結合辦報實踐與新聞教學，編寫一套《新聞學叢書》，並計劃分為四編。第一編《新聞學總論》，為報紙工作概念。敘述新聞事業的性質、記者的地位與資格、報社的組織、報紙的內容與形式、報紙簡史和通訊社事業。這本書作為法政大學的新聞學講義，於 1924 年 6 月由京報館出版。第二編為《實際應用新聞學》，又名《新聞材料採集法》，即本書。第三編《新聞編輯法》與第四編《廣告及發行》，曾作編寫計劃，後因死於軍閥的屠刀之下而未成。

　　邵飄萍（1886～1926），原名鏡清，後改名振清，筆名飄萍，少小聰慧，14 歲中秀才。他喜歡讀陳天華的《猛回頭》、《警世鐘》，並與民主革命家張恭過從甚密。張恭於 1904 年在金華創辦了政治性文摘報紙《萃新報》，文摘多鼓吹革命的言論。這為飄萍後來終生從事報業，打下了思想基礎。1906 年他考入浙江省立高等學堂，接觸了大量進步書刊，萌發了「新聞救國」的思想，欲依靠報紙輿論的力量干預政治，改變祖國貧弱面貌。他曾說過：「余百無一嗜，惟對新聞事業乃有非常趣味，願終生以之。」

　　1912 年，他到杭州，與杭辛齋攜手創辦了《漢民日報》，大力宣傳孫中山的主張，揭露貪官污吏的醜行，抨擊封建軍閥的暴政，與杭州的權貴結下了深仇。為扼殺輿論，他們多次企圖加害於飄萍。邵飄萍以「報館可封，記者之筆不可封也。主筆可殺，輿論之力不可阻」的無畏懼精神，在逆流中奮進，寫了大量的新聞和評論。為此，他曾經 3 次被捕，坐過 9 個月監牢。1913 年《漢民日報》因揭露袁世凱而遭到查封，邵飄萍也被捕入獄，後來，他被夫

人湯修慧營救獲釋。為了探求真理，他東渡扶桑，攻讀於日本政法學校。邵
飄萍身在異國，心憂國難，1914 年目睹袁世凱與日本帝國主義的罪惡勾結，
心急如焚。他與潘公弼、馬文車 3 人共同設立了「東京通訊社」，向京、滬、
漢著名報紙發通訊。適當日本提出「二十一條」之際，邵飄萍將條款內容電
發國內，以激起人民奮起反抗。

　　1915 年 12 月，蔡鍔樹起護國討袁大旗。邵飄萍回上海，支持雲南義軍征
討袁賊。在滬上筆政三報，護國討袁，署名「飄萍」在《申報》、《時報》發
表文章。同時署名「阿平」在《時事新報》發表文章。據不完全統計，這一
段時間他在《時事新報》就發表署名「阿平」的社論 36 篇，時評 134 篇。邵
飄萍高舉反袁大旗，為護國義師導向，譽滿全國輿論界。

　　1916 年夏，邵飄萍被《申報》聘為駐京特派記者，為該報撰寫「北京特
別通信」，先後共發表 250 餘篇。這年 7 月，他憤慨於外國通訊社任意左右中
國輿論，便在北京創辦了「北京新聞編譯社」。1918 年 10 月 5 日，邵飄萍又
獨立創辦了《京報》。同時，他與北京大學校長蔡元培及教授徐寶璜一起創立
了「北京大學新聞學研究會」，揭開了我國新聞學教育和研究的序幕。他作為
新聞學會的導師，向毛澤東、鄧中夏等學員講述新聞業務，又把《京報》作
為學員實習的園地；並把講稿整理成《實際應用新聞學》出版，書中邵飄萍
特別強調人格和報格。他認為「報紙應以『探究事實不欺閱者』為第一信條。」
只有「以事實和真理」教育讀者，才能取信於讀者，影響國民的精神面貌。
他強調記者要到第一線去「探究事實」，運用自己豐富的知識和經驗去判斷新
聞的價值，並講述了自己的許多成功的採訪經驗。邵飄萍是新聞界的全才，
尤其以採寫新聞消息和通訊而著名。他用一支筆攪動政界、軍界的情緒，使
那些故作雍容大度的政客、軍閥暴跳如雷，而又束手無策。因此，馮玉祥將
軍曾說：「飄萍一支筆抵過十萬軍。」

　　邵飄萍是五四運動的發動者和宣傳者。早在「五四」前，《京報》就揭發
了軍閥的種種罪行。五月三日，北大學生開大會，許多高校也派代表參加。
邵飄萍應邀向學生們詳細介紹了巴黎和會的經過和決議，並號召大家挺身而
出，救亡圖存，奮起抗爭。會上群情激昂，決議五月四日遊行示威。第二天
震驚中外的「五四」運動爆發了。邵飄萍不但在《京報》上大塊、專版地安
排報導，而且還針對時局，每日發表評論。在運動開展的頭兩個月內，他就
發表了署名文章 40 餘篇，為推動五四運動開展作出了卓越的貢獻。《京報》

大量刊登了揭發曹汝霖、陸宗輿、章宗祥等人的賣國醜行，引起了段政府的極大仇恨。1919 年 8 月 22 日《京報》突然遭封禁，飄萍聞訊後從屋頂逃出，化裝成工人逃到日本。

邵飄萍到日本後，除了作大阪《朝日新聞》的特約記者外，用了大部分精力研究各國的政治思想動態，著重學習和研究了科學社會主義。1920 年 7 月邵飄萍回國，9 月 17 日復活了《京報》，在頭版顯要位置，為他在日本時趕撰的專著《綜合研究各國社會思潮》、《新俄國之研究》作了廣告。這兩本專著，前者對馬克思的唯物論、唯物史觀、剩餘價值說作了詳細介紹；後者比較系統、全面地介紹了俄國布爾什維克的歷史，介紹十月社會主義革命和蘇維埃政府在政治、經濟、文化、教育等各方面的制度和政策。這兩本書出版後很快就銷售一空，風行全國。1923 年 5 月 5 日，是馬克思誕生 105 週年，《京報》專門發行了紀念特刊。1924 年 1 月 21 日列寧逝世，它大量報導列寧的後事，並出版《列寧特刊》一張，大量刊登有關列寧的新聞、通訊及圖片，以便通過評價列寧的豐功偉績，向中國人民宣傳十月革命的成就和馬列主義。

1923 年我黨領導了震驚中外的「二七大罷工」，《京報》從 2 月 6 日到 22 日進行了隆重而熱烈的報導。1925 年「五卅運動」爆發，《京報》作了長達兩個多月的連續宣傳，其規模之大、內容之廣泛，形式之多樣、旗幟之鮮明，在當時國內各報刊中是首屈一指的。據不完全統計，以「飄萍」署名的評論文章從 6 月 1 日起至 7 月中旬，就達 28 篇之多。這一年，經李大釗、羅章龍介紹，邵飄萍秘密加入中國共產黨。從此，他更自覺地作為一名無產階級的記者，為宣傳真理而鬥爭。

《京報》創刊時，邵飄萍欣然命筆，大書「鐵肩辣手」4 個字懸於編輯室正面牆上，以自勉和激勵同仁。「鐵肩辣手」取自明朝楊椒山的詩句「鐵肩擔道義，妙手著文章」。只是，將「妙手」改為「辣手」。一字之改，反映了邵飄萍胸懷真理、不畏強暴的倔強性格和辦報宗旨。邵飄萍說「《京報》每順世界進步潮流，為和平中正之指導。崇拜真理，反對武力，乃《京報》持論之精神。」

1926 年在段祺瑞執政府門前，發生了駭人聽聞的「三一八」慘案。京都立即籠罩於白色恐怖之中。飄萍把個人生死置之度外，到出事地點和有關醫院調查採訪，連夜趕寫的討段檄文《世界之空前慘案——不要得意，不要大

意》和《日英之露骨的干涉》等文章。慘案發生後 12 天內，《京報》發文章 113 篇，《京報副刊》從 439 號至 475 號刊登有關慘案的文章 103 篇。同時，《京報》還印發特刊 50 萬張，喚醒民眾奮起討賊。4 月的北京，政局十分混亂。邵飄萍被白色恐怖包圍著，街上的反動傳單說他是「盧布黨」記者，京報館和邵家的電話受到監聽，住所被監視，邵飄萍處境極端危險。他曾一度把《京報》交夫人湯修慧照常出版，暫時避難東交民巷六國飯店。奉系軍閥抓不到邵飄萍不罷休，就以造幣廠廠長之職和 2 萬大洋為誘餌，收買與飄萍有過舊交的大陸報社長張翰舉（外號張夜壺）。此無恥文人誘騙邵飄萍在 4 月 24 日回報館時，事先已經埋伏在那裡的 30 名偵緝抓捕了邵飄萍。4 月 26 日凌晨，將邵飄萍「提至督戰執法處，嚴刑訊問，脛骨為斷」。在未經法院審判的情況下，就以「勾結赤俄，宣傳赤化」的罪名將他處以死刑。

邵飄萍在新聞教育中強調「訪員」（即記者）的素質與思想的訓練，他以「貧賤不移、富貴不淫、威武不屈」砥礪會員，在當時的時代背景下，他還特別強調與注重新聞工作者人格主體精神培養，提倡對新思想新思潮不竭的探索。

毛澤東在北大期間聽過邵飄萍的新聞學課，也參加了北京大學的新聞學研究會。若干年後，1936 年，毛澤東在延安的窯洞裏接受美國記者埃德加‧斯諾的採訪時說：「我可願做的工作：一教書，一新聞記者，將來多半要賴這兩項工作的月薪來生活。」在新聞學方面，毛澤東特別感謝邵飄萍，「他是新聞學會的講師，是一個自由主義者，一個具有熱情理想和優良品質的人，他對我幫助很大。」

《實際應用新聞學》是中國人自撰的第一部論述新聞採訪學的專著，又名《新聞材料採集法》。它是邵飄萍總結他十餘年記者生涯中的實踐經驗，參考美、日有關新聞學專著，並根據他在北京大學新聞學研究會與平民大學新聞系的講稿，綜合編寫而成的。

全書約六萬字，1923 年由京報館出版發行。

邵飄萍在前言中表明：「本書編述之用意，以我國新聞界所最需要者，為各種外交記者（訪員）之人才，故專就新聞材料採集方法具體說明，為養成外交記者人才之助。」可見邵飄萍撰寫此書，其目的在於普及新聞學知識，培養新聞人才。本書問世後影響很大，當時知識界普遍讚揚此書「立論本於國情，舉例由於實踐」，「頗得中國大多數著名新人物之贊許」，「足以振起新

聞事業之精神」，因此多次重版，成為不少新聞工作者的案頭必備之書。

《實際應用新聞學》全書共十四章，內容包括記者的地位、資格與準備、新聞價值、採訪方法、注意事項及新聞寫作等方面，書中有大量飄萍的採訪實例，從中可以體現出一個靈活敏銳、精明強幹的記者形象，足以供有志於新聞工作的青年讀者們領悟一些「成才之道」的經驗。

注重採訪的指導思想，強調記者的品德修養，是該書一大特色。邵飄萍是中國新聞界中第一個把採訪技術提到一門學問的高度來加以研究的學者。他認為「每因新聞訪員之一電……使局勢根本變化，直接間接影響國際之盛衰，人類之幸福」，又說：「蓋政治上，社會上各種新現象，皆因人而發生，大半即為各有關係人物之言動，故外交記者必留意當代人物。」[1]

邵飄萍新聞教育的一個顯著特點是注重實戰，注重社會新聞。他在講課中多次指出應注意社會新聞，提倡多跑下層。民初記者多跑上層政府、議會機關，採寫政治新聞，不大願意到社會下層採寫社會新聞，他則認為記者應多接觸廣闊的社會，從而提高社會新聞的質量。

同時，邵飄萍很重視新聞的價值和對採訪心理的研究。他認為「報紙之第一任務，在報告讀者以最新而又最有興味最有關係之各種消息」，主張「凡事必力求實際真相」，以「探求事實，不欺閱者」為「第一信條」。強調新聞記者要有新聞敏感，「認識新聞之價值，孰為重要，孰非重要，若者可棄，若者可取」，不要「有聞必錄」。在採訪時，須研究對方心理，講究採訪方法，「察言觀色」，注重實效。邵飄萍對採訪心理學相當有研究。本書中記錄他深夜採訪段祺瑞，獲取獨家新聞的故事，正是巧妙利用心理因素，大膽進擊而一舉成功的範例。大處著眼，小處著手。記者在採訪中還須十分重視技術與方法問題，要一絲不苟，有備無患。記者不但要「膽大包天」，還得「心細如髮」。邵飄萍在本書中特別指出記者的「小節」問題，如容貌態度，服裝、語言、各種儀式應注意之點等等，給初學者以細緻、耐心、誠懇的指導，相信今天的新聞記者們也能從中得到啟示的。

由於受西方新聞學理論的影響，本書中也有一些似是而非的觀點，需要讀者在閱讀中加以辨別。邵飄萍認為記者在採訪活動中應無階級觀念，既無敵、友概念，也不以道德為交際標準。他還認為，記者是獨立的，是超越統治階級與被統治階級的第三者，是「無冕之王」。這些觀點，自有其階級的侷

---

1 新聞文存。

限性，但在當時的歷史條件下，是可以理解的。

附錄：《實際應用新聞學》目錄

第一章　外交記者之地位

第二章　外交記者之資格與準備

第三章　外交記者之外觀的注意

第四章　外交記者之工具與雜藝

第五章　訪問之類別與具體方法

第六章　訪問時之種種心得

第七章　外交記者之分類

第八章　探索新聞之具體方法

第九章　新聞價值測定之標準

第十章　新聞價值減少之原因

第十一章　裸體新聞應記之項目

第十二章　原稿之外觀的注意

第十三章　原稿內容之注意點

第十四章　餘白

第五節　初創時期新聞教育的特點及其發展動因分析

從 1918 年北京大學新聞學研究會的成立到 1927 年，我國的新聞傳播教育實現了從無到有的根本性轉變，新聞傳播教育的重要性已被越來越多的人所認識，希望接受新聞傳播教育的人也越來越多。

一、初創時期新聞傳播教育的主要特點[1]

第一、因為新聞傳播教育屬於起步階段，存在的不確定的內外因素比較多，教學標準和招生規模完全由學校來決定，沒有全國統一的標準，教學中存在著隨意性，一些校舍和師資也不固定，學生學習時間的長短、課程的多少，如何實踐、實習等等都難以做到科學合理的安排。這個時期的新聞傳播教育，實際上主要是報學教育。教育的宗旨不僅僅停留在傳授辦報經驗上，還比較重視新聞學理的研究與學生品格的培養，徐寶璜的《新聞學》、邵飄萍

1　李建新：《中國新聞教育史論》，新華出版社，2003 年版。

的《實際應用新聞學》、《新聞學概論》、戈公振的《中國報學史》均是結合教學進行研究後整理出來的新聞學專著。教師在教學中十分強調記者的品德修養，認為「品性為第一要素」，作為記者，應該是「貧賤不能移、富貴不能淫、威武不能屈」。強調學生對傳統文化的學習，認為：「報紙是社會之教師」，記者應對社會負有責任。

第二、普遍引進西方的新聞學理論，受美國新聞傳播教育的影響尤深。有些新聞系科是美國人創辦的；有些新聞系科聘請的是美國的新聞學教授，採用的是美國新聞院校的教材，有的中國教授也是留美歸來的。他們的學術觀點，教學內容和教學方法也或多或少地受到美國資產階級新聞學的影響。例如，聖約翰大學新聞系是由美國人卜惠廉創辦的，聘請的教授畢德生、武道等都是美國人；燕京大學新聞系也以美國人白瑞華、藍序為主要負責人和主講教授，其他一些大學的新聞系教授如徐寶璜、邵力子、趙敏恒、詹文滸等，也都曾留學美國。中國人編撰的一些教材，也都明顯地受到美國新聞理論的影響。一些留學美國密蘇里新聞學院的人還在中國成立了同學會，一些新聞系，如燕大新聞系還同美國的一些新聞院系建立了密切的關係，相互交換資料、教授和留學生，相互承認對方的學歷以及互贈禮品等，都大大擴大了美國新聞傳播教育在中國的影響。

第三、辦學地點集中，辦學方式多樣。創立之初的我國新聞傳播教育，大都集中在北京、上海、廣州 3 個城市，這些地方人口密集、報紙較多、交通方便、群眾文化水平較高，受外來影響大，這些都是興辦新聞傳播教育的有利條件。但是，同一個地方的不同新聞傳播教育單位，其辦學方式卻不雷同，學制長短也比較靈活，有正規的科班，有職業的學校，有函授還有短期的培訓班。有初級班、高級班、還有日班、夜班、星期日班等。這些不同的教育與教學方式服務於不同的培養對象及培養目標，既能保證在校生能有一定的條件進行預定目標的學習，也便於有職業的學生利用業餘時間學習。

第四、這個時期的新聞傳播教育都比較重業務、重實踐、重實用知識、重獨立活動能力的培養。各大學開設的新聞學課程都普遍重於新聞業務的學習和訓練，任教的多是從事新聞行業多年的編輯記者，他們都注意總結、傳授自己的辦報經驗，多數的新聞院系辦有可供自己學生實習的報紙、刊物、通訊社。如燕大新聞系辦有「燕京通訊社」、《燕京新聞》刊物等，在課程設置上，這些院系都注重實用知識的訓練，如開設速記、打字、排校、印刷等

課，經常開設講座，請有實踐經驗的新聞工作者介紹他們的心得體會。

第五、這個時期的新聞傳播教育、教師隊伍基本上是實行「雙結合」，即專職與兼職相結合，搞新聞傳播教育的和搞新聞實踐的相結合。如：邵飄萍是《京報》社長，又先後在北京大學、平民大學、民國大學、法政大學任教，講授新聞學；戈公振曾先後在上海《時報》、《圖畫時報》、《申報》任職，同時也先後在上海國民大學、南方大學、大夏大學和復旦大學兼任新聞系教授。陳布雷、潘公弼分別是《商報》和《時事新報》的總編輯，也同時在上海國民大學報學系任教。當然，也有一部分教師是專職搞新聞傳播教育的。如徐寶璜教授從 1918 年以後，便全力以赴地投入到新聞傳播教育的工作中來，心無旁鶩。這種「雙結合」的教師隊伍，對新聞傳播教育是有好處的，使新聞傳播教育單位與新聞業務部門緊密地結合起來，有利於學生聯繫實際，開闊視野，也有利於豐富教學內容，更新教材，使新聞傳播教育更好地為新聞單位服務。

第六、這個時期的新聞傳播教育已初步實行教育與科研相結合。不少教師都是一邊講課，一邊研究，課講完了，科研著作也出版了。如徐寶璜的《新聞學》、邵飄萍的《實際應用新聞學》、戈公振的《中國報學史》，都是在教學與科研的結合中完成的，初步實現了教學科研的雙豐收。

第七、報人觀念的更新，促進了新聞傳播教育的發展。以前從事報刊工作的多數是政治家、文化人或企業家，只注意報刊如何宣傳，而不重視新聞人才的培養。「五四」以後，新聞工作隊伍發生了很大變化，專業人員辦報逐步占主導地位，特別是一批在國外學習新聞專業的留學生回國從事新聞傳播教育工作，如新聞碩士張繼英經常到上海各學校講《美國大學報學系之組織》，汪英賓從美國密蘇里大學新聞學院畢業後，除任職《申報》外，還擔任滬江大學商學院新聞系主任，並為其他大學新聞系專業的同學講課。戈公振去外國考察新聞事業後，也成為新聞傳播教育事業的積極參加者。

當然，初創時期的新聞傳播教育也存在一些需待改進的問題，如盡快建立起完善的新聞傳播教育的理論和實踐的框架體系，制定出大家能夠互相遵守的考核、考評機制，如何把國外的教學經驗和我國的具體實際相結合，加強師資隊伍的培養，充實、更新新聞傳播教育設備、設施的配備，教材的編寫，把社會實踐的成果盡快體現在教學中來等。但這與我國新聞傳播教育在初創時期所取得的成就相比，是瑕不掩瑜的。

二、新聞傳播教育發展的幾個主要因素[1]

（一）個人因素的作用巨大

總結初創時期新聞傳播教育的特點會發現，個人因素在其中發揮了極為重要的作用，也許這一時期是中國新聞傳播教育依靠個人能力，體現個人實績的時期。

19 世紀末、20 世紀初，是中國新聞學研究的萌芽階段。中國近代史上第一次思想啓蒙運動——變法維新運動的發起者康有為，在 1895 年提出「設報達聰」的主張，他認為創辦報刊能使「百官咸通悉敵情，皇上可周知四海」。翌年，他的學生梁啓超進一步提出了「去塞求通」論。梁啓超認為，國家的強弱在於通塞，報刊能通上下左右，所以「報館有益於國事」。在中國新聞史上，梁啓超第一次提出報刊能起耳目喉舌作用。爾後，他多次發表論述報刊工作的文章，在報刊的性質與作用、報刊優劣標準、報刊宣傳藝術等方面，都發表了自己的見解。他學識淵博，既採用中國的傳統觀念，如古代的採訪民風民俗，又引述了西方的近代觀念，如報刊應成為政府的監督者和國民的嚮導者。他們認為報學教育是現實社會所必不可少的，並身體而力行之。他們不是代表政黨、教派、集團或組織，而完全是從個人的感悟和理解中出發，體現出了鮮明的個性特徵。

以北京大學新聞學研究會的成立為例，如果當時沒有北大校長蔡元培及徐寶璜等人的全力籌辦，中國新聞傳播教育的起跑線還不知要往後延伸多遠。

蔡元培（1868～1940，報刊政論家、教育家。浙江紹興人。1868 年 1 月 11 日生。字鶴卿，號孑民，筆名民友、仲申、阿培、鍔青、蔡振、周子餘、會稽山人等。父親是錢莊經理，叔父是舉人。1892 年中二甲第 34 名進士，為翰林院庶吉士。1894 年補編修。1898 年 9 月從北京回紹興，立意興辦教育，培養人才，曾擔任紹興中西學堂監督，提倡新學。1900 年到上海，任南洋公學教員。1902 年 1 月 4 日商務印書館印行的《外交報》旬刊創刊，認股 300 元參與創辦，任該刊撰述，經常撰譯稿件。這是他從事報刊活動的開始。同年 4 月 27 日，與章炳麟等在上海發起成立中國教育會，被推為會長。11 月 26 日創辦愛國學社期間，與社中教師輪流為《蘇報》撰稿，宣傳革命排滿。同年 12 月 15 日，對俄同志會機關報《俄事警聞》在上海創刊，參與創刊和編

---

1 李建新：《中國新聞教育史論》，新華出版社，2003 年版。

撰，1904 年 2 月 26 日該報更名爲《警鐘日報》，親任主編。至同年 8 月 31 日，第一次向國內民眾介紹孫中山的「驅除韃虜，恢復中華，創立民國，平均地權」的 16 字綱領。同年 11 月，與陶成章等建立光復會，被推爲會長。1905 年加入同盟會，並任該會上海分部主盟員。1907 年赴德國萊比錫大學研究哲學、文學、美學和心理學等。1911 年武昌起義後回國，任南京臨時政府教育總長、北京政府教育總長。曾在報上發表《告全國文》、《對於教育方針之意見》等文。1912 年 7 月辭職後旅居德國。1913 年秋去法國，與李石曾等創辦「留法勤工儉學會」，組織「華法教育會」，1916 年冬回國，次年初任北京大學校長，倡導「思想自由，兼容並包」的辦學方針，支持新文化運動。1918 年 10 月 14 日，發起成立我國第一個新聞學研究團體「北京大學新聞學研究會」，親自起草該會章程，出任該會會長，並積極參加該會的各項活動。支持校長室秘書徐寶璜在北大首開新聞學課程，並爲徐著我國第一本新聞學理論專著《新聞學》作序。極大地推動了我國新聞傳播教育和新聞學研究工作的開展。1919 年 1 月，支持學生創辦《新潮》雜誌月刊，並領導創辦學術刊物《北京大學月刊》，親自主編臨時增刊。五四運動中，反對政府鎮壓學生，一度被迫辭職。1920 年冬赴歐美考察教育，次年回國。1923 年 1 月份北大教授遭逮捕發表《關於不合作宣言》而聲明辭職。旋再赴歐洲研究學術。1924 年至 1928 年，擔任國民黨和南京政府多種要職。1925 年五卅慘案時，曾在歐洲各國報紙上發表《爲國內反對日、英風潮敬告列強》一文，說明慘案眞相。1929 年辭去所任各職，專任中央研究院院長和國力北平圖書館館長。「九一八」事變後，主張抗日。1932 年 12 月，同宋慶齡等發起組織中國民權保障同盟，任副主席。1933 年 3 月 14 日，爲紀念馬克思逝世 50 週年，上海青年會舉辦科學的社會主義講座，他主講《科學的社會主義概論》。1940 年 3 月 5 日在香港病逝。其主要論著被編入《蔡元培文集》）是有名的進步教育家和思想家。

　　1912 年初，中華民國臨時政府成立，受孫中山之召，蔡元培任南京臨時政府的第一任教育總長。就任之初他即發表《對於教育方針之意見》，反對清末學部奏定的教育宗旨，改其忠君、尊孔、尚公、尚武、尚實五項宗旨爲國民教育、實利教育、公民道德、世界觀、美育五項。認爲「忠君」與共和政體不合，「尊孔」與信仰自由相違，對於世界觀教育，主張講授哲學課程，意在兼採用周秦諸家，印度哲學及歐洲哲學，以「打破二千年墨守孔學的舊

習」。他提出美育，認爲美感是普遍性的，可以破人我彼此的偏見，美學是超越性的，可以破生死利害的顧忌，教育上應特別注重，他認爲「大學爲研究高尚學問之地」。1916 年 12 月 26 日，蔡元培在「首都最高學府，尤賴大賢主宰，師表群倫」的期待之中，就任北京大學校長。他宣布他的辦學宗旨是「兼容並包，兼收並蓄」，提倡「學術思想自由」。他「廣延積學與熱心的教員、認眞教授」，目的是「提起學生研究學問的興趣」[1]。在蔡元培的這一思想的指導下，北京大學的學術氣氛很快活躍了起來。在新聞方面，他們創辦了《北京大學日刊》和《北京大學月刊》，出版《少年中國》月刊，並於 1918 年 10 月 14 日成立了北京大學新聞學研究會。這一研究會的成立明顯地受到了蔡元培教育思想的影響，會長從始至終由蔡元培擔任。該會最早的 8 條簡章是蔡元培親手擬定，開設新聞學課程，是他決定的，徐寶璜是他請來的，研究會的活動既得到了蔡元培的領導，也在精神和物質方面得到了一定的保證。蔡元培之所以熱心於新聞研究和教育，首先基於他和新聞事業的歷史淵源。

此外，李大釗、胡適等人以其個人的影響力產生過對中國新聞傳播教育的貢獻。李大釗、胡適等知名人士都曾到北京大學新聞學研究會做過有關新聞學的演講。1922 年 2 月 12 日上午，北京大學的教職員和已畢業、未畢業而從事新聞工作者成立了「北大新聞記者同志會」。三位著名教授胡適、李大釗、徐寶璜作爲來賓出席大會並發了言。李大釗說：「我以爲新聞事業，是一種活的社會事業。」「社會是複雜的、多方面的關係。要想把這不斷的、發生的、多方面的社會現象描寫出來，而加以批評或指導，非有相當的學問和知識不可。以前新聞界，所以有很多缺點，就是因爲從事新聞業者的眼光不能映注到全社會的生活上的緣故」。他希望：「諸同學出其所學，把新聞界在社會上的地位提高，給新聞界一個新紀元，新聞記者的責任，於記述事實外，還應該利用活的問題，輸入些知識。」「現在的新聞，就是將來的歷史。歷史不應是專給一姓一家作起居注，或專記一方面的事情，應當是注重社會上多方面的記載，新聞紙更應當如此。」胡適說：「我以爲北大同學不做新聞事業則已，否則不應當專做充篇幅的事情，應當討論社會上種種的問題……談談贏餘價值，或者捧捧契訶夫、莫泊桑對於社會上事業，一點影響也沒有，結

---

1 北大黨委宣傳部、社會科學處編：《北京大學紀念毛澤東百年誕辰論集》，北京大學出版社，1993 年版。

果一點也沒有。」徐寶璜說：「我覺得最近這個時代以來，世界上新發明一種大武器，這個大武器是什麼呢？就是『新聞』。新聞在現代社會當中，無論在哪一國，都有極大的勢力。」「本會係北大新聞記者同志會，是一種好的現象，然團體力量亦不較充足，將來擴充之，再為全國或異地的新聞記者結合。」「本會宗旨除研究學識，促進新聞事業外，應該加以互相勉勵、提高人格的意思。」[1]

除以上三位外，這一時期戈公振也提出了他對新聞傳播教育的看法，他認為在報館工作可以取得經驗，但「由道德上理想上以造就報業人才，則報館不如學校，學問與經驗，兩不宜偏廢也。」他本人就曾在上海南方大學、國民大學、大夏大學、復旦大學等校任教，主講《訪事學》、《中國報學史》等課程。1927年、1928年他第一次出國，考察了西歐各國、美國、日本，加深了對新聞傳播教育的認識。1929年4月，他發表《新聞傳播教育之目的》一文，全面分析了西方國家新聞傳播教育的內容與特點，提出了中國新聞傳播教育的認識。他認為，不要把新聞傳播教育簡單地作為職業教育，而應該讓學生學習多方面的知識。他說：「新聞傳播教育，應該包括這幾種：（一）理想的政治記者，應該研究的是歷史、地理、法律、國民經濟及統計學和外國語；（二）理想的商業記者，應該研究的是國民經濟及統計學、私人經濟、地理、重要的法律和英語；（三）理想的省報或地方報的記者，應該研究的是歷史、地理、國際公法、國民經濟及統計學和特殊的法律；（四）理想的文藝記者，應該研究的是哲學、歷史和本國文學。」關於新聞學，他認為不能只講報紙的過去和現在，而要講「報紙的標準和規律」。歸根到底，新聞傳播教育的主要目的是，要給學生——未來的記者以「一種精神上的立腳點，指明他能夠站而應該站的地方。」他還主張在廣大青年中普及新聞學知識。這些看法，至今仍給新聞傳播教育工作者以深刻的啟迪。

除以上較有名氣的人物之外，當初也有不少的業內人士對新聞傳播教育持積極和贊同的觀點。這些人不僅發表演講，為學生講課，還著書立說，為新聞傳播教育煞費心機，在我國新聞傳播教育不知向何處去的時刻，他們以個人的睿智與思索，再加上不懈的追求，為中國新聞傳播教育找到了一條坦途，沒有他們的奮鬥，中國新聞傳播教育的面目會怎樣是很難說清楚的。

除此之外，聖約翰大學新聞系、廈門大學報學科、平民大學報學系等新

1　陸彬良：《我國第一個新聞學研究團體》，《新聞研究資料》（4）。

聞傳播教育的系科的創辦，個人因素也佔了很大的成分。後來的事實證明，
一旦呼籲創辦並從事新聞傳播教育的那些人改行或撤出，他們所代表的新聞
傳播教育也告停止。之所以會這樣，是因為在當時新聞學科剛剛起步，社會
上還沒有現成的組織或建構，有此想法的人要想把理想變為現實，只能自己
先幹起來，一步一步地發展以求得到別人的認可，再者，當時的社會動盪不
定、當局或朝政無暇顧及新聞傳播教育這一尚不被人知曉的學科，更遑論投
入人力和物力了。第三，當時辦學條件比較寬鬆，學校多為登記備案制，個
人辦學比較容易。第四，那一時期還沿襲了中國封建私塾學制，雖然有近代
教育的出現，但是投學於某人門下，接受私家教育仍為人們所接受。這些人
除了新聞傳播教育的嘗試與實踐之外，還有不少著述問世，這些作品更是個
人智慧的結晶。這些先驅者們以他們的率先垂範，為中國的新聞傳播教育喝
道開路，他們不為名、不圖利、敢於想、善於做的精神，是中國新聞傳播教
育的財富。

（二）美國新聞傳播教育的導示作用

本文在前面已經闡述過，中國的新聞傳播教育是在中國的新聞事業、社
會需求及受西方新聞傳播教育的影響下逐步開展起來的。作為西方乃至世界
新聞傳播教育的首創者和主導者，美國的新聞傳播教育不僅在中國新聞傳播
教育的萌芽時期起過顯著的影響作用，在此後的一個很長的時間裏，美國的
新聞傳播教育對我國的影響比較明顯。在 20 世紀 20 年代初中期，當新聞傳
播教育在我國開始發軔並在一個較短的時期內迅速成長時，無論是課程還是
教程，無論是正規的新聞傳播教育還是業餘的、培訓的、速成的、函授的新
聞傳播教育，都明顯地留有美國新聞傳播教育的烙印。

以我國第一部自著的新聞學論著——徐寶璜的《新聞學》而論，徐氏自
承：「取材於西籍者不少」。首言報紙的性質和職能，徐氏主張「編輯應默察
國民多數對於各重要事之輿論」，其與美國新聞學理論中強調報紙是「社會公
器」，是「第四階級」，可說是一脈相承。

邵飄萍所著的《實際應用新聞學》也承認「參考歐美日本學者之專門著
作」。

而戈公振的《中國報學史》則確定了報業史之學術價值。他的論點，也
隨時可見美國新聞學觀點的影子。他在另一本著作《新聞學》中更認為中國
近代報紙的產生「純受歐美的影響」。

當年的燕京大學、聖約翰大學，其新聞傳播教育也有美國的影子。而美籍教授之來華教學，更把這種影響擴展，推向深遠。

美國模式對中國新聞傳播教育的影響，大體體現在以下幾個方面：

1、在培養目標上

我國新聞傳播教育的初期目標，基本上皆以培養新聞實務工作人才為主。因為十分著重新聞實踐，除在校辦報刊實習外，還讓學生有在媒體實習實踐的機會。這對於新聞學而言，是一種受歡迎的制度。

例如按照密蘇里大學模式而創建的燕京大學新聞系，其辦學目的是：「借著鼓勵許多受過良好教育、有理想的人從事新聞工作，以協助中國發展出高尚、富有服務精神及負責任的新聞事業。」

其後設立的其他一些新聞學校，也傚仿美國一些新聞學院特設研究科，專門授以新聞學理論與實踐，以適應新聞界對新聞人才的需求。

2、在課程設置上

美國新聞傳播教育除注重實踐活動外，也注重人文基礎的課程設置。

如初期之燕大新聞系學生，主修新聞的時間僅占全部大學課程的 1／4，其他時間則以選讀與新聞事業相關之學科為主，如文學、人類學、哲學、歷史。故新聞系一度屬於文學院，畢業生授予文學士學位。

以後由於新聞事業接觸領域愈來擴大，因此社會科學之基礎愈顯重要。於是法學、社會學、心理學、經濟學等，均成為新聞系學生之重要基礎。

我國大學新聞傳播科系之課程設置，固有我國新聞傳播教育界人士之卓見，但大多也都學習借鑒了美國新聞傳播教育的做法。

3、在實踐活動上

我國的新聞傳播教育初期即重視新聞實踐，以理論與實際並重，作為辦新聞傳播教育的最佳模式。

燕京初創時，曾自創小型報《平西報》，刊登燕大、清華等校新聞。密蘇里新聞學院院長馬丁到燕大擔任客座教授時，更建議《平西報》改為與一般報紙大小相同，內容更擴及國際新聞。新聞來源更由五家外國通訊社和幾家中國通訊社供應。

此種做法與密蘇里大學之《密蘇里人報》如出一轍。

此外，密蘇里大學每年有一次全球性新聞研討會，燕京大學仿傚，最初五年也辦了兩次「新聞評論周」，廣泛邀請國內外新聞學人士參加。

4、在師資構成上

在我國新聞傳播教育形成初期，由於重實務輕理論，且新聞學和新聞傳播教育尚處在萌芽狀態，因此師資來源也多由有經驗的報人兼任。這種情況直到後來才得到改變。

綜合上述，可見我國的新聞傳播教育受美國的影響至為深遠。尤其在初期，中國新聞傳播教育的理念、建制、教材、教學方法等諸方面均有密大或哥大的影子。甚至一些美國新聞傳播教育家的對於新聞傳播教育及新聞事業的精神也根植於我們的腦海之中。現如今，雖然我們已有了一套自己的新聞傳播教育的體系，但在強調國際化的大環境之中，我們仍應學習他人的先進經驗，揚長避短，納利棄害，相互借鑒，共同發展。

第四章　民國新聞教育的發展與壯大

　　從 1928 年國民黨建立了統一全國的政權，到 1945 年抗日戰爭結束和全面內戰的爆發，直至 1949 年國民黨退敗臺灣，這是中國近代歷史上特殊的一個歷史時期，也是中國的新聞教育在經歷了初創與起步期之後，逐漸發展的一個時期，也是中國新聞教育多元呈現、類型迭出、流派紛呈、進步明顯的時期。

　　復旦大學新聞系在這一時期創辦，標誌著中國高等學校新聞教育的開始，私立新聞教育、政黨新聞教育、抗戰時期另類的新聞教育、媒體新聞教育、報人對新聞教育發表獨立的見解等是這個時期比較核心的內容。

第一節　民國新聞教育的發展環境相對穩定

　　「北伐」戰爭之後，蔣介石和國民黨於 1928 年在南京成立國民政府，並且得到了國際社會的承認，中國實現了名義上的統一。

　　南京政府的建立，暫時緩解了國內各派之間的矛盾，平息了相互間的戰亂，其內外政策的制定，對新聞教育並無明顯嚴格的限制，使得中國的新聞教育在這一時期有了一個較為寬鬆的發展環境。

　　「從 1928 年到 1937 年日本侵略者發動全面侵華戰爭，南京政府為期 10 年的統治是中國歷史上的一個特殊時期。在此期間，中國向西方國家全面開放，可惜西方卻忙於解決自己的問題。蘇聯開始了斯大林的集權統治，美國經濟經歷了大蕭條時期，而納粹德國則開始興起。日本侵略中國未曾受到亞洲以外勢力的制約。為求建國良策，30 年代的中國人紛紛轉而師法西方，這

種對西方模式的依賴成爲南京政府和西方國家的共同利益的紐帶，南京政府制定的現代化規劃幾乎就是全盤西化。全面開放，爲新聞教育的發展創造了一個較好的國際環境」。[1]

　　南京政府成立後，制定了一些發展新聞事業和教育事業的政策。在新聞事業方面，國民黨政府從一建立它的統治之日起，便開始建立包括通訊社、廣播電臺、報紙在內的新聞事業系統。從 1928 年起，國民黨政府結束「軍政時期」進入「訓政階段」，作爲「憲政」的準備。對新聞界擺出「凡屬嘉言，咸當拜納」，扶持「正當言論機關」的姿態。與此相配合，南京政府於 1932 年 1 月通令取消電報新聞檢查，1933 年 8、9 月間，又發出《保障正當輿論》和《切實保障新聞從業人員》的通令。[2]在教育方面，國民黨政府重新制定了教育宗旨、教育政策，頒布各項教育法令、法規、綱領。在三民主義旗幟下，突出民族主義思想和傳統倫理道德，強化國民黨的政治要求。同時，也兼採西方的教育學說，在學校實踐中汲取資本主義國家的教育制度和管理方式，學校類別、層次及數量都有不同程度的發展。[3]

　　抗戰爆發後，出於愛國傳統，也出於反對帝國主義文化滲透和文化侵略的一部分，中國新聞事業和新聞教育仍有一定的發展。

　　1928 年秋，謝英伯在廣州創辦了中國新聞學院，後改名爲中國新聞學校。這是目前所知道的中國最早的一所專業新聞學校。1928 年 12 月，民治新聞專科學校在上海創辦。1929 年秋，上海復旦大學在原新聞學講座、新聞學組的基礎上，正式成立新聞系。這一時期創辦的新聞教育還有：「1931 年創辦的濟南新聞函授學校，1932 年創辦的滬江大學商學院新聞科，這是該校與時事新報、大晚報、大陸報、申時電訊社合辦的。1931 年秋開辦訓練班，次年正式成科，初聘汪英賓爲系主任，後聘黃憲昭爲系主任；此外還有分別由史量才和周孝庵負責的申報新聞函授學校（1933 年 1 月）和新聞大學函授科。1933 年民國大學新聞專修科在北京創立，初由曾鐵忱主持，後由吳秋塵、張友漁主持，學生創辦有《民國新聞》和到民國通訊社實習」[4]。成舍我及北平「世界日報」的北平新聞專科學校和趙君豪的上海商學院新聞專修科也於1933 年創辦。

1　費正清：《中國：傳統與變遷》，世界知識出版社，2002 年版。

2　方漢奇、張之華主編：《中國新聞事業簡史》，中國人民大學出版社，1998 年版。

3　張惠芬、金忠明：《中國教育簡史》，華東師範大學出版社，2000 年版。

4　方漢奇：《新聞史的奇情壯彩》，華文出版社，2000 年版。

　　從 1937 年抗戰爆發到 1949 年這 12 年是中國新聞教育進一步發展的階段。這一階段戰亂頻仍。先是有 8 年的對外抗戰，繼而又爆發了近 4 年的國共內戰，絕大部分時間都在戰亂和動盪中度過。但是新聞教育仍然有較大的發展，抗戰爆發後，不少新聞系科院校內遷，隨著大後方和各抗日民主根據地新聞事業的蓬勃發展，除了老的院校繼續招生外，又新創辦了 19 所爲新聞單位輸送人才的新聞系科和院校。抗戰勝利後，內遷的院校復員，爲了適應新聞事業發展的需要，又相繼在國民黨統治區和解放區新創辦了 14 所新聞系科和院校。兩項加起來，這一階段一共創辦了 33 所新聞系科和院校，超過了以往的總和。[1]從 1920～1949 年，全國共有 58 個新聞教育機構。具體情況見表 4-1。

表 4-1　　1920～1949 年全國新聞教育機構統計

單位名稱	創辦時間	地　點	負責人
聖約翰大學報學系	1920 年	上海	畢德生、武道
廈門大學報學科	1921 年	廈門	孫貴定
湖南自修大學新聞學科	1921 年	長沙	毛澤東
平民大學新聞系	1923 年	北京	徐寶璜
燕京大學新聞系	1924 年	北京	白瑞華、聶士芬
法政大學新聞系	1924 年	北京	邵飄萍
國際大學報學系	1924 年	北京	
南方大學新聞系新聞專修科	1925 年	上海	汪英賓
國民大學新聞系	1926 年	上海	戈公振
民治新聞專科學校	1928 年	上海	顧執中
中國新聞學校	1928 年	廣州	謝英伯
復旦大學新聞系	1929 年	上海	謝六逸、程滄波
濟南新聞函授學社	1930 年	濟南	王笑凡
新聞大學函授科	1931 年	上海	周孝庵
滬江大學商學院新聞科	1932 年	上海	張竹平

1　方漢奇：《新聞史的奇情壯彩》，華文出版社，2000 年版。

北平世界新聞專科學校	1933 年	北平	成舍我
申報新聞函授學校	1933 年	上海	史量才
上海商學院新聞專修科	1933 年	上海	趙君豪
江南學院新聞專修科	1933 年	上海	
民國大學新聞專修科	1933 年	北平	曾錢忱、吳秋塵
中央政治學校（政大前身）新聞系	1935 年	南京	馬星野
蘇州新聞專科學校	1935 年	蘇州	范煙橋
群治大學新聞系	1936 年	上海	
中國新聞學函授學校	1937 年	上海	顧執中
新中國大學新聞系	1937 年	上海	盧錫榮
中華新聞補習學校	1937 年	濟南	李壽庭
法政學院新聞專修科	1938 年	上海	李南夢
中華第四職業學校新聞科	1938 年	上海	瞿邵伊
華美新聞專科學校	1938 年	上海	
武漢大學留日歸國訓練班新聞組	1938 年	武漢	謝然之
中央新聞專業專修班	1938 年	重慶	潘公展
戰時新聞工作講習班	1938 年	桂林	陳純粹
中國女子大學新聞班	1939 年	延安	
中國新聞學院	1939 年	香港	郭步陶
益友新聞研究班	1939 年	上海	
中華新聞學院	1940 年	北平	管翼賢
現代新聞專科學校	1940 年	上海	蔣同
中央訓練團新聞研究班	1940 年	重慶	張厲生
廣州國民大學新聞系	1940 年	曲江	黃軼球
中央政治大學新聞學院	1943 年	重慶	董顯光、曾虛白
社會教育學院新聞系	1945 年	璧山（後遷蘇州）	俞頌華
中國新聞專科學校	1945 年	上海	陳高傭
建國新聞專科學校	1945 年	重慶	王倫楫
暨南大學新聞系	1946 年	上海	馮列山

國防部新聞局新聞人員訓練班	1946 年	南京	鄧文儀等
華中新聞專科學校	1946 年	淮陰	范長江、惲逸群
華北聯合大學新聞系	1946 年	張家口	羅夫、楊覺
中華新聞函授學社	1947 年	上海	杜紹文
上海文化函授學院新聞系	1947 年	上海	
南泉新聞專科學校	1947 年	重慶	王倫楀
西南學院新聞系	1947 年	重慶	譚松壽
廣州新聞專科學校		廣州	
華中建設大學新聞訓練班			
平山新聞幹部訓練班		平山	
中原大學新聞系			
生活新聞學院		香港	
香港新聞函授學校		香港	
香港達德學院新聞專修科	1947 年	香港	陸詒

　　抗日戰爭開始以後，國民黨軍隊中也開始進行新聞教育。1938 年 5 月，國民黨在武漢大學創辦了留日歸國人員訓練班，康澤任主任。這個「訓練班」有「新聞組」，由謝然之主講。1940 年，國民黨中央訓練團舉辦新聞研究班，國民黨軍隊政治部副部長張屬生兼任班主任。這個訓練團後來改名為「軍中文化工作人員訓練班」，內部仍設立新聞系。抗日戰爭勝利後，國民黨軍隊中的新聞教育又有進一步的發展。在此期間，軍隊中舉辦了各種類型的新聞訓練班，主要培養軍中政工人員和新聞報導人員，但並沒有把新聞學作為一門學問來研究和傳授。

　　此外，在國民黨統治區，抗日戰爭爆發以後也新辦了一些新聞學系。其中較著名的有 4 個：

　　1942 年廣州國民大學創辦的新聞學系。該系由文學院院長黃軼球兼主任。第二年隨學校遷往廣東曲江。抗戰勝利後又遷返廣州荔枝灣，由當時的《大光報》社長陳錫餘兼任系主任。

　　1945 年 8 月，位於四川壁山的國立社會教育學院也設立新聞系，學生只有幾十人。該院院長陳禮江聘請老報人俞頌華擔任系主任。俞曾任過《星洲

日報》、《光明報》、《廣西日報》、《大剛報》等十幾種報刊的總編，也曾任過上海中國公學和暨南、滬江、持志、勞動、政大等大學的教授，是一個著名的新聞工作者和教育家。他上任以後，精心擘畫，聘請了好幾位既有理論、又有豐富實踐經驗的新聞工作者到系任教，如請《申報》經理馬萌良講《報業經營與管理》，請著名新聞工作者曹聚仁講《新聞寫作》，還約請校內外的知名人士、如金仲華、葉聖陶、顧頡剛、王芸生、費彝民等來系作學術演講或座談。另一方面又大力添置書刊，建立新聞系資料室。1946 年，新聞系隨社教學院遷至蘇州拙政園。1947 年 10 月，俞頌華病逝，由馬蔭良繼任新聞系主任。蘇州社教學院新聞系一直到 1952 年才停辦。

1945 年秋，上海成立了中國新聞專科學校，校長陳高傭。

1946 年上海暨南大學創辦新聞系，馮魯山擔任系主任，一年後改由詹文滸擔任。1949 年 9 月該系停辦，學生併入復旦大學新聞系。

上述 4 個新聞校、系在中國新聞教育史上有一定的位置。但是，總的來看，從抗日戰爭爆發至全國解放前夕，國民黨統治區新聞教育事業的發展是緩慢的。這除了客觀上的戰爭環境、政治動亂、經濟凋敝以外，國民黨政權的腐敗無能、不重視新聞教育是個重要原因。

第二節　國民黨新聞教育的「最高學府」

國民黨新聞教育的最高學府是重慶新聞學院。該院創辦於 1943 年 10 月，是抗日戰爭時期中美文化合作計劃的一個項目，由國民黨中央宣傳部國際宣傳處與美國哥倫比亞新聞學院合辦。目的是為國民黨培養國際宣傳和新聞方面的人才。重慶新聞學院到 1946 年 7 月停辦為止，一共辦了兩期，每期招收學生 30 人，大都是本科畢業生。

「1943 年，重慶新聞學院在重慶、成都、昆明、桂林等四地刊登招生廣告，說該院將在以上四地招考大學畢業的、英文程度較好的學生 30 名，學習一年、實習半年後畢業，屆時將選拔成績優良的 10 人，赴美國哥倫比亞新聞學院留學。學習期間的待遇是：凡是原來有工作單位的，工資照舊，原來沒有工作單位的，除提供膳宿外，津貼若干生活費。當時希望出去留學的人不少，因此報考的人特別多，入學的選擇也嚴格了許多，競爭是比較激烈的」[1]。

1　李建新：《民國時期新聞教育思想的多元呈現》，《學術交流》，2015 年 11 月。

該院第一期在 1943 年 10 月開學，地點在重慶上清寺原巴縣中學內。其時國民黨國際宣傳處和駐重慶的外國記者招待所也都在裏面。新聞學院的院長、副院長由國際宣傳處的處長董顯光，副處長曾虛白兼任。而教學方面實際負責的是由哥倫比亞新聞學院派來的美籍教師。

第一期的美籍教師主要是克羅斯教授（Cross），另外有 3 個年輕的助教，即貝克爾（Baker），羅吉斯（Rodgers）和德勞雷（Dralle）。克羅斯擅長新聞法，做過律師，口才很好，他教的課程有新聞史、新聞法、新聞倫理等。克羅斯一年期滿回國後，由吉爾伯特（Gilbert）繼任。三個助教擔任新聞採訪、新聞編輯、新聞寫作等課，並與學生一起辦實習報紙《重慶新聞》週刊。

每週課程，有三節課是由中國教師用中文講授的，即馬星野的「新聞學概論」，潘公展的「黨義」（三民主義）和甘乃光的「比較政府」。其他課程完全由美籍教師講授。他們用英文講課（沒有課本），學生用英文記筆記，考試亦用英文。實習報紙《重慶新聞》是英文的，故學生採訪後也用英文寫稿。

由於對英文要求較高，故學生多數是北京、上海教會大學的畢業生，主要是燕京、滬江、聖約翰大學等學校來的，根據招生廣告，招收的是大學畢業生，但入學後發現個別同學系肄業，而沒有完成大學學業的。

教師講授的雖然都是資產階級新聞學，但是在新聞採訪方面，也強調新聞必須正確，符合事實，「讓事實自己說話」，新聞寫作方面，也強調文句，段落要簡短，文字力求通俗。教學方法方面，注重練習、實習。新聞採訪、新聞寫作、新聞編輯等課，講的理論不多，邊講邊做，主要由學生自己辦實習報紙，以取得實際經驗。各門課程都是定期舉行考試，評定成績。

除實習報紙外，學生另外一項重要的實習活動是參加國民黨政府的外國記者招待會。招待會就在國際宣傳處內舉行，每週兩次，一次政治、外交記者招待會，另一次軍事記者招待會。招待會的發言人是固定的，軍事招待會（每星期五下午）發言人是一個姓曾的少將；政治、外交發言人是外交部長吳國楨、行政院參事張平群。發言人直接用英語講，不用翻譯。

「重慶新聞學院創辦後不久，就出版了一份四開小型英文報紙《重慶新聞》週刊，每期 4 頁，作為學生實習園地，是戰時重慶惟一的英文報紙。報紙內容主要是新聞，包括國際新聞、國內新聞、本市新聞和特寫等。後來還刊登過一些派往前線採訪的學生所寫的戰地通訊。當時第二次世界大戰各戰

場戰事方酣，國際新聞主要是各戰場的軍事消息，包括太平洋戰場、蘇德戰場、意大利戰場、西歐戰場等，消息主要根據中央社的英文稿及美聯社、合眾社、路透社的新聞。本市新聞一部分是學生自己採訪的消息，一部分是翻譯、改寫重慶中文報紙的新聞，如中央日報、大公報等，但並不譯載共產黨在重慶所辦新華日報的新聞」[1]。

學生按規定學習一年，於 1944 年 10 月結束，並舉行了期終考試。接著從 1944 年 10 月至 1945 年 4 月，實習了半年。多數學生都在國際宣傳處實習，有的辦《重慶新聞》，有的在寫作組或擔任新聞檢查員。有的在中央廣播電臺實習。有的到廣西與滇緬前線採訪，寫了一些戰地通訊，在《重慶新聞》發表。

實習結束後，第一期學生於 1945 年 4 月畢業，其時校方根據學習、實習情況，確定並宣布了赴美留學的 10 個同學的名單，很多學生認為選得不公平，堅決要求重選。而美籍教師堅持這份名單，不同意重選，且以辭職相要挾，從而形成僵局，使學校有瓦解的可能。最後董顯光等採取「息事寧人」的拖延辦法，決定大家暫時都不出去而不了了之。

既然暫不出去，畢業學生都安排了工作，多半留在國際宣傳處。

「大約一年以後，情況又有很大變化，多數畢業生已隨單位由重慶復員到南京、上海一帶。此時美方突然舊事重提，分別通知原來選的 10 個同學，於 1946 年、1947 年分兩批去美哥倫比亞大學新聞學院留學，由美方負擔每人費用 3000 美元」[2]。

除去美國留學之外，該校多數畢業生被派往世界各地的駐外使館、國民黨行政院各部會、各戰區司會長官部服務。因此，重慶新聞學院被認為是國民黨訓練高級宣傳人員的學校。

第三節　顧執中與上海民治新聞專科學校

一、民治新聞專科學校的創辦和發展

「民治新聞專科學校是由報人顧執中等 6 人與 1928 年在上海創辦的一個以培養新聞人才為主要目的的學校，到 1953 年最後一批學生分配完畢，歷時

1　李建新：《民國時期新聞教育思想的多元呈現》，《學術交流》，2015 年 11 月。
2　李建新：《民國時期新聞教育思想的多元呈現》，《學術交流》，2015 年 11 月。

25 年。它的創辦及發展過程大致可分為以下幾個時期[1]」：

（一）初創時期

辛亥革命之後，上海的中國報館一般只有搞編輯工作的內勤。幾乎沒有搞採訪工作的外勤。其時，《新聞報》和《申報》的外勤記者也不多，在顧執中就職的時報館中，也只有他一個外勤記者。就此他認識到，由於歷史的發展，中國的報紙必然需要大批的新生力量，特別是外勤記者。同時，中國新聞工作者在政治思想方面，還遠遠落後於當時政治上的急劇發展，新時代的中國，急需要有新時代精神的新聞工作者。這種想法促使顧執中創辦一個新聞專科學校。

1928 年夏，顧執中、沈頌芳、沈吉蒼、閔剛侯、范仁齊、葛益棟等 6 人協商，大家一致同意在上海創辦新聞學校。大家當時覺得中國的民主政治前途暗淡，遂商議定名為上海民治新聞學院，每人出開辦費 200 元，個別人因經濟不寬裕只出了 100 元。估計到學校在經濟上難以獨立生存，因此，他們又兼辦了民治中小學及民治補習學校，以便分擔房租水電及校工等方面的開支。新聞報館的董事長美國人福開森個人捐贈 500 元。民治新聞學院開班時一共只有 1600 元錢。當時的上海處在國民黨反動派的統治之下，因民治新聞學院在政治上不與他們合作而屢受國民黨的刁難和打擊。開始時有關當局稱不配稱新聞學院，不准立案，後來改為民治新聞專科學校，仍不准立案。更甚者，在 1948 年冬，國民黨政局竟下令上海市教育局來學校封門。當時的民治新專因資金不足，校舍簡陋，規模甚小。第一屆只招了 40 多個學生，是在 1928 年冬經考試入學的，投考者有不少的大學畢業生，有一位甚至是留學美國回來的博士。以後一般也只招 50 人左右，最多時超過 100 人。第一屆任教的有嚴獨鶴、李中道、戈公振等。先後到這個學校任教或作報告的都是當時的正規院校不敢請，也難請到的名人，如郭沫若、翦伯贊、艾思奇、柳湜、田漢、舒舍予等。該校為 2 年制，開設的課程有採訪、編輯、新聞寫作、管理、印刷、攝影、外文、時事分析、歷史、地理、國際公法、軍事常識、哲學等。重點是採訪、編輯、時事分析及攝影，每學完 1 個學期即進行實習。初創時只設夜班，以後才添辦白天班。他們錄取新生不注重資格、不講究文憑，而以德才為標準，根據考試成績決定錄取與否。報考者大部分沒有高中

1　李建新：《中國新聞教育史論》，新華出版社，2003 年版。

畢業文憑。但也有不少是大學畢業生。這樣不拘一格取人才的結果，大大提高了新生的質量。1920 年第二屆學生，人數仍 40 人左右，「九一八」事變以後，民治新專的教授和學生，多參與抗日救亡運動，政治方面更趨明朗，因此更爲國民黨所嫉妒。從 1932 年起，學校迫於國民黨的壓力，改名爲民治新聞專科學校。開設的課程有：採訪、編輯、新聞寫作、管理、印刷、攝影、英文（或俄文、日文）、時事分析、歷史、地理、國際公法、軍事常識、哲學等，另外還有實習和實踐。從 1935 年冬到 1937 年的短短兩年中，民治新專爲了客觀的需要，放寬了招生名額，人數最多在 100 人左右，開兩班，授課者，有不少是黨的負責救亡的同志。1937 年 11 月初，上海淪陷。民治新專在1938 年招考新生，人數限制在 20 人以內，在極度緊張的情況下仍然堅持上課和實習，1940 年 8 月 15 日，顧執中被敵僞特務擊傷，民治新專工作暫告一段落，這時第六屆學生已畢業，學校便被迫停辦。[1]

（二）在重慶仰光和印度加爾各答時期

1941 年 5 月，顧執中經過多方周折，到了緬甸的仰光，在當地華人的幫助下，爲《覺民日報》寫社論，到華僑中學作時事報告，在這裡，他辦了 3 個月的民治新專短期班，學生有 40 人左右，所有功課大都由顧執中承擔。1942 年春，顧執中回到重慶後即著手籌備民治新聞專科學校正式遷渝復課的工作。1943 年春開始正式上課，招收 59 人爲遷校後的第 1 期學生。當時，抗日戰爭正在激烈地進行，上課採用 1 年分 3 個學期制，即 9 月 10 日至 12 月14 日爲第 1 學期，12 月 26 日至來年 4 月 1 日爲第 2 學期，4 月 4 日至 7 月 8 日爲第 3 學期。虞和瑞當教育主任兼教國際關係，舒舍予教新聞寫作，馮玉祥教軍事常識，陳翰伯教編輯，朱全康教報業管理，廖崇聖教經濟學概論，普薩列夫教俄文，顧執中教新聞學概論，劉增華教心理學，陳堯聖教宣傳，陸詒教採訪，高集教編輯，勒吉甫教攝影，彭樂善教廣播學。1944 年 2 月，顧執中被派往印度，任華僑辦的《印度日報》的總編輯，而暫別民治專新，全體教職工以投票的方式公推陸詒爲代理校長，陳翰伯爲教務長，繼續新專在重慶的工作，顧執中到印度後，在加爾各答辦了一個民治新專短期班，爲期 3 個月，每日上午上課，課程主要由顧負責。1945 年 10 月，顧執中辭掉了在印度的工作回到重慶。此時，陸詒已以大公報記者的身份，到了上海，民

1　許煥隆：《中國現代新聞史簡編》，河南人民出版社，1988 年版。

治新專由陳翰伯負責，加緊上課，提前結業，準備在上海復校。

（三）在上海和香港時期

陸詒 1945 年夏回到上海時，即已恢復了民治新專在上海的上課，這是一班白天上課的學生，約有 30 餘人。1946 年春，該校又招收一個夜班，學校共有學生 80 人左右。教師方面除了有顧執中、陸詒、陳翰伯，還請了鄭振鐸、彭文應、顧用中、董冰如等，第 2 個學期的學生全部參加民治通訊社工作，進行採訪、編輯實習。該社學生採寫的大多稿件，為上海諸多早、晚報所刊用。

1947 年春起，民治新專分正、預科，內設編輯、採訪、報業管理 3 系，夜班增至 2 個班、日夜班學生共 160 餘人。在此期間，民治新專還在香港設立分校，每期招收 30 人左右，這個分校一直辦到 1949 年春天為止。

1949 年後，民治新專在上海復課，得到人民政府在政治上、經濟上的支持。1951 年改名為民治新聞學校，設報業、廣播、新聞攝影 3 科，學年 2 制，以工農學生為主要招生對象，入學考試分國文、政治常識和口試。這個時期的教學內容根據新時期的特點進行了必要的調整，仍由顧執中和陸詒任正副校長。華東新聞出版局推薦上海勞動日報總編輯秦加林為教務長，大部分民治新專的任課教師在新中國成立後繼續在民治新聞學校任教。工農學生上課學習十分用功、教學氣氛頗為融洽。這個時期的教學內容有所調整，以 1951 年為例分列如下：

中國革命史　　　政治講座
新聞概論近　　　代史
自然科學常識　　地理
國文　　　　　　寫作

1952 年春，民治新聞學校招收了本科學生兩級，每級 45 人，職工班一級 50 人，講習班一級 50 人，全校有學生約有 2000 人。1953 年秋季，民治新專停止招生。所有在校學生，分期分批由華東新聞出版局分配工作，不到年底，這批學生幾乎全部分配。[1]

民治新聞專科學校的創辦，說明了在漸次覺醒中的國人已對新聞教育有了較深刻的認識，中國人不僅可以辦自己的新聞教育，也能辦好。顧執中的

1　顧執中：《上海民治新聞專科學校的誕生與成長》，《新聞研究資料》（5），第 192～211 頁。

辦學風格是求實的。他不注重資歷而注重實際水平，如第一屆招生考試中，報考者不少是大學畢業生，有一位甚至是從美國回來的博士。錄取時一視同仁，誰合標準就錄取誰。現在北京有一個原民治新專的老同學，當時只是一個學徒工，學校不拘資歷錄取了他。求實風格還表現在開辦夜班、白班，為不少學生聽課提供了方便。顧執中的辦學方向是進步的。民治新專不設訓育主任，對學生的政治活動不干涉，不壓迫，使得不少學生可以參加進步的政治活動，出壁報、外出寫標語等，「九一八」事變後，民治新專的教授和學生很多人參加抗日救亡運動。1935 年 10 月，顧執中從國外考察新聞與教育事業後，民治新專的辦學方向更為明確，他本人參加了共產黨領導的抗日救亡運動，並積極聘請從事救亡工作的進步人士來校講課。顧執中等不向國家要一分錢，靠自己的努力和靈活機智的工作，使民治新專經歷了 28 年的考驗，為新聞教育留下了動人的傳奇，也留下了寶貴的財富。

二、顧執中的新聞教育思想

顧執中：1898～1995，上海人。1914 年入教會中學。1919 年畢業，免考免費升入東吳大學，因父病輟學。1923 年進入上海《時報》作記者，1927 年起被聘為上海《新聞報》記者。工作之餘，致力於新聞教育事業，1928 年在上海創辦民治新聞學院任院長。曾參加對日經濟絕交大同盟，當選為常務理事及宣傳部長，並與沈雁冰、樂嗣炳等組織教師救國會。「九一八」事變後，積極參加救亡運動。1934～1935 年出訪歐洲及美、日等國，考察新聞及教育事業。抗戰爆發後，參加支持新四軍等工作，任上海人民赴第三戰區第二次慰問團團長。前往皖南新四軍總部慰問。1940 年 7 月被敵偽「通緝」，同年 8 月遭到敵偽特務狙擊，頸部受傷。9 月逃出上海，經香港抵達重慶。1941 年 5 月赴緬甸仰光向華僑宣傳抗戰，並為僑胞辦新聞教育。1942 年回重慶，創辦重慶民治新聞專科學校。1944 年 2 月到 1945 年冬，前往印度加爾各答任當地僑報《印度日報》社長兼總編輯。1946 年～1954 年，在上海續辦民治新聞專科學校。1954 年，民治新聞專科學校停止招生，到北京任高等教育出版社編審。1963 年退休，此後在家中寫中、英文回憶錄，並經常為《人民日報》、《光明日報》、《北京晚報》等報刊撰寫雜文及評論稿件，曾當選為全國政協第五、第六屆委員並被聘為首都新聞學會顧問，中國新聞社理事等職。重慶民治新聞專科學校復校後任校長。1985 年冬任北京民治新聞專科學校校長。著有《西行記》、《到青海去》、《東北呼天錄》及《戰鬥的新聞記者》等。顧執中的新

聞教育思想主要有以下幾點：

（一）新聞事業是專業職業，新聞人才需要專門培養

顧執中認為：「新聞事業既成為專業職業，新聞工作員也需要專門人才，這種專門人才的培養，就是新聞工作員的教育問題，目前世界各國新聞教育已有相當發展。我國大學設立新聞學科的也很普遍。但是新聞學的體系尚未建立，新聞教育的基礎也尚未鞏固，以前一般人認為新聞學就是研究新聞紙的學問，而在新聞教育上也以新聞紙理論為中心，現在由於新聞事業領域的擴大，新聞教育的範圍也隨著廣泛起來，新聞學不只是研究新聞紙的理論，而是研究整個新聞事業理論和實際，所以新聞工作員的教育，可以分為新聞教育的理論和新聞教育的實際兩項分別討論。」[1]

顧執中經過新聞教育的實踐後體會到：「早年提倡報學教育的人士，都曾遭逢著同樣的困難：一方面是教育家不樂意承認報學的學術地位；一方面是報界記者不同情在學校訓練報業專才的主張。但經過多年學理的探討和技術上的運用，不獨建設了報學的理論體系，使報學列為社會科學的一部分，並且從試驗研究之中，對於報業的改進有重大貢獻，世界報業的經營標準因而提高，報界人才的素質也趨於優秀。」

（二）新聞學校是培養新聞人才的良好途徑

顧執中說：「不進新聞學院，也能幹新聞工作，因此，就不需要新聞教育，今顯然這個理由是不充分的。比如，雖然人不進農業學校仍能耕田，然而我們還是需要農業學校，雖然人不進師範學校仍能教書，然而我們還是需要師範學校，雖然人不進工業和技術學校仍能在工廠或礦山裏工作，然而我們還是需要各種不同種類的工業和技術學校，諸如此類，不勝枚舉。以彼例此，足見反對新聞教育的理由是膚淺的，不能成立。」

顧執中及民治新專學生在長時期的學習中，把報紙通訊社和新聞工作者是為人類求幸福求和平的任務，清清楚楚地作為新聞教育的理念和信念，日積月累地把這一個崇高聖潔的宗旨，灌輸在每個學生的腦海中，使每一位學生的在校學習有了明確的目標。

（三）新聞教育是綜合性的教育

顧執中及民治新專堅持在教學中把跟新聞工作有密切關係的知識和技能

1　顧執中：《報人生涯》，江蘇古籍出版社，1987 年版。

像編輯、採訪、管理、印刷和發行等等，有系統地傳授給新聞系學生。由於新聞對人類社會影響的重要，這些有關新聞工作的知識和技能在實際工作前先行學習，並且要學習得非常之好，是必要的。他認為把從未學習和研究過新聞的人，當作新聞記者是一種冒險的行為，因為報社和通訊社在新聞方面所犯的錯誤，有時竟會嚴重得不只是經濟方面的損失，同時也是政治方面的對人類和國家極為不利的損害。由於新聞工作的特殊性，顧執中認為新聞記者的情操、態度、方法、思維等，與專業知識及專業知識之外的其他廣博的知識一樣，對新聞記者工作的成敗構成重大的影響。因此，顧執中在教學中堅持新聞教育的綜合性，盡可能多地把相關的知識與做記者的基本要求傳授給學生。

顧執中還認為：「新聞教育的另一種作用，是要把現在正在工作著的新聞工作者的各種先進經驗和錯誤教訓拿來放在學校中，分析研究，做出結論，以教育未來的新聞工作者。」

顧執中這樣說，也是這樣教育要求他的學生，他的這些新聞思想為民治新專的長期穩定發展奠定了思想基礎。

第四節　成舍我與世界新聞專科學校

一、北平世界新聞專科學校的創辦與發展

成舍我是我國現代著名的愛國報人、新聞教育家、社會活動家。成舍我在青少年時代就對新聞學產生了興趣。上中學時即利用課餘時間為當地的報紙寫稿。1917 年起籌辦上海記者俱樂部，並參加柳亞子、陳去病等主持的進步文學團體南社，任《太平洋》雜誌助理編輯。1918 年考入北京大學中文系，課餘在《益世報》北京版任主筆、採訪主任、總編輯，並試辦小型報紙《真報》，1924 年在北京創辦《世界晚報》，1925 年起又增出《世界日報》和《世界畫報》，人稱「成舍我的三個世界」。

1930 年 4 月 16 日，成舍我離開北京由上海出國，考察歐美學術文化和新聞事業，為其新聞教育的認識有一定的作用。談到這次考察的收穫其中一點就是關於新聞教育。他認為應把新聞教育納入新聞事業體系之中，培養和選拔忠實於自己報業的業務骨幹，使事業後繼有人。

成舍我先生三女，現為臺灣世新大學校長的成嘉玲女士回憶父親創辦新

聞教育時說：辦「北平新聞專科學校」，是鑒於當時的新聞記者素質欠佳，不夠專業，新聞道德素質又缺乏，他希望能靠著學校的設立，培養一幫夠水準的記者，好提高報紙的水平的新聞專業人才，既為眼前也為將來，這就促成了他把由來已久的創辦新聞教育的想法付諸於行動。

1933 年 2 月，世界新聞專科學校創辦，這年先開辦附設的初級職業班。首先辦起來的是排字和編輯兩個初級班，由於不收學費，要求入學的非常踴躍。1935 年 9 月，又辦附設的高級職業班；1937 年決定開辦本科，7 月已登報招生，因北京淪陷，學校停辦。在第一屆初級職業班招生簡章中，開頭闡述辦校的意義說：「本校目的，在改進中國新聞事業，及訓練手腦並用之新聞人才。」

第一屆初級職業班，招收學生 40 名。投考學生須具備下列資格：甲、曾在高級小學畢業，或雖未畢業，而自信已具有與高小畢業相等之學歷；乙、年齡在 14 歲以上，18 歲以下；丙、體質強健，無不良嗜好，且能吃苦耐勞，無紈絝習氣者，考試科目是國文、常識測驗、體格檢查、口試。入學後不收學費，修業年限為二年。訓練方法，每日以半數時間講授應用文字、一般常識、及新聞事業概要，其餘時間從事於技術科目實習。

學生畢業以後的出路，招生簡章裏說明一下辦法：「甲、凡願升學者，提升入本校高級職業班；高級職業班畢業後，得升入本科肄業。本科注意於新聞學理，業務管理及政治法律等社會科學之探討。其目的在造成指導報館業務，及健全之編輯人材。本校最大目的，欲使凡在本校受過完全訓練者，如出校服務報館，則比每一報館之高級職員——經理、編輯，皆能排字印刷；而每一個排字印刷之工人，全能充任經理、編輯，藉以廢除新聞事業內長衫與短衫之區別，而收手腦並用、通用合作之效。乙、凡願服務者，由本校派赴捐款創立本校之北平世界日報、南京民生報及贊助本校已與本校訂有特約之國內報館服務。丙、其既不願升學，又不願由本校指派服務者，聽其自由，本校不加拘束。

招生簡章最後附有一項「特別注意」，說明對學生及其家長的期望，原文如下：「本校目的，既在改進中國之新聞事業，及訓練「手腦並用」之新聞人才，則凡投考本校者，其本身及其家長，務必對本校之宗旨，有詳切之認識。如本人及其家人，懷有一般投考洋八股式學校者之同樣心理，冀圖本身或其子弟，將來畢業後，能光宗耀祖，陞官發財，則請千萬勿誤入歧途。因

新聞事業，最需要忠實勤奮，吃苦耐勞，而本校管理訓練，亦將取極端嚴格主義。故凡有紈綺習氣，或渴將來陞官發財者，即僥倖錄取，亦必難得全始終，不僅貽害本校，亦實適以自誤。投考之先，務希注意。」

1933 年 2 月 3 日開始報名，投考學生相當踊躍。有的初中學生，因志願做新聞記者，也來投考。至 16 日截止時，共 400 多人報名。20 日、21 日分五場在西城成方街本校舉行初試，共錄取 102 名。3 月 1 日、2 日舉行口試、體格檢查，結果正取 40 名，備取 40 名。

第一屆初級職業班於 4 月日上海在本校舉行開學典禮，除全體師生參加外，來賓是北京大學校長蔣夢麟，北平大學校長徐誦明，中法大學校長李麟玉，北平晨報社長陳博生，實報社長管翼賢及國民黨市黨部委員陳石泉等。

成舍我在開學典禮上說：「中國報紙有兩點極應改革：（一）應由特殊階級之讀物，變為全民大眾之讀物，報紙要向民間去。（二）對消除勞資對立，使報館成為合作的集團。創辦新專的目的有兩點：一是訓練實際應用的新聞人才；二是準備將來能在這個學校辦個報紙。訓練的方針，學科實習並重，學校是工廠，同時又是個報館，使畢業生能做用腦的新聞記者，和用手的排字工人。[1]」

然後由來賓致詞。散會後，來賓參加實習工廠，廠房門上有副對聯，頗引人注目，上聯：「莫刮他人脂膏，」下聯：「要滴自身血汗」，橫批：「手腦並用」。後來「手腦並用」成為校訓。

開始上課後，上午上學科課，計有國文、英語、數學、報業、常識、自然常識；下午實習技術課。教職員：校長成舍我，副校長吳範寰，教務主任虞建中，教員張友漁、左笑鴻、薩空了、趙家驊、原景信等，工廠主任張孟吟，事務員葛孚青、葉靜枕。每天下午實習課先是學排字，由張孟吟指導。開始是背字盤，兩個月後實際操作，大半為報社排印單據及零星文件。一年後，世界日報增添北平增刊版，由學生編輯排版，吳範寰這時兼任教務主任負責指導。每屆寒暑假時，只是不上學科課，下午實習課照舊。

成舍我於 5 月 2 日呈報市社會局轉呈南京政府教育部，請准予立校董會。6 月 16 日市社會局轉奉教育部令，准予設立校董會。9 月 1 日函聘李煜瀛、蔣夢麟、李麟玉、李書華、管翼賢、吳前模、成平（即成舍我）為校董。1934 年 1 月月 10 日下午，校董會舉行第一次會，各校董皆出席，通過：（一）

---

1 周靖波，《成舍我的業績》，見《報海生涯》，新華出版社，1998 年版。

推選成平爲校長；（二）通過校董會章程；（三）核定本年度預算；（四）準備建築校舍，擴充設備。

1933 年 11 月在新專開辦報業管理夜班，以最短期限，訓練報業管理合格人員。修業期限 6 個月，免收學費。開課兩個月後，就派往世界日報實習。實習期間，由學校供給膳宿。修業期滿，分派到世界日報、民生報服務。這個夜班由報社營業處長趙家驤任主任。

報業管理夜班招收學生 15 名，凡年齡在 16 歲以上，20 歲以下，在高級商業學校修業 1 年者和初中畢業生，不分性別，都可報考。10 月 18 日至 26 日報名，10 月 30 日至 11 月 1 日考試。考試科目爲國文、外國文（英語或法文）、數學、珠算、商業常識、口試、體格檢查。11 月 9 日考試揭曉，計正取 15 名，備取 5 名。11 月 22 日開學，每夜上課兩小時，課程有國文、報業管理、實用會計、廣告學等，由報社營業處有關人員擔任教員。這班學生，6 個月畢業，全部分在世界日報工作。每月薪金一律 15 元。

世界日報置有無線電收報機，但報社本身沒有專職的報務人員。自從利用南京某機關電臺後，電報增多，報務人員更感缺乏，且常常誤事。因此，成舍我又決定在新專開辦無線電特班，由陳哲民（陳獨秀之子）負責訓練電務人員。

1 月 13 日無線電特班開始招考，預訂招收 10 名。以初中畢業男生，身體健康，能任勞苦，年齡在 16 歲以上，20 歲以下爲合格。修業期間不收學費，但入學時須交保證金 20 元，作爲領用一切用具及機器之保證，畢業時發還。

報考的人並不多。經過筆試、口試，正取 6 名，備取 3 名。開學時，6 人入學。3 個月訓練期滿，全部到世界日報工作，最初時月薪爲 20 元。

成舍我在新專開辦兩個專業班，更明白地表明新專是爲世界日報訓練所需要的工作人員。那時，社會上流落許多失學、失業的青年。訓練這些青年成爲專業，固然需要耗費一部分金錢，但是，他們工資較低，工作忠實，對報社仍有利的。1935 年 4 月，第一屆初級職業班畢業。這時校址已由成方街遷到西四豐盛胡同。新教務主任到校不到 1 月，畢業生的安排工作有些遲緩。經過學校多次討論，結果決定女生 8 名，除兩名保升高級班外，6 名分在世界日報總管理處服務，願升學或另找出路聽便。

5 月間，赴滬學生成行後，畢業生的安排工作告一段落，就籌備招新生。

這年續招初級職業班一班，添招高級職業班一班，並且決定不招收女生，這是因爲報社工作艱苦，有些女生難於勝任。

7月7日，新專由豐盛胡同遷至石駙馬大街世界日報舊址。開始招考新生，17日至月底爲報名期。

招生廣告說明了訓練目的，高級班是注重報業管理、報業會計、報業經營、印刷機械及編輯採訪等學科，畢業後能管理報社會計、印刷工廠，或擔任助理編輯採訪等職務。初級職業班的訓練項目與前相同，只是說明畢業後以能在印刷處實際工作爲目的。廣告最後仍附有「特別注意」，內容與前相同。

高級職業班投考資格須曾在初級中學畢業，年齡在 16 歲以上，20 歲以下。考試科目爲國文、英文、史地、數學、理化、常識測試及口試，體格檢查。初級班的投考資格及考試科目，與前相同。修業年限，高、初級班皆爲二年，免收學雜費。這次新生入學時，須填具入學誌願保證書，並交納保證金，高級班 10 元，初級班 5 元。

8月15日舉行考試，借用石附馬大街師大文學院教師爲考場。初級班一天考完，高級班連考兩天。8 月 31 日復試揭曉，高級班正取 32 名，備取 10 名。初級班正取 40 名，備取 20 名。

10月1日開學。高、初級班都是上午上學理課，下午實習。學科課，高級班有新聞學、報業管理、自然科學大意、社會科學大意、國文、英文、數學、速記。初級班有報業常識、數學、國文、英文。這時的教員有趙家驊、彭芳草、吳謹銘、李翰章、李曉宇、林慰君、翁德輝等，職員有葛孚青、葉靜忱、馬五江、唐博祐。實習由技工倆人指導。

學科講授內容，較一般中學略深。除國文、英文、教學採用普通課本外，其他各科，因無適當課本，皆由任課教員編寫講義，印發給學生。教學比較嚴格，學生成績還不錯。至於學生生活，因上課和實習很緊張，課外活動少。學生本來是走讀，最初一學期，爲了解決外地學生食宿問題，學校曾租房開辦宿舍和飯廳。後因經費和管理人員問題，辦了一學期就停止了。

印刷實習是學生的重要學課。10月開學後，學生就學排字印刷，到1936年 1 月，開始實際操作。大致分工是高級班學生排字；初級班學生印刷。最初是世界畫報由學生排版、校隊、印刷，以後逐漸增加。日報的學生生活版，大眾公僕版，週刊版都由學生排版校對，組版，車送到報社，和其他版一塊

印刷。晚報印刷數在四五千份時，由學生印刷。從 1935 年起，晚報組成版送到學校印刷、發售。此外如報社每年贈送給直接訂戶的日曆，以及其他零活，也都是由學生排印，所以學生們的工作量很大。世界日報社每年爲新專開支約一萬元，而學生排版、印刷，爲報社節約的開支，也相差不多。

這屆高、初級班學生，應在 1937 年暑假時畢業。5 月，上海立報需用印刷工人，初級班學生 10 人被派到立報工作，其餘的人，因盧溝橋事變，學校停辦，就談不上畢業、安排工作這些事了。

1937 年 6 月，國民黨批准新專校董會立案，並令將學校名改爲「北平新聞學專科學校」。成舍我以學校的法律手續已經齊備，決定開辦本科，並續辦高、初級班。登載招生廣告，定 7 月 20 日開始報名，8 月 20 日考試。可是由於盧溝橋事變，8 月 10 日學校宣布停辦，這些計劃當然不能實現了。

抗日戰爭爆發後，成舍我在北京、上海、香港等地創辦的報紙，先後淪入敵人手中。他不甘心在桂林閒居，同時一部分世界日報舊人跟隨他流落桂林，需要爲這些人安排職業，勢須舉辦一種事業。按說辦報是他的特長，可是這時他已赤手空拳，沒有力量創辦報紙。何況桂林已有廣西日報、大公報、掃蕩報、力報和自由晚報，再辦個報紙，不要說紙張和器材有困難，就是銷路也成問題。於是他決定在桂林恢復北平新聞專科學校，一來是需要的經費比辦報少，容易籌措；二來是以後時機成熟，就以這些學生爲班底，在桂林恢復世界日報。

學校籌備就緒，決定先開辦初級職業班 1 班，2 年畢業。原擬在 1943 年秋季招生，因故延至 1944 年 2 月開始報名，3 月初考試。一切招考辦法，與戰前招生時大致相同。所有錄取學生，不收學費，並由學校供給膳宿。所以報考學生非常踊躍。3 月 15 日，新生入學考試揭曉，計錄取 40 名。4 月 3 日開學。又因遠自福建、貴州、四川等地趕來的學生，未能參加考試，於 3 月底招考試讀生 10 名，第一學年終了，如各科成績平均在 70 分以上，得請求轉爲正式生。至於試讀期間一切待遇與正式生同。原計劃秋季開辦高級職業班及本科各一班，因桂林淪陷，學校停辦，沒有實現。

初級班的學習形式和課程，基本沿用戰前的辦法，文化課由虞肄三等講授。技術課由富有經驗的工人負責指導。

學生在幾個月裏，確實做出成績，商務印書館負責人很是滿意。不料到 1944 年夏季，因抗日戰爭的時局變化較大，衡陽失守，桂林告急，國民黨政

府實行緊急疏散，成舍我宣布學校停辦，並宣告教職員和學生，有願到重慶去的，負責介紹職業。許多學生就向重慶逃去，那時火車、汽車已擠不上去，大半學生是從桂林徒步到貴陽，再搭車到重慶。這些學生後來成爲世界日報在重慶復刊的班底。至於學校在桂林的設備資產，除一部分鉛塊埋藏外，都來不及安置，完全毀於炮火。以後桂林新聞專科學校再也沒有恢復。[1]

抗戰勝利後，成舍我回到北平，先是在 1945 年 11 月 20 日恢復了《世界日報》北平版，緊接著就恢復了北平新聞專科學校，成舍我任校長，黃金熬任副校長。設有印刷和採編兩個班，這個班只辦了兩年多，就因爲形勢變化即自行結束，成舍我此後於 1952 年到臺灣定居，繼續從事他的新聞教育工作。

二、成舍我的新聞教育思想[2]

成舍我：1898～1991，中國新聞記者，報刊出版家，新聞教育家。原名成勳，後名成平。筆名大衷，百憂。湖南湘鄉人。1898 年 7 月生。青年時代就學於安徽省安慶第四公學，課餘爲當地《岩報》、《長江報》寫稿。1915 年到奉天（今瀋陽），在《健報》任校對，編輯。1916 年入上海《民國日報》，任要聞及副刊編輯。1917 年起籌辦上海記者俱樂部，並參加柳亞子、陳去病等主持的進步文學團體南社，任《太平洋》雜誌助理編輯。1918 年考入北京大學中文系，課餘在《益世報》北京版任主筆、採訪主任、總編輯、并試辦小型報紙《眞報》。1924 年在北京創辦《世界晚報》、《世界畫報》，並在北京創辦世界新聞專科學校，爲三報培養高級人才。1926 年曾被奉系軍閥逮捕。1927 年在南京創辦《民生報》。1942 在桂林恢復世界新聞專科學校，1945 年在重慶出版《世界日報》。1949 年移居香港。1952 年去臺灣，在臺灣各大學任教。1956 年後，主要從事新聞教育工作，在臺北創辦世界新聞專科學校。成舍我從事新聞教育工作近 80 年，在評論寫作、報業經營管理和新聞教育等方面積累了豐富經驗，在新聞及新聞教育界有較高的聲望和影響。成舍我的新聞教育思想主要有以下幾點：

（一）德智兼修、手腦並用

他認爲新聞記者最重要的是要具有高度的新聞道德，要採訪、編輯、校對三樣技能俱全。他在北平新聞專科學校即以「德智兼修、手腦並用」懸爲

---

1 賀逸文：《成舍我創辦新聞專科學校》，《新聞研究資料》（9）。
2 李建新：《中國新聞教育史論》，新華出版社，2003 年版。

校訓，並以「理論與實務並重」作爲教學方針，北平新專時期，學生的學習是和辦報緊密結合的。「桂林新專」時期，無報可辦，就與桂林商務印書館出版工作相結合。他主張學生在校期間就要接觸新聞工作的實際，這樣在畢業後就可以適應工作的需要。

他在每次辦學過程中，對學生們做出的第一個許諾，就是「聘請最好的老師」。在北平新專時期，他所請的老師如張友漁、左笑鴻、薩空了、趙家驤等都是具有豐富學識和辦報經驗的人。學校工作的其他方面，他也聘請最有工作經驗的人，體現了他的眼光和膽識[1]。

在教學業務方面，他堅持聘用資深的有深厚學術功底的專家上課，吸納專業人才入隊，讓新聞實務界的專家傳授實際工作經驗等，在學校管理方面，他遵從開源節流兩大原則，不向學生收取高額的額外的費用，也不拖欠教職工的工資，嚴格管理學校的支出，杜絕浪費。

成舍我雖然有自己的主見，但他不固執己見，他在校園中倡導民主之風氣，不論是誰，只要他的意見或觀點正確，他都予以採納。作爲校長，他經常和學生交流，對學生的某些批評與指責，只要是對方正確，他總是「從善如流」。他對敢於提出不同意見，敢於表白自己思想的學生，往往表現出佩服的樣子，對於學校的教師更是如此。他的此種做法，使大家的思想能夠更放鬆、更自由，在學術上的自由度更大，爲新聞教育所營造的環境也更利於新聞人才的培養。

（二）入太廟，每事問

成舍我在給一個學生題詞時寫道：「入太廟，每事問。採訪記者應有此精神」。這種精神不僅寫在了紙上，也體現在了他的新聞教育之中。「太廟」包羅的東西太多，也太有玄機，要眞正能學得其中一二，就要「每事問」。1918年至1921年，成舍我就讀北大之時，正是這所大學迅速崛起並在中國思想文化界獨領風騷的時期。五四時期北大提倡並領導新文化運動的崇高地位以及蔡元培校長親自發起組織中國第一個新聞學研究團體以及蔡元培、徐寶璜等強調的「新聞從業人員必須具備特別之經驗與廣博知識」[2]對青年成舍我產生巨大影響，其後的新聞實踐也使他切身地感受到博識廣聞之於新聞記者的重要性。因此，他提倡入太廟，每事問，要求學生對一切陌生的東西感興趣，

---

1 方漢奇：《成舍我傳略》，見《報海生涯》，新華出版社，1998年版。
2 成原平：《輿論家的態度與修養》，見《報海生涯》，新華出版社，1998年版。

要敢於提出問題,提出質疑,要有探賾索隱的治學精神,同時作為一名記者,就要有堅持真理、追求真實、報導真相的責任與義務,縱然是「太廟」禁地也不應擋住記者發現「新聞點」的視角,也不能捂住記者採訪新聞的「新聞嘴」。成舍我以這樣一種比喻來要求他的學生,體現出了他對學生的嚴要求,也折射出了他的新聞教育思想的火花。

(三)辦報、興學、問政

成舍我從 1898 年誕生到 1991 年逝世,親身經歷了辛亥革命、五四運動、軍閥混戰、抗日戰爭,解放戰爭等對中華民族的命運有重大影響的事件。他所處的時代,他所從事的工作以及他的愛國不渝的志向決定了他的新聞教育思想的另一方面,那就是「辦報、興學、問政」。

1920 年 4 月,他在上海的《時事新報》發表文章說:「總之,輿論家是要往前進的,不可以隨後走的。他是要秉公理的,不可以存黨見的。他是要顧道德的、不可以攻陰私的。他是要據事實的,不可以憑臆想。他是要主知識的,不可以尚意氣的。」[1]客觀地說,那時不是沒有報館,而是缺乏能「興學問政」的報館。因此,他辦新聞教育就是希望通過這一途徑,能為新聞界培養出「辦報、興學、問政」的合格人才來。他很贊同徐寶璜的觀點,認為辦報是要「立在社會之前、創造正當之輿論」,應「謹慎據實直書」、應代表國民輿論而不是黨派利益等。[2]

興學的宗旨是「研究學術、傳播思潮,共同努力於文化運動,以圖世界根本的改造」。在北大念書時,他即成立「新知編譯社」,分文學、哲學、政法、理論四部開展編譯。創辦新聞教育後,他仍一如既往地堅持這一主張。

在創辦新聞教育前後一段時間,成舍我不滿國內報館或轉譯路透社電訊,或充斥「流氓訪客」糊弄來的「敲竹槓的新聞」的做法,而將「完備的報館、健全的輿論」作為其奮鬥的目標。與身處其時的每一位熱血青年一樣,成舍我也極度關心祖國的前程與未來,作為新聞教育的一項主要內容,他教育他的學生「我以為文化運動最大的武器,就是報館」。以一種「秀才報國無它物,惟有手中筆如刀」的方式來關注祖國的前程。他希望問政通過新聞的形式表現出來。雖然成舍我在辦報中堅持無黨無派、不偏不倚、經濟獨立的原則,但這與問政是兩個不同的概念和範疇。

---

1 舍我:《輿論家的態度》,《時事新報》,1920 年 4 月 15 日。
2 徐寶璜:《新聞學》,北京大學出版部,1919 年版。

第五節　燕京大學新聞系的發展

一、國民黨政府執政以後的三個發展時期

前面已經介紹了初創時期的燕京大學的新聞教育，作爲一個階段，也算是一個巧合，燕京大學的新聞教育因經費原因於 1927 年停止。系主任藍序回美國籌款。此後燕大新聞系經歷了 1929～1941 年在北平和 1942～1945 年在成都和 1946～1949 年在北平的 3 個發展時期。這 3 個時期在時間上吻合了中國新聞教育的初步發展時期。

「1929 年 9 月 27 日至 10 月 1 日，燕大慶祝海淀新舍落成，重新組建的燕大新聞系同時成立，它隸屬於文學院，聶士芬教授任系主任，他與稍後到校的黃憲昭教授擔任系內主要課程的講授。另一位來自密大的葛魯甫（Sam Groff）先生，是計劃由密蘇里新聞學院來燕大新聞系交換的第一位研究生，他研究廣告及報業管理，並講授廣告學。系助教盧祺新負責系務和聯繫學生在報館實習，他在工作兩年後，作爲第一位去密大新聞系交換的研究生赴美國進修，兩年學成後回新聞系執教」[1]。

重新組建的燕大新聞系在繼承了老燕大新聞系的傳統和優點的基礎上，按照學校制定的方針和教學計劃，嚴格認眞地開展了教學活動，各項工作逐步趨於正規。

從 1931 年開始，燕大新聞系每年舉辦一次「新聞研討會」，邀請中外新聞界名人，平津各主要報紙的領導，知名學者等參加，從不同角度與觀點，對新聞學進行評論、探討，剖析新聞學與其他學科的關係，從者踴躍。

由燕大新聞系主辦、由「新聞學會」及本系同學自辦的出版物多種，都是學生的新聞實踐園地。1930 年創辦英文《燕大報務之聲》（Yenta News）；1931 年 9 月創辦《平西報》，1932 年創辦燕京通訊社和《新聞學研究》刊物；抗日戰爭期間，燕大新聞系西遷四川，又出版《報學》雜誌和《燕京新聞》刊物，爲學生的實踐提供了廣闊的舞臺。

當時新聞系的教學隊伍中外交孚，集中了一批當時新聞界的實力人物，使專業教學質量和學生中、英文業務能力很快得到提高。在不長的幾年時間裏，燕大新聞系的辦學實績突出士林，聲名大震。從這裡走出去的畢業生很快成爲了中國新聞戰線上的一支生力軍。

1　李壽朋、王士谷等：《燕京大學史稿》，人民中國出版社，1999 年版。

著名記者、新聞理論與教育家斯諾這個時期也在燕大新聞系任教。他1936年10月從陝甘寧蘇區訪問歸來，燕大同學最先讀到他日後輯爲《西行漫記》的通訊打字稿，最先聽到他介紹蘇區見聞。「新聞學會」作爲一次全體大會活動，於1937年2月5日晚在臨湖軒聚會，斯諾放映和展示了他在陝北蘇區和延安拍攝的 300 英尺的影片和幻燈片、照片，使長期處於國民黨新聞禁錮下的學生，看到一個抗日的「紅星照耀的中國」。對事物主張親自實踐、掌握第一手材料的同學，還沿著斯諾訪問陝北的路線，在1937年3月，組團訪問了延安。這個「燕大學生西北旅行團」是第一個北平學生到延安的訪問團。受到中國共產黨領導人毛澤東、朱德、董必武等親切接見。回校不久，「七七事變」爆發，他們同全校師生參加抗日宣傳和勞軍活動。到1937年止，全校共有歷屆畢業生62人，其中絕大多數人在國內外的新聞線上名重一時，《大公報》駐英倫特派記者蕭幹、馬廷棟，駐西歐前線和太平洋戰區的隨軍記者黎秀石、朱啓平；當時中央社在世界各大都會如華盛頓、倫敦、巴黎、新德里、三藩市、馬尼拉、東京的記者任伶遜、湯德臣、盧祺新、沈劍虹、徐兆鏞；在戰時陪都重慶和桂林、成都、香港的新聞界名人陳翰伯、蔣蔭恩、余夢燕、王繼樸等，均爲燕大的畢業生。

1937年7月7日盧溝橋事變後，北方一些國立大學紛紛南遷，燕大作爲美國教會辦的私立大學，爲保持華北的文化自由決定留在北平，成爲日僞統治下保留文化自由的一個「孤島」。

此時燕大在日僞統治下獨立辦學，自成體系，能以各種方式與大後方和抗日解放區保持一定的聯繫，在一定程度上可以說「孤島」不孤。原系主任梁士純教授去美國，校當局臨時決定請曾任天津《益世報》總經理、總編輯的劉豁軒代理系主任，後任命爲主任。後又請來在北平許多家英文報刊、通訊社工作的孫瑞芹先生任教。

由於戰爭關係，這個時期的學生人數約50人，「七七事變」後的1937～1941年各屆的新聞系學生共約53人，在校學生流動性大，不少學生輟學轉往大後方，有的到八路軍抗日根據地。

1941年12月8日太平洋戰爭爆發，日本侵略軍入據燕園，燕大被迫關門。

半年多以後，流亡內遷大後方的燕大師生，在臨時校董事會、託事部和海內外校友的支持下，於1942年在四川成都復課。1942年10月2日，成都

燕京大學在陝西街所借校址開學，新聞系同日開課，新聞系只有一個房間充做系辦公室、教員備課室、《燕京新聞》編輯部和編輯課實習室。

「由於北平燕大的辦學聲譽，成都時期新聞系入學人數增加，1942 年 20餘人，1943 年 14 人，1944 年 32 人，1945 年 20 餘人，4 年約近 90 人。加上由淪陷區轉學及來蓉復課的新聞系學生，此時新聞系學生在 110 人以上。學系專任教師只有系主任蔣蔭恩、張琴南教授和一位助教。教學力量較「孤島」時期猶感不足，更不能同抗戰前的強大陣容相比。但有利條件是：大後方集中了內遷大報、通訊社和高等學校、中外資深報人、專家。學系常邀請報界名流、報業鉅子來校兼課或作專題演講。《大公報》總編輯王芸生，《大公晚報》發行人王文彬，《新民報》主筆張恨水、趙超構、生活書店總編輯張友漁，《華西日報》總編輯楊伯愷，美國羅斯福總統特使威樂基、國民參政會參政員張瀾等先後在學校發表演講或講座」[1]。

「1945 年 8 月 15 日，日本侵略者戰敗投降，燕大著手在北平復校。復校後入學的新生，只上一年級的必修基礎課，新聞專業課到 1946 年才由成都燕大遷回的蔣蔭恩、張琴南、張明煒三位先生開班授課。學系只有系主任蔣蔭恩一位專任講師。蔣先生一人擔任新聞學概論、新聞採訪與寫作、編輯 3 門課。到 1947 學年度，始有新聞系畢業校友張馨保自《大公報》來系擔任助教，協助蔣先生指導編輯、出版《燕京新聞》、編輯課實習及到報社實習的組織工作。這是自 1929 年建系以來，教學實習最為困難的時期。面對新的形勢，學系依靠燕大文、理、法學院的教學規模已逐步恢復的優勢，使新聞系學生學好副修專業，進修外文、文史、法律、政治、經濟等與新聞密切相關的課程，並加強學生的實踐，達到廣泛的知識基礎與新聞理論、業務能力相結合的要求」[2]。

本著要成為文化教育界喉舌的宗旨，這一階段的《燕京新聞》以較大篇幅報導了同學們的愛國民主運動，無論是反飢餓反內戰，反對迫害保障人權，搶救教育危機，保衛華北學聯，還是反對美帝國主義扶植日本等運動，《燕京新聞》都有詳盡報導。配合報導還發表了簡短的學生小論壇、讀者投書和詩稿、散文等，反映了同學們的呼聲。

1948 年 9 月，蔣蔭恩受學校委派，去美國密蘇里大學新聞學院任研究

1　李壽朋、王士谷等：《燕京大學史稿》，人民中國出版社，1999 年版。
2　李壽朋、王士谷等：《燕京大學史稿》，人民中國出版社，1999 年版。

員，考察研究西方新聞事業。在蔣先生離校期間，改由天津《新星報》調來的張隆棟代理系主任，這個時期新聞系在教學、實習、經濟方面仍得到新聞界支持。在這非常形勢下，新聞系同學倍加珍惜在校的學習機會，不僅本科學業，就是在其他系科的學業上，也取得了優良成績。教師與同學們一起，探索適應新形勢下的學習和新聞實踐活動。這個時期國事多艱，新聞系處境困難，但學生學習生活仍然充實活躍，4 年入學人數超過以往，在 120 人以上，加上成都入校學生，註冊的新聞系學生約近 160 人。但這批學生未及畢業即到解放區工作的很多，1949 年北平解放，又有大批學生調出工作或參軍南下。可以說這個時期的燕京大學新聞系，為全國解放和新中國培養輸送了大批新聞和宣傳幹部，許多人成為新華通訊社、中央大報和地方報紙、出版社的業務骨幹，如新華通訊社，燕大新聞系從 32 學號到 51 學號的新聞系學生約計 78 人，尤其新華社、人民日報社等單位派駐聯合國和世界各國首都的駐外記者，多為燕京人。《人民日報》海外版總編輯袁先祿，《中國青年報》副總編輯和中國新聞社社長，總編輯王士谷，《市場報》前後兩任總編輯於明（張占元）劉曉洲（劉元賓）《國際商報》總編輯等都是這個時期的新聞系校友。洪一龍、楊正彥、李伯康、張永經等成為中宣部新聞局、新聞署和全國一些省市和廣電部門的負責人。有的則在其他的領域拓展，不少人取得斐然業績。

　　1948 年底北平近郊解放，位於北平西郊的清華、燕京兩校率先迎接解放。

　　新中國成立初期，新聞系的課程設置和教師陣容很快得到加強，並有黨和政府的新聞出版領導機構和新聞單位負責人及老新聞工作者來系做專題講座。學生的新聞實踐和參加京郊及江西、廣西土地改革、到安徽參加治淮等社會實踐，有了更廣闊的天地。系主任蔣蔭恩欣聞北平解放，放棄在美國的研究工作，於 1949 年 10 月 1 日，中華人民共和國誕生的節日之夜，回到北京，重返他的燕大新聞系的崗位，繼續擔任系主任、教授。新聞系上下同欲，戮力同心，積極爭取黨和國家新聞、宣傳領導部門的指導、幫助，大力振興、改革新聞系的工作與教學。1949 年 4 月，聘孫瑞芹教授來系，加強英文新聞業務教學，10 月聘陳翰伯為新聞系教授，張琴南、包之靜為兼職教授，充實教學力量，增設新聞講座，在重視基本理論、基礎知識與新聞實踐相結合的基礎上，對主修、必修和輔修課程作了重新安排與要求，此時主修

業務課增開到 10 門，課程及任課教師如下：

新聞學概論	蔣蔭恩、張隆棟
新聞採訪與編輯	張隆棟、蔣蔭恩、於效謙
報紙編輯	蔣蔭恩
中國報業史	張琴南（兼任）
報業管理	吳範寰
時事分析	陳翰伯、包之靜
英文新聞翻譯	孫瑞芹、李秉泰
英文新聞寫作與編輯	孫瑞芹

新聞專題討論部分有胡喬木講黨的新聞工作，朱穆之、鄧崗講新華社的沿革和發展，包之靜講政策與法令，鄧拓、吳冷西講報紙工作實踐，梅益、溫濟澤講新中國的廣播事業，石少華講新聞攝影，周遊講新聞工作的實踐與體會。

蔣蔭恩力薦時任北京新聞學校校長的陳翰伯來系任教，邀請來校做專題講座的都是多年馳騁在新聞戰線的老新聞工作者和新中國新聞、廣播、通訊事業的領導人，對提高學生對黨和人民的新聞事業、政策法令的認識和理解，加強新聞工作者的政治敏感，提高業務素質與品格修養，都大有益處，有些知識是書本上學不到的。

當時課堂教學注意理論聯繫實際，改進教學方法，1949 年 10 月 31 日創辦了《新燕京》。這是在已停刊的《燕京新聞》的基礎上，由燕大校務委員會等六七家單位聯合主辦，新聞系負責編輯，繼續給學生以實踐的舞臺，學系成立了「燕京通訊社」，學校廣播臺的新聞廣播也由新聞系負責編播。當時新聞系入學人數最多，1949 年 30 餘人，1950 年 52 人，1951 年 71 人，加上解放前入校的同學，號稱「第一大系」。由於解放初期大軍南下，新聞系陸續有同學參軍、參幹、參加抗美援朝，提前離校。這個時期畢業的新聞系學生仍然人才輩出，許多同學至今還活躍在新聞出版及文教戰線上，

1951 年 2 月，中央人民政府教育部宣布接管燕大，改名為國立燕京大學，1952 年 7 月，經過院系調整，國立燕京大學取消，燕京大學新聞系併入北京大學中文系改為編輯專業（後改為新聞專業）。

二、蔣蔭恩的新聞教育理念與實踐

蔣蔭恩，浙江慈谿人。1910 年 8 月 14 日出生於江蘇淮安的一個小資產階

級的家庭。他的一生跨越了清末、民國、新中國三個時代，既經歷了內憂外患的戰爭炮火，也經歷了「文化大革命」的「災難時期」。

1931 年，蔣蔭恩考入北平燕京大學社會學系，一年後轉入新聞學系。1935 年夏，25 歲的蔣蔭恩以優異的成績畢業於燕京大學新聞系，留校在新聞系當助教，負責系務和實習報紙編務及外出到報社實習的組織工作。1936 年初，經人介紹，蔣蔭恩到天津《大公報》任編輯。《何梅協定》簽訂以後，天津乃至華北已在日本的虎視之下，報紙想在天津租界苟安，基本已是奢望。爲保存事業並繼續對日鬥爭，1936 年 4 月 1 日，《大公報》在上海法租界內創立上海版。蔣蔭恩得到燕京大學系主任推薦，便由津到滬，在上海《大公報》館擔任外事記者，主要是負責上海市區的新聞採訪。

1942 年 8 月，因太平洋戰事爆發而被日軍強行封閉的北平燕京大學在四川成都復校，燕大新聞系也同時恢復，一切都在草創之中。燕大負責人向《大公報》請求借調蔣蔭恩回母校擔任新聞系主任，得到報館同意。於是，蔣蔭恩離開《大公報》，到成都燕京大學擔任新聞系主任。至此，蔣蔭恩的報人職業生涯結束，同時開始了他的新聞教育生涯。

當時，系主任蔣蔭恩同時也是新聞系僅有的三位專任教師之一，他負責講授「新聞學概論」、「新聞採訪與寫作」這兩門課。而且，他還指導該系學生的畢業論文。除此之外，他還是系報《燕京新聞》的發行人，指導《燕京新聞》中、英文版的工作。在成都燕大復課後不久，蔣蔭恩就開始著手恢復《燕京新聞》。另外，他還鼓勵並支持學生們獨立創辦報刊，開展新聞活動。抗日戰爭勝利以後的 1946 年夏天，成都燕大師生全都遷回北平。那時新聞系只有系主任蔣蔭恩一位專任講師，他一個人講授「新聞學概論」、「新聞採訪與寫作」和「編輯」三門課，並繼續擔任《燕京新聞》的發行人，指導該報每週一期的中文版的發行工作。1948 年 9 月，蔣蔭恩受學校委派，到美國密蘇里大學新聞學院任研究員，考察研究西方的新聞事業。在密蘇里新聞學院，他主要研修的是新聞理論和廣告學。在美國研究期間，欣聞北平解放，蔣蔭恩放棄了在美國的研究工作，在 1949 年 10 月 1 日中華人民共和國誕生的節日之夜，返回北京，重返他在燕京大學新聞系的教學崗位，繼續主持新聞系，並在新中國成立後，爲改革新聞系的工作與教學而不斷探索。在 1949 年，蔣蔭恩由新聞系副教授晉升爲教授，同時兼任系主任。在這一階段，蔣蔭恩繼續擔任「報紙編輯」、「新聞學概論」、「新聞採訪與寫作」的課程教學。

「蔣蔭恩從事新聞教育工作，大致可以分爲燕京大學時期（1942 年～1952 年）；北京大學時期（1952 年～1958 年）；中國人民大學時期（1958 年～1968 年）等幾個時期。蔣蔭恩在燕京大學主持新聞系這一階段（1942～1952），又可以分成四個不同的時期：成都燕京大學時期（1942 年～1946 年）；北平燕京大學復校時期（1946 年～1948 年）；到美國密蘇里大學新聞學院考察研究時期（1948 年～1949 年）；解放後的燕京大學時期（1949 年～1952 年）」[1]。

（一）新聞教育思想形成的背景及過程

蔣蔭恩早期所處的那個時代，也就是 20 世紀的二三十年代，中國的新聞教育尚處於發展的初始階段，側重於對新聞的業務與技能的訓練和研究。由於當時新聞學產生的時間還不算長，體系尚不完整，和哲學、文學、經濟學等老的學科相比，新聞學作爲一門科學並不被廣泛認可，且對新聞學理的研究普遍不夠重視。因此，「新聞無學」論在那時普遍流行。在當時的新聞業界，從業人員明顯後勁不足，這對我國新聞事業的發展造成不小的負面影響。

在這樣的背景之下，蔣蔭恩意識到，「新聞無學」只能使新聞從業者墨守陳規，毫無見地。所以在從事新聞教育工作後不久，蔣蔭恩便指出「大學新聞學系必須注意新聞學理研究，以爲推進新聞事業之最高原則」[2]。蔣蔭恩不僅教授「新聞採訪與寫作」「編輯」等業務方面的課程，還講授「新聞學概論」，他對於新聞理論也有比較深入的研究。而且，蔣蔭恩還提出設立專門的新聞研究院這一想法，旨在爲那些有志於在新聞學理方面繼續深造的新聞系師生和有關人士提供進一步學習和深造的平臺，也是爲了提升大學新聞教育者的學術研究能力。同時，蔣蔭恩認爲，大學新聞教育應該在「通才」教育的基礎上，使學生在某個領域上面再做進一步的研究，實現學有專長，這也就是他的「先博後專」的教育理念。

（二）對密蘇里新聞教育的借鑒

蔣蔭恩畢業於燕京大學新聞系。燕京大學的新聞教育是照搬美國密蘇里大學新聞學院的模式的。在這樣的教育環境下，蔣蔭恩早期便很嚮往美國式的新聞自由。他認爲只有向美國學習才能使中國的新聞事業發達起來。因此，

1　李建新、王萍：《蔣蔭恩的新聞教育理念與實踐》，見《新聞學論集》，經濟日報出版社，2014 年版。
2　龍偉等：《民國新聞教育史料選輯》，北京大學出版社，2010 年版，第 191 頁。

在重返燕京大學主持新聞系以後，蔣蔭恩主要還是用美國資產階級的新聞理論進行教學的。

比如，他提倡借鑒密蘇里新聞學院的經驗，延續舉辦「新聞周」活動這個慣例。他認為這是新聞教育機關與新聞事業機關進行合作的一個有效辦法。後來因為國內動亂的緊張局勢而無法繼續舉辦，蔣蔭恩還是盡可能為大家創造條件，在燕京大學舉辦一些類似「新聞周」性質的活動。再比如，蔣蔭恩十分重視新聞英語教學，注意對新聞系學生的中英文編寫能力的培養，這也同樣與燕京大學新聞系所採用的密蘇里新聞教育模式密不可分。燕京大學新聞系歷來重視英語教學，在蔣蔭恩的新聞教育理念中，這一點也得到了繼承。

（三）蔣蔭恩新聞教育思想的體現

1、新聞教育的本質：一為知識教育，一為精神教育

蔣蔭恩認為，新聞教育同其他的大學教育一樣，不僅僅是傳授知識和技術；如果新聞教育的本質僅止於此，那麼大學新聞教育就沒有存在的必要。新聞教育必須把做「人」和教「才」同等注意，平衡發展，此為新聞「人才」的教育之道。

作為新聞教育的一個方面，知識教育所要培養的新聞從業者應該是「先博後專」：首先要側重基本理論和基礎知識的學習，在「博」的基礎上使學生能夠各取所需，在某一個方面或領域做進一步的研究，從而實現學有專長。蔣蔭恩認為，「一個大學新聞學院或新聞學系絕不能離開大學其他科系而獨立」[1]。除了新聞學本身的課程以外，其他的人文社會科學以及自然科學的課程亦不可忽略。只有將「博」與「專」這兩點充分地結合在一起，才能培養出合格的新聞職業者。也就是說，在「通才」基礎之上的「專才」，更是理想的新聞人才。

蔣蔭恩提倡「精神教育」。他認為，中國的新聞界需要一批批有抱負、有熱情、有修養的從業者，這樣中國新聞行業的水準才會有希望趕上西方發達國家。這就是他所強調的精神教育想要實現的主要目標，主要歸結為三個方面：事業抱負、事業興趣、職業道德。

2、新聞事業與新聞教育是「連體嬰兒」

對於新聞教育和新聞事業兩者之間的關係，蔣蔭恩有著自己的看法：「就

---

1 龍偉等：《民國新聞教育史料選輯》，北京大學出版社，2010 年版，第 187 頁。

新聞事業言，應該將新聞教育機關視爲人才供應與技術合作的處所；而就新聞教育言，亦應將新聞機關視爲理論實驗與學生就業的對象。在兩者之間，應該維持極密切的關係，然後相生相養，在合作與互助中各謀本身適切的發展。」

在蔣蔭恩看來，中國新聞教育機關與新聞事業機關之間的合作距離理想還甚遠。中國的新聞教育有待改進之處仍有不少，但如果沒有新聞事業機關相協助，而僅僅只是靠新聞教育機關的片面努力，當然是不足夠的。就像蔣蔭恩所說的，「主持新聞事業的人如果徒在口頭上感歎人才不夠，而不實際從根本謀求解決，則此缺憾將永遠無法補救。」

3、新聞教育貴在理論與實習兼重

蔣蔭恩認爲，「新聞學貴能理論與實際兼重，故除書本講授外，尚須予學生以實習機會。」[1]作爲一位有著豐富報人經驗的新聞教育家，蔣蔭恩深知理論與實踐必須相輔相成，才能使學生眞正學有所得，收到實效。他一向認爲，想要新聞教育切合實際，達到理想的效果，大學的新聞學系必須自己要辦有頗具規模的報紙，並且還應自有完備的製版和排印設備，爲學生提供充分的訓練與實習的平臺。

4、新聞學如同醫科、法科，應實行 5 年學制

蔣蔭恩認爲現行的大學新聞系學年期限很有修改的必要，應該實行五年制，即：「最初兩年讀普通科目，三四年級讀新聞科目，第五年則在導師監督下，入學系自辦之日報實習一年，如符合標準，始能畢業。」[2]

在蔣蔭恩看來，醫生和法官都掌握著人的生死大權，對於該學科的學生必須愼重培養。但是，新聞記者手握筆桿子，執掌社會公器，引導大眾輿論，無異於社會的裁判者，新聞教育又怎麼能馬虎呢？而且還有一點，「新聞記者立言紀事，影響個人毀譽，關係國家榮辱，非有精深修養，不克肆應肯當，則其在校受教之際，必須經過嚴格訓練，實屬毫無疑問。」新聞記者最基本的工具便是文字，如果文字修養不達標，縱使滿腹經綸也很難成爲一個好記者，一個合格的職業新聞人。新聞專業的學生最起碼應該具備一個條件，就是要文字通常，辭能達意；否則，即使將來畢了業也做不了新聞記者。大學的新聞學系是專門培養新聞人才的機關，應該對這一方面予以特別重視。此

1　龍偉等：《民國新聞教育史料選輯》，北京大學出版社，2010 年版，第 188 頁。
2　龍偉等：《民國新聞教育史料選輯》，北京大學出版社，2010 年版，第 189 頁。

外，在訓練文字基本功的同時，還需先用兩年的時間瞭解和掌握與新聞專業相關的其他學科知識。新聞記者好比是社會的教育者，涉獵廣泛的學問是也是必然的要求。在瞭解各種學問的基礎上才能更好地擇其所好，即蔣蔭恩所提倡的「先博後專」。

至於「大學的新聞學系改為五年制的現實性，蔣蔭恩的觀點是這樣的：實行五年制的先決條件必須是新聞學系自身辦有一定規模的報紙（日報或晚報），並同時具有完備的現代印刷設備，以便使學生在最後一學年有充分的實習時間和機會。因為如果僅僅靠與新聞事業機關進行合作，就算關係比較密切，終究還是不如自己辦報紙來得隨心所欲，也能使學生的實際訓練達到理想的效果。更何況現實情形是，新聞事業機關與新聞教育機關的合作距理想還有差距，且外界對大學新聞科班學生的學識和能力也不甚滿意」[1]，基於此，蔣蔭恩認為中國的新聞教育亟待改進和充實。

5、講課是一種「藝術」[2]

蔣蔭恩把講課視為一種「藝術」。他認為教師在講課時需要全身心去投入，正如學生就是他要去雕琢的一件件「藝術品」。

在新聞學的課堂講授中，蔣蔭恩不僅重視教學的內容，同時也講究教學的方法。他主張「課要活講，而不要死講」；教師講課「必須有講稿，但又要做到心裏有講稿，而嘴上無講稿」；講課不僅要「講得深透」，而且要「引導學生思考問題」；「講課既要認真講解，絲毫不苟，又要亦莊亦諧，議論風生；既要注意態度凝重，不指手畫腳，輕舉妄動，又要有適當風度，能舉止自如，動定咸宜」[3]。

第六節　復旦大學新聞系的創辦及發展

一、創辦及發展過程

前面已經提到復旦大學的新聞教育最早始於 1924 年。早在 1924 年，教

---

1 李建新、王萍：《蔣蔭恩的新聞教育理念與實踐》，見《新聞學論集》，經濟日報出版社，2014 年版。
2 李建新、王萍：《蔣蔭恩的新聞教育理念與實踐》，見《新聞學論集》，經濟日報出版社，2014 年版。
3 燕京研究院編：《燕京大學人物志（第一輯）》，北京大學出版社，2001 年版，第 376 頁。

育先驅陳望道等目睹我國新聞專業人才奇缺的現狀，學習「歐美各報，多託學校代辦新聞科，故人才輩出，報業乃興」的先進經驗，認爲爲了改變我國地方報紙「實屬不堪」的現狀，必須開創中國的新聞教育事業。1924 年，當時擔任復旦大學國文部主任的邵力子，鑒於復旦學生仰慕老校友于右任創辦神州日報、民呼、民吁、民立報的業績和對新聞工作的愛好，倡設「新聞學講座」，經校方同意，聘請有名望的主筆、記者、編輯來校講授新聞學知識。

1926 年 9 月，國文科改名爲中國文學科，科主任劉大白銳意革新，在科內增設新聞學組，聘請曾在日本早稻田大學留學的謝六逸教授主持新聞學組教學工作，陳望道和邵力子共同擔任新聞學的講座。當年 9 月就招收了一批專攻新聞學的本科生。1927 年秋，陳望道接任中國文學科主任，繼續爲新聞學組招收本科生。1928 年秋，聘《時事新報》主筆陳布雷爲新聞學組學生講授社論寫法、聘《時事新報》經理潘公弼主講新聞編輯。1929 年春，聘請《時事新報》經理潘公弼主講新聞採訪，《申報》編輯主任馬崇淦主講《新聞學》。

1929 年 9 月，復旦大學調整學科，原中國文學科分別成立中文、新聞兩個系，新聞專業從中文系獨立出來，謝六逸擔任新聞系首任系主任。聘請《申報》總經理助理戈公振主講《中國報學史》，《時事新報》編輯周孝庵主講《新聞編輯》、《報館實習》，《申報》編輯趙君豪主講《新聞學》。[1]

當時的《復旦大學新聞學系簡章》明言：「社會教育，有賴報章，然未受文藝陶冶之新聞記者，記事則枯燥無味；詞章則迎合下流心理；於社會教育，了無關涉。本系之設，即在矯正斯弊，從事於文藝的新聞記者之養成，既顯示以正確之文藝觀念，復導以新聞編輯之規則，庶幾潤澤報章，指導社會，言而有文，行而能遠」。簡章規定 4 年制本科生的培養目標爲：「養成本國報館編輯人才與經營人才」。施教方針「則在灌輸新聞學知識，使學生有正確的文藝觀念及充分之文學技能，更使之富有歷史、政治、經濟、社會與各種知識，而有指導社會之能力」。課程設置，本著「理論與實踐並重，教學與科研並重」的精神，安排 4 類課程。第 1 類爲基礎知識（必修課），如中國文學、英語、第二外語、心理學、倫理學；第 2 類爲專門知識課，如報學概論、新聞編輯、新聞採訪、報館組織與管理、廣告學、發行、照相術、繪畫、印刷

1　陳桂蘭主編：《薪繼火傳》，復旦大學出版社，1999 年版。

術；第 3 類爲輔助知識課，如政治學、經濟學、歷史、地理、外交概論、法學概論；第 4 類爲寫作技術課，如評論練習、通訊練習、新聞寫作、速記術、校對術等。一二年級主要學習基礎知識與輔助知識課，三四年級注重專門知識與寫作技術課。在業務實踐方面，低年級結合課程學習，去報社參觀；高年級學生，課堂學習時間減少，除去報社實習外，在校要參加校刊《復旦五日刊》的採編工作。1931 年還成立「復新通訊社」，作爲新聞系學生的實習機構；社內分設計、編輯、採訪、交際、校對等部門，均由學生擔任，每日發稿兩次，供上海、江蘇、浙江各大報採用。

復旦新聞系同上海新聞界聯繫密切。1930～1937 年間，上海新聞界來校兼任教授的有黃天鵬、郭步陶、章先梅、樊仲雲、夏奇峰等。新聞系教師，也去報社兼職，如系主任謝六逸教授，在 1935 年主編過《立報》副刊《言林》。1937 年主編《國民月刊》。

新聞系師生，重視新聞學術研究。1929 年由馬思途等學生發起成立復旦大學新聞學會，1930 年又在黃天鵬教授倡議下成立新聞學研究室，設陳列部、圖書部、學術部、實習部、調查部；黃天鵬教授兼任室主任，負責徵集、收藏、陳列國內外報刊及新聞學術著作，組織師生開展學術研究，新聞系師生還與校方共同集資創辦復旦大學印刷所，承接校內外印刷業務，既可爲印刷術教學提供實習場所，也有利於新聞學書刊的出版。

1931 年國民政府教育部聘請謝六逸教授制定大學新聞系課程及設備標準，作爲國內各大學新聞系的準繩。

其時復旦大學新聞學的研究成果有三：一是創辦新聞學刊。先後創辦有《新聞世界》、《明日的新聞》、《新聞學期刊》，1936 年 1 月，還出版過一本關於首屆世界報紙展覽會的專刊《報展》。二是出版過一批新聞學專著，計有學生陶良鶴著的《最新應用新聞學》（1930）、郭箴一著的《上海報紙改革論》（1931）、杜紹文著的《新聞政策》（1931）；教授謝六逸著的《新聞教育之重要及其設施》（1930）、管照微教授主編的《新聞學論集》（1933）等。三是舉辦首屆世界報紙展覽會。1934 年，爲慶祝復旦大學建校 30 週年，學會會員舒宗橋、唐克明、夏仁麟、盛澄世、盛維縈等發起籌辦。經過一年時間徵集展品，展覽會於 1935 年 10 月 7～11 日開幕，參觀者達 1 萬多人次，被譽爲「中國新聞史上的創舉」。主要展品是 33 個國家的 2000 多種報紙，其中本國報紙 1500 種，有晚清《京報》、香港《循環日報》、上海《申報》創刊號。外國報

紙 500 種，有英、美、日、德等國大報，不少展品是直接從外國徵集來的。對一些獻身於新聞事業的傑出人物，如邵飄萍、史量才等，做了專門介紹，有傳略，有照片。展覽會還設有機器展覽部，陳列從在滬外國印刷商處借來的多種新型的鑄字、排字、印刷機器，並且當場進行操作表演。

1937 年新聞系修訂課程設置大綱，規定以「灌輸新聞學知識，培養編輯採訪技能」，「養成本國報館的編輯和經營人才」爲辦系宗旨。大綱除規定本系必修課程外，還規定本系學生以政治或經濟學系爲輔系，必須在其中一個輔系修滿 12 個學分課程。這表明，新聞系培養人才的方案日趨完善，新聞教育水平日益提高。然而，正當它蓬勃前進的時候，日本帝國主義大舉侵華，1937 年 8 月 13 日校舍被炸，11 月 12 日上海淪陷，新聞系隨同校部西遷內地重慶，原有的圖書資料、教學設備損失殆盡。

1938 年 1 月復旦大學西遷到重慶，借寓菜園壩復旦中學的舊址上課，由於謝六逸當時尚留在上海租界，副校長吳南軒聘中央日報社長程滄波爲新聞系代主任，主講《新聞評論》、《新聞採訪》等課程。代主任程滄波主持系務後，聘請胡健中主講《報業管理》、劉光炎主講《新聞編輯》及《報館實習》、路透社記者趙敏恒講授《新聞英語寫作》。8 月，原系主任謝六逸到達重慶，因胃病加重辭職回貴州老家。從 1938 年 9 月起，程滄波正式兼任復旦新聞系主任，並委託《中央日報》總編輯劉光炎處理日常系務與指導學生報館實習事務。這個時期，由於日機幾次狂炸重慶，菜園壩校舍被毀，辦學條件困難重重。

從 1941 年 9 月起，由陳望道代理新聞系主任。

1942 年元旦，復旦大學由私立改爲國立，在重慶北碚夏壩興建新校舍。同年 9 月，陳望道教授正式接任新聞系主任。倡導民主辦學，把「宣揚眞理，改革社會」作爲辦系指導原則。他鼓勵學生堅持眞理，有膽有識，「廣博知識，學有專長」，並把「好學力行」作爲新聞系的系銘，主張「做一個記者，除熟悉新聞業務之外，最好還掌握一門專長」。他除親自講授《修辭學》、《倫理學》課程外，還與講師李光詒合開《評論練習》課。

在課程設置方面，爲了使本科學生具有「廣博知識，學有專長」，從 1945 年 9 月起，由原規定的 4 年制的 136 個學分增加到 146 個學分；由原來的不分組，改爲高年級（三四年級）學生按興趣與專長分設文史哲組、財政金融組、政治外交組，選修有關課程。規定本科生的必修課程，一年級有國文、

英文、中國通史、自然科學、政治學、哲學概論、三民主義、新聞學概論、體育；二年級有新聞中文文選、新聞英文文選、中國修辭研究、中國近世史、西洋通史、倫理學、理則學、經濟學、新聞採訪；三年級為中文新聞寫作、英文新聞翻譯、西洋近世史、新聞編輯、速記學、報館實習；四年級為評論練習、英文新聞寫作、時事研究、報館管理、畢業論文。

在師資隊伍方面，專任教授聘有曹亨聞（倫敦大學新聞學碩士、上海英文《大英晚報》本埠欄編輯）、祝秀俠（加爾各答《印度日報》總主筆），兼任教授有馮烈山、王一之、趙君豪、王文彬，專任副教授有王研石（《時事新報》總編輯），兼任副教授陳伯吹、舒宗橋，兼任講師沈有秩、蔡兆灘，專任講師李光詒，助教楊思曾、林淑英（菲律賓華僑）。

在辦學條件方面，由於北碚夏壩離市區報社遠，實習困難重重，陳望道為了解決實習困難，一是於 1943 年 3 月 1 日恢復復新通訊社，自任社長，聘講師李光詒為總編輯負責日常工作，下設編輯、採訪、總務三部，由新聞系學生輪流參加實習，每五日發油印稿一次，免費供各大報社採用。1944 年還以復旦大學新聞學會名義出版鉛印實習報紙《復旦新聞》。另一是於 1944 年 4 月發起募捐建新聞館。除學生四出募捐外，陳望道多次去重慶市區募捐。在邵力子、錢新之等著名人士的支持下，募得大筆款項，在風景明媚的嘉陵江畔建成一座 400 平方米十多間的「新聞館」。館內設有辦公室、會議室、編輯室、廣播收音室、圖書室、資料室、印刷房。1945 年 4 月 5 日上午，「新聞館」開館典禮在夏壩復旦大禮堂舉行，與會者 600 餘人。于右任（由祝秀俠代讀）、邵力子、曹中直、蕭同茲、王芸生、潘梓年致辭，傅學文剪綵。于右任題詞「復旦新聞館，天下記者家」。下午貴賓參觀新聞系舉辦的「第二屆世界報紙展覽會」後，舉行「新聞事業機關與新聞教育機關之聯繫」座談會。陳望道做了《新聞館與新聞教育問題》的講話，他說：「現在中國新聞教育機關急需解決的問題似乎有兩個：一個是如何充實教學的設備與內容，使有志新聞事業的青年更能學以致用，二是如何與新聞事業機關取得更密切之聯繫，使學與用更不至於脫節。籌建新聞館，便是想嘗試解決第一個問題的一部分，以為解決第二個問題的基礎。我們切望能與新聞事業機關合作，能夠以形影似的親密關係，開闢自己的前途，謀求人類的幸福。」[1]

從 1943 年秋天開始，新聞系出現了一項新的活動——「新聞晚會」，每

---

1 陳桂蘭主編：《薪繼火傳》，復旦大學出版社，1999 年版。

週六一次，這是研究時事討論學術的新形式。有報告、有討論、有爭鳴，氣氛熱烈、活躍。每次晚會通常有一個主題，如「新聞與政治」、「中國將向何處去」、「我們的出路何在？」這是中共復旦地下支部以復旦大學新聞學會名義組織的，不僅有本系學生參加，而且吸引許多外系師生參加，從 1943 至 1946 年 6 月，前後共 110 次，成為新聞系的一項傳統活動。

新聞系學生在中共復旦地下支部領導下，還以進步社團名義創辦了 20 多種壁報，新聞館建成後，中共復旦地下支部還一度利用廣播收音室每天收聽延安新華廣播電臺廣播，新華社的重要消息一經收錄，立即傳遍復旦校園，所以新聞館被稱為「夏壩的延安」。[1]

夏壩時期的復旦新聞系，聲譽蒸蒸日上，報考新聞系的學生日益增多。1944 年，報考新聞系的就有 543 人，錄取僅 30 人。1945 年報考新聞系的 479 人，錄取僅 57 人。當時復旦已有 5 個學院 24 個系科，在校學生 2000 餘人，新聞系在校生達 200 多人，為全校之冠。抗戰勝利後，復旦準備遷回上海。但是，經費無著落。陳望道帶頭抱了衣物到鎮上擺地攤變賣，籌措遷資。1946 年 6 月，新聞系隨同學校遷回上海。[2]

新聞系學生運用自己專業特長，主辦了不少小報，如《復旦新聞》、《嘉陵風》、《記者報》等多達 20 多種，有油印的，也有鉛印的，而多數的是手抄壁報。許多係友，在不同的崗位上，為爭取民主自由，反內戰、反飢餓、反迫害，奔走呼號，甚至獻出了自己的生命。

「解放戰爭時期，上海新聞著名人士來系兼課的有《新聞報》總編輯趙敏恒，《東南日報》總編輯杜紹文、《大美晚報》總編輯袁倫仁、《申報》副總編輯卜少夫，《大公報》主筆蕭幹、《觀察》週刊主編儲安平等人。上海亞偉速記學校校長唐亞偉，被聘為新聞系的《速記》副教授」[3]。

這個時候，復旦新聞系的全體師生已經看到了全國解放的勝利曙光，因此他們一方面積極準備迎接全國解放，另一方面則更加刻苦認真地學習。因為他們意識到，新中國成立後需要更多的為社會主義服務的新聞人才，廣大師生把愛國的熱情融注在學習的具體行動之中，這也是復旦新聞教育思想的一種具體體現。到 1949 年止，復旦大學的新聞教育走完了它在舊中國的里

1　李光詒：《夏壩時期的復旦新聞系》，《重慶報史資料》，1991 年版（9）。
2　丁淦林：《復旦大學新聞學院（系）分志》，《復旦大學新聞學院》，1993 年版。
3　陳桂蘭主編：《薪繼火傳》，復旦大學出版社，1999 年版。

程，隨著中華人民共和國的誕生，它又在新中國的懷抱裏得以健康成長，不斷進步，爲新中國的新聞事業開始了新的征程。

二、謝六逸、陳望道的新聞教育思想

在中國新聞教育的漸進中，復旦大學的新聞教育曾是全國各新聞教育單位的是瞻馬首，而謝六逸、陳望道在其中的作用及他們的新聞思想對復旦新聞教育乃至全國新聞教育的發展起到了相當重要的作用。有關謝六逸、陳望道的述評已有很多，作爲大師和大家、他們二位值得研究的方面有很多，這裡僅就其新聞思想作一析探。

（一）謝六逸的新聞教育思想

謝六逸——（1898～1945，我國新聞教育家、文學家，復旦大學新聞系首任系主任。筆名宏徒、魯愚，貴州貴陽人。他自貴陽模範中學高中畢業後，到日本早稻田大學攻讀東洋文學史，得文學學士學位。回國後，到上海商務印書館編輯所工作。1921 年加入文學研究會，1926 年春到復旦大學中國文學科任教，主講《東洋文學史》、《西洋文學史》，並負責新聞組教學工作。1929年 9 月～1938 年 8 月，爲復旦大學新聞系系主任，主講《日本新聞事業》、《通訊練習》課；主張新聞教育要「理論與實踐並重，教學與科研並重」，1929 年成立復旦大學新聞學會，1930 年又成立新聞學研究室，鼓勵學生鑽研新聞學術研究，出版新聞學書刊。1931 年創辦復新通訊社，作爲學生實習新聞業務園地；1935 年 10 月還舉辦過首屆世界報紙展覽會。除新聞教學外，還兼編文學研究會會刊《文學週報》（1929）、《立報》副刊《言林》（1935 年 9 月～1937年 11 月）、《國民週刊》、《趣味》週刊和《兒童文學》（1937）。1937 年 8 月新聞系隨校內遷重慶，1938 年 8 月因病辭新聞系主任職，回老家貴陽，改任大夏大學文學院院長和貴陽師範學院國文系主任、貴州大學教授。在貴陽工作期間，與蹇先艾、李青崖組織「每週文藝社」，出版《每週文藝》；與華問渠、馬宗融創辦文通書局編輯所，任總編輯，出版《文訊》月刊；參加中華文藝界抗敵協會貴陽分會工作，從事抗日救亡宣傳。1945 年 8 月 8 日，因心臟病突發，病逝貴陽。主要著作有《新聞學概論》、《實用新聞學》、《新聞儲藏研究》、《國外新聞事業》、《茶話集》、《西洋小說發達史》、《什麼是報章文學》、《青年與新聞》、《新時代的新聞記者》等。）

1926 年初，謝六逸受聘爲復旦大學教授，在中國文學科講授西方文學史

和日本文學史。當時復旦的校歌「巍巍學府文章煥、學術獨立，思想自由，政羅教綱無羈絆」給了他充分的發揮自由。謝六逸早年在日本留學時即對新聞教育產生了興趣，此時受聘復旦，他頗有感慨：「普及教育之利器，首數報章，以其一紙風行，力能轉移社會之趨向也。第中國之報章，則以編輯者類多未受文藝之陶熔，新聞記載，既偏於枯燥而足生社會之厭，間有舊式詞章列為餘興者，非徒事陳言之規墮，根摭即流為下品之諷刺、滑稽，適足以堅群化之墨守，促人心之墮落而已。欲矯斯弊，宜從事文藝的新聞記者之養成，既示以正確之文藝觀念，復導以新聞編輯之軌，則庶幾潤澤報章，治自社會，言而有文，行而能遠，故擬設新聞系」。[1]

1、新聞教育應該包括學校和社會兩個層面

謝六逸認為新聞教育應該得到普及，因為當新聞已經成為人們生活中必不可少的內容的時候，人們應該有權利學習和掌握更多的新聞學知識。

他在《新聞教育的重要及其設施》中便有這方面的論述：「News（新聞）是一切人的父母，學校，大學，講壇，戲場，模範，顧問。」然後說：「報紙對於社會階級（層），成為重要的食糧，在今日已用不著饒舌了。」「報紙的本身，無論對於哪一個階級（層），都有很大的貢獻。它的內容，包含各種材料，供給兒童，青年，成年，以及從事凡百事業的人閱覽。所以它是兒童教育、家庭教育、學校教育、社會教育的一種鋒銳的利器。」

他認為「新聞教育在我國是最切要的。」他所說的「新聞教育」，應包含著兩種意義：其一，就普通學校來說，應該設新聞學的學科（Journalism Course），由教師講授新聞學常識，並指導學生為學校辦「學校新聞」；其二，就專門以上的學校說，應該開辦新聞學系（School of Journalism），為本國報館培植人才。他的這個觀點，與一般指在大學設置新聞學專業，是不一樣的，意在普及新聞教育。就是要在普通學校增設新聞學科，以養成學生勤於寫作，勇於任事的習慣。這對於中學生的未來職業是很有幫助的。至少有以下幾種益處：（一）工作能力的養成；（二）新聞閱覽的研究；（三）新聞好壞的鑒別；（四）職業教育的預備；（五）由報紙上的記載，受到鮮活的教育。

2、新聞教育要注意社會環境的需要

謝六逸認為：「大學是一國的最高學府，最高學府不能獨立地完成某學術

1　徐培汀：《謝六逸與新聞教育》，新聞窗，1988年版（4）。

上的研究，殊令人有『大學無用』之感。」因此，他對大學的最高使命提出兩點要求：其一，各種學術研究的完備；其二，注意社會的環境需要。就第一點說，是如何完善的問題。第二點，則應該審視社會所需要的人才，加以充分的指導和訓練。正是根據這兩種理由，謝六逸竭力主張大學的文學院，應該開辦新聞學系或新聞學業專修科。

他的新聞教育要注意環境的需要的 3 個立足點是：第一，爲大學的福利起見，有開辦新聞學系的必要。即著眼於學術研究，有賴於報刊。「大學裏沒有代表學校精神的刊物，彷彿大學都在暗中摸索，甚至於社會也會把它的存在忘記了。」指出「學校刊物之中，最重要的是《大學新聞》(College News)。」以美國爲例，自 1883 年以後，全國就有 200 以上的大學新聞、300 以上的大學雜誌。「這些大學新聞，常執全校輿論之牛耳。」他曾經就讀的日本早稻田大學，除發行大學新聞，報告師生的活動，披露學術消息以外，更特設一大規模的出版部，出版了不少的專門學術的論著，成爲東京的一種有影響力的書肆。「故而，有了大學新聞，足以促使大學活潑有生氣，使全校師生親如晤對。」由誰負責辦理大學新聞，他說：「當然以大學新聞系學生爲中心，而令全校的有志者輔佐之。」所以新聞學系在一個大學裏，佔有極重要的地位，它負擔重要的使命，它直接替學校服務，間接爲社會服務。[1]

第二，爲了社會的需要。他認爲近代的報紙是一所文化大學，他的學生就是全社會的民眾。普通的學校教育是在特定的時間，把特定的知識，施教於特定的學生。報紙是將非特定的知識問題，教授非特定的學生。學校把原理原則教人，報紙將實際狀況教人。學校教的是過去的社會，報紙教的是眼前的社會，把現代的社會人所必需的經驗知識資料供給它的學生。要想把知識普通化民眾化，沒有比報紙更大更適宜的機關了。報紙把政治、經濟、文學、藝術、科學、運動等專門的知識與技術，使之通俗化，使之民眾化。

第三，就學生本身說，他認爲，新聞學的知識與技能，是最活用的知識，別的課程與社會直接發生接觸機會的時候較少，只有研究新聞的學生，他們幾乎是完全浸潤在實際社會生活裏面。他們對於一切生活的體驗與觀察，較之任何學系的學生爲豐富，同時新聞系的學生對於各種科學必須涉獵，所以他們的常識最爲充分。將來他們擇業的時候，除了報館以外，還可以選擇其他的職業。

1　陳桂蘭主編：《薪繼火傳》，復旦大學出版社，1999 年版。

3、新聞教育必須理論與實踐並重，課內與課外結合，學習與研究並重

1929 年，他親自擬定的《復旦大學新聞系簡章》，充分體現了他的新聞教育思想，簡章明確規定培養目標「在養成本國報紙編輯與人才」，要「理論與實踐並重，課內與課外結合，學習與研究並重。」從低年級到高年級，先基礎課後專業課，循序漸進。

在理論方面，「謝六逸列出了基礎知識、專門知識、輔導知識、寫作技能、實習與考察等 5 個主要方面，要求學生認真學習，這種學習既體現在課堂上，也要貫穿在平時的生活、學習當中」[1]。

在實踐方面，謝六逸也擬定了以下幾方面的內容。

設備：一是大學新聞，要辦成日刊，編輯、營業、印刷，由學生分任，教授負責指導。二是辦通訊社，並且向外發稿。三是建立研究室、閱報室和儲藏室。

為使學生在掌握理論知識的基礎上，能夠接觸實際，除了學校原有的校刊可供實習外，在他的倡導下，又相繼創辦了《新聞世界（半月刊）》（1930年）、《明日新聞》（1931 年）、《新聞學期刊》（1934 年）。這些刊物均由學生負責編輯，謝六逸親身指導。此外，為了貫徹他的新聞教育思想，在謝六逸的主持下，復旦新聞系又創辦復新通訊社。社內分設計、編輯、採訪、交際、校對五部。每天發稿兩次，除向本校校刊和系刊供稿以外，還向上海、江蘇和浙江各大報發稿。

成立新聞研究室，內設陳列部、圖書部、學術部、實習部和調查部。陳列部收藏國內外報紙，有唐代邸報、清代京報、近代政府公報和最初的《民報》等；印刷樣品有訪稿、標題、印刷校樣、新聞電稿、通訊網圖等；圖書部有新聞專著、新聞期刊、報紙匯存及分類剪報等；實際部有採訪、編輯、印刷、通訊等，與一般報社設備相同，供學生實習。還建立了印刷所，編輯出版了一批新聞學書刊。

成立新聞學系執監委員會（即新聞學會），由學生選舉產生，分執行和監察兩部分。執行委員會分為：常務、文書、研究、出版、會計、交際、體育、遊藝和庶務。其職能是管理學系的教學活動，既是學生自治機關，也是鍛鍊學生工作能力的場所。

這樣，新聞學系真正辦成了理論與實際密切結合的、體制完整的教育大

1　徐培汀：《謝六逸與新聞教育》，《新聞窗》，1988 年版（4）。

課堂。從這裡畢業出去的學生，不僅理論上具有厚實的基礎知識，而且在實踐中鍛鍊了工作能力，一進入社會，就能成爲一名合格的新聞人才。

4、新聞教育必須實施文學新聞聯姻，培養兩用人才

謝六逸在早稻田大學攻讀的是政治經濟專業，對歐美政治經濟的改革做過研究，對日本的學校新聞很賞識，自己又潛心於文學，於是他發現新聞學是個變種，是從政治變過來的，又有文學的成分，認爲左是政治，右是文學，新聞居於二者之間。這可說是謝六逸對新聞學的創見。

報紙是一所文化大學，面對著社會，必然要爲某種政治傾向服務，這就要有明確的思想觀點，又必須富於文學興味，才能使讀者樂於接受。這就是他所說的：新聞有文，行而能遠。

1930 年，適逢復旦 25 週年校慶，謝六逸藉此撰寫了《中國文學系往何處去？》的文章，是「對本系諸同學的希望」，他特別指出，「研究文學的困難，決不亞於研究微分積分之類。如果研究科學不成的人，改而研究文學，也是無所成就的。」「因爲處在現在的時代來研究文學，決不是爲前人的只知吟風弄月，也決不是如私塾裏的默誦古書。」在他看來，「文學」這一個字的範疇，「中國文學」這個名稱的範疇，早已增高擴大了。研究文學或研究中國文學的時候，時有涉及其他各種科學的地方。到了現在，研究文學而不顧其他有關的各種學科，是絕對不行的。不明了這種意義，而妄想研究中國文學，其結果是，「國故！國故！」如此而已。有鑑於此，他對中國文學系和新聞系的同學提出幾點希望[1]：

第一，工具的磨練。主要是努力於白話文學。

第二，注重外國語言文字文學的研究，因爲中國新文學是受了世界文學潮流的衝擊，然後才促進的。

第三，除了文學之外，還要研究其他學問，如民俗學、社會學、經濟學之類，興味應該是多方面的，不可囿於一隅。

第四，不可和社會分離太遠，尤其對本國社會，應該有犀利的觀察，理論與實際兩方面都應該顧到，不然，在學校畢業之後，仍然無用武之地。

謝六逸經常鼓勵大家用功，多做課堂以外的研究，多寫作，多發表，務必使中國文學系成爲有力的最有聲譽的學系。

1　徐培汀：《謝六逸與新聞教育》，《新聞窗》，1988 年版（4）。

　　謝六逸的這種文學新聞觀，在兩系學生中產生了很深的影響。兩個系的學生在學習上都各有專攻，但在實踐中，往往又有交叉。由於謝六逸主張學生學成後「要有用武之地」，於是要求學生，不僅專注課堂教學，還要「多做課堂以外的研究，多寫作，多發表，」到實踐中去運用起來，才能發揮各自的特長。因而文學系的學生畢業以後，可以專於研究文學，也可以搞創作，甚至可以當編輯當記者；新聞系的學生畢業以後，可以到報社去當記者，當編輯，也可以搞文學創作，編輯文學刊物。總之，從這兩個系畢業後出去的學生，大多是兩棲型的多面手。無論到哪裏，都有用武之地。

（二）陳望道的新聞教育思想

　　陳望道（1891～1977），著名的馬克思主義翻譯家、報刊活動家和新聞教育家。浙江義烏人。1891 年 1 月 18 日生。原名參一、融，別名雪帆、曉風，筆名一介、齊明、佛突、任重、張華、薛凡、焦風、畢銘、東阜、平沙、南山、V. T.、瑰琦、春華、春華女士、龍覺公、龍貢公、一個義烏人等。出身於農民家庭。1906 年入縣立繡湖書院學習，1908 年考入金華府中學堂。1913 年到上海補習英語，旋赴杭州入之江大學學習。1915 年 1 月赴日本留學，先後入東京物理學校、東洋大學文科、早稻田大學法科學習，最後畢業於中央大學法科，開始閱讀馬克思主義著作。1919 年 3 月，開始為上海《時事新報》副刊《學燈》撰稿。同年 6 月回國後，到浙江第一師範學校任語文教員，因支持學生創辦進步刊物《浙江新潮》，釀成「浙江一師」風潮，受到地方當局的迫害，於年底被迫離校。1920 年 4 月，應邀到上海任《星期評論》編輯。6 月該刊因故停刊後，又應陳獨秀之邀參加《新青年》的編輯工作。參與上海共產主義小組和共青團的籌建工作，出版我國第一個全譯本的《共產黨宣言》。8 月 15 日創刊《勞動界》週刊，為該刊撰寫《平安》、《眞理底神》、《女子問題和勞動問題》、《勞動者惟一的「靠著」》等文章，揭露人世間的「不平」和「不安」現象，號召勞動者實行「勞動聯合」，在工人中開展馬克思主義宣傳。同年 12 月陳獨秀赴廣東後，接任《新青年》雜誌主編，在該刊發表過《從政治的運動向社會主義的運動》等文章及譯稿。旋應邵力子之請，擔任上海《民國日報》副刊《覺悟》的編輯。至 1924 年 2 月止，先後為該刊撰寫了《勞動問題第一步的解決》、《論新文化運動》等 100 餘篇評論、雜感和文藝等方面的文章。1921 年 8 月 3 日，創辦並主編上海《民國日報》副刊《婦女評論》週刊，至 1923 年 8 月 15 日止，先後為該刊撰寫過《〈婦女評論〉創

刊宣言》、《略評中國的婚姻》、《經濟獨立問題的我見》、《女子的根本要求》、《「女子地位」討論聲中的我見》、《生育節制問題》、《〈婦女評論〉發刊兩週年的感言》等 40 餘篇評論和雜感文章。1923 年 8 月 22 日,《民國日報》副刊《婦女週報》創刊,又為該報撰寫「社評」等文章,繼續鼓吹婦女解放,提倡叛逆精神。同年起,在中共創辦的上海大學任中文系主任,還一度接任該校教務長和代理校務主任。1927 年後,又任復旦大學中文系主任,並將系內的新聞學講座擴大為新聞學組。1928 年起,還在中共的領導下創辦中華藝術大學。同年 10 月 15 日,在上海創刊並主編《大江月刊》,為該刊撰寫《關於國術的國考》等文章。1930 年春,曾約請魯迅主編《文藝研究》季刊。1931 年 7 月離開復旦大學,專心從事語法修辭學的著述。1932 年 2 月 8 日,中國著作家抗日會在上海成立,被推選為書記。1933 年 7 月應聘到安徽大學任教,半年後又因受迫害而離職。1934 年 2 月回到上海,任左聯《文學》雜誌的編委工作。6 月與樂嗣炳邀請沈雁冰、胡愈之、葉聖陶、夏丏尊、陳子展等12 人共同發起「大眾語運動」,發表《關於大眾語文學的建議》、《建立大眾語文學》、《這一次文言和白話的論戰》等多篇文章,與國民黨的「文言復興運動」相對抗。9 月 20 日,在魯迅的支持下,創辦並主編《太白》半月刊,首倡在刊物上用民間的「手頭字」,首創「科學小品」新文體,開闢「掂斤簸兩」的欄目以專登匕首式的雜感,很受讀者的歡迎。1935 年 8 月到廣西大學任中文科主任。1937 年 6 月回到上海,從事抗日救亡運動。抗戰初期留居上海,推動拉丁化新文字運動,組織上海語文學會等團體,支持上海新文字研究會。1938 年 1 月,主編地下黨所辦報紙《每日譯報》上的《語文週刊》,並在拉丁化新文字的理論刊物《中國語文》上經常發表文章。1940 年秋離滬經港到重慶北碚夏壩的復旦大學中文系任教。1941 年 9 月出任復旦大學新聞系主任,以「宣揚真理,改革社會」為辦系指導思想,並將「好學力行」四字作為系銘,支持每週一次的「新聞晚會」,恢復復旦通訊社並自任社長,還鉛印供學生實習用的系報《復旦新聞》。1944 年 4 月發起募捐籌建新聞館,1945 年 4 月 5 日該館落成,成為全校進步學生活動的中心。1946 年 6 月隨校復員回到上海,仍任新聞系主任,直至 1950 年 7 月辭職。建國後,歷任華東軍政委員會文化教育副主任兼文化部長、華東高教局局長、復旦大學校長、政協上海市委副主席、民盟中央副主席等職,並擔任中國科學院哲學社會科學部委員、上海哲學社會科學聯合會主席等學術界多種要職。1957 年 6 月加入中

國共產黨。1961 年擔任修訂《辭海》的總主編。1977 年 10 月 29 日在上海逝世。著有《美學概論》、《因明學概略》、《作文法講義》、《修辭學發凡》、《文學簡論》、《中國文法研究》等書，譯作有《共產黨宣言》、《空想的和科學的社會主義》、《藝術簡論》、《文學及藝術之技術的革命》、《社會意識學大綱》、《蘇俄文學理論》等。一生著述已被輯爲《陳望道文集》4 卷出版，另有《陳望道語文論集》出版。

「陳望道先生是傑出的新聞教育家。從 1942 年至 1950 年，他擔任復旦大學新聞系主任達 8 年之久。在他主持下，復旦新聞系樹立了民主的優良作風，人才輩出，成爲全國各高校中著名的系科之一。他有豐富的辦學經驗和進步的新聞教育思想。這是他留給復旦大學及新聞界的一份極其珍貴的遺產，也是他對中國新聞教育事業的重大貢獻」[1]。

1、新聞教育必須做到理論學習與新聞實踐相結合

1943 年，陳望道在主持復旦大學新聞系的工作的第二年，面對複雜情況，他提出以「宣揚眞理、改革社會」爲辦系指導原則，倡議以「好學力行」爲系銘。這是把理論學習和工作實踐打成一片的規條，在這樣的訓勉之下，新聞系的係風有了很大的改變。如每週舉行一次的分析時事、討論問題、研究學術的「新聞晚會」，課外活動的壁報，由全係同學共同主辦「復旦新聞」等均是「學」與「行」並重的體現。這就爲復旦新聞系規定了正確的方向和方針，抓住了新聞教育的根本。因此，他主持的復旦新聞教育在戰爭年代可以多難興系，在和平時期更能興旺發達。

在工作上，他採取許多措施，爲學用結合創造了相當有利的條件。1943 年 3 月 1 日，恢復復新通訊社（1931 年創辦，抗日戰爭爆發後停辦），望道先生親自兼任社長，設編輯、採訪、總務 3 部；編輯、記者均由學生擔任，教師作指導，每 5 天發油印新聞稿一次，免費供各報刊採用。1944 年，又創辦鉛印小報《復旦新聞》，作爲學生實習機構。他爲了進一步充實新聞教學的設備與內容，使有志於新聞事業的青年更能學以致用，「1944 年 4 月陳望道先生發起創建新聞館，師生群起響應，四出募捐。7 月，他不顧炎炎烈日，親赴重慶市區募捐，借住在朋友家裏，中午以燒餅充饑，晚上睡在臭蟲很多的床上。新聞館很快就在嘉陵江畔建立起來了。而望道先生卻由於過度疲勞，臥

1　鄧明以：《陳望道傳》，復旦大學出版社，1995 年版。

病一個月。新聞館內設有編輯室、圖書資料室、收音廣播室、會議室、印刷房等」[1]。

1945 年 4 月 5 日，在新聞館開館典禮上，他也提到了新聞教育要學以致用的問題。他說：「我們切望能與新聞機關合作，能夠以形影似的親密關係，開闢自己的前途，謀求人類的幸福。」新聞館確實成了新聞記者的搖籃，師生們在這裡切磋學問，進行新聞工作實習，使學生的學與用不至於脫節。

為體現「學以致用」的原則，他們除了創辦各種壁報和印刷物以及舉辦每週一次的「新聞晚會」討論時事、政治、議論哲學以及研究新聞理論外，陳望道還利用自己的社會影響，親自出面邀請社會上的知名人士前來作報告，以及邀請有實際工作經驗的報人前來講授新聞業務課，擴大師生們的眼界。

2、新聞專業的學生要做猴子，不要做綿羊

陳望道十分重視學生思想品德的培養，強調學生要堅持真理，「有膽有識」。他說：「我不教學生做綿羊，我教他們做猴子。」就是說，要求學生敢於和善於為真理而鬥爭。猴子是聰明、靈巧、智慧、勇敢的化身。猴子中傑出的代表是神話中的猴王孫悟空。試想，如果一個新聞系的學生能有孫悟空一般的本領，那他在工作中還有何懼何難呢？縱有數不盡的妖魔鬼怪沿路阻礙，但猴王最終還是保護師父取回了真經。陳望道希望他的學生也能像猴子一樣，在經過不懈的努力後，能實現心中的目標。為此，他支持學生參加民主運動，保護學生，把一個個遭到特務盯梢的學生藏在家裏，把他們轉移到解放區去。從 1943 年起，復旦新聞學生每週舉行一次「新聞晚會」，活動內容有時事討論，有學術報告，氣氛活躍，不僅有本系師生出席，而且吸引了許多外系師生參加。這個晚會，由地下黨組織發起，得到望道先生的大力支持。以後，它成為復旦新聞系的一項傳統活動。

3、學生永遠是第一位的

陳望道是復旦新聞系學生愛戴和尊敬的老師，同學們把他看作是可以依靠和信賴的長者，而他對學生也無限尊敬，在他的心目中，學生永遠是第一位的。某日，新聞系的張四維與幾位同學一起去探望他，在訪問過程中，老師家又來了其他客人，張四維等急忙起身要告退，陳望道阻止了他們並說：

---

1 徐培汀：《謝六逸與新聞教育》，《新聞窗》，1988 年版（4）。

「在我的觀念中學生總是占第一位的，學生來探望我，我是最高興的，我要把時間首先讓給學生，作為一個教師接待好學生才是首要的」[1]。他的這番話使在場的學生感動不已。

學生們回憶說：「他不擺名人架子、誠懇待人尊重後輩的風範，使人歎服。」「他不是一般的學者，而是特立獨行的大學者。」「他的嚴謹治學、嚴於要求學生的做法更是讓學生受益匪淺」。「他有時為一二個生僻詞彙，特地讓學生去查考證實、加深印象、以求『甚解』，使學生知道『學然後知不足』，『教然後知困』的道理」。他還讓學生注重平時生活中知識的積累，使不少人成為了後學中的佼佼者。好多係友把他倡導的係風及在校學習中養成的良好習慣帶到全國甚至海外，使他的高尚的精神和思想得以發揚光大。

4、宣揚真理，改革社會

陳望道從五四運動起就是社會新聞界的知名人士，他主編過黨的機關刊物《新青年》，參加過《共產黨》月刊的編務工作，辦過有影響的進步報刊雜誌，甚至還籌建過左傾出版機構——大江書鋪，有著豐富的創辦書報刊物的實際經驗。他在擔任復旦新聞系主任之後，決定把復旦大學的新聞教育辦成紅色民主堡壘。他決心在原有的基礎上發揚「宣揚真理，改革社會」的精神，並把它作為民主辦系的一個政治綱領。[2]

宣揚真理是新聞工作的根本點和生命線。新聞工作離開了對真理的宣傳，就等於失去了生命。陳望道熟諳新聞規律，因此，他提出新聞教育要有「改革社會」的使命。他要求新聞系的學生要有「改革社會」的雄心，要始終把個人的命運和祖國的前途和命運結合起來。

陳望道是中國新文化運動的創始人之一，著名學者，教育家，是《共產黨宣言》的第一個中文本全譯者。作為學貫中外的大師，他的新聞教育思想是他整個教育思想的組成部分，也是他對新聞教育思想的組成部分，也是他對新聞教育思考和實踐後的見地之言。他的這些思想，不獨為那一時代所獨有。直到今天，宣揚真理、改革社會、學生永遠是第一位的、好學力行、教學生做猴子、理論與實踐相結合等新聞教育思想依然閃爍著智慧的火花。

1　鄧明以：《陳望道傳》，復旦大學出版社，1995 年版。
2　鄧明以：《陳望道傳》，復旦大學出版社，1995 年版。

第七節　中央政治大學新聞系

一、創辦及發展過程

國民黨新聞教育的代表院系是南京中央政治大學新聞系。

1934 年 5 月，馬星野在密蘇里大學新聞學院「得新聞學士學位」後回國。1934 年 7 月，剛剛回國的他即被當時政校校長蔣介石召見，令其在政校從事新聞教育，訓練新聞記者。隨即，9 月，中央政治學校於「外交系開設『新聞學』選修科目，……第二學期改爲外交、政治、法律和經濟四個系的共同選修。」

1935 年 9 月，國民黨中央常會決議在中央政校設立新聞系，馬星野負責籌建工作，政治大學新聞系的「目標是培養眞誠純潔的青年，成爲大公無私，盡忠職守的新聞記者……信仰三民主義，忠愛國家民族，並以促進自由世界人士之團結與瞭解目標。深信新聞道德重於新聞的採編技術。新聞系之教育使命就是要敦品勵學，發揚以往的光榮傳統，開拓燦爛的未來」。這一時期，政校新聞系的課程設置及師資隊伍的大致情況是：在專業課方面，馬星野講授「新聞學概論」、「新聞事業史」、「新聞寫作」、「社論寫作」；劉覺民、黃天鵬講授「報業組織與經營」（「報業經營與管理」）；湯德臣講授「採訪與編輯」（「新聞採訪」）；錢華講授「新聞採訪」、「新聞編輯」；沈頌芳講授「新聞編輯」；俞頌華講授「編輯學」；趙敏恒、顧執中講授「採訪學」；錢滄碩等講授「編輯學」；王芸生講授「評論」；戴公亮講授「攝影」等。在基礎課方面，有左舜生講授「中國近代史」；壽勉成講授「現代經濟問題」；趙蘭坪等講授「經濟學」；蕭孝嶸講授「心理學」；孫本文講授「社會問題」；胡貫一、詹文滸講授「哲學」；陳石孚講授政治學；戴德華（Edward G. Taylor）及其妻子懷娣（Roberta White）以及周其勳、高植等分別講授新聞英語、英文寫作與英文。其他課程還有文學與寫作、廣告學、會計學等等，使得專業理論與業務得以在新聞教育中相互印證和補充，課程安排的比例是：社會科學占百分之五十，人文和語文學科占百分之二十五，新聞專業科目占百分之二十五，教學過程突出了「做中學」的特點，並在此基礎上逐步發展而成爲了一種模式。這個模式的特點是爲國民黨及其新聞事業服務，以定向培養的方式，本著快捷的原則培養新聞人才，基本是學習美國密蘇里的模式，重點是實踐。另外，從它的課程安排中可以看出，這個模式很注重社會科學與人文科學等知識的灌

輸，這從政大新聞課程安排中可以看得出來。

1934 年，國民黨中央政治學校在該校的外文系開設「新聞學概論」課程，由馬星野主講，1935 年成立新聞系，由程天放擔任系主任，次年由馬星野繼任。1937 年，由於抗日戰爭開始，新聞系一度停辦，而改為新聞專修科及新聞專修班，到 1943 年恢復。該系的宗旨是培植現代的新聞記者，使之能篤信三民主義，服膺職業道德，提高新聞事業水準。這個系主要為國民黨政府宣傳機構培養工作人員，它的畢業生多數任職於國民黨政府宣傳機構。該系課程，著重語文及一般社會科學的訓練。實習課分校內、校外兩種。校內實習以編印《中外月刊》為主。該刊的形式與美國的《時代雜誌》大致相似；校外實習，利用寒假到《申報》、《新聞報》參觀 2 周。當時選讀「新聞學概論」一科的學生，即為政大新聞系的第一期學生。1942 年，該系系主任馬星野擬定「中國報人信條」12 條，其內容足以說明政大新聞系的目標以及對報人的期望。

1937 年 8 月，該系遷離南京，先遷至湘西的芷江，一年的顛沛之後，才在 1938 年的暑假，在重慶南溫泉定居下來，繼續上課，由馬星野講授《新聞學概論》及《新聞史》，陳固亭講授《報業管理》，俞頌華講授《新聞寫作》。1939 年該系停止招生，改辦新聞專修班，招專科學生，由潘公展負責主持，馬星野協助。第二年，專修班擴大為新聞專修科，以高中畢業生為主要招生對象，任務為加強戰時宣傳工作，該班分甲乙兩組，甲組調訓各省黨部科長以上或縣市黨部主任以上之人員及在黨營新聞戰線、新聞機構服務之編採人員，乙組招考大學畢業或大學肄業 3 年之青年，課程除乙組加授英文外，兩組皆同。到 1943 年，政大新聞系才恢復招生。課程分兩部分。必修的一般課程為國文、英文、三民主義、政治學、經濟學、民法概論、理則學、西洋近代史、中國憲法、刑法、國際法、哲學概論、人生哲學、亞洲近代史、日本問題、蘇聯問題、政治思想史、經濟思想史、中國通史、社會心理學等 20 門，共 76 學分。必修的新聞專業課程為新聞學、新聞文學、採訪編輯、社論寫作、新聞英語、中國新聞史、世界新聞史、報業管理、出版法、編輯實務等 10 門，共 50 學分。同年，中央政治學校還設置了旨在培養高級宣傳人才的新聞學院，招考大學畢業生，經一年學習和半年實習後派至世界各地的中國使館、行政院各部及各戰區司令長官部服務。國民黨派《中央日報》總經理詹文滸到中央政治學校擔任新聞系主任，1946 年，中央政治學校遷回南

京，以後又在 1948 年與中央幹部學校合併爲國立政治大學。這時的政大新聞系分普通科和專科兩種，學生總數約 200 人，普通科課程爲 20 門，專科 9 門，馬星野重新出任系主任。如果從 1935 年他協助創辦中央政治學校新聞系算起，到 1949 年初該系停辦爲止，他在該系任教已達 14 年之久，爲國民黨的新聞教育做出了不小的貢獻。因此，他被臺灣新聞界譽爲「桃李滿門」的「元老」。國民黨對該系頗爲重視，派了不少宣傳方面的得力干將前往該系任教。如當時擔任國民黨中央宣傳部副部長的董顯光、中央宣傳部國際宣傳處處長曾虛白等，該系在 1949 年國民黨遷往臺灣後停辦，1954 年夏復辦，現仍在繼續。

二、國民黨新聞教育的特點

國民黨新聞教育的代表是政治大學新聞系，這個系的特點基本可以反映出國民黨新聞教育的特點。政治大學新聞系的前身是中央政治學校，屬於國民黨在大陸創辦的教育之一。因此它的黨派特點比較明顯。它的基本要求是學生要信仰三民主義，要有爲國民黨黨業及新聞事業服務的志向。該校的歷任領導都在國民黨黨內有較高的職務。該校創辦之時，正是國民黨內憂外患之時，一方面要在全國人民的強烈要求下抗日，另一方面要對付共產黨，反赤化，作爲國民黨利益的體現，在該校的新聞教育中也有了向學生灌輸「本黨宣傳政策」「戰爭宣傳」等方面的內容。

該校的另一個顯著特點是受美國新聞教育的影響比較大。學校開設的課程以美國密蘇里新聞學院的課程爲參照，教師中的絕大多數人都曾赴美留學，學校強調英文教育，有的課程由美國人講授，學生畢業後赴美學習的機會也不少。

該校的第三個特點是專修教育。1939 年政大新聞系的新聞教育停止後，改辦新聞專修科，專修科的學員有一定的新聞工作經驗，有不少是各省市報紙保送的年輕的新聞人才。新聞專修教育的課程大都偏重編採與社論撰述的實務，尤重新聞與國策的配合，而新聞系所注重的社會科學和人文科學均未列入。新聞專修班共辦了兩期，每期學習半年即告畢業。當時正值日機狂轟濫炸重慶之後，不少來自四川、雲南、陝西、廣西等地的青年踴躍地參加了學習，在接受了「濃縮」的新聞專業訓練後，學員們奔赴全國各地，從事國民黨領導下的新聞傳播工作。

　　以上是從政治大學新聞系自身出發概括出來的幾個特點。作爲政黨辦的且在戰時的新聞教育，政治大學的新聞教育與一般大學的新聞教育相比較，存有時間短，教學不規範，實驗與實習設施不夠完備，教學內容可隨意增減及不確定等方面的不足，由於運作的時間倉促，加之在特定時期的人才培養的特殊要求，該校新聞教育是「速成」教育。該校學生分布在國民黨的各級各類新聞媒體中，不少人是其中的骨幹。

三、以馬星野爲代表的國民黨新聞教育思想

　　在民國新聞教育的舞臺上出現了一批碩儒如曾虛白、謝然之、程滄波、蕭同茲、馬星野、葉明勳、王洪鈞、徐佳士、陳紀瀅、黃天鵬、趙君豪、朱傳譽等，他們以其個人的努力探索與奮鬥，對新聞教育進行了理論和實踐方面的嘗試和理析，分別形成了個性化的新聞教育思想，充實、豐富了民國新聞教育的思想，爲完善發展新聞教育提供了智力支持，在中國新聞教育史上留下了值得記憶的東西。馬星野是其中的一個代表。

　　馬星野（1909～1991），中國近代著名報人、新聞教育家、新聞學者。1928年 5 月畢業於中央黨務學校；1931 年由中央政治學校「保送美國密蘇里大學研究新聞」，並成爲「我國國立大學派遣留學生往國外研究新聞之開始」。1934年 7 月，馬星野回到中央政治學校教授「新聞學」科目；1935 年 9 月，馬星野奉命籌建中央政治學校新聞學系，並兼任系主任達 14 年之久。1984 年 4 月，馬星野獲美國密蘇里大學新聞學院頒發的「傑出新聞事業終生服務最高榮譽獎章」。由於馬星野長期致力於新聞事業實踐、新聞教育、新聞行政管理、新聞學理論研究等工作，因此被臺灣地區新聞業學兩界尊稱爲「一代新聞宗師」，馬星野也被臺灣地區新聞業學兩界尊稱爲「新聞教育的拓荒者」和「新聞教育的傳教士」。

　　「馬星野認爲當時設立新聞系，培育新聞人才，因爲國家發展影響最普及、時間上最快奏效的，莫過於做新聞事業。……報紙作爲傳播媒體，是國家發展的推手，而辦好一份報紙則需要有優秀的新聞記者，新聞才能專業化，媒體組織才能夠健全。」

　　踐行新聞專業主義思想、效法密蘇里新聞教育的做法，通過開放的課程設置、專業的師資配備以及貫徹「做中學」的教育方針，不斷探索並積累經驗，凝練和昇華思想，新聞學需要許多其他社會科學、人文科學和語文學

科來陪襯等是馬星野的新聞教育思想，他強調通過實踐學習技能，以掌握知識，構建理論體系。在政校新聞系期間，馬星野認為，「新聞是離不開實踐的」。

南京政府成立後，制定了一些發展新聞事業和教育事業的政策。在新聞事業方面，國民黨政府從一建立它的統治之日起，便開始建立包括通訊社、廣播電臺、報紙在內的新聞事業系統。從 1928 年起，國民黨政府結束「軍政時期」進入「訓政階段」，作為「憲政」的準備。對新聞界擺出「凡屬嘉言，咸當拜納」，扶持「正當言論機關」的姿態。與此相配合，南京政府於 1932 年 1 月通令取消電報新聞檢查，1933 年 8、9 月間，又發出《保障正當輿論》和《切實保障新聞從業人員》的通令。在教育方面，國民黨政府重新制定了教育宗旨、教育政策，頒布各項教育法令、法規、綱領。在三民主義旗幟下，突出民族主義思想和傳統倫理道德，強化國民黨的政治要求。同時，也兼採西方的教育學說，在學校實踐中汲取資本主義國家的教育制度和管理方式，學校類別、層次及數量都有不同程度的發展。

正是在以上的社會背景之下新聞教育家的新聞教育思想體現出了多種呈現的特點，他們敢於大膽開拓中國的新聞教育，並能夠在思考與實踐的基礎上提出自己的新聞教育的觀點。

1、新聞事業是專業職業，新聞人才需要專門培養；

2、新聞學校是培養新聞人才的良好途徑；

3、新聞教育是綜合性的教育；

4、新聞教育的另一種作用，是要把現在正在工作著的新聞工作者的各種先進經驗和錯誤教訓拿來放在學校中，分析研究，做出結論，以教育未來的新聞工作者。

民國時期新聞教育家的嘗試與經驗，有些可以為「後世範」，至今仍在一定程度上影響著中國的新聞教育。

第八節　民國報人對新聞教育的理解

民國時期，是報業獨尊或報業享有很高的社會地位和學術地位的時期。新聞業的發展及其成果，主要體現在報業方面，新聞傳播教育的服務目標，培養目標也大多聚焦與滿足報業的需求。

民國時期也是誕生了許多知名報人的時期，其中的一些報人，不僅僅是在業務方面用心盡力、出類拔萃，而且還關注新聞教育，涉足新聞教育。他們的許多做法、建言、倡導等，對發展民國時期的新聞教育，大有裨益。趙敏恒是其中的一個代表。

一、趙敏恒的生平

趙敏恒（1904～1961）江蘇南京人，當年以江蘇省第一名成績考取清華學校（留美預備學堂，清華大學前身），1923 年畢業於清華學校，即官費進入美國科羅拉多大學文學院攻讀英國文學，一年後進入密蘇里大學新聞學院學習，1925 年到美國哥倫比亞大學新聞學院學習，同時在紐約環球通訊社當編輯，1926 年獲碩士學位。1926 年被留美學生公推任《中國留學生月報》總編輯。1927 年回國後擔任北京《英文導報》副總主筆，兼任中國大學教授。1928年曾任民國政府外交部情報處副科長兼秘書，同年 8 月參加英國路透通訊社工作，先後任南京特派員、漢口特派員，中國分社兼重慶分社社長，並兼美國聯合通訊社駐南京特派員，路透社遠東司長。「九一八」事變後，美國國際新聞社、英國每日電訊報、日本朝日新聞社、蘇聯塔斯社都曾聘請他發布新聞。1945 年創辦《星期快報》，任重慶《世界日報》總編輯，兼任復旦大學教授。1945 年 10 月，任上海《新聞報》總編輯。1949 年以後擔任復旦大學新聞系教授，新聞採訪與寫作教研室主任。趙敏恒是少有的新聞奇才，極具新聞敏感性，多次在國際領域首發新聞，引起世界轟動。1955 年 7 月因「國際特嫌」蒙冤入獄，1961 年在江西逝世。1982 年獲得平反。[1]

趙敏恒早年以記者工作名世，後來以新聞教育而出彩。他於 1944 年出版的《採訪十五年》雖然不是探討新聞教育的專著，但也從中透露出許多新聞教育的信息。這些信息反映的是國民黨統治時期媒體對新聞人才的要求，也是媒介中人覺得新聞教育應該有的方位和目標。趙敏恒的《採訪十五年》中透露出來的新聞教育思想及其在新聞教育中的實踐有以下五個方面：靠感性試水，用理性固基；學校有刊物，上課談話式；當事業追求、棄糊口思想；注重細節，現身說法；以苦幹精神求學識，以工作成績得地位。[2]

1　http://baike.baidu.com/view/8748968.htm。
2　趙敏恒：《採訪十五年》，天地出版社，1944 年版。

二、趙敏恒的新聞教育思想

趙敏恒是中國歷史上一位正直、愛國的進步記者，以其出色的新聞報導和新聞業績而爲後學所稱道和效法。趙敏恒還在工作之餘或者選擇工作之際，應聘大學新聞系的教授，向青年學子傾其所有。實踐經驗加理論功底使他對新聞教育有了一些獨到的理解。

（一）靠感性試水，用理性固基

趙敏恒選擇新聞記者爲自己的職業，是偶然的。1921 年的一天，趙敏恒（當時還在清華學校讀書）見北京《英文快報》登著招聘翻譯編輯的啓事，就懷著好奇心，譯了一段張作霖進京的新聞寄去。過了幾天，新聞刊出，報館來信批准他爲翻譯編輯，要他每週撰寫一篇專欄稿。趙敏恒就將中文短篇小說《賣花女郎》譯成英文寄去，結果被連載刊出。一個十八歲的學生看到自己的習作在報上刊出，喜出望外，他決心今後攻讀新聞專業。這個過程是他在職業選擇中進行諸多嘗試的一種，想不到在感性的測試中他找到了自己最終的最愛。他認爲首先是自己喜歡新聞這一行，並且有幹好它的激情和衝動。

在簡單的摸索和實踐之後，他感覺到新聞工作需要理論的支撐。於是，他在清華學校畢業後，到美國留學，「他先在哥羅拉多大學文學院四年級就讀，一年後畢業。接著又進密蘇里大學新聞學院，系統地學習了新聞學原理、採訪、編輯、新聞、特寫、社評寫作、鄉村報紙、資料編存、報業管理、廣告、印刷等課程，對新聞專業的基本技能進行了全面訓練」，1925 年 6 月，趙敏恒獲新聞學學士。是年 9 月，他入紐約哥倫比亞大學新聞學院研究院深造。1926 年 5 月，趙敏恒獲得新聞學碩士學位，成爲最早出洋攻讀新聞專業並取得碩士學位的中國人。他以自己的親歷親爲詮釋了他對新聞教育的理解：感性試水，理性固基，其內涵和寓意是，如果要選擇新聞工作，首先要看看自己的直觀感受如何，不能強求，如果一旦選中，則一定要堅定不移、持之以恆，既要感性上繼續升溫，還要在理論上力求深究，把學科的根基夯結實。

（二）學校有刊物，上課談話式

1939 年 1 月至 1944 年，趙敏恒任路透社重慶分社社長，兼任復旦大學新聞系教授，並爲重慶的報紙撰寫專欄稿。這期間，他冒著生命危險報導了長

沙前線的戰況，採訪了天險紫荊閣戰地，寫成長篇通訊《鄂西行》。

在這期間，趙敏恒最早報導了對反法西斯戰爭勝利發展具有重大意義的開羅會議。1943 年 10 月，趙敏恒以路透社特派員身份參加訪英代表團。途經埃及時，趙敏恒去開羅看到了蔣介石侍從官等要員以及英、美等國的軍政要員。他經過縝密分析，認為在開羅即將有一次重要的國際首腦會議。他便擬就了一則新聞稿到當地電報局發往倫敦，結果被扣發。這使他確信自己判斷的正確。他靈機一動，從開羅乘飛機去葡萄牙首都里斯本發出了電報。於是美、英、中三國首腦開羅會議的新聞經路透社向全世界公布了。14 小時後，美聯社和合眾社才報導了開羅會議的消息。趙敏恒因為最早報導了開羅會議的新聞，再次得到路透社的加薪嘉獎。倫敦記者俱樂部推他為名譽委員。他的這些新聞實踐為他從事新聞教育提供了豐富的素材，也給了他不少有益的啟發。

「在重慶幾年和中央政治學校和復旦大學新聞班系學生的接觸，是令我最感覺愉快的一件事。」已經說明他對於從事新聞教育的興趣。「我一向對於新聞學校沒有多大好感，而竟對於新聞學系學生如此情誼，實非初料所及。」「在美國密蘇里大學和哥倫比亞大學新聞系畢業後，雖想在新聞界打出江山，然時時感覺到新聞學校給學生們準備工作的不足和學校教授能力經驗的薄弱。」「回國後看見當時我國新聞學校多半都是野雞學校，某大學新聞系主任，根本沒有作過新聞記者，對於新聞學術毫無研究，拿了新聞系主任招牌，到處招搖，作個人政治活動，令我對於新聞學校的印象，一天比一天壞。」在現實面前，他沒有選擇沉默，而是想到了一個教師，更確切的說是一個新聞教育者的職責和應該擔當的道義。「到了重慶不久，復旦大學新聞系主任程倉波先生約我教英文新聞寫作，由白象街到學校（荣園壩）相當遠……到學校上課後，發現學生英文程度頗不整齊，最初打算只教一學期，想不到後來竟不但撒不了手，反對於一般新聞學校學生，發生極深厚的感情。」

「上課學生人數既少，上課又毫不拘形式，大家散坐一室，採用一種談話方式，每個同學個性能力，我都十分清楚，相處一年或兩年後，由師生而成先後同業，同時，他們畢業後與我也仍然不斷往來」。「在中政校上課和在復旦，情形不同，中政校上課時，學生人數極多，並且大半是具有新聞事業服務經驗的，所以決定採用講演方式，偏重於理論教育」。[1]

1　夏林根主編：《近代中國名記者》，福建人民出版社，1990 年版。

幾年下來，趙敏恒對新聞教育有了切合實際的感受：「我感覺得新聞學校本身一定得有刊物，最好能有日刊和週刊兩種，給學生以充分實習機會，免得新聞學校出來的學生被同業認爲外行。同時上課方式，最好改作談話方式，師生間可籍以發生私人感情。學生得不到學術的指導，還可以得到教授人格精神的感化，學校課程不應完全注意學術，技術與學術課程一點並重」[1]。

在民國時代，我國的新聞教育尚且不發達，除了幾所比較正規的學校外，其他的新聞教育大多數是短訓性質，沒有系統和完整的教材，甚至也沒有固定的校舍，因此，趙敏恒提出新聞教育要有自己的刊物，爲的是在實踐中教會學生最基本的知識，以談話凡是講課，可能是考慮到了學生水平的層次不齊，便於雙向交流，瞭解情況。

（三）當事業追求、棄糊口思想

趙敏恒一生的主要經歷放在了從事新聞工作方面，他的不少關於新聞業務和新聞理論的作品留傳後世。1943 年 11 月，《新聞戰線》社總編輯馬星野要趙敏恒寫些記者生活經驗在該刊發表。趙敏恒遂寫了「記者生活回憶錄」在該刊連載，後又由陸鏗整理成冊，於 1944 年由天地出版社出版，書名爲《採訪十五年》。這是趙敏恒最爲有名的著作之一。書中就新聞教育有單獨的一章，題目是《我看新聞教育》，文章字數不多，但對新聞教育的認知、對新聞事業的態度、對職業人生的看法，頗有大家風範。他在文中寫道：

我在學生身上費了很多精神時間，看來似乎有點傻，實在不然。我離開新聞學校後從事新聞事業的時間愈長久，愈感覺到新聞教育的重要。新聞從業人員大致可分兩種：一種純粹職業化，拿它當一種職業養家活口，只求維持飯碗，沒有前進創造精神和意志，另一種則拿它當一種事業，時時想改善，時時求進步，新聞界裏科班出身者，通常犯一種毛病即事事從職業著想，只求保守，不求進步。新聞學校的用處，就是一方面訓練新聞記者的技術，一方面薰陶新聞記者的道德和意志，使青年記者走進新聞界後，不但能勝任愉快，還時時努力改進新聞事業，研究新技術創造新作風，提高記者的水準和地位。但是在中國，新聞學校和新聞事業當中還缺少聯繫，新由學校畢業的學生和新聞從業員當中，也缺少聯繫，新聞學校脫離了新聞事業，等於紙上談兵。新聞學校學生沒有富於經驗的老記者們在旁提攜指導，沒有無從下手

---

1 趙敏恒：《採訪十五年》，天地出版社，1944 年版。

之苦。我初出學校時，就有這種感覺。

事業的追求還體現在對事業的態度和政治方向的選擇方面。1944 年 2月，由於戰時交通困難，路透社特請英政府許可，請趙敏恒乘護航船隊，離英、法、西非，再由西非經剛果、埃及、印度飛回重慶。趙敏恒在途經非洲各國時進行了採訪，目睹了殖民主義者在非洲的殘酷統治。他激於義憤，寫了多篇通訊在重慶《新民報》發表，並由《新民報》出版《倫敦去來》新聞集。這些報導觸犯了帝國主義的「尊嚴」。10月，英國政府強迫路透社向趙敏恒施加壓力，要他認錯，並保證以後不再出版《倫敦去來》的單行本。趙敏恒堅決拒絕，並於這一年多毅然退出工作了十五年之久的路透社，以示抗議。當時趙敏恒每月工資五百英鎊，路透社又準備付給他一筆頗為可觀的退職金。趙敏恒說：「我是辭職，不是退職！」嚴詞拒受，並迅速出版了《倫敦去來》單行本。至此，趙敏恒結束了二十二年來為外國通訊社和報紙服務的生涯。

解放前夕，趙敏恒放棄了去美國、去臺灣的機會，在國民黨要員甚至是宋美齡為他訂好去臺灣的飛機票的時候，他毅然選擇了社會主義的中國。他的經歷本身就成為了一本教科書，給追求新聞的學子以良多的教益。

（四）注重細節，現身說法

新聞教育是為新聞事業培養人才的。而新聞事業的一個主要特點就是應該特別注意細節。同時，新聞工作是「個體創造」，有鮮明的個性訴求。好多有實戰工效的知識不可能在教科書中尋找到，書中所能夠提供的知識也只是博大的新聞學學庫中的滄海一粟，而真正能夠指導新聞實踐的知識則是來自理論與實踐的結合。以上兩者兼具的趙敏恒在新聞教育中很注意經驗的傳授，很看重一個過來人的現身說法。

比如，他是第一個報導西安事變的記者。1936 年 12 月 12 日上午 9 時半，國民黨當局打電話問趙敏恒，西安有無電報？路透社駐西安有無記者？有無電臺聯繫？趙一一作答。記者的敏感使他覺得其中必有蹊蹺，他立即拿起電話向交通局詢問，得知隴海車只通華陰，於是斷定西安出事。當天上午，他向倫敦發出了「西安兵變」的電訊。不久真相大白。這一消息閃電般震動中外報壇。

趙敏恒後來談到採訪經驗時說，當記者要「細細研究別人的動態，甚至於極細微的一句話，並且有時候要從反面得到正面新聞。」類似的例子在趙敏恒的新聞採訪中還有許多，這些範例突出的是細節，給學生展示的是他的

現身說法，既生動又明晰，非常受學生的歡迎，教學效果非常好。

（五）以苦幹精神求學識，以工作成績得地位

趙敏恒善於和年輕人相處，他認爲年輕人身上有不少優點值得老師學習，他也毫無保留地把自己的知識乃至人生的感悟告訴他的學生。他認爲「青年人的興奮與前進精神，對於老年人有種強心針作用。處世愈久，愈感覺到世界的複雜污穢，青年的純潔可愛。然而青年人也有短處，他們有時過於理想，不顧事實只批評別人，只埋怨現狀，而欠缺自身反省和原諒別人的美德。因此造成摩擦，被先進所疾視」。

他鼓勵年輕人「以苦幹精神求學識，以工作成績得地位」，敦促他的學生既要學習，也要實踐。對於學習，他認爲：學習的過程是一個提升和拓展自己知識水平的過程。以有限的生命去追求無限的知識固然是一個沒有最終結果的過程，但應該是一個永不放棄的過程；學習的過程是一個擴大自己的視野、全面認識社會的過程。學校和教師的職責是培養社會需要的人才，一定要適銷對路，切不可閉門造車。新聞記者要盡可能的擴大自己的視野、對社會有一個全面、準確、辯證的瞭解，把學習的過程和對社會的瞭解結合起來；學習的過程是一個交流與合作的過程。交流與合作能力的高下是衡量一個記者綜合水平的重要指標，交流可以學習別人，也可以展示和推銷自我，交流還是一種「對話」，能不能掌握對話的話語權、主動權，完全取決於對話者的知識儲備的多少。從交流與合作中找到自信、發現不足以便繼續提升自己的學術水平，對記者的育成大有裨益，是新聞教育的一條正路。

他除了要求青年人應當謙虛禮讓，繼續不斷求學，不爭地位，不爭待遇外，對新聞學校也提出了要求，「新聞學校也應當力求改善，不要虛有其名，既無好教授，又沒有給學生實習的機會，課程不適合需要，這樣只有誤一般青年，妨害新聞學校的前途」[1]。不具備一定辦學條件的學校如果不負責任地粗製濫造，「每年送一大批不成熟的新記者進新聞隊伍裏去，對於新聞學校的前途，新聞事業的前途，是相當危險的」。

他還希望新聞教育能夠社會化，希望社會能夠給青年記者一個良好的成長乃至脫穎而出的外部條件，要推動他們向前進，要能夠體諒、原諒、包容年輕人的不足，包容年輕記者在成長發展過程中可能出現但又無關宏旨的一些「問題」，要多給青年記者一些鍛鍊的機會，讓他們在實踐中健康成長。

---

1 曾虛白：《中國新聞史》，臺灣三民書局，1989 年版。

第五章 民國時期的政黨新聞教育

第一節 政黨新聞教育的產生與發展

一、政黨新聞教育產生的背景分析

政黨是代表某個階級、階層或集團並為實現其利益而進行鬥爭的政治組織。

在中國社會的發展里程中，特別是辛亥革命以來，在中國出現了許許多多的政黨，但主要是共產黨和國民黨。中國政黨與西方國家政黨的主要不同之處在於中國的政黨擁有自己的政權和根據地，在某種程度上說，有什麼樣的政黨就有什麼樣的政府，它具有決定社會前途和命運的能力。政黨尤其是共產黨和國民黨之間對新聞學的觀點和看法是有差異的，他們對新聞人才要求各不相同，靠社會、靠對立政黨或與己無干的政黨來為自己培養新聞人才是不可能的。因此，從新聞業務本身的需要出發，政黨辦新聞教育也是勢在必行的。

1928 年，國民黨提出了「以黨治報」的方針，要求國統區所有的新聞事業，包括非國民黨的新聞事業，都必須接受國民黨的思想指導和行政管理。1931 年「九一八」事變後，國民黨面臨嚴重的危機。為了對付日益發展的進步新聞宣傳活動，國民黨統治集團大量汲取了德國、意大利等國家的法西斯主義的新聞思想與經驗，以進一步嚴密控制新聞界：一是效法法西斯主義的「國家至上」的原則，進行所謂的「民族主義的新聞建設」，凡是反對國民黨的新聞宣傳，一律以危害「國家」、「民族」利益為由予以取締和鎮壓。二是

加強新聞界自身的控制力量，利用新聞的力量來實行所謂的「科學的新聞統制」。即按照法西斯主義的原則改造新聞事業，將國民黨的新聞事業和非國民黨的新聞事業統籌規劃、統一管制，一方面希望自己的新聞宣傳發生有力的表現，一方面要應付反黨反宣傳的新聞。根據國民黨確立的新聞統治思想與政策，南京國民政府制定與頒布了一大批實行新聞統制的法律、法令，建立起一個以統制爲核心的新聞法律制度。這些法律、法令等的制定，無一不是爲了維護國民黨的政黨利益和進行有益於國民黨統制的宣傳。

與國民黨形成鮮明對比的是，中國共產黨是代表工人階級和最廣大的勞動人民利益的黨，是一個以馬列主義爲理論基礎，以實現共產主義爲奮鬥目標，有鐵的紀律的無產階級的先鋒隊組織。從中國共產黨成立的那一天起，各族人民就有了自己領導核心，統一戰線有了中流砥柱，中國人民革命有了掌握馬列主義武器的倡導者、組織者、執行者和捍衛者。1921 年中國共產黨成立後，十分重視發展自己的新聞事業。中共中央及各級黨委的機關報刊紛紛創刊，青年團以及其他中國共產黨領導的群眾團體的報刊相繼問世。隨著中國無產階級新聞事業，特別是中國共產黨新聞事業的發展，中國共產黨的新聞思想也逐漸形成。

首先，共產黨的新聞事業堅持無產階級新聞事業的黨性原則。強調無產階級新聞事業必須把宣傳、組織最廣大人民群眾認識自己的利益，並爲自己利益奮鬥視作自己的歷史使命，要正確宣傳和貫徹落實黨的民主革命綱領和策略，要反映社會和民眾的實際需要，要報導評論國內外時事眞相，廓清反動勢力的欺騙宣傳，要用馬克思主義戰勝各種錯誤思想，要促進國內同胞的團結。一切出版機構都應該完全服從黨中央委員會，出版機構不得濫用職權，執行不完全是黨的政策。各種黨的報刊均應毫不隱晦地表明自己的黨性、階級性和代表性。

其次，共產黨的新聞事業要把馬克思列寧主義的理論宣傳和中國革命的具體實踐結合起來，運用馬克思列寧主義的立場、觀點和方法分析觀察中國社會的具體問題。就是要聯繫群眾、依靠群眾辦報，要求黨的新聞工作者必須忠誠黨的事業，立志獻身大眾利益，深入群眾、勇於實踐。

兩種對立的政治勢力，兩種決然不同性質的政權，爲了政治鬥爭的需要，各自都十分重視發展自己的新聞事業，因而中國便出現了兩極對立的，兩種性質截然不同的新聞事業。國民黨的新聞宣傳網以南京爲中心。共產黨

和人民的新聞事業分為兩部分，一部分在國統區，一部分在紅色根據地。在國統區，共產黨的報刊在地下狀態進行艱苦卓絕的鬥爭。在紅色根據地，在人民政權之下，一種全新的新聞事業迅速發展起來。中國政黨新聞教育在以上的政治環境和新聞事業的發展中，在兩個政黨的領導下，形成了兩種不同類型的新聞教育。

第二節　國民黨的新聞教育及主要特點

1927 年以後，國民黨政府在高等教育領域最為關注兩件事，一是如何使大學的課程和內容符合國家建設的實際需要，二是如何使全國高等學校的地理分布更為合理。當時有許多年輕的學者從國外留學歸來後被委以重任，他們把很多外國的教育思想折衷地引入了中國的教育領域，加上國內學者與教育家們的共同努力，使得這一時期中國教育思想的發展比以前更為成熟和獨立。在這種情況下，政府在制定法令時，也就有可能把美國和歐洲的教育模式按照自己的目的綜合起來加以利用。一大批致力於中國新聞教育事業的人士也找到了用武之地。

一、國民黨的新聞教育概況

1938 年 5 月，國民黨在武漢大學創辦了留日歸國人員訓練班，康澤任主任。這個「訓練班」有「新聞組」，由謝然之主講。1940 年，國民黨中央訓練團舉辦新聞研究班，國民黨軍隊政治部副部長張厲生兼任班主任。這個訓練團後來改名為「軍中文化工作人員訓練班」，內部仍設立新聞系。抗日戰爭勝利後，國民黨軍隊中的新聞教育又有進一步的發展。在此期間，軍隊中舉辦了各種類型的新聞訓練班，主要培養軍中政工人員和新聞報導人員，但並沒有把新聞學作為一門學問來研究和傳授。

國民黨新聞教育的最高學府是重慶新聞學院。該院創辦於 1943 年 10 月，是抗日戰爭時期中美文化合作計劃的 1 個項目，由國民黨中央宣傳部國際宣傳處與美國哥倫比亞新聞學院合辦。目的是為國民黨培養國際宣傳和新聞方面的人才。重慶新聞學院到 1946 年 7 月停辦為止，一共辦了兩期，每期招收學生 30 人，大都是本科畢業生。[1]

1　葛思恩：《回憶重慶新聞學院》，《新聞研究資料》（9），第 153～155 頁。

　　國民黨新聞教育的代表院系是南京中央政治大學新聞系，其中經歷了幾個不同的階段[1]。概括的說可分三部：新聞學系、新聞專修班、新聞專修科。新聞學系是中央政治大學大學部的七系之一。新聞專修班，是二十九年本校與中宣部合辦的，分甲乙兩組。甲組是訓練各黨口實際工作者，施以六個月的短期訓練，一共開辦兩期；乙組是招收專科以上肄業學生，訓練期間為年，兩組畢業人數有一百三十餘人。新聞專修科，是去年新辦的，招考高中畢業生，修業兩年，該科的學生現有四十二人。

　　因為修業年限與程度的不同，教育方法也就各異。

　　新聞專修班的學生，多曾做過報館工作，而在校的時間又只有六個月或一年，所以他們的訓練只得注重下列三方面：（1）本黨宣傳方針與新聞政策的認識（2）新聞學的重要原理原則的學習（3）有關報業的實際問題的探討。第一部分是請黨國先進、新聞界前輩指定題目，特約演講；第二部分是聘請教師分別教授；第三部分則由學生組織討論會，以相互批評，相互探討。新聞系的修業期間，共有四年，所開的課，自也兩樣。附四年課程表於後，並加以簡單說明。

年級	一年級						
課程	黨義	國文	英文	中國通史	西洋史	政治學	經濟學	哲學概論
年級	二年級						
課程	國文	中國政治家傳記	中國政治史	國際問題論文選讀	新聞學概論	新聞寫作	無線電學	各國政府
	民法概論	速記						
年級	三年級						
課程	編輯與採訪	社論研究	英文	中國經濟問題	中國財政問題	國際公法	西洋外交史	日本問題
	新聞法令	報業管理與組織	新聞畫	英文朗誦及會話	應用文	人文地理		
年級	四年級						
課程	新聞事業史	雜誌文	中國外交史	英文：敘述文評論文	英文練習	社會學	中國社會問題	中國經濟地理
	專題研究	工商管理	社會心得					

1　《中國新聞學會年刊（1942～1944）》。

中央政治學校是國民黨的最高學府，他的使命，在為黨國培植政治幹部，所以他辦理的新聞教育，也不與一般大學的新聞系相同，這一點，總裁曾有明白指示。總裁說：「我們的宗旨，在於闡揚主義，宣傳國策，來完成我們抗戰建國的使命」，「我們要抱定宗旨，始終貫徹，來改良中國的新聞事業，樹立三民主義的文化基礎」。這就是中央政治學校辦理新聞教育的特殊使命也就是中央政治學校新聞教育的特殊精神。八年以來，因為教材師資與夫環境之諸般困難，這個使命，雖未能達成萬一，但這特殊的精神，確是巍然不移的鑄成了！我們相信，只要鍥而不捨，繼續努力，終必有成功之一日[1]。

中央政治大學的新聞學院，是一所大學以上程度的教育機構。但不是純粹學術研究的機構，教學的重點，在於應用技術的傳習實踐，並不專注重於純理論之探討。因為該學院目前的使命，是培育擔任國際宣傳任務的高級新聞人才，所以，該學院的一切措施，諸如學員的甄選，課程的編訂等項，都以達成這使命為目的，並不拘泥於普通學校或研究院的常規。

國際宣傳是該校新聞教育的一個重要的組成部分，這主要是緣於戰爭前後的特別需要。該校對國際宣傳的人才粗略的說，必須具備下面幾項素養：

1、明悉國策國情；

2、瞭解國際情勢；

3、熟悉駐在國的風俗習慣和文化歷史背景；

4、能純粹運用駐在國的語言文字；

5、具有採訪新聞之敏感和處理新聞之技能；

6、新聞之採訪與撰寫。

這是現代新聞學的基本課程，教學方法是講授和實習並重，初期注意點在改變學員文體，使能作平易簡明的當地新聞，俟學員程度提高後，注意點再轉移到撰寫政治經濟社會等較重大的新聞。上這課時，課堂正像一家報館的採訪部，教授先作理論上的指導，並批評學員所撰原稿隨即分派學員擔任採訪工作，後期並由學員輪流擔任副編輯。

新聞學基本理論。這一課是研究現代新聞學的基本理論的內容包括新聞學史、出版史、新聞學之範圍，報紙之政策，報紙之道德，報紙發行之經濟問題，報紙與世界事件之關聯等等。

1　張學遠（《中國新聞學會年刊》第 1 期，1942 年 9 月）。

編報法。本課目的在於研究編報的基本條件和訓練都市報紙編報方法。初步訓練後，即利用各家通訊稿為教材。學員程度進展後，再教以編排報面之原則並作實習。且由學員分組編排第一版報面，互相競賽。

宣傳新聞學。本課目的在於研究如何準備宣傳上之競勝和怎樣撰寫有鼓舞性的文稿，先由研究公眾心理及輿情著手，然後學習領導輿論達於所期目的之技術。這一課的設計，是準備配合其他課程，使學員適於服務我駐外使館及海外新聞機構。

無線電新聞之撰寫與廣播。本課係研究無線電新聞自 1920 年開始以來以迄現在之歷史及其基本理論，主要內容包括撰寫及編輯新聞節目之實驗。關於新聞戲劇化，無線電談話，無線電與報紙之關係，無線電與輿論之間題等項，也都逐一研究。

採訪與編輯。本課程是第（一）和第（三）課的延續，當學員程度進到適當階段時，（一）（三）兩課即合併為本課，以便訓練學員作進一步的採訪和編輯。學員中之一部當派充採訪，另一部分擔任撰寫，另一部分擔任核稿，另一部分則充副編輯，但各項工作，全體學員均須輪流學習。學員並分組編製報面之樣張，互相觀摩，並與其他報紙及美國標準式樣之報紙，互作比較。俟在適當時期，即正式編印一小型報。

社評寫作之準備。本課目的係對社評題材之選擇與資料準備的方法，作一般的研究。內容包括利用資料及索引，與及新聞的分類和宣傳的分析等等。是準備撰寫新聞背景，新聞解釋和撰寫社評社論的基本課程。

特寫撰述法。本課研究範圍涉及有興趣的資料，引人入勝的文體，特定的標題、版式和讀者群的願望等等，並研究選擇特寫題材，及全文布局和撰寫的方法，學員作品的改編和批評，是本課題顯著的特徵。在可能範圍內，當分派學員於外勤工作中撰述特寫，而以海外特感興趣的新聞為題材。

社評寫作之技術。這是第七課程的延續，目的在研究構思和寫作的技術，並且進一步的教授和實習撰寫新聞說明和評論。方法是分派學員就指定題目作構思和寫作，然後以其作品與美國報紙的社評作比較，在可能範圍內，並當訓練學員在課室中討論他們撰寫的社論。此外，文學批評劇評和其他評論，也是本課教學的對象。

從上面的課程概要，可以知道除了「新聞學基本理論」以外，都是實用的技術性質的課程。事實上，新聞學院自開學以來，學校便是一所報館，在

初期，教授是總編輯，學員是訪員和編輯，而在現在，由於教學設計的優良，教學實施的切適和學員選拔的嚴格，已經進步到教授只居於顧問地位，學員們已在輪流擔任著總編輯編輯訪員特寫編輯等任務。

新聞學院的修學期限，規定是一整年，一年間劃分爲四個學期，每學期各三個月，學期期限的這種規定，是以預定教學進度爲標準的。

二、國民黨新聞教育的特點

國民黨新聞教育的代表是政治大學新聞系，這個系的特點基本可以反映出國民黨新聞教育的特點。政治大學新聞系的前身是中央政治學校，屬於國民黨在大陸創辦的教育之一。因此它的黨派特點比較明顯。它的基本要求是學生要信仰三民主義，要有爲國民黨黨業及新聞事業服務的志向。該校的歷任領導都在國民黨黨內有較高的職務。該校創辦之時，正是國民黨內憂外患之時，一方面要在全國人民的強烈要求下抗日，另一方面要對付共產黨，反赤化，作爲國民黨利益的體現，在該校的新聞教育中也有了向學生灌輸「本黨宣傳政策」「戰爭宣傳」等方面的內容。

該校的另一個顯著特點是受美國新聞教育的影響比較大。學校開設的課程以美國密蘇里新聞學院的課程爲參照，教師中的絕大多數人都曾赴美留學，學校強調英文教育，有的課程由美國人講授，學生畢業後赴美學習的機會也不少。

該校的第三個特點是專修教育。1939 年政大新聞系的新聞教育停止後，改辦新聞專修科，專修科的學員有一定的新聞工作經驗，有不少是各省市報紙保送的年輕的新聞人才。新聞專修教育的課程大都偏重編採與社論撰述的實務，尤重新聞與國策的配合，而新聞系所注重的社會科學和人文科學均未列入。新聞專修班共辦了兩期，每期學習半年即告畢業。當時正值日機狂轟濫炸重慶之後，不少來自四川、雲南、陝西、廣西等地的青年踊躍地參加了學習，在接受了「濃縮」的新聞專業訓練後，學員們奔赴全國各地，從事國民黨領導下的新聞傳播工作。

以上是從政治大學新聞系自身出發概括出來的幾個特點。作爲政黨辦的且在戰時的新聞教育，政治大學的新聞教育與一般大學的新聞教育相比較，存有時間短，教學不規範，實驗與實習設施不夠完備，教學內容可隨意增減及不確定等方面的不足，由於運作的時間倉促，加之在特定時期的人才培養

的特殊要求，該校新聞教育是「速成」教育。該校學生分布在國民黨的各級各類新聞媒體中，不少人是其中的骨幹。

第三節　共產黨的新聞教育

共產黨的新聞教育始於 20 世紀 30 年代。它從開始創立到 1949 年全國解放，先後經歷了抗日戰爭和解放戰爭兩個歷史時期。

一、抗戰時期共產黨的新聞教育概況

抗日戰爭時期，延安中國女子大學、延安大學先後開設新聞系和新聞學課程。20 世紀 40 年代後期，共產黨先後在北平、華東、華中等地開辦幾所新聞學校，如蘇南新聞專科學校、華東新聞學院等，這是共產黨的早期的新聞教育。

20 世紀 30 年代初期，中國共產黨領導的左翼記者聯盟舉辦過訓練班，培養年輕的新聞工作者。1939 年，中國青年記者學會南方辦事處曾在桂林舉辦「戰時新聞工作講習班」，參加學習的有百餘人，由范長江、孟秋江、夏衍、陸詒等分任《新聞學概論》、《採訪與編輯》、《國際形勢講話》等課程的講師，為「青記」培養了一批出色的記者編輯。

1939 年 4 月 23 日，中國青年記者學會香港分會創辦了中國新聞學院，由共產黨人和進步人士惲逸群、金仲華、郭步陶等人執教。1941 年 12 月，太平洋戰爭爆發，日軍侵入香港，中國新聞學院因而停辦。1939 年 7 月 20 日，延安中國女子大學開學，內設新聞系，招收來自全國各地的進步青年，在女子大學的開學典禮上，毛澤東發表演講：「女大的成立在政治上是有著非常重要的意義，它不僅是培養大批有理論武裝的婦女幹部，而且要培養大批有實際工作的婦女運動幹部，準備到前線、到農村工廠去，組織二萬萬二千五百萬婦女來抗戰。」周恩來說：「當著全國婦女起來，風起雲湧之際，希望女大趕快培養造就大批的女幹部到全國各地去領導廣大的婦女運動。」該校新聞教育的開展情況如何至今尚無定論，雖然不少文獻和論著中都提起過這件事，但具體事實如何，各家是莫衷一是。綜合多方的信息、匯總分析、採訪當時的見證人後本人認為：延安女子大學新聞教育的存在是成立的，新聞系的成立是其保證條件之一，但當時客觀環境制約著它的發展，在生源方面明顯存有不足，一些想學新聞的進步女青年沒有想像得那麼多，因此新聞系的課並

沒有正式開展起來，從該校的辦學宗旨分析，新聞系的學生在人數不多的情況下，很可能參與到了其他系科的聽講和學習之中，以掌握一些黨的政策和宣傳要旨及婦女運動的精神爲主要學習內容。授課的教師除當時新聞實務界的人士外，還有黨內負責新聞宣傳的幹部及當時設在延安的「馬列主義新聞研究會」的一些專家。1941 年該校併入延安大學。這是中國共產黨開辦的第一所培養婦女新聞人才的高等教育單位，也是中國共產黨在解放前最早創辦的新聞教育單位。以後在解放區又相繼出現了延安大學新聞系、華中新聞專科學校、華北聯大新聞系、山東大學新聞系，中原大學新聞專修班、華中新聞幹部學校、蘇南新聞專科學校等。其中比較著名的是華北聯大新聞系和華中新聞專科學校。

　　1941 年 6 月 20 日中共中央宣傳部發布的《關於黨的宣傳鼓動工作提綱》中認爲「黨的宣傳鼓動工作的發展，首先決定於宣傳鼓動工作幹部的培養。培養掌握馬列主義而又富有實際工作經驗的宣傳幹部，這是黨的一個嚴重的和長期的任務」。提綱指出：「在高級黨校內設立專門培養宣傳鼓動工作者、報紙編輯，及新聞記者的科系，是非常必要的」。在第一、二次國內革命戰爭期間，黨的報刊便注意在實踐中培養、鍛鍊、考察幹部，一批老的黨報工作者如惲代英、蕭楚女等都注意對青年新聞工作者的言傳身教，培養他們的新聞敏感，工作能力和文字技巧，帶出了一批忠誠的、高水平的黨報工作者。抗日戰爭時期的新華社、延安《解放日報》和重慶《新華日報》也重視從實踐中培養新聞工作者。尤其是 1942 年貫徹「全黨辦報」方針以後，各地紛紛建立通訊員制度，擴大了新聞工作者的培養範圍。1942 年 10 月，延安《解放日報》通訊採訪部和中國青年記者學會延安分會聯合創辦了《新聞通訊》，對廣大通訊員進行新聞業務教育，這也是新聞教育的一種補充形式。

（一）中國青年新聞記者學會

　　在共產黨早期的新聞教育中，有幾所學校比較典型，具有代表性，其中由中國青年新聞記者學會創辦的中國新聞學院即爲其一。

　　中國青年新聞記者學會於 1938 年 3 月 20 日成立於武漢，由范長江、徐邁進、陳同生、惲逸群等人發起籌建，周恩來親自參與了領導，使該會成了當時團結抗日進步青年記者的中心，是中國抗日戰爭時期最大的新聞工作者的進步團體。它的前身是「上海記者座談會」。這是 1934 年秋冬之交，上海

的一些進步記者爲交流工作經驗，而自發形成的一個聚餐會組織。這個學會
的簡章規定了該會的宗旨：「研究新聞學術、進行自我教育、促進中國新聞事
業之發展，求取新聞事業及其從業人員之合理保障，以致力中華民族之解放
與建設」。該會成立之初會員不過 60～70 人，不到一年便發展到 600 餘人。
開始該會只有武漢、成都、長沙和上海 4 個分會，後來在全國許多大中城市
都建立了分會。1938 年 4 月 1 日，該會創辦了《新聞記者》月刊，共出版了
3 年，發表了不少介紹進步的新聞工作經驗的文章。爲培養進步的新聞人才，
該會和各地分會還舉辦了新聞學校的訓練班，開辦新聞學講座等。總會在重
慶舉辦了新聞學術講座，桂林分會和中華職業教育社合辦了暑期新聞講座，
郭沫若、夏衍、胡愈之等曾爲這些學習班講座上課。其中該會香港分會開辦
的新聞學院，規模較大，時間較長，培養的人也較多，是共產黨早期新聞教
育的一個代表。

　　抗日戰爭全面爆發後第二年，南京、上海、武漢、廣州等重鎮相繼淪陷，
日本帝國主義侵佔了我廣闊的沿海國土，戰爭轉入相持階段。在這困難的時
刻，國民黨內的反動派和漢奸分子勾結，對外消極抗戰、準備投降，對內積
極反共。挽救民族危亡的神聖鬥爭，存在著毀於一旦的危險。而中國共產黨
在這艱難的形勢下，提出了堅持團結，反對分裂；堅持進步，反對倒退；堅
持抗戰，反對投降的時代任務。爲適應當時「宣傳重於軍事」的需要，由中
國共產黨領導的中國青年新聞記者學會香港分會，在香港創辦了中國新聞學
院。這所新型的新聞學院，到 1941 年 12 月太平洋戰爭爆發前夕，辦了 3 屆，
抗戰勝利後又於 1946 年 5 月復辦，到新中國成立前夕結束，先後共辦了 5 屆。
同時，於 1946 年 9 月和 1948 年 10 月又開辦了函授班和函授學院。中國新聞
學院在香港前後共存在 6 年左右，畢業學員共 300 多人，它爲抗日戰爭、解
放戰爭和新中國的社會主義建設，培養了一批新聞人才，和一批投身其他戰
線的人才。

（二）中國新聞學院的創辦

　　中國新聞學院創辦於 1939 年 4 月 24 日。當時，來自上海、廣州和國內
其他地區的愛國進步的文化新聞工作者雲集香港，其中金仲華應聘擔任《星
島日報》總編輯，羊棗（即楊潮，著名軍事評論家）、邵宗漢、葉啓芳也應金
之邀進《星島日報》工作。范長江、胡愈之創辦的國際新聞通訊社（國新社）
在香港設立分社，任編輯的有惲逸群、鄭森禹、王紀元、劉思慕、盧豫冬。

中國青年新聞記者學會香港分會，團結了廣泛的新聞界愛國人士，《星島日報》、《大公報》、《立報》、《申報》、《華僑日報》、《工商日報》、《珠江日報》、《時事晚報》、《星島晚報》等都有不少同行加入「青記」。加之，來自廣州等淪陷區的旅港青年，不少人有志於投身新聞事業，也有一些人在報館工作，而未受過新聞專業訓練的青年想補此一課。所有這些條件，都有利於中國新聞學院的開辦。

中國新聞學院的創辦，得到留港愛國進步力量的支持。曾任駐日大使許世英和著名教育家陶行知擔任學院的正副董事長，董事包括王曉籟、杜月笙、阮維揚、金誠夫、成舍我、周啓剛、胡文虎、林靄民、黎蒙、許地山、胡好、吳涵眞、許性初等著名人士。德高望重的郭步陶老先生（曾任復旦大學新聞系和申報新聞函授學校教授）被推爲院長，金仲華任副院長，因郭步陶年邁體弱，實際上由金仲華主持院務。前期三屆學院的領導人是郭步陶、金仲華。後期第四屆的院長先是葉啓芳，後是劉思慕。第五屆的院長是劉思慕。函授班主任是楊奇，函授學院院長是劉思慕。

（三）中國新聞學院的教學

課程設置各屆稍有不同，主要包括：新聞學概論、中國報業發展史、中國現代史、政治學、世界政治地理、報館經營法、新聞編輯法、新聞採訪法、經濟新聞、軍事新聞、國內新聞、社會新聞、國際新聞、評論寫作、新聞文藝、廣告學、電訊翻譯、資料管理、印刷常識等等。

學制：第一屆（實際授課時間爲五個月，1939 年 4 月 24 日開課）；第二屆四個月（1940 年 3 月 11 日開課）；第三屆五個月（1941 年 2 月 1 日開課）；第四屆三個月（1946 年 5 月 13 日開課）；第五屆半年（1946 年 9 月 14 日開課），都是每天晚上授課兩小時。函授班半年（1946 年 9 月開課），函授學院半年（1948 年 10 月開課）。

校名：前三屆均稱爲中國新聞學院；後期兩屆改稱爲香港中國新聞學院；函授班爲香港中國新聞學院函授班；函授學院爲香港中國新聞函授學院。

校址：一、二、三屆均附設在香港堅道廿二號健全小學內，四屆附設在香港西摩道廿七號健全小學內，第五屆附設在石塘咀漢華中學內。都是在愛國進步人士的熱心支持下無條件借用的。在寸土寸金的香港，能這樣鼎力相助，確是難能可貴。把學校借給抗日愛國進步力量辦學，在當時的香港，是

要冒政治風險的。1947 年 3 月第五屆畢業之後，由於校址困難，加上由共產黨領導的達德學院開辦，並設有新聞系，中國新聞學院主要講師轉到該學院授課，中國新聞學院便自動停辦。

中國新聞學院招生簡章申明它的辦學宗旨是：培養健全之新聞工作人員，適應戰時新聞事業之需要。入學資格規定是高中畢業或具有同等學力並須經考試合格才能錄取。它重視質量，每屆招生人數不多，第一屆實收 78 人，第二屆 73 人，第三屆 58 人，第四屆 57 人，第五屆 48 人。函授班原定招收國內、海外生各 50 人，但實收 30 人，函授學院招收 100 人[1]。

入學考試是嚴格認真的，考試科目為國文、史地、時事（第五屆還加考英文），特別是歷史地理和時事，它包括國內外軍事、政治、外交和社會經濟等方面，是有志從事新聞工作所應具備的起碼常識，好些考生因達不到要求而落選了，第一屆只錄取考生的半數。

要在短期內造就出新聞專業人才，及時進入實戰前線參加作戰，那就必須採用新的教學方法。中國新聞學院採用的教學原則是從實際出發，學用結合。教材都是由有專長的講師精編的，如郭步陶老先生，在講授新聞評論時，把他當大學教授時寫的力作《評論做法》精簡為幾個課時講完。劉思慕老師是國際問題專家、《世界知識》的編輯，由他講授國際新聞，本是駕輕就熟，但他還是預先作了一番充分的準備，寫好講義，然後講課。他剖析西方各國大通訊社和主要報紙的政治背景，以及它們與壟斷集團的關係，不同的宣傳手法和特點，並評介當前國際宣傳的情況。內容新鮮，條理分明，生動活潑。《時事晚報》編輯梁若塵老師長期從事新聞採訪，足跡遍及省內外和南洋一帶，他以自己的採訪經歷來說明新聞從業人員如何去拓寬視野、務實處理稿件，不能「有聞必錄」或不負責任地混淆視聽。他要求記者要站在人民的立場，識別黑白是非，不能譁眾取寵，更絕不允許「無事造謠、有事敲詐」。《大公報》編輯主任許君遠主講新聞編輯法，他從鉛字的字體字號說起，然後把編輯技術教給學生，從標題的做法到版面的組織配搭，都用實例作了詳細講解。盧豫多老師主講的軍事新聞，是據他在上海《譯報週刊》連載的《戰爭新聞讀法》作為講稿，除了闡明了若干原理外，並著重強調讀好《論持久戰》。他指出，通過《論持久戰》的學習，將會打開眼界，不但從中

---

1 歷史、話舊、懷念：《香港中國新聞學院紀念文集》，生活·讀書·新知三聯書店香港分店，1984 年版。

學到許多關於戰爭的知識，更重要的是認識了抗日戰爭的全局，懂得了這場民族解放戰爭的規律性，從而堅定了抗戰必勝的信心。其餘如喬冠華講的國際問題，羊棗講的軍事評論，梁式文和千家駒先後講的經濟新聞，樓適夷、林煥平和廖沫沙先後講的新聞文藝，薩空了講的新聞學概論和廣告學，惲逸群講的中國報業發展史，葉啓芳講的譯電研究，高天講的國內新聞，徐鑄成講的編輯學，吳範寰講的報館經營法，以及范長江、陸詒的採訪經驗談等，都是精粹之作。

中國新聞學院特別強調「集體的自我教育」和理論聯繫實際。它雖是短期夜校，但學員中不少人在白天仍進行集體學習活動或到報館學習採訪、編輯、校對和資料管理等等。

課程中有一項特殊的功課，是編輯出版油印報。從開課開始，每個學習小組每週都要準時出版一份四開四版的油印報。其藍本是來自抗日敵後根據地的如華中的《拂曉報》等，當時學院收集到多種敵後抗日根據地的油印報供參考。每份油印報要有國內外新聞、港聞、專訪、評論以及副刊等。總之，它要辦成一份成型的報紙。學院特設這一課程，一方面給學員一個實踐的機會，另一方面準備畢業後輸送一批能獨立辦報的多面手深入前線和敵後去。

中國新聞學院第一屆結業後，1939 年冬，學院創辦了中國新聞通訊社（簡稱中新社），目的在於使畢業同學有一個繼續學習和工作的地方。社長由梁若塵擔任，總編輯是葉廣良。初創時設在皇后大道生活書店二樓上，所有畢業同學都是中新社的記者。他們是剛剛開上新聞戰場的新兵，對香港社會不太熟悉，政府部門的朋友也不多，但在大家努力和互相幫助下，克服經濟上的困難，工作漸漸展開，每天都有稿子發出。當時，香港有好幾家地方性通訊社，他們的發稿量比中新社多，但中新社有自己的風格和特點，中新社除發布本港新聞外，還有國內新聞，因爲畢竟同學有返內地工作的。學院還派出第一屆畢業生鍾克夫（華）、張寬興（問眞）、廖滌生（一原）、顏志仁（幽）、余子莊、楊蔚秋、吳穎瑞（學誠）、楊曼（女），前赴十二集團軍總部組成粵北戰地記者組，在翁源、南雄、韶關、贛南等地活動。他們衝破交通和郵檢的阻難，經常寄回稿子。中新社的新聞，由於宣傳抗戰，旗幟鮮明，因此能在眾多的通訊社競爭中站穩腳跟，占一席位。中新社在艱苦奮鬥中，發稿堅持到 1941 年 12 月 8 日（日本侵略軍入香港第一天），可以說是戰鬥到

最後一刻。

中國新聞學院學生和導師之間，建立的是一種新型的關係，他們既是師生，又是摯友，形成一種教學相長親密無間的友誼。老師是不計報酬、嘔心瀝血地培育後進，毫無保留地傳授自己的業務專長，絕不擺專家學者的架子；而學生，則以一股旺盛的求知欲投入學習，對老師無限崇敬。

各屆的同學，除少數的外，都是 20 歲上下的男女青年，而老師們，除個別外，都是三四十歲左右的已經學有所成的專家學者，最年輕的喬冠華，當年還只是 26 歲。師生間年齡懸殊不大，又有共同奮鬥的目標，因此彼此能親密無間。中國新聞學院既然是由中國共產黨領導，在老師和學生中，當然有不少共產黨員，但在香港當時那樣的特殊環境，只能從事隱蔽的活動。[1]

中國新聞學院的創辦，一開始就引起香港和各方面的廣泛關注。《星島晨報》在學院開課之日，發表了《祝中國新聞學院》的時評。它指出：「我們對正在上課的中國新聞學院具有無窮的希望。謹祝它有光明的前途，能夠造就多數有正義感有認識和有經驗的新聞從業人員以發展中國的新聞事業。」1940 年，新聞界老前輩胡愈之到港，住在國新社，和盧豫冬、惲逸群等朝夕相處。當他瞭解了中國新聞學院的情況後，對該校表示出極大的厚望，他主張中國新聞學院應當辦函授班，向海外招生，使有助於華僑新聞事業的發展。

1946 年 9 月和 1948 年 10 月，中國新聞學院開辦函授班和函授學院。它在招生簡章中明確宣稱：「本院因鑒於各地交通未盡快恢復，遠在海外與國內之知識青年，雖有志於新聞事業而欲來港就讀，但往往為交通、經濟、住宿等條件所限而發生困難，故特增設函授班，俾外埠學生可以不受空間與時間之限制，獲得必要之新聞知識與經驗，以培養科學實用之新聞工作者」。其實函授班的目的，除了便於海外有志於新聞事業的青年就讀以發展華僑新聞事業外，更主要是為了吸收國民黨統治區的知識青年學習。函授班主任楊奇，在學院第二屆畢業後，到華南人民抗日游擊隊任該隊機關報《前進報》社長，1946 年轉回香港主辦《正報》，又兼任中國出版社的主編，白天夜間都有工作，但為了革命新聞事業，他還是欣然從命，一個人堅持到 1947 年初。可是，由於種種客觀困難，函授班和函授學院各只辦了一期。

1　歷史、話舊、懷念：《香港中國新聞學院紀念文集》，生活・讀書・新知三聯書店香港分店，1984 年版。

二、解放戰爭時期共產黨的新聞教育

（一）華北聯大新聞系

華北聯大新聞系於 1946 年 3 月初開辦，由《晉察冀日報》編輯科科長羅夫任系副主任，主持日常工作。7 月，又調原在北平《解放》3 日刊當記者的楊覺任系主任助理。全系學生只有 27 人，大部分是來自平、津地區的知識青年，也有一小部分是解放區的幹部。課程分公共課和專業課。公共課有艾青講授的《毛澤東文藝思想》、李又華講授的《社會科學概論》和陳辛仁講授的《中國近代史》等。專業課有《新聞學概論》、編輯、採訪等課程，主要由《晉察冀日報》各級負責人講授，教材主要是用當時新聞書店印的《列寧的新聞學》。還請北平《解放》3 日刊的採訪科長蕭殷介紹「如何在蔣管區辦報」。請周揚做關於蔣管區情況的報告，請劉白羽做關於東北解放區見聞的報告，請校長成仿吾做中共鬥爭史的報告。系裏注重對學生進行基本功的訓練，注意組織學生參加社會實踐，並提出「實踐學習相結合」的口號，組織學生到山西天鎮縣參加了一段時期的土改。1946 年 9 月中旬，國民黨軍隊向張家口進攻，《晉察冀日報》向河北阜平縣轉移，華北聯大向山西廣靈轉移。新聞系學生便分別分到《晉察冀日報》、《工人日報》、《張家口日報》、《察哈爾日報》和前線軍事記者團去實習。10 月，國民黨軍佔領張家口，新聞系學生有的參軍，有的到地方報社工作，該系因之停辦。

（二）華中新聞專科學校

華中新聞專科學校是解放區設立的最早的新聞專門學校。設於安徽省天長縣新鋪。它的前身是華中新聞訓練班，附設在華中建設大學文教系。負責人是陳同生、李文如。1945 年 3 月開學，有學員 30 多人。他們中有的是各根據地的老記者，有的是根據地的青年幹部和知識青年，大部分是淪陷區去的學生。抗戰勝利後，新聞訓練班移到新華社華中分社，由范長江直接領導，繼續進行新聞業務的專業學習。學員分為 3 個班，一、二班學編輯、採訪，三班學報務、譯電。范長江親自講《新聞學概論》，錢俊瑞、於毅夫、梅益、姚溱、包之靜、戈揚等都曾到訓練班講課或做報告。1946 年 2 月 9 日，訓練班正式改為華中新聞專科學校，校長范長江，副校長包之靜，教育長謝冰岩。學員分編輯通訊、電務、經理 3 科。編輯科的課程有：編輯工作概況、編輯業務、通聯工作、採訪工作、校對工作，以及各種有關的政策等；電務科的課程有電學、抄發報、英文和政治常識等。惲逸群講授了《新聞學概論》，

范長江講授的是《人民的報紙》。各科的教學內容，都一致貫穿著「全心全意為人民服務」的思想。新專學習期限爲半年，前 1 個半月爲共同課；後 3 個半月分科課程，分科前期已上課爲主。後期以實習爲主；最後 1 個月爲總結時期。第一期學員畢業後，又籌辦第二期，但由於國民黨發動內戰，新華社華中總分社向山東撤退，范長江調往南京參加中共代表團，謝冰岩調任華中總分社秘書長。新聞專科學校也只好中途停止。

1947 年初，新華社華中總分社與山東總分社匯合以後，人員多起來了，又指令謝冰岩負責創建了華東新聞幹部學校。該校由匡亞明、包之靜分別擔任正副校長。後來的歷史證明，創建這所學校是具有戰略思想的一舉，它爲後來擴大解放區準備了新聞幹部。1949 年 3 月，人民解放軍向江南進軍。4 月底，原華中新聞專科學校遷至無錫，改稱蘇南新聞專科學校，一次錄取新生 40 人，於 7 月 1 日開學，一直到 1950 年 4 月才停辦。

（三）華東新聞學院與北京新聞學校

建國前夕，在解放的土地上，又出現了兩所新型的新聞學校。這就是華東新聞學院和北京新聞學校。華東新聞學院於 1949 年 7 月創辦於上海，院長惲逸群，教務長王中，該校收過 3 期學員，於 1952 年停辦。北京新聞學校是 1949 年 10 月創辦的，其前身是新華總社附設的新聞訓練班。范長江擔任校長，陳翰伯任副校長。該校以培養採訪、編譯、資料人才爲主要目標，先後招收過 3 期學生，共有 270 人畢業。1950 年 10 月停辦。這兩所學校開始改變過去的以政治理論教育與思想改造爲主、業務爲輔的教育方針，採取理論與業務並重的教育方針，爲新聞戰線的大變革培養了一批幹部。在不算長的時間裏，又是在戰火紛飛的年代，共產黨能在千頭萬緒中重視新聞人才的培養和新聞教育的發展，並採取得力的舉措予以保證。隨著全國的解放，共產黨的早期新聞教育也爲新中國新聞教育的崛起與繁榮奠定了堅實的基礎。

隨著中國抗日戰爭和解放戰爭的節節勝利，中國共產黨領導的中國人民解放軍和全國人民奪取全國的最後勝利已爲期不遠。考慮到在戰時和解放後急需大量的新聞人才，中國共產黨在這一時期特別加強了新聞宣傳和對新聞人才的培養，新聞教育步入了一個新的時期。

（四）華中建設大學新聞訓練班

1945 年春天，抗日戰爭的最後勝利已經在望。預見到抗戰勝利後中國革命將有一個大的發展，爲培養戰後各方面所需要的大量幹部，中共中央華

中局決定創辦一個抗大式的綜合性幹部學校，定名為華中建設大學。當時，新華社華中分社正要為造就新聞工作人員辦一個訓練班，為人力物力之方便計，就把訓練班的第一階段，即一般性的政治、政策學習階段，附設在華中建設大學；到第二階段，即新聞業務專業學習階段，才移入新華社華中分社。

華中建設大學設在當時中共中央華中局和新四軍軍部的駐地（今安徽省天長縣境內），校長是彭康同志（華中局宣傳部長），校部設在新鋪，那是一個只有一條街的很小的市鎮。全校分民政、財經、文教、群運等四個系，各系分駐在新鋪四周的村子裏。學員大體上有三類：一是從華中各根據地調來的基層幹部，人數不多，但是學員中的骨幹，帶有進修、提高的性質；二是各根據地來的知識青年，蘇中、蘇北、淮北、淮南來的都有；三是從上海、南京、南通、揚州等淪陷區來的青年學生，其中以上海的最多。

新聞訓練班附設在文教系，系主任是陳同生同志，支部書記是李文如同志。全係學員約 200 人，編為十餘個班；到專業學習開始後，又分為教育、文藝和新聞三個隊。新聞隊共有 30 餘人，有各根據地的老記者，有根據地的青年幹部和知識青年，占一半左右的是淪陷區去的學生。入學開始，學生就學《中國革命和中國共產黨》、《在延安文藝座談會上的講話》等內容。接著是學習黨的各項具體政策，學習的內容十分廣泛，如三三制政權建設、減租減息、大生產運動和伴工互助、發展工商業政策，還有教育和文藝政策等等。這些知識都是關於中國革命的根本問題、黨的路線方針等大問題。對於剛參加革命的青年來說，特別重要。

以上的學習，大體上相當於今天的大學新聞系的基礎課程。但系統性不夠，課程也不多，可用書籍和資料很少，只有聽報告和討論，但在學習內容的精練和緊密聯繫實踐方面，倒是頗有特色。

專業學習開始不久，日本帝國主義便投降了。新四軍受命向敵佔區大進軍，根據地在天天擴大，華中建大匆匆辦理結束，新聞隊便全部移到新華社華中分社，由范長江同志直接領導，繼續進行新聞業務的專業學習。

（五）華中新聞專科學校和蘇南新專

華中新聞專科學校是我黨在解放區創辦得最早、時間延續較長的一所「抗大」式的新聞幹部學校。主要創辦人是范長江。自 1946 年 2 月 1 起至 1950 年 3 月，先後共辦 4 期。

　　1945 年 8 月，抗戰勝利後，范長江帶領一批新聞工作者，從中共中央華中局和新四軍軍部所在地——淮南抗日民主根據地向蘇北重鎮淮陰出發。9月，淮陰解放第二天，范長江便帶領大家進入這座古城，接受敵偽印刷廠，立即重建華中新華社，著手籌備出版《新華日報》（華中版）、籌辦華中新聞專科學校。新專籌建工作由謝冰岩具體負責。

　　1946 年 1 月 24 日，在《新華日報》（華中版）上登出華中新聞專科學校招生簡章。同年 2 月 15 日新專開學，校址設在淮陰北門大街大陸飯店院內。校長、副校長和教育長分別由《新華日報》（華中版）、華中新華社社長范長江、副社長包之靜和秘書長謝冰岩兼任。不久，范長江奉命調中共南京辦事處工作，由惲逸群接任校長，學校具體工作由謝冰岩來抓。學生來源絕大多數是從華中建設大學畢業生中選取。全校師生員工 100 多人，分為三個隊，隊下設班，主要學習採訪、編輯、報務和譯電。主要課程是范長江講的《人民革命事業和人民記者》、惲逸群講的《新聞學講話》。編輯科的課程有：編輯工作概況、編輯業務、通聯工作、採訪工作、校對工作，以及有關的各種政策。授課人員大都是新華日報華中版和新華社華中總分社各部門的負責同志。電務科的課程有電學、抄發報、英文和政治常識等，經營管理方面的課程有會計、廣告、發行、印刷等等，各科的教學內容都貫穿著「全心全意為人民服務的思想」。包之靜、謝冰岩和報社其他一些同志也常講課。第 1 期原定 6 個月，因時局緊張，工作需要，學員們只學了 3 個月便提前畢業。

　　1948 年春，華中地區局勢好轉，《新華日報》（華中版）復刊，華中新聞專科學校也開始復校。校長、副校長分別由中共華中工委宣傳部長俞銘璜、華中新華日報社社長徐進兼任。華中新華日報副總編輯秦加林、馮崗兼任副教育長。學生來源主要是兩個方面：一是華中各分區黨報的編輯、記者、通訊員，一是從國民黨統治區來的大學生，共 70 多人。4 月招生，5 月學生才集中起來就投入大規模的反掃蕩鬥爭，直到 6 月底才在射陽河畔的千秋港（現屬濱海縣）開學。不久，遷至射陽縣合德鎮附近。開學後調進羅列任專職教育長。

　　6 月 28 日舉行開學典禮，俞銘璜在會上作了《怎樣做一個新聞工作者》的報告。7 月 18 日，新華社總社電賀華中新專復校，華東總分社社長匡亞明、副社長惲逸群、包之靜亦來電祝賀。

　　學員們當時生活很艱苦，有一段時間政府只發糧不發菜金，同學們自己
種菜、捉小蟹、挖野菜，每天吃的糁子還得自己舀和磨，一個月難得吃一次
大米飯和豬肉。學習時，六七十人擠在一間小屋裏聽報告。學習生活活潑緊
張，早上唱歌散步，晚上圍繞白天學習中心漫談個人心得體會，星期日開檢
討會，一個月開一次晚會。學習土改政策時，結合駐村的土改調查，解決了
許多學習中未能解決的問題。進入業務學習後，一面聽報告研究報紙，一面
進行實地採訪、寫作，各組輪流出版《新記者》，練習編輯工作。隨著淮海戰
役的勝利結束，學校隨中共華中工委、華中新華日報遷來兩淮，校址設在淮
安縣板閘鎮西街。

　　1948 年 12 月開辦第 3 期，曾以華中大學新聞系（系主任徐進，副主任羅
列）名義對外招生，不久恢復華中新專原名。校長、副校長仍由俞銘璜、徐
進分別兼任，教育長羅列主持校務。學員大多數來自國民黨統治區以及新解
放的城市，一部分由華中大學、華中黨校轉來，計 120 人，共分 9 個小組。
教員由華中新華日報社有關負責同志兼任。

　　第 3 期開辦期間，正值大軍南下準備渡江之際。沿運河的公路上，日夜
不斷地行進著野戰軍和民工的隊伍。應形勢需要。有 30 多人用 20 多天時間
突擊學完全部課程，隨軍南下參加接收工作。留下的同學也加緊學習。4 月
初，學校向南移動，行軍 200 多公里，遷至泰州城外的西馮莊。到泰州後，
又有三批同學調出，一批到南京，一批到上海，還有一批；留下參加蘇北日
報和蘇北軍區政治部工作。5 月初學校渡江。渡江後在無錫為配合新區宣傳工
作，還演出過歌劇《王貴與李香香》。

　　1949 年 7 月至 1950 年 3 月，在無錫惠山開辦了第 4 期，改名為蘇南新聞
專科學校。校長、副校長分別由中共蘇南區黨委宣傳部部長汪海栗，副部長、
蘇南日報社社長徐進兼任，教育長為羅列。黨組書記徐進，副書記羅列。

　　蘇南新專共有學員 220 人，設 3 個班，1 個隊（電訊隊）。3 個班每班 60
多人，分為 7～8 個小組。班設輔導室，有輔導員、輔導幹事各 1 人。教務處
設有教務科、註冊（組織）科及圖書館、校刊等部門。行政、總務、醫務由
秘書室領導。第 4 期是歷屆人數最多，機構、人員較整齊的一期。

　　1950 年 3 月遵照中央人民政府新聞總署通知精神，蘇南新聞專科學校停
辦。

　　華中新聞專科學校及渡江後的蘇南新聞專科學校是我黨在解放戰爭時期

培育新聞幹部的搖籃。學員們後來多已成爲新聞戰線或其他戰線的骨幹[1]。

（六）華東新聞幹部學校和華東新聞學院

1946 年 12 月 23 日，中共中央批覆華東局：同意華中局與華東局並爲華東局。同時，華東局決定華中《新華日報》停刊，合併到山東《大眾日報》。12 月 26 日，華中《新華日報》社社長、總編輯惲逸群，副社長、副總編輯包之靜帶領全社人員和華中新聞專科學校學員撤離淮陰、淮安，於 12 月底先後到達山東臨沂，華中區的大批新聞幹部和學員合併到《大眾日報》社。惲逸群、包之靜任《大眾日報》社副社長、副總編輯。

1947 年 2 月 15 日，《大眾日報》刊登「華東新聞幹部學校加緊籌備，即將開學」的消息稱：爲適應目前新形式的需要，該校專門培養爲人民新聞事業服務的編輯、記者、出版及電務人才，設編輯、出版、電務三科。教育方針著重與實踐結合，定期派赴華東各報社與通訊社實習。課除編輯、採訪、出版、電務知識外，尚有社會科學、政治、國際知識、史地等，校長惲逸群，副校長包之靜，教務長謝冰岩。現招收新生，不久即將開學。

1947 年 3 月 13 日，華東新聞幹部學校又在《大眾日報》上刊登辦校宗旨：培養爲人民新聞事業服務的新聞人才。報考資格：具有高中以上或有同等學歷者報考編通科；具有初中或有同等學歷者報考電務科。報考手續：經華東解放區各地縣、市以上黨、政、軍、民機關團體正式介紹。待遇：供給制待遇。學習期間，伙食學習用品由本校供給，被服自備，畢業後，由本校介紹到華東解放區各地報社、通訊社機關工作。報名地址：山東《大眾日報》人事處（由於革命戰爭環境的關係，《大眾日報》在何地出版，報紙上也不登，需保密）。

華東新聞幹部學校日常的教育、行政工作，由《大眾日報》社副總編岳明和秘書長謝冰岩負責，專職教員和工作人中有張南舍、曾愛弟、趙節、沈文英（包之靜夫人）、易星（謝冰岩夫人）等同志，同時他們都是大眾日報的幹部。

1947 年 3 月底，華東新聞幹部學校第 1 期招收的學員共 40 餘人，在山東莒南縣大柳溝開學。學員的來源：一部分是華中新聞專科學校撤到山東待分配、或繼續留校學習的學員；另一部分是《大眾日報》新招收的青年知識分

1　李建新：《中國新聞教育流變論》，華中科技大學學位論文，2002 年版。

子。開學不幾天，即面臨國民黨軍隊重點進攻山東解放區，在環境日益惡化的形勢下，華東新聞幹部學校在莒南縣待不住了。於是，教務長謝冰岩即帶領師生從魯南北上、東移。「五一」前才抵達膠東萊東縣（今萊陽市）朱蘭村繼續上課。到 7 月 21 日，第一期四個班 40 餘名學員畢業，大部分就地分配工作。

1947 年 7 月 27 日，華東新聞幹部學校又在《大眾日報》和膠東《大眾報》等報紙上刊登第二期招生簡章進行招生。報名處：山東大眾日報社、新華社華東總分社、渤海日報社、膠東大眾報社等。這期共招收學員約 70 名。學員的主要來源是膠東師範學校選送的約 40 名，其餘的學員則是由膠東區黨委和膠東各地委以及部隊等抽調、保送的。8 月下旬，華東新聞幹部學校在膠東萊東縣（今萊陽市）朱蘭村剛剛開學，國民黨軍隊又大肆進犯膠東解放區，學校緊急轉移，並疏散了一部分學員到後方或暫返家鄉。到 12 月下旬，第二期留校堅持對敵鬥爭和繼續學習的學員結業。

1948 年春夏，華東野戰軍山東兵團相繼在津浦路東和膠濟線發動強大攻勢。1948 年 5 月 7 日，山東濰坊市解放，從根本上扭轉了山東形勢；全國解放戰爭也即將進入戰略決戰階段。形勢的發展，急需加快培養新聞幹部。於是，華東新聞幹部學校復學並繼續招生。

1948 年 7 月 27 日起，華東新聞幹部學校又在《大眾日報》上連續刊登第三期招生簡章稱：學校設本科及初級職業班，學期分別為半年、三個月。校長、副校長為惲逸群、包之靜。隨著第三期招生消息的傳開，原第二期因國民黨軍隊重點進犯膠東解放區而暫時回家的 20 餘名學員，相繼返校到達大眾日報社駐地益都縣（今青州市）冢子莊。

1948 年 9 月 24 日，濟南解放。華東新聞幹部學校也遷往濟南。剛進濟南時，大部分學員參加接管工作。到 10 月底，學校開學的籌備工作大體就緒，並在濟南又招收一批知識青年，學校也改名為濟南新聞學校。學校人事安排如下：校長惲逸群，教務主任張鏞，人事科長金戈，總務科長劉健等。本科班主任、教員宋軍（原新華社華東野戰軍前線分社記者組組長），副主任、教員譚培章；預科班主任、教育王慶。除專職教員外，惲逸群、張鏞、張映吾、王中、張黎群等均兼課。

1948 年 11 月 6 日，濟南新聞學校舉行開學典禮。中共濟南市委書記劉順元，華東大學校長及該校校長惲逸群等均親自出席。學校開學後，全校師生

員工陸續增加到 100 多名。到 1949 年 3 月，學員即陸續分配工作，一部分留在大眾日報社工作，另一部分學員則隨軍南下，在另外一個新的學校和環境中完成新聞專業的學習和繼續鍛鍊成長。

華東新聞學院是建國前中國共產黨在上海創辦的一所培養新聞專業人才的革命幹部學校。1949 年 7 月初建校，1951 年 7 月中旬宣告結束，前後歷時兩年。它的前身是設在山東的華東新聞幹部學校。

早在解放大軍渡江南下之前，在山東濟南，中共中央華東局宣傳部考慮到，隨著解放戰爭的節節勝利，渡江南下後又必要在上海辦一所新聞學校，吸收青年知識分子加以短期培訓，以適應在新解放區辦報工作的需要。當時，濟南《新民主報》社長兼華東新聞幹部學校（即濟南新聞學校）校長惲逸群接受了籌辦華東新聞學院的任務，他曾找《新民主報》編輯主任兼華東新聞幹部學校教師王中和華東新聞幹部學校本科班主任宋軍等進行研究，並提出如下設想：上海不僅是全國最大的工商業城市，而且是全國的新聞中心，人才薈萃，是筆寶貴的資源，要很好開發。上海一解放，要立即著手，招收一批受過高等新聞教育或有大學文化水平以及從事過新聞工作的知識分子，通過短期的政治學習和新聞業務知識培訓，使之樹立為人民服務的觀念，掌握為人民服務的本領，隨即將他們分配去華東和全國各地從事新聞工作。這個設想，在 1949 年春渡江南下途中經過不斷醞釀，逐漸成熟。

1949 年 5 月 27 日，上海解放。王中、宋軍同志奉上海市軍管會之命，接管了中國新聞專科學校；緊接著就在亞爾培路（現陝西南路）410 號該校原址，籌辦華東新聞學院，並吸收中國新聞專科學校原有教職員參加招生工作。同年 7 月初，華東新聞學院正式成立。經華東局宣傳部決定，院長由上海《解放日報》社社長惲逸群兼任，教務長為王中。院本部分設輔導、教務、註冊、總務等部門。輔導主任兼秘書主任宋軍，教務主任許銘，副主任餘家宏，註冊科長李人楫，總務科長周竹軒等。學校教師主要聘請黨政機關領導與新聞文化單位負責人或大學教授擔任，專職教師僅有謝叔良等幾人。

7 月 2 日，華東新聞學院在《解放日報》刊登講習班招生簡章稱：「招考學員分甲、乙兩種，甲種：年齡 20～25 歲，大學畢業或新聞系三年級以上，或正式新聞專科學校畢業，或具有同等學歷者；乙種：年齡 23～30 歲，大學畢業或具有同等學歷，曾任新聞工作兩年以上者。」當時報考者甚為踴躍。經考試後於 7 月 19 日發榜（名單刊登於《解放日報》）共錄取講習班學員 540

人。主要來自上海及鄰近城市受過高等新聞教育或有大學文化水平的知識青年與新聞工作者，也有一部分曾在華東大學與華東新聞幹部學校學習過的學員，於 7 月下旬陸續報到入學。7 月 31 日舉行開學典禮。

講習班學員分 5 個班進行學習。每班均設政治輔導員，由來自解放區的新聞幹部黃萍、蘇華、徐放、周濟、葉夫（沈子復）、邵亞仁、陳德峰、範式之、夏培根、童生（曾思明）等分別擔任。

當時辦學條件較差，校舍因陋就簡，起初借用上海高級機械工業學校與務本女中。8 月下旬，因暑期即將結束，上述兩校開學日近，華東新聞學院院部遷至華德路（現名東長治路）174 號辦公，第 1、2 班在哈爾濱路 1 號《前線日報》舊址學習，第 3、4、5 班在華德路 288 號《和平日報》舊址學習，上大課則大都借用鄰近的吳淞商船學校（現為海員醫院）禮堂。教學方針是政治思想學習為主，課程安排則政治理論與新聞業務並重，學習方法是理論與實際相結合，上大課與小組討論相結合。開設的課程有：國內外形勢、社會發展史、辯證唯物主義、新人生觀、中國革命問題、新聞業務與各種政策講座。講師則有黎玉、劉瑞龍、魏文伯、馮定、許滌新、蔡北華、張明養、孫曉村、胡曲園、徐侖、姜椿芳、范長江、惲逸群、張春橋、王中、王芸生、顧執中、金仲華、石嘯沖、陳虞孫、張映吾、馬蔭良、嚴獨鶴、黃源、馮賓符、胡仲持等人，均為學者名流、黨政首長。

講習班學員係供給制待遇，一般均為住讀，睡地鋪，吃大鍋飯，過集體生活。學習期限原定 5 個月，後於 1949 年 11 月中旬即全部結業。為時僅 3 個半月。因講習班係幹部短期培訓性質，分配工作隨形勢發展與工作需要而定。有少數學員學習僅 4 周即踏上征途；也有不少學員一個多月後即換上軍裝，去部隊從事新聞、文教工作；絕大部分則在結業時分配去北京、上海以及陝西、河南、山東、江蘇、安徽、福建、浙江等省市的新聞單位，或去 23 軍、26 軍、27 軍、30 軍與上海警備區、三野新華總分社等部隊從事新聞、文教工作。為配合解放臺灣，也有一些學員列入臺灣工作隊，準備去臺灣接管新聞單位，後因形勢變化另行分配。1949 年 12 月，繼講習班之後，華東新聞學院又舉辦專修科與研究班。

專修科學員來自隨軍南下尚未分配工作的濟南華東新聞幹部學校部分年輕學員，講習班中少數年紀輕、業務上尚待提高的學員，以及原中國新聞專科學校部分年輕在學學生三個方面，共計 70 人。由教務處副主任餘家宏任班

主任，徐學明爲政治輔導員。主要講授政治時事、文化、新聞業務等課程，採取「短、平、快」的教學方法，以期早出人才。1950 年 6 月，專修科奉命結束。7 月，除少數學員去空軍部隊工作外，絕大部分皆經過華東人民革命大學短期培訓後，去皖北、蘇南參加土地改革工作，隨後分配工作。

研究班是根據包下來的政策，爲適應接管後對舊上海原有新聞單位某些人員政治學習、提高認識的需要而設立的。參加學習的主要是上海原有各報編採、管理人員及少數職工，也有一些講習班留下繼續學習的，共 260 多人。研究班設總辦公室，下分 4 個班進行學習，由陸泉源、陳康德、夏家麟、吳子靜、杜月村、王堅、張堅、範式之、林宏等擔任輔導工作，教務長王中親自領導，夏培根、徐近爲秘書。學習課程主要是：國內外形勢、社會發展史與各種政策講座，學習方法與講習班相同。1950 年 8 月，研究班結束，學員陸續分配或介紹工作，大都去上海財貿與文教部門工作。

上述這段時期，華東新聞學院院長改由華東軍政委員會新聞出版局副局長張春橋繼任，教務長仍爲王中。專修科、研究班先後結束後，教務長王中調往復旦大學任副教務長兼新聞系主任，華東新聞學院不再設教務長，日常工作統由教導主任許銘負責。爲創設條件、逐步完成研究班學員的工作安排，1950 年秋，又按留校學員不同的工作經歷、文化水平及其專長分班組織學習，至 1951 年初，陸續安排了工作。1951 年春，華東新聞學院一度接受任務，準備培訓華東各省地縣級報社新聞幹部，爲此作了調查研究，草擬培訓計劃與課程安排，後因形勢發生變化，停止籌辦[1]。

此後，爲了加強和充實復旦大學新聞系，領導部門決定停辦華東新聞學院，教職員工另行分配工作，文書檔案交由華東新聞出版局保管。1951 年 7 月 18 日，華東新聞學院完成了歷史使命，宣告結束。華東新聞學院辦學時間雖短，但輸送出去的數百名學生散佈全國各地，及時支持了中央和省市、部隊新聞工作的開展。經過幾十年風風雨雨的人生錘鍊，他們大都已成爲新聞戰線上的骨幹力量，有些還是領導，爲人民的新聞文化事業做出了可貴的貢獻。

（七）北京新聞學校

北京新聞學校創辦於解放之前，結束在解放之後，是一個在特定的歷史

---

1 李建新：《中國新聞教育流變論》，華中科技大學學位論文，2002 年版。

時期進行人才培養的學校。它跨越了兩個不同的時段，是新中國新聞事業和新聞教育事業發展的基礎和保證條件之一。

　　1949 年 2 月，全國即將解放，各條戰線都是一個大發展的局面，也都存在著一個培養幹部和人才的問題。新聞戰線如全國如何適應全國解放後人民新聞事業大發展的需要，如何培養新型的人民記者這樣一個重大的問題，引起了中央領導及中央新聞單位領導人的重視。1948 年 9 月，新華總社就由副社長梅益親自負責辦了為期三個月的新聞訓練班，從華北大學調來 20 多名學員參加學習。當時在這個訓練班講課的有廖承志、胡喬木、石西民、朱穆之、廖蓋隆、梅益等同志。這一期的畢業生，大部分留在新華總社工作，少數分配到了華北人民日報社。

　　新華總社 1949 年隨同黨中央遷往北平，不久即在香山籌辦第二期新聞訓練班。第二期學員 51 人，全是從華北大學調來的，學習時間兩個月，畢業生除 7 人留在訓練班工作外，其餘全部分配到新華總社。新聞訓練班第三期學員是 1949 年 9 月入學的。這一期學員，是從全國分設的 9 個考區招考來的，多數為新聞系和文科畢業生，少數是具有同等學力、掌握一門外國語的青年知識分子。11 月 1 日，中央人民政府新聞總署宣告成立，同時決定原屬新華總社的新聞訓練班，更名為北京新聞學校，由新聞總署直接管轄，校址在北京香山。新聞總署副署長范長江兼校長。

　　北京新聞學校第一期學習時間 7 個月，1950 年畢業時有學員 283 人，分配到華北、西北、西南、中南、東北五個地區的新聞單位工作。1950 年 8 月下旬開辦第二期，這時校址已遷到西單大磨盤院 2 號。第二期分研究班和普通班。研究班調訓工作兩年以上的在職新聞幹部；普通班從北京、上海、廣州三個考區招大學畢業或肄業二年以上的學生。兩個班共有學員 236 人。1951 年 7 月畢業，分配到北京、西南、西北三處工作。第二期結束後，北京新聞學校停辦。緊接著，利用原有校舍和工作人員，辦了一期宣傳幹部訓練班，改隸中共中央宣傳部。班主任由胡喬木兼任，胡繩任副班主任，陳翰伯任秘書長主持日常工作。中宣部宣傳幹部訓練班於 1951 年 10 月 15 日開學，分設甲、乙兩班，甲班學員係從各地調來的地、縣兩級宣傳部長；乙班學員則是由國家統一分配來的大學文科畢業生。1952 年 9 月，又從燕京、復旦、聖約翰三個大學的新聞系調來了應屆畢業生，編為丙班。1953 年，宣傳幹部訓練班結束。

　　從北京新聞學校前後淵源看，新華社幹訓班是它的前身，中宣部宣幹班是它的後身。北京新聞學校與新中國同齡。作為迎接全國解放和建國初期新型新聞教育的奠基地的北京新聞學校，它的重要意義，它的培養新聞幹部的做法及經驗是十分重要的。

　　北京新聞學校是適應全國解放後人民新聞事業大發展的需要，黨和政府所採取的培養和提高新聞幹部水平的一個重要決策。1949 年，我們面臨著的是一個為新聞事業大發展準備新聞幹部的局面。當時，上海有個華東新聞學院，但上海畢竟不是黨中央所在地，在培訓新聞幹部的條件上，畢竟比不上首都北京。因此，創辦一個全國性的直屬國務院新聞總署的新型高等學府——北京新聞學校，確為當務之急。北京新聞學校兩年共訓練新聞幹部 519 人，他們分布在全國各地報社、雜誌社、通訊社、廣播、電視、出版發行以及科學研究、文化教育機關，他們中相當的人早已成為得力的領導骨幹，成為名編輯、名記者、名播音員，繼承和發揚了中國共產黨的優良傳統和優良作風，對國家和人民的新聞事業以及新聞改革，做出力所能及的貢獻。

　　北京新聞學的教學內容和教學方法，繼承了延安抗大的優良傳統，又照顧到現代科學的教學方法。北京新聞學校從開始起，就對學員進行「團結、緊張、嚴肅、活潑」的傳統教育。每天早晨，從副校長、班主任、助理員到學員都做早操，每棟宿舍都進行隊前講話，有話則長，無話則短，但天天都要講。

　　北京新聞學校學員的文化素質比較整齊也比較高，年齡也大致相差不遠，一般是二十三四歲的大學畢業生，部分在職的新聞工作者，至少也是高中以上文化程度。這一點，和當年延安抗大又不盡相同。這些解放前進大學的青年知識分子，大都有一顆嚮往光明、追求真理、渴望解放的火熱的心，但對革命理論還缺乏應有的認識，對革命的實踐還沒有親身經驗。他們需要有人啟蒙，有人引路，而北京新聞學校的這一段教育，恰好滿足了他們的需要。這就好比一群初來參加革命隊伍的新兵，受到了一場及時的而且是富有針對性的思想入伍訓練，也可以說，這等於在各自的世界觀、人生觀乃至整個思想品德和作風上，受到了一場革故鼎新的基礎教育。

　　北京新聞學校的基礎教育，對於一個人民新聞工作者來說，是一次良好的開端。兩期青年學員經過這樣的教育，他們在一系列帶根本性的問題上，都得到了初步的解答。這些解答雖然是初步的，但是，這些基本理論、基本

觀點和基礎知識，乃是無數前人實踐和集體智慧的結晶，是一切人民新聞工作者都應當懂得的。

北京新聞學校有爲數眾多的、高水平的兼課教師，爲學員具備廣博的知識打下基礎。北平新聞學校的課程，大致可以分成下列幾大類：一是馬列主義基本理論課（包括社會發展史、哲學、政治經濟學），講授教師有楊獻珍、艾思奇、范若愚、孫定國、龔士其、於光遠、王惠德、狄超白等同志；二是中國革命和建設課（包括共產黨的知識、新民主主義革命史、中共的基本政策等），有葉蠖生、何乾之、廖蓋隆、胡華、田家英、李濤、徐冰、張志讓、張友漁、楊靜仁、吳晗、何成湘、宦鄉等同志；講授新聞業務課的有范長江、鄧拓、吳冷西、朱穆之、梅益、溫濟澤、穆青、方實、華山、李千峰、陳用文、劉尊棋、魏巍等同志；講授語文課的有葉聖陶、呂叔湘、魏建功、曹伯韓、趙樹理等同志；講授時事和國際知識的有伍修權、凌青、薩空了、胡繩、錢俊瑞、陳家康、黎澎、陳克寒、胡偉德等同志；講文學寫作課的有丁玲、茅盾、老舍、曹禺、劉白羽等同志。

北京新聞學校除採取老師上課的方式外，還採取雙向座談、問題解答的方式來學習，例如曾和赴朝記者團座談，和上海記者團座談。北京新聞學校非常重視思想政治工作。第二期遷進城以後，學員們分散住在四個院子裏，研究班住在校本部大磨盤院 2 號，普通班分住在北大公寓、舊刑部街和興盛胡同。研究班先是由教務科長許諾兼班主任，後由周子芹接替，普通班的班主任是蕭岩（教務科副科長），普通班的班部設在興盛胡同，北大公寓和興盛胡同各有助理員一人。班主任和助理員都十分重視政治思想工作。學校和班部有一種輔助性的教學活動，當時統稱爲「漫談」，「漫談」的特點是以理服人，以情動人，以德感人。由於北京新聞學校的思想政治工作做的好，使學員的思想覺悟和認識水平都有了很大的提高。因此，當學員畢業，校方號召同學們踴躍報名去大西北、大西南時，幾乎是人人爭先，個個報名。

當然，北京新聞學校在教學內容上，還沒有突破新聞無學的影響，沒有建立系統的社會主義新聞學的教學內容。雖然講課的老師都是名家，但把實踐上升到理論方面還是略顯不足，進一步探討社會主義新聞學的基本特色還不夠。儘管如此，北京新聞學校仍爲新中國培養了大批高水平的新聞幹部，在當時和今後的一段時間內，都起到了非常重要的作用。

三、共產黨早期新聞教育的特點

　　中國共產黨是無產階級的政黨，是爲廣大勞動人民謀幸福的黨。中國共產黨從她誕生的那一天起，就把她的命運與廣大勞動人民的命運緊密地結合在一起，時時處處爲人民服務。這就決定了黨的一切工作的展開都必須以人民的最高利益的實現爲準則，以推動社會的進步爲出發點。新聞教育作爲黨的工作的一個重要部分，也必須堅持爲人民服務的原則，使之能眞正起到正確地傳播事實眞相，貫徹黨的路線、方針、政策，提高全民族的文化水平，鼓舞和帶領全國人民向著美好的目標前進的作用。共產黨的新聞教育在不同的歷史時期體現出了不同的風格與走勢。早期的新聞教育主要特點如下：

　　第一、共產黨在條件允許的情況下即開展了新聞教育，並對之給予了高度的重視。共產黨的新聞教育雖然誕生、成長在炮火連天、彈痕遍地的戰爭年代，但由於有黨的正確領導和一大批致力於黨的新聞事業和新聞教育事業發展的仁人志士的努力，使黨的新聞教育能經受住戰火的洗禮而逐步發展壯大。

　　第二、突出政治性。整個新聞教育都服從於奪取政權的鬥爭，服從於革命戰爭的需要。並且開始運用馬列主義作爲指導思想的理論基礎。不管是業餘教育、新聞訓練班，還是新聞院系，都強調了新聞的黨性、階級性和戰鬥性，強調了兩種新聞事業的根本區別，強調了無產階級報刊和記者要做黨的工具。錄取學生一般都要經過嚴格的挑選審查。從而保證了學生的政治素質。

　　第三、重視實踐性。黨歷來重視實踐，強調要在實踐中學習與提高，新聞教育中仍然體現了黨的這一要求。就教師而言，都是有著豐富的實踐經驗的新聞工作者，有的甚至就是從新聞單位聘請來的；就學生而言，因爲他們面臨的任務就是馬上要工作。因此，接觸實際的機會相對要多一些。一些教學單位就設在報社或通訊社，教學與實踐有時也很難嚴格地區分開來，這也爲實踐提供了便利。教學與實習、實踐互相交叉滲透，使學生在實踐中提高成長。

　　第四、由於是在戰爭環境中辦學，流動性大，學習期限一般都較短。由於書籍教材缺乏，資料缺乏，課程缺乏系統性，教學方法主要是採取聽報告和討論等形式，學習方法也比較簡單。

　　第五、共產黨的新聞教育雖然開創了屬於自己的新聞教育的先河，但它

是在繼承的基礎上發展壯大起來的，中國早期的新聞教育的理論、教學方法，一些已定性定論的新聞學觀點也被共產黨所接受。由於教師中的絕大多數都在過去受過新聞教育，因而也就不可避免地把過去的觀點認識及新聞學的知識繼承下來。這也符合馬列主義毛澤東思想對過去的東西、對歷史的東西有選擇地、批判地加以繼承的思想。

第六、艱苦創業辦教育。共產黨的新聞教育史在辦學條件極其艱苦的情況下創辦起來的。有的學校無校舍，無設備，有的學校在不停的流動中生存，學員們吃大鍋飯、睡地鋪，有時還得自己動手以滿足物質生活的需要，但師生們都以苦為樂，硬是在艱難困苦的條件下，頭頂著敵人的炮火堅持了下來，而且在實踐中養成了全心全意為人民服務，為社會做奉獻的世界觀、人生觀和價值觀。經黨的新聞教育培養出來的學生，不論處於順境或逆境，都能牢記黨和母校的諄諄教導，忠誠地實踐著他們的共產主義的理想和信念，默默地為社會、為人民奉獻著一代人的青春和熱血。

第七、就教學內容與質量而言，這一時期由於主要是培養應用人才為主，故教學的內容不系統，不全面，各校的要求也參差不齊，一般是在幾個月、半年或一年半、兩年的時間裏，教給學生基本的工作或操作技能為主，很難達到一個高的水平，作為教學的兩個方面，教育灌輸的多，研究探討的少，也沒有相應的科研成果和有力度的著述出版，完整的、合理的新聞教育體系尚在探討之中。但是，在黨的新聞教育中教給了學生正確的方法並幫助他們樹立了治學的正確思路，加之在教學中培養起了一種刻苦上進，勇於探索的精神，所以在當時雖然沒有出現研究新聞的大家，但在以後的歲月裏，這種精神變成了動力，鼓舞和激勵著同學們繼續向上攀登，終於在新聞業務、理論、史學等方面取得了可喜的成就。不少人在日後成為了高等學府裏的教授，文化戰線上的權威，有活躍於新聞戰線的高級編輯、記者，也有著名的外交家及蜚聲海內外的作家、考古學家、出版家等[1]。

共產黨的這一時期的新聞教育，為新中國的新聞事業培養了大批急需的人才，也從精神和物質等方面做了很好的積累，為新中國新聞教育的進一步發展奠定了基礎。

1　李建新：《中國新聞教育史論》，新華出版社，2003年版。

第六章　戰時新聞學

第一節　戰時新聞學的讀解

　　抗日戰爭全面爆發後，中日民族矛盾成為我國社會的主要矛盾，這一時期民族危機空前嚴重，但國民黨政府卻實行「不抵抗政策」，使得包括東三省在內的廣大國土無故淪喪，民不聊生。在社會各界人士的呼籲下，抗日救亡成為社會輿論的主旋律，挽救民族危亡也逐漸成為學界關注的重點，有擔當的知識分子開始將學術與戰爭聯繫起來進行研究，在新聞界則興起了「戰時新聞學」。

　　「戰時新聞學」這一概念的正式提出，以任畢明《戰時新聞學》一書的出版為標誌，他認為「戰時新聞學，是反抗侵略壓迫而鬥爭的戰爭的工具」[1]。而「戰時新聞學」概念內涵的溯源，出現在抗戰之前，「主要是張友漁轉述的馬克思關於『新聞是階級鬥爭之武器』的理念，到了抗戰初期，被中國新聞學術界稍加改換為『新聞是民族解放鬥爭的武器』。[2]而隨著戰爭態勢逐漸嚴峻，「戰時新聞學」的研究也逐漸豐富起來。

　　「戰時新聞學」強調新聞的戰鬥性、工具性、宣傳性，新聞學者通過新聞這一武器，去宣傳抗日，鼓舞民心，以達到「學術救國」的目的。1936 年5 月7 日，燕京大學舉行了「新聞事業與國難」新聞學討論會，掀起了學界與業界「新聞救國」的序幕。抗戰時期，闡述、介紹「戰時新聞學」的著作主

1　任畢明：《戰時新聞學》，光明書局，1938 年版。
2　張育仁：《論戰時新聞學與戰時新聞政策的特殊關係》，《重慶師範大學學報（哲學社會科學版）》，2009 年第 5 期，第 27 頁。

要有郭沫若的《戰時新聞工作》、梁士純的《抗戰時期的新聞宣傳》、仁畢明的《戰時新聞學》和張友鸞的《到敵人後方去辦報》等。

第二節　內容與演進

1935 年，華北事變後，平津新聞學界人士於 1936 年元旦成立了平津新聞學會，在學會的成立宣言中，他們把「努力研討如何使新聞事業能適應現今民族和國家的需要」作爲學會的中心任務之一，張季鸞、成舍我、梁士純、劉豁軒等學界業界精英都是該學會的會員。他們在學會成立宣言中說「我們深切認定在多難興邦的原則之下，國難嚴重本沒有什麼可怕，但若嚴重而政府尚不許國民儘量貢獻其救亡圖存的意見，這在國家，才具有萬劫不復的危俱，在當局自難辭百身莫贖的罪責，因此我們不特囑望政府……不要摧殘輿論，一再蒙蔽全國國民之耳目。並且應從積極的設法扶植力量貧薄、環境險惡、現階段的中國新聞事業，來上下合作，打開當前危迫艱難的國運。」[1]可以說，平津新聞學會對民族危機下新聞事業發展問題的研討，標誌著中國新聞學研究重點的轉向，同時也可以認爲是「戰時新聞學」興起的重要標誌。

1936 年 5 月，燕京大學新聞系舉辦了以「新聞事業與國難」爲主題的第五屆新聞學討論會，這是近代以來新聞界首次將新聞事業與國難聯繫起來進行研究討論，這也是「戰時新聞學」興起的表現之一，而主領討論的有燕京大學新聞系教授劉豁軒、劉廷芳等新聞界知名人士。燕大新聞系系主任梁士純在 5 月 7 日開幕時說「我們今年討論會的總題是『新聞事業與國難』，我們選擇這個題目的意思是我們感覺到中國的國難，不會在一二年內就可終了。換一句話來說，這國難是方才起始，到哪一年可以說是國難告終，那全看我們的應付如何。最早這個國難恐怕在十幾或二十年內不能結束。既然如此，我們要曉得至少在這十幾或二十年內新聞事業應負的使命是什麼？服務的機會是如何？並有何特殊問題，及此特殊問題的解決方法。這種種的疑問，我們是很希望在這幾天的講演和討論裏能夠得到圓滿的答覆。如在這些問題上我們能夠得到較圓滿的答覆，那麼我們就應當曉得在未來十幾年或二十年的新聞教育所應走的途徑是什麼？它的注重點是什麼？」[2]在爲期三天的

1　賀逸文：《平津新聞學會史料》，《新聞研究資料》，1981 年版，第 269 頁。
2　莊廷江：《新聞救國：戰時新聞學研究的興起》，人民網－傳媒－研究，2012 年 10 月 16 日，http://media.people.com.cn/BIG5/n/2012/1016/c40628-19281700.html。

討論中，主題比較集中，基本都是圍繞著戰爭時期新聞學的發展問題，比如民族危機時期新聞界如何完成「輿論的使命」，國難時期的新聞自由與新聞記者的素質修養，國難危機中的政府應該如何進行宣傳準備等，雖然這些問題比較宏觀，但這對特殊時期的新聞教育及新聞事業的指導作用還是非常現實的。

　　1937 年 5 月，燕京大學又舉行了第六屆新聞學討論會，主題是『今日中國報界的使命』，他指出「當此全國上下一致努力於救亡圖存之際，報界應當負起其特殊的使命。」這些特殊的使命是什麼呢，他列出了報界在當前的五大使命：（一）提高人民的愛國心；（二）促成全國真正的統一；（三）促進一切建設的工作；（四）協進國際的宣傳和聯絡；（五）爭取言論的自由[1]。另外，張琴南也作了題為《中國新聞事業與新聞教育》的演講，劉豁軒的《如何造就領袖的報人》、王九如的《從目前報界的使命談到燕大新聞系》等文章也在《大公報》上刊出。

　　抗戰時期，上海的新聞教育在「戰時新聞學」中有其獨特的表現：

　　儘管上海地區的新聞教育陷入蕭條，但是上海地區的報刊因處於租借，憑藉天然的「孤島」優勢，通過改打「洋旗」的方式，還能堅持宣揚抗日救國。使上海這個素稱全國報業中心的城市，成為抗戰初期的全國抗日宣傳中心。[2]《每日譯報》、《文匯報》、《大美晚報》等 17 種愛國報紙，以「洋旗報」的身份在租界內宣傳抗日救國。徐鑄成主筆的《文匯報》積極宣傳抗戰，介紹抗日根據地的情況，為統一戰線，一致對外做出重要貢獻。這是其他淪陷地區所不可能做到的。此時上海地區的新聞教育機構已寥寥無幾，但是新聞機構的教育功能卻通過大量「洋旗報」的形式繼續發揮作用。新聞教育、新聞事業承擔起抗日救亡的歷史使命，成為一股不可忽視的社會力量。新聞學因為與社會現實關聯緊密，能起到每日引導輿論、進行社會動員的作用，在抗戰中被各個黨派、社會民主人士、知識分子所重視，成為新聞人反侵略最有力的武器。

　　在上海，任白濤著有《抗戰期間的新聞宣傳》，杜紹文著有《戰時報學講話》，趙君豪著有《中國近代之報業》（內涵戰時新聞採訪章節），顧執中創辦月刊《新聞記者》，宣揚戰時新聞學：「侵略者自今年開始很明顯地已是手牽

1　《今日中國報界的使命》，燕京大學新聞學系刊印，1937 年版，第 1 頁。
2　馬光仁：《上海新聞史》，復旦大學出版社，1996 年版，第 816 頁。

手地彼此聯絡，他們對於未來和平的破壞，已進而有集體的結合的陰謀……新聞記者應是和平的信徒，卻不是侵略者的工具和走狗，我們為了全人類的安全，必須把我們犀利的戰具，充量地使用起來，為世界和平築就一座堅固的堡壘。拿著我們的筆，為全人類找尋和保護和平的不受摧殘，是我們在現階段應當忠勇地擔負起來地責任！」[1]

在抗戰時期，復旦大學新聞系主任陳望道認識到戰時新聞教育的方針亟需轉變，新聞教育機構培養出來的人才需要馬上投入到新聞宣傳的事業中，以滿足特殊時期的特殊需求。因此，陳望道於 1945 年對新聞系的教學大綱進行改革，原來的 136 學分改為 146 學分；廢除了原先在經濟系或政治系修滿 12 學分的規定；修改了課程安排，增加了馬列主義、經濟、地理等必修課程；三四年級分為文史哲組、金融財經組和政治外交組，根據學生特長和興趣來選修課程，[2]以廣博學生的見聞。民治新專校長顧執中重視培養新聞人才的政治敏感性與審時度勢的能力，增加時事分析課程的比重，並開設戰地記者訓練班。上海新中國大學新聞系開設了超過 30 門的基礎選修課，供學生自由選擇。上海法政新聞學院新聞專修科開設 20 餘門課程，「為配合當前需要」，特地開設七門國際問題課程。[3]上海新聞教育機構開設的課程更加豐富和多樣，為適應戰時需求而增加「經世致用」的課程，如駕駛（汽車）、騎馬、無線電等課程。

「戰時新聞學」研究從 1936 年開始興起到 1938 年前後進入全盛時期，新聞學術團體紛紛成立，研究著作相繼問世，「戰時新聞學」研究盛極一時。有研究者認為，所謂「戰時新聞學」，其核心理念就是強調在全民同仇敵愾的民族解放戰爭中，新聞傳播者應該共赴國難，為捍衛民族的生存與獨立貢獻自己的力量；新聞如同前線戰士手中的鋼槍一樣就是新聞工作者手中的武器，新聞傳播者應該拿起自己手中的武器，在文化宣傳戰線上「衝鋒陷陣」。[4]戰爭是國家的特殊時期，所以「戰時新聞學」也與平時我們所討論的新聞學

1　顧執中：《致讀者》，《新聞記者》，1937 年，創刊號。轉引自張育仁：《論戰時新聞學的核心理念及新聞武器論的特殊意義》，《長江師範學院學報》，2009 年第 25 卷第 3 期。

2　楊舟：《1929 年～1949 年復旦大學新聞教育發展評述》，復旦大學，2011 年版，第 25 頁。

3　《私立上海法政學院新聞專修科學程表》，上海檔案館，Q248-1-161-8。

4　莊廷江：《「戰時新聞學」研究（1936～1945）》，湖北人民出版社，2014 年版。

有所不同，比如在對待「新聞自由」這一問題上，新聞學者普遍認為新聞自由建立在國家民族自由獨立的基礎上，民族不能自由獨立，新聞自由就是一種癡人說夢。

因為是戰爭時期的特殊產物，故而戰時新聞學呈現出明顯的時代性特點，這一特點也決定了「戰時新聞學」研究不會持續很長時間，1945 年抗戰勝利後，「戰時新聞學」研究逐漸被邊緣化，從興起到衰落，戰時新聞學的研究共持續了九年左右，是近現代新聞教育史和學術史上的一個重要時期，它不僅促進了當時新聞教育的發展，也對民國時期我國新聞學術、新聞業務水平的提高產生了現實的影響，同時它也對如今的新聞研究具有重要的歷史意義。

第七章　日僞政權在淪陷區的新聞教育

第一節　一種文化入侵的新聞教育

　　1937 年，全面抗戰爆發以後，爲服務於日寇侵華，加強輿論控制和引導，日僞新聞事業瘋狂擴張，北平淪陷之後，日寇採取收買、沒收、改組等方式，奪取了北京原有的一些報紙，《實報》原是北京一家有較長歷史的小報，但社長管翼賢爲追回該報資產不惜叛變投敵，《實報》也淪爲一份漢奸報紙，這一時期北京創辦的日僞報紙共有 30 多種。[1]

　　文化入侵，從教育開始。上海淪陷後日僞政權發布的《上海教育局告特區教育界同人書》[2]就說得非常的赤裸裸：

　　特區教育界諸位同人：

　　　　「日軍爲保衛東亞和平進駐公共租界。此後特區一切事業，均待整理，本局職責所關，對於教育一項，自應負起應付之責任」；

　　　　「溯自中日事變，凡我同胞，莫不欲救亡圖存，窺諸本國情勢及國際關係，吾人敢堅決言之：抗戰者雖曰救國，實足以禍國而亡國；雖曰救民，實足以授民而害民；至於揭抗戰之虛名，而管其個人之私利者，更無論矣。自汪主席遵守國父遺教——大亞洲主義——倡導和平，國家賴以更生，而復興有待，人民出諸水火而安樂

1　李建新：《中國新聞教育史論》，新華出版社，2003 年版，第 158 頁。
2　上海市檔案局檔案號：R48-1-971。

可期，復興東亞。亦興端倪，和平之成效，固昭昭然在人耳目，是欲救危亡，捨此莫由；欲圖發展，更無別路。教育界同人，負有領導民眾之重責，何去何從，願諸君其三思之！本市公共租界，向為英美勢力所盤踞，中日事變發生，更成為渝共分子之逋逃凋散其中教育事業，悉受重慶政權之威迫，宣傳反動，阻礙和平，遂使十數萬青年學生受其麻醉救國有心而是非難辨；千百位教職員受其壓制。脫身無術而長遭害。事實具在，無待煩言。與念及此，葛藤浩噗？

本局向本和平反共建國之國策，力謀本市教育之發展，四年以來，已其規模，而租界一隅，倒行逆施，和運前途，雖不至受其影響；教育事業，又豈能任其摧毀！加以整頓監督，本局早具決心；惟因投鼠忌器，逐致一再延緩。茲以友軍進駐，情勢不變，反動之聲，當可匿跡而消聲，教界同人，自應矢志而努力。

本局整頓辦法略舉弊端：舉凡公立之學校，應候當局統治管理；私立學校，已立案者，速將立案登件送交本局審查，未立案者，速來本局登記；各科教材，務須一律改用國定課本；倘有因此次友軍進駐而停課者，尤須立即復課；凡此種種，均請注意！

本局願以最真摯最誠懇之態度告我諸同人者：教育事業，最為神聖；和平運動，定可成功；以教育者之立場言，十數萬青年學子，當不能坐視其失學；就諸君個人之前途言，此乃走向光明之初軔。本局則作事力求認真，用人不分領域，見一失學民眾，有如己溺己饑；凡肯努力工作，書為同道同志。當茲整頓伊始，尚有賴乎諸君之協助，有能提具計劃，送資參考，尤所歡迎，凡我同人，其共鑒諸！

這個「告同人書」，就是為日軍進駐「特區」背書，為日偽當局的教育鋪陳其「東亞共榮」和放棄抵抗的思想。自然是希望用教育和文化的迷魂湯來麻痺國人，用新聞宣傳的方式為日偽政權發聲與唱讚歌。

如汪偽政權時期有一個汪偽「政訓機構」，其中有一個內部宣傳培訓班[1]，就是一個日偽新聞教育的代表。汪偽組織成立後，為鞏固其反動統治，首先必需切實掌握這些軍隊。為此在偽軍事委員會之下，設立政治訓練部，訓

---

1 《民國文史資料存稿選編》。

練部之下開辦政治訓練班，從各部隊中保送一部分學員並招收一部分學員集訓，灌輸反共親日理論，培養嫡系勢力作爲維護和鞏固僞政權統治的中心力量。

訓練對象：

第一期：各部隊選送少校以上人員，通過學員訓練與中央產生從屬聯繫

第二期：高初班各均約五六十人

第三期：全係招考錄取約五十人，須具備大專學歷並任委任官二年以上

第四、五期：保送、考取各半

訓練內容：

1、思想方面：灌輸「和平反共建國」和「大東亞共榮圈」等理論，麻痹學員思想，銷蝕抗日意志。以小組講座等形式辯論，外表是鍛鍊各人發言能力，實則側重考察各人思想情況，視察有無共產党進步思想滲入。

2、業務方面：群眾訓練、地方行政、諜報搜集、日語、陸軍禮節、步兵操典、教唱「和平」歌曲、邀請高級僞軍政官員講話

通過政訓班訓練的學員，即與僞「中央」產生了嫡系關係，如在謁見部「首長」、班領導時，都能優予接見。分配到部隊中的主要任務，首先要搞好與所在部隊之間的關係從而瞭解部隊長官的出身經歷、兵源來歷、關係背景，以及思想動態，瞭解部隊經費的來源，如何徵集，有無貪贓枉法、敲詐勒索的行爲並及時秘密報告。其次，對士兵進行識字教育，教唱所謂「和平」歌曲，並利用晨操及集合的機會，隨時作精神講話，宣傳反共親日的政策。再就是要深入駐地民間搜集情報。

1942 年 2 月，政訓班第三期訓練期滿，結業典禮在僞「行政院」大禮堂舉行，僞院部「首長」應邀參加。結業典禮由陳公博主持，首先報告了政訓班第三期訓練情況和對學員結業後的具體要求，由僞「主席」汪精衛親自「訓示」政訓工作意義及所負的使命和希望。汪身著軍服，佩以金板三粒金星及青天白日環以紅圈邊「國徽」的特級上將領章。汪親自向學員一一頒發結業證書，同時頒給各人指揮刀一把，上刻「汪兆銘贈」字樣，繼又發給 16 英寸放大的汪精衛和陳公博的照片，上書「某某同志」，下銜分別爲汪和陳署名蓋章。

第二節 「中央宣講習所」與「新聞記者訓練班」

一、「中央宣講習所」

汪僞時期，「中央宣講習所（汪僞行政院宣傳部）」也進行「新聞教育」，大致情況如下：[1]

時間：1940 年 3 月 2 日

組成人員：所長由宣傳部長林柏生兼任，教育長馮節，教員由胡蘭成、郭秀峰、秦墨曬等漢奸報人擔任。

課程設計：課程有宣傳概論、大亞洲主義、群眾心理、日文宣傳出版法規、中國政治概況、中國經濟概況、採訪術、編輯術、報業管理、宣傳文字寫作、國際問題、和平運動之理論與實際。

辦學緣由：關企予提出「爲謀求事業的進步，必須訓練人才，訓練人才，則必須設立學校，最好由國家設立學校，宗旨容易一致，國策容易實行，將來有了造就新聞專門人才之高級學校，則學術與技術的進步，亦必迅速」。

辦學經過：講習所初期學員共 50 名，修業期暫定爲爲 6 個月。該所採取法西斯辦法管理學員，每天舉行早會，由汪僞政治機關的頭目作「精神講話」，講話後由學員「高呼口號」。這批學員是作爲汪僞政權的宣傳骨幹進行培養的，1940 年 12 月 7 日由南京經上海東渡日本參觀並加以培訓。

成績：1941 年 2 月 27 日畢業，次日由日軍報導部長今井宴請畢業學員，體現日本軍部對這批宣傳幹部的籠絡和重視。

二、新聞記者訓練班

該新聞記者訓練班由汪僞政權新聞聯合會主辦。[2]

成立時間：1944 年 6 月 1 日

組成人員：新聞聯合會常務理事尾阪興市、森山喬、許力求等

課程設計：第一期班：初期暫定爲國文（翟錫華）、日文（看日文參考書籍、日政論家吉田東祐後由申報社日籍記者永野是代替）、新聞學三門。每週國文四小時，日文三小時，新聞研究兩小時。重視國文、日文是因爲新聞記者需要廣泛的學識，新聞研究時長較少是因爲學員均參加報社工作，普通理

---

1 《記者月報》1941 年第二期，《我國新聞事業之過去與將來》。
2 《上海記者》雜誌，1944 年 7 月。

論均已讀過，無需再花時間研究。新聞研究每月四次八小時，一半是新聞本身問題，此外尚有新聞地理（江蘇教育學院地理系主任虞晚移講授，戰時新聞地理的研究價值在於詳述時事發生地的風土人情及地理形勢）、時事分析即新聞的輿論（申報陳社長擔任，分析國內外政治形勢）後定位國文、日文、新聞研究（新中國報總主筆魯風）和地理四項，偏重與國文和新聞研究。

第二期班：除第一期課程外另開設近代歷史（翟錫華）、時事研究（虞晚移）、新聞法制（堯洛用）、新聞探訪（中華日報蔣雲章）、新聞印務（國民新聞總編輯朱永康）等課程。

報考資格：第一期為新聞聯合會報社從業人員、第二期學生招募向外界開放，凡是高中畢業或有從事新聞經驗的人員，考試合格後均可參加，為防止中途退學，需繳納學費兩千元。

辦學目的：為保障報紙所承擔的宣傳報導責任，培養訓練人才，充實內容。

辦學緣由：由於戰爭原因，為數不多的幾所開辦新聞教育的高校相繼停辦或搬遷，受限於戰時的師資、教材等原因，青年記者的培養難受成效，如何培養青年記者成為抗戰時期新聞界的重要問題。為此，莊六達（從國民精神總動員說到青年記者培養）提出了兩個關於培養青年記者的方案：其一治標，即開辦戰時「新聞記者訓練班」，定期召開青年記者實施軍事、政治等各種新聞訓練，其中主要包括由政府成立、舉辦的和在政府當局輔助下由新聞團體舉辦的「新聞記者訓練班」這兩種形式；其二治本，即在各國立大學中開辦新聞系，進行系統、全面的青年記者培養。發起人陳魯兩認為當時的中國新聞還很幼稚，與發達國家尚存差距，中國新聞事業存在兩大問題：辦報人很少以新聞事業為終身職業，新聞從業人員很少以從事新聞終其身，技術低能。

辦學存在問題：第一期：日文教師不通國語，除課堂分發講義外均有學生自行閱讀，對於疑惑之處也置之不理，因此並未起到原定效果，學員對此也缺乏興趣。由於學員原為報社在職人員，繼續學習分身乏力，教學內容多為概念等無趣內容，學員年級偏大對知識渴求度較低，學員人數日益減少，一個月後人員銳減一半，兩個月後只剩十幾人，第三月時學員僅餘 5、6 人。第二期：學習科目增加，教學時長減短，導致授課進度過慢，教授內容較少，日文課更是由於教員生病停課一兩月。教材缺乏，培訓制度不健全，學

生、教師散漫。

成績：第一期共有學員 50 名，後因人員減少，學時降低為兩個多月，畢業時的學生只有 5、6 人。第二期於 9 月 1 日開班，學員增加到五六十人，一半為學生，開課僅四個月，由於新聞聯合會的解散，訓練班也無疾而終。2 月 27 日中國新聞協會上海區分會主辦的青年記者訓練班借用外灘工商聯誼會會議廳舉行畢業典禮。

這一時期，上海法政學院與偽中宣部合辦過新聞培訓班[1]：上海法政學院 1944 年 2 月 23 日發文：「最終勝利在望，新聞人才需要甚急，擬由本院與東南辦事處合辦新聞專修科……

上海法政學院 1944 年 5 月 14 日電：

重慶教育部陳部長鈞鑒查本院在滬時以論（ ）新聞工作人員缺會曾聘由李南節主辦新聞專修科一班訓練新聞信業員四十人介赴論（ ）及知報館通訊社工作頗張發揮職學指示勝利在望實施恩准，啟完成建國大業新聞信業員實為不可缺少之人才，自宜及早培養，經與中宣部馮有真專員商完擬由本院與中宣部東南宣傳專員辦事處合辦二年制之新聞專修科一班。

這個新聞專修科必修選修課目表如下：

第一學年：社會學、法治學、經濟學、新聞文選、外國語、報學概論、採訪學、編輯學、國際問題、報業管理

第二學年：社論寫作、採訪學、編輯學、報業管理、攝影術、實用無線電、速記、比較報學、新聞學史

中國通史（選）倫理學（選）心理學（選）——任選二種。

第三節　民國新聞教育的一個另類

中華新聞學院是日偽時期的一個新聞教育機構，是民國新聞教育的一個另類，是日偽新聞事業對中國新聞事業施以法西斯統治在教育領域的體現和延伸。

一、日偽「中華新聞學院」概況

成立時間：1940 年 7 月（中華新聞學校）1942 年 7 月（改稱中華新聞學

1　上海市檔案局檔案號：Q248-1-163。

院）

組成人員：同盟通訊社北支那總局華文部部長佐佐木健兒任院長、管翼賢任教務主任後升任院長、賈全祥爲訓育主任、張伯蔭任文書主任、馬家聲任總務主任。該校位於北京中南海萬善殿內，但在初次招生則擬設於東堂子胡同十九號中華通訊社內，然其第一次入學考試，因地址未修理完善，便假中南海成達中學考試，茲將其第一次招生簡章、考試須知、教授姓名及所授之學科分述於左[1]：

（一）招生

本校爲應目前新聞事業發展之需要，依新聞業之學理及實際，以造就建設東亞新秩序之先鋒記者爲宗旨。

本校規定一年畢業。

凡在公私立大學或同等學校卒業，年齡在二十歲以內者，得畢業證或證明文件相片至本校報考，性別不分。

入學考試：國文、政治、經濟常識、外國語、歷史、地理。

凡錄取之新生須覓保證人，填具保證書，並經醫生檢驗身體及格，方准入學。

凡錄取之學生，如發現有僞造文件事情時，得隨時取消其入學資格。

凡錄取之學生，得以註冊日期來校註冊，非得校長允許不得補行註冊，其在開課一周以後者，無論任何理由，亦屬無效。

本校學生不收任何費用，並每月支給膳宿書籍等費洋三十元。

在本校修業一年成績及格授予畢業證書。分派中華通訊社服務。

凡中途無故退校或因違反校規條令退學者，本校得追繳其在校一切費用。

本校設於東堂子胡同十九號中華通訊社內。

應試卷紙，除外國文得用洋紙外，其餘各卷一律用紅格紙。

各門試題，概不必另行繕寫，試卷上專寫答案。

日文亦用紅格紙作答案。

至遲在新時間上午十二時以前，一律完卷，過時不收。

各門試卷，除英德法文外，概用毛筆繕寫，國文卷紙二張，其餘各門一律一張。

1　吳憲增編：《中國新聞教育史》，石門新報社，1944 年版。

卷袋內附有白紙三張，係作草稿之用，正文仍須繕於紅格紙上。

場內不得交頭接耳，及有私閱挾帶情事。

如有疑問，得向監管場員詢問。

試題答畢，由本人親送至校長室，隨即舉行口試並對照相片。

口試畢可即離校。

榜示準於二十二日下午一時，張貼本校門首。

不及第者，憑收條於二十四日起，至東堂子胡同十九號，中華通訊社領取證件。

（二）教授姓名、擔任課程及每週授課時數（括弧內係其時數）

管翼賢授新聞學總論（1）、新聞講話（1）、採訪（1）、報業管理（1）。李春授刊物評論（1）及社論寫作（1）、黃道明之時局分析（1）、朱照箕之經濟新聞（1）、賈全祥之宣傳學（1）王森然之副具實習（1）、張龍笙之新聞編輯（1）、陳語夫之通訊寫作（1）張子傑之社會科學概論（1）、金午之理論學（1）、張我軍之日文（6）、鈴木之日語（6）、李翰章之文言文（2）、沈啓之語體文（2）、特別講座（1）臨時聘請。（二九年第一學期所訂）

（三）課程設計及教學

基本課程為：日文、日語、論評、社會學、國際問題、政治學、攝影

專業課程根據系別不同，有所針對各系特點開設。其中新聞系包括：新聞學總論（探訪、編輯）、經濟新聞、副頁研究（新聞寫作）、新聞法律、各國報業史、通訊社實務，管理系包括：報業管理（工廠管理）、廣告、發行、統計、會計（簿記、珠算、審計），宣傳系包括：宣傳學、諜報學、群寡心理學、講演術、廣播常識、演繹研究，另設特別講座和星期作業來輔助各系教學研究。基本科目於第一學期兩系合班授課，專業課程於第二學期分系授課。

報考資格：大學以上專門畢業生為原則

辦學宗旨：應實際需要養成新聞報導人才

辦學緣由：上海及南京等地的相繼淪陷使得汪僞政權與日本沆瀣一氣，佐佐木健兒認為培育大東亞建設中的先鋒記者為當時所急，因此創辦新聞教育機構，滿足當時所缺之日僞新聞人才。

辦學特色：強化學生日語訓練，學校專門設有聯繫聽力的播音機以及制

定「學員日語獎勵規則」；辦學圍繞「建設東亞新秩序」的宣傳上，認定共產黨爲「東亞走向繁榮」的敵人，要求學校、學生在政治上堅決反共。1940 年7 月創立於北平，1945 年日本投降前停辦，共舉辦五期，畢業人員大多投身於報業集團。

　　1937 年，七七盧溝橋事變後，日寇大舉侵華，北方國立大學大部分南遷，而燕京大學作爲美國教會辦的私立學校，爲保持華北的文化自由，決定留在北平，因此成爲了日偽統治下的一個「孤島」。北平淪陷後，原《實報》社長管翼賢，叛變投敵，淪爲漢奸，其後又在侵華日軍「北支派遣軍」報導部創辦的中華新聞學校（1942 年改爲中華新聞學院）擔任院長一職，雖然這是北京新聞教育史上的污點，但客觀上它也是北京新聞教育史的一部分。

二、偽「中華新聞學院」的辦學特點

　　首先，日偽中華新聞學院的創辦目的是培養爲日偽新聞事業服務的「人才」。日偽新聞教育是伴隨著日本侵華和侵略者企圖在中國的土地上爲他們的侵略行爲粉飾，並以法西斯的新聞宣傳來麻痺、控制、愚弄、奴化中國人民的一種教育。日偽新聞事業大肆宣傳「東亞聖戰」、「建立東亞新秩序」、「中日提攜」、「和平救國」、「反共救國」等法西斯思想和漢奸謬論，它們還無恥造謠，任意虛報「戰績」，並挑撥離間共產黨和國民黨的關係，破壞抗日民族統一戰線。出於輿論先行、輿論控制、輿論引導等目的，它們瘋狂地擴張新聞事業，極力用輿論宣傳等方面的力量來實現他們侵華的企圖，由此也引發了在新聞宣傳諸方面「人手不夠」的「困頓」。與此同時，一些喪失民族氣節的中國人淪爲漢奸，甘願爲虎作倀，爲日偽新聞事業搖唇鼓舌，犬馬效忠。如北平淪陷後，日本侵略者採取收買、沒收、改組等方式，奪去了北平原有的一些報紙，創辦日偽報紙共有 30 多種。《實報》原是北平一家有較長歷史的小報，北平淪陷後，社長管翼賢投敵，竭力爲日本侵略者效勞，該報也成爲了一張典型的漢奸報紙，該報竟無恥地「慶祝」日寇侵佔南京，認爲是「中國復興之始」，並叫囂中日「共同防止萬惡之赤化陰謀」，要做「擁護新政權的反共戰線之鬥士」，要「實現友邦之共榮」等等。上海、南京淪陷後，汪精衛、周佛海等也獻媚邀寵於日本帝國主義，在新聞事業上竭力按日本人的要求行事，與日本人沆瀣一氣。當時日偽新聞事業有人才缺口，於是創辦新聞教育機構，培植自己的奸黨、奸細就成爲了日本侵略者的一種選擇。

其次，該院的教學理念是「反共」和實現「東亞共榮」。中華新聞學院原名為中華新聞學校，1940 年 7 月創辦於北平，是侵華日軍「北支派遣軍」報導部為培訓日偽新聞宣傳骨幹而在華北設立的新聞教育機構。1942 年 7 月改稱為中華新聞學院。招收大專以上畢業生，培養一年後分配工作。前期院長是日本同盟通訊社北支那總局華文部部長佐佐木健兒，後期院長是漢奸報人管翼賢。1945 年日本投降前停辦。在該院第一期開學典禮儀式上，院長佐佐木健兒發表演講說：「本院創設的目的，就是培養新聞事業的人才，就是我們理想著要謀新聞事業的再建。因為現在的東亞乃至全世界，全在進行新秩序的建設，對政治、經濟、文化等等都具有新的認識，從而建樹新的體制。新聞事業在國家的政治文化各部門中同樣具有重要的價值和地位，所以今後在新秩序建設的大目標下，對於新聞事業自然也應當有新的建樹，實現新的體制[1]」。

該院全部課程在總計 1 年的時間內分兩個學期講授。其中第 1 學期開設有日語、日文、國文、新聞學總論、新聞寫作、通訊寫作、副業編輯、中國報業史、國際現狀、採訪、現代思潮、評論研究等 20 門課程或專題，在時間安排上是日語每週 11 小時，日文每週 6 小時，國文 4 小時，其餘課程每週均為 1 小時，下半年的課程是日語每週 11 小時，日文每週 6 小時，國文每週 4 小時，以下一些主要課程為：現代刊物評論、新聞編輯法、報業管理、廣告、日本新聞現狀、通訊社理論與實踐、報人事略、社會與新聞、講演術等 16 門課，均為每週 1 小時，下半年還開設有每週 4 小時的日本文化課。從課程中可以看出，中華新聞學院明顯地把日文、日語、日本文化及日本新聞事業、新聞教育的內容當作主要的教學內容放在首位，他們向學生灌輸的是「日本文化是先進的」、「日本學術是進步的」的理念，為了使中國的華北地區成為「中日兩大民族親善攜手之模範地區」，使之成為「名實相符的大東亞共榮圈的主要基地」，堅持和要求學生去學習日語、日文。

為了強化學生的日語訓練，學院專門制定了「學院日語獎勵規則」，要求「本院學生應養成優異之日語會話、翻譯、寫作及演講能力」。為了實現這一目標，學院要求學生：1、閱讀指定之日語文法；2、閱讀指定之日文報紙雜誌；3、翻譯指定之日文書籍、雜誌、論文；4、背誦已講授之日語讀本；5、寫作日語新聞及評論。之外，每月還舉行日語會話競賽會，日語講演競賽

1　中華新聞學院概況：〔內部打印資料〕，資料提供，方漢奇。

會、日文論文翻譯競賽會及日文寫作競賽會等活動，對成績優異者予以獎勵，對達不到要求者按考試成績不及格不准畢業論處。以這個角度而論，中華新聞學院倒更像一個「中華日語學院」！

該院授課內容大部分匯總在了由管翼賢纂輯的《新聞學集成》一書之中。該書由 8 輯組成，中華新聞學院印行，未公開發行。

該書內容的目錄中就有以下條目讓人吃驚和費解：「統制新聞」、「各國的統制新聞政策」、「報紙的黃色新聞」、「軍事當局與新聞抗爭」、「性的新聞之處理」、「閒談就是新聞」、「疾病死亡自殺新聞的採訪」、「罪惡新聞的採訪」、「罪惡新聞的倫理」、「廣告的統制」、「戰時體制下的廣告動向」、「廣告與間諜」、「滿洲國通訊社」、「戰爭與宣傳」、「供給明日的作戰素材」、「新體制下的新聞構想」……在如此不一而足的目錄中我們不難發現，該書也即該校的好多教學內容是與戰爭、分裂中國、誨淫、誨盜、實現法西斯統治等緊密相關的，此外就是教育學生怎樣迎合世俗，以低級下流的內容和兇殺格鬥之暴力來作為新聞的猛料來販賣。書中還多次提到「滿洲國」，並把它並列於中國及其他國家，惡毒地分裂中國，肆意歪曲中國歷史，枉費了不少心機。由此我們也可以看到，他們進行的所謂新聞教育僅僅是手段、途徑，而真正的目的在於幫助日本帝國主義及侵略者分裂中國、控制侵略者的時局，達到「統制」的目的。

三是強調法制的灌輸。日偽統制期間頒布的《出版法》、《通訊社法》、《新聞社法》、《記者法》等諸多法律，以所謂「法治」的手段壓制中國人民的言論自由，用法律手段強化新聞事業的所謂「國家」壟斷，使學員接受一種新聞工作必須處在偽滿當局監管之下的教育，新聞作品不得刊有「波及國交上重大影響之事項」，「外交或軍事之機密」，「恐有惑亂民心、擾亂財界之事項」，「不法變革國家組織大綱或危害國家存亡之基礎」等方面的內容。有關法的內容中，言必稱政府，文必講國家，侵略者儼然成為了主人，把新聞教育變味成了政治說教、控制教育、統制教育和為一己之利益服務的教育。

該書在「育成輿論」中又稱：「在國家開展總力戰的情勢之下，新聞當然不能像從前那樣，僅僅限於輿論形成的範圍內，而不作進一步的發展」，「自中日事變發生以來，對於宣傳的價值不能重加考慮了」，「這不但在對外關係上如此，就是在對內關係上，當國家採取戰時的體制之際，宣傳工作也是不

可缺少的」，而爲了對內、對外、對作戰有利，新聞輿論的「育成」是不可缺少的，因爲是「育成」，是按照「主子」的意願來構建的，也頗能爲「主子」造勢出力，因此，「新聞宣傳的作用是不可低估的」。[1]

　　四是在教學過程中融進了政治和軍事因素。日僞華北軍報導部長，華北政務委員會情報局長等在學校開學和學生畢業時，總要到校發表訓詞，主要內容有：「我們要知道舊秩序的世界即將毀滅，新秩序的世界正在創造，尤其我們東亞，新秩序的建設，新體制的實現，以及大繁榮圈都在拼力結成期中，東亞民族所負使命的艱巨，爲有史以來所未有。新世界擔當指導民眾之任，各層階級的人物，沒有不盼望新聞界能引導他們走向光明大道的，所以新聞人才的需要，更較任何專門人才，尤其殷切。」他們鼓勵學生：「從今天以後就要腳踏實地地去服務新聞界，擔當起近代思想戰的鬥士的重任」。這個重任是什麼呢？是「在東亞新秩序內，去搜尋確實材料，必須本著現在的精神與心情，以在院研究所得之理論爲正確之理論。」所謂在院研究所得之理論，說白了就是他們在學校裏灌輸給學生的以日本侵略者的利益出發點的完全服從和服務於日僞新聞事業的理論。「諸位爲建設東亞新秩序，應該把握住正確理論，更不可不瞭解日本。」「各位畢業後，最好到日本去一次，對日本有徹底之瞭解，才知道如何建設東亞新秩序。」「要瞭解日本，則語言文字之相通至爲切要，所以中國人要學日文日語，中日必須聯合起來，才能達到建設東亞新秩序之目的。」在這裡倒是很好地體現了該校新聞教育理論與實踐緊密結合的「特點」。他們要求學生把在院內研究學習所得理論應用在「建設東亞新秩序」的宣傳上來，並以此來蠱惑、麻痹中國人民的思想，以期最佳效能地實現他們的目的，這也不能不稱之爲該校的一個「特色」。

　　該院的另一個要求就是要求學校和學生在政治上堅決反共。認爲共產黨是「東亞走向繁榮」的敵人。在中國共產黨抗日救國政策的引導和感召下，覺醒和覺悟了的中國人民都投入到了抗日救國的鬥爭中來，中國共產黨的新聞與宣傳事業與日僞漢奸控制下的新聞事業進行了針鋒相對的鬥爭，並且深入人心，深得人心。日僞中華新聞學院出於對共產黨輿論宣傳的懼怕和政治鬥爭的需要，以及對他們自己騙人做法的心虛，竭力掩飾自我的不足，詆毀對方的正義之舉、眞理之舉。在教學中提出了堅決反對共產黨的主張和要求。該校的領導及華北政務委員會、華北軍報導部等要人多次向學生述及反共的

1　中華新聞學院概況：〔內部打印資料〕，資料提供，方漢奇。

主張。他們公開說：「至於共產邪說，絕不能存於中國，或容於東亞，因爲東方固有之文化道德與共產邪說，絕對對立，再就我國之社會制度觀察，斷定共產主義在燦爛之東方文化中，必須排除。」爲了強調對共產黨理想信念的排斥和打擊，他們把早已設計好了的一種思想信念強加灌輸給學生：「現在我們的共同認識就是反共和平建國和建設東亞新秩序，前者是興國，後者是興亞。」這些理論表白什麼「中國復興必須與強大的友邦日本合作，而日本欲圖發展又必須與中國提攜，中國無日本不能獨存於東亞，日本無中國輔助，其前途亦危。」種種言論如大人哄小孩般幼稚，所有言談又都充斥著日本是東亞之主宰的妄言。日僞新聞教育在反共反人民的基調之下，對學生進行錯誤的引導，他們要求記者認清「偏淺的抗戰言論和荒謬的共產邪說，爲患已深，挽救廓清，端在引導，新聞記者是社會木鐸，居於指導輿論、糾正歪曲思想的重要地位」，要能「尤其在這個非常時期」發揮更大的作用。這裡我們看到的是日僞新聞教育之於「反共」和「建立東亞新秩序」的興趣並爲之進行的服務，看不到的是在新聞學院招牌之下的名實相符地進行以新聞學爲核心的新聞教育的教學與實踐。

第八章 民國時期新聞研究生的
培養與教育[1]

　　1984 年，著名新聞教育家溫濟澤先生在《我國新聞研究生教育發展概況》一文中指出：「全國解放以前，只有個別大學培養過研究生。1943 年中美合作在重慶辦過一個新聞學院，招收大學新聞系本科畢業生學習一年半後畢業，不授學位。解放前我國僅有的幾個新聞學碩士，大都是在國外培養的。我國有計劃地招收和培養研究生，是在新中國成立以後，從 1950 年開始的。」[2]1999 年，新聞學者張玲，金洪海合撰的《中國大陸新聞學研究生教育的產生及發展》則在前文的基礎上進一步介紹了民國新聞研究生教育情況，認為：「1918 年至 1949 年這 31 年間是我國新聞教育事業的產生及早期發展時期。這一時期，由于連年的戰爭和各方面條件的限制，中國國內沒有培養過正規的或具有碩士學位的新聞學研究生，國內僅有的幾位新聞學碩士生均為國外所培養。但是，根據有關資料的記載以及我們對部分新聞界老前輩的採訪可知，這一時期確係我國新聞學研究生教育的萌芽時期，主要體現在以下兩個重要史實中：1941 年 7 月，中國共產黨創辦的延安中央研究院內設九個研究室（包括中國新聞研究室），曾設特別研究員、研究員、研究生。……1943 年 10 月，中美合辦的重慶新聞學院招收過以本科為起點的大學生，進行了為期一年半的培養。」[3]

---

1 本文根據鄧紹根論文刪改。鄧文原發 2012 年中國新聞傳播教育史學會年會，廣西大學。
2 溫濟澤：《我國新聞研究生教育發展概況》，《中國新聞年鑒》，人民日報出版社，1984 年版，第 48 頁。
3 張玲、金洪海：《中國大陸新聞學研究生教育的產生及發展》，《現代傳播》，1999年第 5 期，第 108 頁。

第一節　燕京大學的新聞學研究生教育

燕京大學是美國教會在中國創辦的一所私立綜合大學。1916 年，北京兩所基督教學校——北京匯文大學和通州華北協和大學開始醞釀合併，1919 年正式成立。在校長司徒雷登掌管下迅速發展成為民國時期著名大學之一。燕京大學研究院成立於 1918 年，是國內最早開展研究生教育的高校之一。據《燕京大學研究院之沿革》記載：「本大學自民國七年成立之時，即注意於研究課程之設立，自民國七年至民國十五年，每年均由校務會議推選教授若干人，組織研究委員會，專事處理關於研究院學科之事務。在此期間，選讀研究課程之學生，為數甚少。民國十一年六月畢業式時，領受本大學第一次授予之碩士學位者，一人而已。其後五年，僅四人領受碩士學位。」[1] 當時，燕京大學研究院對碩士的入學資格有嚴格的規定：「本校文理科畢業生分率需在 1.30 以上者，准其研習更高深功課，備領受碩士學位在本校具有同樣成績者，或具有相當程度應受考試者亦得入學。入學者，國文必須流暢能自由發表思想。英語英文論文亦須通達於聽講，自修時均不感受困難，欲得碩士學位須先經研究生課程委員會查其已往之成績是否承認為合格。」[2]

1924 年暑假，燕京大學對外公布了 1924～1925 學年招生簡章，首次在文學院中出現「新聞學系（Department of Journalism）」名稱，並明確提出將開設研究生課程，「新聞學將開設本科生和研究生課程，先修課程或許包括英文寫作等」。新聞學開設後，共有九位學生選修了新聞學課程。其中，七名大三學生和兩名研究生。[3]

燕京大學新聞學系在文科研究所設立新聞部培養新聞研究生，主要是外因的促動，即密蘇里新聞學院派遣交換研究員。根據密蘇里新聞學院和燕京大學達成的互換教授和研究生的協議，密蘇里新聞學院在 1929 年初就開始了派遣研究員的選撥工作。據是年 1 月 7 日《哥倫比亞密蘇里人》（Columbia Missourian）報導：密蘇里－燕京協會也已經募集到 700 美元。它將用於派遣密蘇里新聞學院一名碩士研究生前往燕京大學工作。美國顧問委員會現在正在考察候選人。[4] 經過四個月的考察，5 月 25 日，密蘇里新聞學院在《哥倫比

---

1 《燕京大學研究院之沿革》，《燕京大學研究院概況》，北京大學檔案館卷案編號：YJ36016。

2 《文學碩士及理學碩士學位之授與》，北京大學檔案館卷案編號：YJ24006。

3 *Announcement of Course1924-25*，北京大學檔案館卷案編號：YJ1924006。

4 *Nash is Aided in Yenching Drive*: Columbia Missourian. Jan, 7th, 1929.

亞密蘇里人》公布了人選結果。威廉院長宣布：批准葛魯甫（Samuel D. Groff）為第一個密蘇里－燕京交換研究員（Missouri-Yenching Fellowship）獲得者。他將於 6 月獲得新聞學士學位，專業爲廣告學。密蘇里新聞學院派遣葛魯甫作爲首位密蘇里－燕京交換研究員前往燕京大學從事廣告學研究並教學並進行碩士論文的課題研究，促使燕京大學研究院在新聞學系設立新聞部，以利於他在此進行研究生階段的學習和工作，這直接推動了新聞學系的研究生教育培養工作的開展。

在研究生學習中，葛魯甫閱讀了大量的書籍，如托馬斯·卡特（Thomas P.Carter）《中國印刷術的發明》和查爾斯·哈特（Charles Hart）《外國廣告方法》。在新聞學系聶士芬教授和黃憲昭副教授的指導幫助下，他選擇了「中國廣告」作爲自己的碩士學位論文的選題。他認爲：「中國的廣告與中國文明本身一樣古老，但從本世紀初現代中國廣告才發端，還處於嬰幼期，發展極爲緩慢。中國人，雖然具有和那些自然而然受到廣告影響的人一樣的觀念，採用新奇的眼光看待廣告，但就像臨近山溪的人及其他用水者一樣，或害怕污染水源而避而遠之，或想知道她是否是清澈的泉水，是否安全飲用。」[1]但是，他也深知該項研究的困難。他後來寫道：「對於一個剛剛本科畢業沒有經驗的外國人來說，進行中國廣告領域的綜合研究無疑是大膽的。他不太熟悉中國的人民、風土人情、哲學和歷史，很難得出令人滿意的結果。我選擇它作爲我的碩士學位論文的選題，不知道要面對多少困難。只有經艱辛的努力和建設性的意見才能保證選題得以完成。」他自我分析認爲，他的研究將面臨兩大主要障礙，「一是廣泛徹底的調查工作無法完成」，「二是語言能力的匱乏。花費數月或數年不斷的努力去學習說中文，閱讀名著。」更爲關鍵的是，由於中國現代廣告還處於起步階段，「幾乎沒有原始記錄得以記載，搜集原始材料，構建深入的學術研究基礎，是一件令人沮喪而非由滿意結果的事情。」1932 年 5 月 1 日，葛魯甫完成了英文碩士學位論文 Advertising in China（《中國的廣告》）。並於 6 月獲得燕京大學頒發的「文碩士」學位。

1930 年代，燕京大學研究院文科研究所新聞部在新聞學系招收的研究生不止葛魯甫一人。據燕大研究院（1930～1931）報告顯示，該學年新聞學系招收了 3 名新聞學研究生。根據同年文學院報告，新聞學系學生總數 16 人，

1　Samuel D. Groff. *Foreword. Advertising in China*. Master's thesis Yenching University. 1932.

其中大二學生 9 名，大四學生 4 名，研究生 3 名[1]。

1934 年，民國政府教育部頒布《大學研究院暫行組織規程》，燕大研究院實施改組，限制設立研究生課程的學系，並呈准教育部立案。1934 年 12 月 28 日，新聞學系主辦的報紙《燕大報務之聲》發表文章《燕大新聞學系畢業生多數服務於報界》報導說：燕京大學新聞學系自 1929 年重辦，迄今將近五載，畢業生共十有四人，內一人爲研究院畢業生。」[2]。

總之，燕京大學新聞學系在 1924 年創建之初，通過開設供研究生選修的研究生課程，開始積累新聞研究生教育經驗。1929 年，在密蘇里新聞學院派遣交換研究員的推動下，燕京大學在研究院文科研究所設立新聞部，依託新聞學系師資正式開展新聞研究生教育，標誌著中國新聞研究生教育的萌芽。

第二節　延安中央研究院新聞研究室的研究生教育

中國共產黨在延安中央研究院新聞研究室也進行過研究生教育的探索。中央研究院的前身是 1938 年 5 月 5 日成立的馬列學院。這是中國共產黨在延安創辦的第一所專門學習和研究馬列主義理論的學校。1941 年 5 月，毛澤東同志發出了《改造我們的學習》的號召，要求確立以馬列主義基本原則爲指導、以研究中國革命實際問題爲中心的教育方針，廢除靜止地孤立地研究馬列主義的方法。根據毛澤東同志的這一指示，7 月，馬列學院改「馬列研究院」。毛澤東曾親臨指導，作了題爲《實事求是》的報告，要求大家一定要以馬列主義基本原則爲指導，以研究中國革命實際問題爲中心，調查研究敵、友、我三方面的歷史和現狀。這是毛澤東同志向馬列研究院提出的任務。8 月 1 日，根據毛澤東研究中國革命實際問題的指示，馬列研究院改名爲「中央研究院」。12 月 17 日，中央發布《關於延安幹部學校的決定》，規定：中央研究院爲培養黨的理論幹部的高級研究機關，直屬中央宣傳部。[3]

中央研究院的研究工作，採取分科設室、專家指導的原則。全院共設九個研究室，即中國政治研究室，中國經濟研究室、中國歷史研究室、中國文

1　Committee for Graduate Division-Annual Report 1930-31，北京大學檔案館卷案編號：YJ1931002。

2　《燕大新聞學系畢業生多數服務於報界》，《燕大報務之聲》第 6 號，1934 年 12 月 28 日。

3　溫濟澤、李言、金紫光等：《延安中央研究院回憶錄》，湖南人民出版社，1984 年版。

化思想研究室、中國文藝研究室、國際問題研究室、俄文研究室、中國教育研究室、中國新聞研究室。各個研究室根據毛澤東《改造我們的學習》的精神，為了有計劃地進行研究工作，一般都制訂了三年研究規劃和半年或一年執行計劃，具體規定了各室的研究目的、任務、人員分工、時間安排、方法、步驟、組織和會議制度等，每個研究課題有分工，有討論，有總結。室主任多由各該學科的黨內專家擔任，他們直接指導研究工作。中央研究院各研究室成員一般分為兩部分：研究員和研究生。研究員的任務是獨立進行研究工作，其中過去已有一定學術地位的同志，定為特別研究員。他們的工作職責和研究員相同，只是在生活待遇上得到一些優待。研究生的任務是邊學習邊工作，開始以學為主，逐步走向獨立工作。

延安的中央研究院中國新聞研究室，是中國共產黨奪取全國政權前建立的唯一的新聞研究機構。中國新聞研究室主任由中央宣傳部副部長、主管教育工作的李維漢兼任。根據中央指示，1942 年 1 月 15 日，中國新聞研究室制訂了《中國新聞研究室工作計劃草案》，內容包括六部分：

　　第一部分，中國新聞研究室任務，「從事中國新聞事業的研究，培養通曉新聞事業的理論與實際，具備歷史社會的具體知識，以掌握時事政治動向，及黨的新聞政策，並有寫作能力的新聞工作幹部。」

　　第二部分，公布了決定計劃的原則，「A、使本業的研究計劃同全院一般理論和一般文化政治教育獲得適當的配合。B、本業的研究應從中國新聞事業之現狀，歷史及理論三方面進行調查研究，而瞭解中國新聞事業現狀，應是經常的工作。C、經常的研究時事策略，並補充有關中外時事問題的具體知識。D、有計劃的補充中國歷史，中國社會的具體知識。E、有計劃的進行實習，對與本業有關的各機關，團體建立必要的聯繫。」

　　第三部分，中國新聞研究室的「研究計劃和時期」，「A、第一期：八個月，1941 年 11 月到 42 年 6 月，以調查研究中國報紙事業的現狀，（一般概況及友我幾個主要報紙）編寫成材料書，在此時期內到解放社實習一個月，並補充中國政治方面之具體知識。B、第二期：半年，1942 年 7 月到 12 月。下鄉實習，補充陝甘寧邊區的具體知識，並研究和練習採訪通訊的寫作和組織工作。C、第三期：

半年，1943 年 1 月到 6 月，研究新聞事業的一般理論與實際諸問題為中心，同時補充中國經濟方面之具體知識。D、第四期：一年，1943 年 7 月到 1944 年 6 月，研究中國新聞事業的歷史為中心，繼續調查研究中國報紙及主要雜誌的現狀，同時補充中國文化教育方面之具體知識。」

第四部分，中國新聞研究室的「研究時事策略的辦法」，「A、以《解放日報》為中心，配合中央決議指示及其他材料進行之。B、精讀《解放日報》研究其社論、專論，並分版研究時事，每半年輪換一次，並補充有關時事問題的具體知識，其分組辦法如左：1、以大西洋為中心的歐與非洲（第一組）；2、以太平洋為中心的遠東與美澳（第二組）；3、國內大後方國民黨統治區（第三組）；4、國內各抗日根據地和淪陷區（第四組）。C、選讀《中央日報勢《大公報》《掃蕩報》等報紙之重要社論。D、學習分析時事問題的方法，練習寫作技能，規定每人每月寫評論一篇，提出討論。E、時事座談會，具體知識或專門問題座談會，均於兩周舉行一次，遇有重大事件或緊急問題，則及時布置討論會。」

第五部分，中國新聞研究室的「研究時間的分配」。「A、一般的學習每週十八小時。B、研究時事策略與補充具體知識：每週十四小時。C、本業專門研究：每週十六小時。」

第六部分，中國新聞研究室的「1942 年度上半期的工作計劃」。

第七部分是「附則」

雖然，中國新聞研究室制定了詳細的工作計劃草案，並按照計劃進行了分工研究，研究員和研究生有計劃地補充有關中國歷史、政治、經濟、文化等方面的知識，到解放日報社實習，下鄉瞭解陝甘寧邊區的實際，練習採訪及通訊、評論的寫作等。但是，隨著 1942 年 3 月整風運動的開展，新聞研究室沒有來得及進行有成效的研究活動。至 1943 年初，中國新聞研究室隨著中央研究院編入中央黨校第三部。

延安中央研究院中國新聞研究室研究生的學習研究，並非一般意義的研究生教育，也非學歷教育。該研究院本身僅是一所專門學習和研究馬列主義理論的學校，以培養黨的理論幹部為主，而中國新聞研究室是新聞研究機

構，主要任務是培養新聞工作幹部。研究生是邊學習邊工作，逐步走向獨立工作。它僅是一種探索，一種理論聯繫實際的探索，堅持以馬列主義基本原則為指導研究中國新聞工作實際問題的探索。中國新聞研究室的工作計劃方案，明確規定了研究目的、任務、人員分工、時間安排，研究方法、步驟，組織和會議制度等，但由於時局的變化未能嚴格的實施，研究生們也未能按計劃執行計劃，從事積極有效的學習研究工作；但是它強調學生通過自主的學習，提高理論素養和政治素質，培養研究生獨立分析問題、解決問題和獨立研究的能力，與今日的研究生培養要求卻有異曲同工之妙。

第三節　國民黨中央政治學校新聞學院的研究生教育

中央政治學校新聞學院是抗日戰爭時期中美文化合作計劃中的一個項目，由國民黨中央宣傳部國際宣傳處與美國哥倫比亞新聞學院合辦。[1]

早在 1942 年底，國民黨中宣部國際宣傳處為加強國際宣傳，「秉承當局在國外物色幹練教授，著手訓練國際宣傳新聞人員」的指示，國民黨中宣部副部長董顯光赴美，與美國新聞界多方接洽，招聘願意來華充任教授的新聞人才。他重返母校哥倫比亞新聞學院，並同院長愛克門接洽，商定由該院推薦教授來華。1943 年 8 月，國際宣傳處開始籌備，並於是月 23 日在《中央日報》刊登公告《中宣部國際宣傳處招考國際宣傳高級新聞學員》，宣布中宣部國際宣傳處將在重慶、成都、昆明、桂林四地招考 30 名國際宣傳高級新聞學員。主要內容包括：1、報考資格：中國國民黨籍或服膺主義，志切入黨之中華民國國民不分性別以曾在國內外大學畢業，英文寫作會話純熟無瑕，並明瞭國內外現勢者為限。2、報名日期和地點：自即日起至九月八日止，每日下午二時至六時；重慶兩路口巴縣中學中宣部國際宣傳處。3、報名手續：親自送繳大學畢業證書、最近半身相片三張、簡明簡歷。4、考試科目包括：一、黨義，二、國文，三、英文，四、中外史地，五、時事，六、口試（包括英語會話）。5、考試時間和地點：九月十日上午，重慶兩路口巴縣中學。6、開學日期：十月十日。7、待遇：受訓期間一年期內每月暫支給薪金一千二百元。茲得按年齡分齡六斗、八斗、一石平價米或代金；受訓期間滿，經考試及格者分發本處及新聞機構任職，期滿半年，得經考選派送國外大學深造，畢業

1　葛思恩：《回憶重慶新聞學院》，《新聞研究資料》，1981 年第 4 期。

後報保送到國外國際宣傳及新聞機構任高級宣傳及通訊人員。

　　隨後，國民黨中宣部國際宣傳處向記者們通報了招考國際宣傳高級新聞學員的籌備情況和實施原則，「該訓練計劃，係根據總裁（蔣介石）力行原理，在行中求知，在工作充實其素養。故所招學員，除參照美國著名大學新聞研究院課程，授與新聞學研究生所必須之專門學術外，並根據吾國策所規定之宣傳政策，在宣傳部制定之下，利用各教授之技術，率導各學院進行採訪、撰述、廣播、攝影等宣傳工作。」[1]並宣布招聘的教授已經在來華途中。他們分別是由克羅斯（Harold L. Cross，中文名葛海樂）、羅吉斯（Floyd D. Rodgers）、德勒爾（Anthony T. Dralle，中文名莊同禮）、倍克（Richard T. Baker），均由哥倫比亞新聞學院介紹來華，是「美國新聞界一時之選」；四人中以克羅斯教授為首席，「曾任紐約前鋒論壇報之法律顧問，在哥倫比亞大學教授歷十六年之久。」[2]

1　《國際新聞人員，國宣處招考訓練，美專家來華任教》，《中央日報》，1943 年 8 月
　　25 日。
2　《國際宣傳處新聞訓練班開學，決定改名新聞學院，隸屬中央政治學校》，《中央日
　　報》，1943 年 10 月 12 日。

第九章　民國新聞教育的「南北兩鎮」

　　基於地域、政治、文化、經濟、民族等方面的特性與特質，在中國歷史上、在許多涉及文化、政治、教育等方面的認知和實操上，大多有「南北之分」，「南派北派」或者「南北之爭」，這是一種客觀存在，存在於諸多領域。在新聞教育界同樣有這樣的存在。民國時期，雖然新聞教育屬於起步和初步發展階段，但北京、上海對外開放，一些國外的新聞教育理念能夠比較快地在這兩地體現，有許多「洋人」來這裡傳授新聞學的相關知識，一些留學或者有過國外經歷的新聞人回到北京、上海，為兩地的新聞教育提供了條件。「南北」兩鎮新聞教育的發展比較迅猛，各自成為了南北方的代表。基於學理和參照物基本相同，民國時期新聞教育南北兩派有許多共同點，也有一些不同點，這是學界應該予以關注的。其中，北京（平）、上海作為當時南北的代表，有個例研究的必要和價值。

第一節　民國時期北京的新聞教育[1]

　　北京是我國新聞教育的發源地，同時也是民國時期我國新聞教育的重鎮之一。「民國時期的北京新聞教育」是指 1912～1949 年間北京地區的新聞教育。

一、為什麼民國時期的新聞教育肇始於北京？

　　原因在於北京作為當時中國政治、文化和社會的中心，有大量的各種資

1　部分內容選自殷強：《民國時期的北京新聞教育》，上海大學碩士學位論文，2017
　　年版。

源得以聚集在北京，使得它擁有了比其他地方更為有利的誕生新聞教育的條件。關注民國時期北京的新聞教育，大致有以下幾個角度[1]：

一是對民國時期北京地區新聞教育機構或團體進行個案或橫向比較的研究，這也是目前我國新聞教育研究的傳統方式；

二是關注這一時期著名的新聞教育家，如徐寶璜、邵飄萍、成舍我等，從他們的新聞教育思想中探索當時新聞教育的內容、目的和方向等；

三是從更微觀角度出發，如新聞系的課程設置、新聞系學生的畢業論文和新聞系出版的期刊等方面進行挖掘性的研究。

燕京大學是民國時期新聞教育機構的代表。燕京大學校史委員會編寫的《燕京大學史稿》提供了這個教育機構比較完整的資料，書稿介紹了燕大新聞系的由來，初期的創建以及停辦，乃至後期的恢復，在戰火中的「孤島」堅持，成都復課時期，勝利後返校，一直到最後併入中國人民大學新聞系告終[2]。

二、對平民大學新聞教育的關注

由政界名人汪大燮出資創辦的平民大學，也曾在我國新聞教育史上做出過有益探索，戈公振先生在我國新聞學研究的開山之作《中國報學史》中，對平民大學新聞學系進行過介紹，包括學制、課程設置等內容，使得新聞界人士對平民大學有了一定的瞭解，因此平民大學也在我國新聞教育史上擁有了一席之地。平民大學的新聞教育模式很可能受到了當時威斯康星通識化新聞教育模式的影響[3]。這也為我們研究民國時期北京新聞教育提供了另一種可供研究的思路。

三、民國時期北京新聞教育的四個時期

鑒於北京作為我國新聞教育發端的重大歷史意義，其醞釀和萌芽階段亦不可忽視，因此筆者認為民國時期的北京新聞教育應該劃分為四個階段：

第一階段是醞釀萌芽期（1912～1920），時間大致為 1912 年中華民國建

---

1 殷強：《民國時期的北京新聞教育》，上海大學碩士學位論文，2017 年版。

2 燕京大學校史委員會編，張瑋瑛、王百強等主編，《燕京大學史稿》，人民中國出版社，1999 年版。

3 陳立新：《威斯康星模式與中國初期新聞教育——兼論新聞價值理論之淵源》，《國際新聞界》，2013 年第 6 期。

立至北京大學新聞學研究會的正式成立前後。將北京新聞教育的萌芽階段往前延伸至 1912 年，最根本的原因是這一年民國正式建立，而這爲中國的近代化，包括教育近代化打開了大門，提供了現實可能性。這一時期，除了 1912 年中國報界俱進會在上海提議設立「報業學堂」以及 1920 年全國報界聯合會在廣州倡議設立「新聞大學」，並議決了「新聞大學組織大綱」之外，最爲引人注目的是 1918 年 10 月 14 日北京大學新聞研究會（1919 年 2 月 19 日年改爲北京大學新聞學研究會）的成立。研究會得以在北大成立，很大程度上源於北京大學開風氣之先，提倡「思想自由、兼容並包」，北大新聞學研究會的成立，不僅標誌著中國新聞教育的開始，同時它也是中國第一個新聞學研究團體[1]。

　　第二階段是艱苦創立期（1921～1927），自北京大學新聞學研究會停頓前後到北伐戰爭時期。這一時期，北京地區的新聞教育逐漸走上了正規化的學校專業教育軌道，先後成立了包括平民大學新聞系（1923）、燕京大學新聞系（1924）、民國大學新聞系（1924）、法政大學新聞系（1924）和國際大學報學系（1924）在內的 5 所大學新聞系，平民大學新聞系和燕京大學新聞系是其中的主要代表，而法政大學新聞系和國際大學報學系創辦不久之後便停辦了。平民大學新聞系的創辦，既標誌著我國北方新聞教育的興起，也標誌著國人自辦正規新聞教育之始[2]。而燕京大學新聞系，因爲其獨特的教會屬性，與美國方面聯繫緊密，故而成爲了中國密蘇里新聞教育模式的重要代表。

　　第三階段爲發展繁榮期（1928～1937），以北伐勝利，中國政權實現形式上的統一爲始，以抗日戰爭爆發爲終。中國政權的短暫統一，使得國內環境相對和平，這一時期北京有 2 所新聞教育機構成立，分別是成舍我主持的北平世界新聞專科學校（以下簡稱北平新專）和由曾錢忱、吳秋塵負責的民國大學新聞專修科。其中成舍我提出「德治兼修、手腦並用」的教育理念，不僅對革除當時報界的弊病具有現實意義，從新聞教育的角度來看，也是對本土新聞教育模式的一次偉大探索和嘗試。另外，1927 年因經費問題而停辦的燕京大學新聞系，也在代理系主任聶世芬的努力下於 1929 年正式恢復重建，之後走向了繁榮發展的道路，爲中國新聞界培養了一批又一批出色的新聞人

1　黃天鵬：《新聞學綱要序》，轉引自蕭東發：《蔡元培與北京大學新聞學研究會》，《新聞愛好者》（理論版），2008 年第 12 期，第 72 頁。
2　李建新：《中國新聞教育史論》，新華出版社，2003 年版，第 41～42 頁。

才，並因此成為了 20 世紀中國最著名的新聞教育學府。

第四階段則是戰時動盪期（1937～1949），也就是抗戰爆發之後到新中國正式成立前後。由於抗日戰爭與解放戰爭的連續影響，時局頗為動盪，這一時期北京新聞教育的發展也顯得前所未有的艱難。抗戰全面爆發後，北平淪陷，燕京大學隨即淪為「孤島」，北平新專也首次宣布停辦，接著日軍佔領燕園，燕大被迫西遷成都。北平淪陷後，《實報》社長管翼賢投敵，成為日偽「中華新聞學院」的教務主任兼新聞學總論教授，後任院長，徹底地淪為了日偽新聞事業的幫兇[1]。

表 1　民國時期北京新聞教育機構統計

機構名稱	主要人物	成立時間	備　註
北京大學新聞學研究會	蔡元培、徐寶璜、邵飄萍	1918	我國新聞教育之發端
平民大學新聞學系	徐寶璜	1923	我國正式有新聞教育之始[2]
燕京大學新聞系	白瑞登、聶世芬、梁士純	1924	20 世紀中國新聞教育最著名的學府[3]
民國大學新聞系		1924	創辦後不久停辦
法政大學新聞系	邵飄萍	1924	
國際大學報學系		1924	創辦後不久停辦
北平世界新聞專科學校	成舍我	1933	「德智兼修、手腦並用」
民國大學新聞專修科	曾鐵忱、吳秋塵、張友漁	1933	
中華新聞學院	管翼賢	1940	日偽新聞教育的代表

四、民國時期北京新聞教育的代表性人物及刊物

在民國時期的北京地區新聞教育中，出現過有許多成績和貢獻卓著、為後人稱道的新聞教育家。

---

1 殷強：《民國時期的北京新聞教育》，上海大學碩士學位論文，2017 年版。
2 卜少夫：《談新聞教育》，《新中華》，1944 年第 2 卷第 4 期，第 61 頁。
3 趙敏恒：《外人在華新聞事業》，第 14 頁。轉引自林牧茵：《移植與流變——密蘇里大學新聞教育在中國模式（1921～1952）》，復旦大學博士論文，2012 年版，第 110 頁。

　　我國第一位留學密蘇里新聞學院的學者黃憲昭。作爲燕京大學新聞系副教授投身新聞教育，並積極創造條件組織出版各種新聞媒體，包括《新中國》《平西報》《燕京報》和《燕京新聞》等學生實習陣地，在 1931 年接任燕京大學新聞系系主任後，還連續四屆組織召開了「新聞學討論周」，以加強學界和業界的聯繫[1]。黃憲昭作爲第一位留學密蘇里新聞學院的中國人，也作爲我國早期的新聞教育者，他對我國新聞事業以及新聞教育事業的發展都做出過一定的貢獻。

　　報業鉅子成舍我先生。創辦了民國時期著名的北平世界新聞專科學校，同時也提出了「德智兼修、手腦並用」的新聞教育思想，這對當代新聞教育有重要的現實意義，如一注重文學素質，強調學生的文字功底；二注重新聞道德，培養學生的健全人格；三注重實踐，提高學生的應用能力；四面向民眾，踐行大眾化的教育理念等[2]。

　　黃天鵬是民國時期的報人，也對新聞教育的教學及實踐進行過有益的探索，由他主編，北京新聞學會出版的《新聞學刊》是我國最早的新聞學雜誌，《新聞學刊》「研究新聞學術、提倡新聞事業」，[3]是研究我國新聞學期刊的重要資料。

　　北京大學新聞學研究會創辦的《新聞週刊》在民國時期北京新聞教育中的歷史地位也不容忽視，《新聞週刊》是中國新聞史上的第一家新聞學專業刊物，是我國早期採用橫排的報紙之一，是當時中國唯一的一本傳播新聞學知識的業務刊物[4]。

　　民國時期北京新聞教育「出現了 82 個新聞教育機構、16 個新聞學術團體以及 31 種新聞學術期刊」[5]，作者認爲近代新聞教育機構的辦學形式有三個類別：一是「中國近代新聞教育機構的核心部分」的高等教育機構；二是「相當於中專」的新聞職業學校；三是「短期培訓，一般是正在從事新聞工作的人員參加培訓」的新聞培訓班，比較明瞭地將近代新聞教育機構的層次做了

1　鄧紹根：《第一位留學密蘇里新聞學院的中國人——黃憲昭》，《新聞與寫作》，2012年第 8 期，第 73～76 頁。
2　黃俊華：《成舍我新聞教育觀及其現實意義》，《湛江師範學院學報》，2010 年第 2期，第 129～131 頁。
3　余可：《我國最早的新聞學雜誌》，《新聞與成才》，1997 年第 6 期。
4　鄧紹根：《北京大學新聞學研究會〈新聞週刊〉初探》，《福建師範大學學報（哲學社會科學版）》，2009 年第 1 期。
5　李秀雲：《中國新聞學術史（1834～1949）》，新華出版社，2004 年版。

劃分。同時，作者還通過量化方法總結出「新聞教育機構比較集中的城市，恰恰又是新聞事業最發達的城市」，從而印證了新聞教育與新聞事業之間存在良性互動關係。

五、移植與效法是民國時期北京新聞教育的顯著特徵

以現代新聞教育的標準來衡量和審視，民國時期北京新聞教育中對西方教育理念和方法的移植和效法特徵明顯。一些率先接受西方新聞教育培養以及受西方新聞教育思想影響的留學歸京人才的直接助力在起到了重要的作用。

蔡元培先生早在 19 世紀末期便開始接觸西學，後又留學德國，深受西方教育思想的啓發，任民國時期南京臨時政府教育總長時，就曾頒布了《普通教育暫行辦法》，主張推行西方教育制度。後任北京大學校長期間，提倡「思想自由、兼容並包」的辦學方針，而正是這一方針的提出，對北京大學新聞學研究會的成立有著最直接的促進作用。徐寶璜也曾於 1912 年公費留學，在美國密歇根大學研究新聞學。而邵飄萍曾兩度去日本，在日本法政大學研究法律和政治，同時在東京組織「東京新聞社」，意爲反對袁世凱通敵賣國。後來，還有如中國第一個密蘇里大學新聞學院畢業生黃憲昭等留學人才歸國，投入到北京和全國的新聞事業和新聞教育事業之中。美國是世界新聞教育的發祥地，有學者稱「留美新聞人對民國高等院校新聞教育的創立、發展和推廣起到了決定性的作用」[1]。

另外，鴉片戰爭後，無能的清政府與外國列強簽訂了一系列喪權辱國的不平等條約，其中如中法《黃浦條約》第二十二款之規定：佛蘭西人亦一體可以建造禮拜堂、醫人院、周急院、學房、墳地各項」[2]。在這些不平等條約的掩護下，外國教會在中國開始興辦教會學校以便傳教，這些教會學校是列強實行文化侵略的重要手段，但不得不承認，客觀上這些教會學校新穎的教學理念、辦學形式和貼近實際的教學內容等都對中國的傳統教育提出了挑戰，並越來越得到社會的認可。民國成立後，政府也開始順應社會實際著手進行教育改革，提出了「實利教育」的口號，1915 年，陳獨秀在《今日教育

---

1 陳昌鳳：《中美新聞傳承與流變》，中國廣播電視出版社，2006 年版，第 58 頁。
2 王鐵崖編：《中外舊約章彙編（第一冊）》，生活·讀書·新知三聯書店，1957 年版，第 54 頁。

之方針》中又明確提出「職業教育」是四大教育方針之一[1]，此舉促進了近代教育體系在北京的萌芽和發展。另外，加上一些深受西方教育思想影響的人士，如北京大學時任校長蔡元培先生的努力，直接推動了我國近代教育體系的構建，使得新聞教育作為職業教育之一種得以在北京率先開展起來。

　　民國時期北京新聞教育深受國外新聞教育的影響，對國外先進新聞理論及新聞教育理念的輸入，主要有兩種途徑：一是由留學生將國外所學新聞專業知識或新聞教育理念帶回中國，並將其應用到我國新聞教育事業中去，比如密蘇里新聞學院第一位中國留學生黃憲昭就是其中的代表；二是國外新聞教育專家直接來華，向中國新聞教育界人士介紹世界新聞業以及國外新聞教育的情況，在 1921～1922 年短短兩年間，先後有英國現代新聞事業的創始人、《泰晤士報》社長北岩公爵，美國密蘇里大學新聞學院院長威廉博士，美國新聞出版界協會會長格拉士，美國《紐約時報》著名記者高森以及美聯社社長諾伊斯等知名人士來華演講。其中，影響最大的莫過於 1921 年美國密蘇里大學新聞學院院長威廉博士在北京大學發表的題為《世界之新聞學》演講，不僅向國人介紹了世界新聞界的概況，同時也宣傳了密蘇里大學的新聞教育模式，為北京乃至中國起步階段的新聞教育提出了建議。

　　在燕京大學新聞系籌建之時，威廉博士就說服哥倫比亞大學畢業生白瑞登（R. S. Britton）和密蘇里大學畢業生聶世芬（Vernon Nash）協助燕大建立新聞系，後來密蘇里大學又派出研究生葛魯甫（Samuel Groff）來燕京大學講授廣告學，在燕京大學和密蘇里大學新聞學院正式建立合作關係後，密蘇里大學和燕大還互派教授和學生交流，威廉院長也曾多次親臨燕京大學訪問和講學。

　　新聞學是一門舶來學科，它在北京發端及發展是各種內外因素共同作用的結果，從史學的角度而言，它具有歷史必然性；從新聞教育的角度而言，他有別於國內其他地區；從教育學的角度而言，他還具有濃重西方教育色彩。

六、北京大學新聞學研究會的改組及變化

　　北京大學新聞學研究會是中國新聞傳播教育史上一個非常重要的學術和

1　金林祥主編：《20 世紀中國教育學科的發展與反思》，上海世紀出版集團、上海教育出版社，2000 年版。轉引自李建新：《中國新聞教育史論》，新華出版社，2003 年版，第 22 頁。

教育組織，在本研究的第一章已經對其進行了比較全面的研究和介紹，這裡的內容是對這個組織的相關內容的完善和補充。

1919 年 2 月，北京大學新聞學研究會發展一年左右，會員數量逐漸增加，研究會的事務也愈加繁瑣，時任研究會主任徐寶璜因此提出「因擔任之事過多，精力不及，恐於會務之發展有礙，特向會員提出改組意見」[1]，研究會的改組大會於 1919 年 2 月 19 日正式召開，會上通過了研究會簡章，並進行了研究會的職務選舉，選舉結果是蔡元培仍當選為正會長，徐寶璜當選為副會長，另外，曹傑、陳公博當選為幹事。改組大會通過了新的研究會簡章。[2]

較之第一版舊簡章，改組大會所通過的新簡章更加完善，同時也出現了一些變化，而這些新變化的產生也表明，隨著學習研究的深入，研究會對新聞學的認知越來越全面深刻，而且整個組織的運作也更為成熟，發生了明顯的變化。

首先體現在名稱上，研究會的新簡章在以往的基礎上加了一個「學」字。「新聞研究會」與「新聞學研究會」雖是一字之差，但意義深刻。「學」字的加入不僅反駁了自新聞學誕生以來國際國內由來已久的「新聞無學論」，也從另一個側面體現出北大新聞學研究會的會員們，對於新聞學的學習和理解在不斷加深，從單純「術」的層面提升到較高的「學」的層次，開始弱化研究會早期的職業教育色彩，而開始轉向從學理角度研究學習新聞學了。

其次則是宗旨的變化。由「灌輸新聞知識、培養新聞人才」變為「以研究新聞學理、增長新聞經驗、以謀新聞事業之發展為宗旨」，宗旨的變化表明北大新聞學研究會對會員提出了更高的學習要求，這也能反映出北京新聞教育在不斷進步。早期「灌輸新聞知識、培養新聞人才」帶有比較濃厚的職業技術培訓色彩，而「研究新聞學理、增長新聞經驗、以謀新聞事業之發展」無疑從學與術兩大方面都對會員們提出了更高更全面的要求，這對促進我國新聞事業的科學發展具有深刻的意義。

第三是研究內容更為深入、全面。用「新聞學之根本智識」替換了舊章

1　《新聞研究會改組紀事》，《北京大學日刊》，1919 年 2 月 10 日。轉引自王展：《多重視野中的北京大學新聞學研究會》，安徽大學碩士學位論文，2007 年版，第 22 頁。

2　《北京大學日刊》，1919 年 2 月 20 日第 313 號。轉引自王展：《多重視野中的北京大學新聞學研究會》，安徽大學碩士學位論文，2007 年版，第 24 頁。

程中的「新聞之範圍」，這一改變著重強調了研究會未來的研究內容不會滿足於基礎知識的灌輸，而是會向著更深奧的方向挖掘。另外研究內容還增加了評論、廣告、實驗新聞學等條目，研究範圍也更加廣泛，縱橫兩個方向的變化，爲會員們提供了更爲系統化的新聞學研究內容，在北京新聞教育的萌芽階段，進步令人驚歎。

第四就是加入了新聞實踐的內容。在「爲增長會員新聞經驗起見應辦事項」一項中，增加了：本會可隨時介紹會員，往各新聞社參觀考察，及與中外通訊社聯絡接洽，但須先得該新聞社及中外通訊社之同意。這一條目的添入，表明北大新聞學研究會準備將新聞理論與實踐相結合，使得北京新聞教育向前邁進了一大步，新聞學的產生是新聞事業發展的必然結果，而研究新聞學的最終目的就是指導並服務於新聞事業，實踐內容的添入，豐富了北京新聞教育的內容，同時也爲未來北京新聞教育的發展提供了一個可供參考的模式。

最後是降低了會費。會費由最初校內會員每年每人納費九元，校外會員年納十八元，變爲校內會員每人年納會費現洋四元，校外會員年納現洋八元。降低准入門檻，一方面是因爲在 1919 年 1 月底研究會開設新班未招滿，另一方面也是想通過降低會費吸引更多的青年才俊加入研究會，壯大研究會的規模，從而提高新聞學的知名度和社會影響力。

1920 年底，蔡元培因故赴歐考察，徐寶璜也因故辭去了校長秘書一職，後出任民國大學的代理校長，邵飄萍則因過激言論遭到全國通緝，不得不亡命日本，因此北大新聞學研究會在新的學年沒有納新。另外，1920 年北大新聞學研究會的許多骨幹會員如羅章龍、譚平山、高尚德等先後參加中國共產黨，或參加勞動組合書記部工作，並參加亢慕義齋的各項活動。還有會員先後創辦報刊，也有一些會員畢業離校[1]，北京大學新聞學研究會的活動趨於停止。

1920 年 12 月 17 日，在《北京大學日刊》登出的一篇名爲《國立北京大學略史》的文章中，新聞學研究會仍然是「學生自動組織之共同研究機關」之一[2]，雖然不知此時研究會的活動是否還在繼續，但至少名義上還保持存

1　方漢奇：《中國新聞事業通史（第二卷）》，中國人民大學出版社，1996 年版，第 71 頁。

2　《國立北京大學略史》，《北京大學日刊》，1920 年 12 月 17 日第 771 期，第 6 版。

在。直到「1921 年出版的《北大生活》寫眞集中才明確提出『現在該會略停頓』」[1]，表明研究會已經沒有新的活動開展，這也意味著新聞學研究會無論是形式上還是實質都已經不宣而散了。

七、平民大學的新聞教育與「威斯康星模式」的映像

雖然「威斯康星模式」作爲一個學術概念，較少被提及，但 20 世紀 20 年代這一新聞教育思想就已經開始顯現，而它所提倡的「通識化教育」模式也被眾多的新聞院校所認可，在美國比較有代表性的是威斯康星大學麥迪遜分校，而在我國，民國時期的平民大學新聞教育就比較明顯地有「威斯康星模式」映像。

（一）「威斯康星模式」的通識化新聞教育

所謂新聞教育的「威斯康星模式」，即美國威斯康星大學麥迪遜分校（以下簡稱威斯康星大學）所採用的通識化新聞教育模式，威斯康星大學最早於 1905 年由維拉德博士開辦新聞課程，1912 年建立新聞系，是美國最古老、最優秀的新聞學院之一，被譽爲「美國新聞教育之父」的布萊耶（Willard G.Bleyer）曾在此任教，[2]而布萊耶就是美國通識化新聞教育模式的主要倡導者，也是將其應用到了新聞教育中的實踐者。

「通識教育」是「一種盡可能綜合的教育，它是學生進行任何專業學習的準備」[3]。通識教育不僅能使學生在更宏觀的角度審視新聞學這門學科，拓寬學生的知識面，還可以在學生進行專業學習時更好地選擇個人未來的發展方向。但將通識化新聞教育推而廣之的主要人物則是有「美國新聞教育之父」之稱的布萊耶，「他在 20 年代提出通識化的新聞教育思想，倡導在新聞學習過程中提高其他學科的比例，並率先在威斯康星大學新聞系加以實施」，「在四年制新聞本科的課程中，他規定新聞學的課程只占四分之一，其餘四分之三應當是社會科學和人文學科如經濟學、政治學、法律、歷史和英語等內容」[4]。

1　周婷婷：《中國新聞教育的初曙——以北京大學新聞學研究會爲中心的考察》，復旦大學博士學位論文，2008 年年版，第 73 頁。
2　單波：《反思新聞教育》，《新聞與傳播研究》，1998 年第 4 期，第 39 頁。
3　李曼麗：《通識教育——一種大學教育觀》，清華大學出版社，1999 年版，第 8 頁。
4　黃鸝：《論美國新聞教育的職業化》，華中科技大學博士論文，2005 年版，第 43 頁。

「新聞學要想在研究型大學立足，必須將自身定位於社會科學」[1]，新聞學相比一般學科有著更高的職業要求，1921 年，布萊耶在西北大學麥迪爾新聞學院的一次演講中提到：「一個醫生一生中出現再大的過錯，也不可能殺死多於一百的生命，一個律師可能會使客戶的財產遭受損失，甚至使客戶失去一生的自由，但是如果一個不成功的新聞記者日復一日地提供不準確的新聞或有色新聞，便會引導公眾的輿論走向錯誤的方向，進而對社會民主造成危害」，因此他認爲「學生在學校中需要接受的最重要的教育，應該是廣博的知識和怎樣運用這些知識付諸實踐的能力。這些知識包括現有的人類社會的所有知識領域，這種能力指的是一種強烈的社會責任感和成爲一名好的記者的良好的素質」[2]。布萊耶強調了新聞教育向「通識化教育」轉變的重要性，而且將其上升到了社會責任的高度，這應該說是新聞教育史上學理層面的一次歷史性昇華。

（二）「威斯康星模式」在平民大學新聞教育中的映像

平民大學新聞系成立於 1923 年，平大新聞學系是中國第一個大學新聞系，也是當時全國新聞系科學生人數最多的新聞系[3]。

在學制方面，高中畢業生進入平民大學新聞學系學習後，首先得上兩年預科，然後才能開始 4 年本科課程的學習，這也是我國首次提出四年制大學新聞教育的方案，此時燕京大學新聞系還未開辦，而上海的聖約翰大學新聞系才剛成立不久。

初期，在《平民大學組織大綱（1923 年）》中，新聞學系的課程安排包括「新聞學概論、新聞採集法、新聞編輯法、新聞政策、新聞實習、廣告學、速記學、現行法令綱要、社會學、社會政策、社會問題、經濟學、哲學概論、法理學、政治學、政治學史、外交史、各國政黨史、名國現代政治論、中國近代政治史、中國文學史、文學概論、英國文學史概論、美國文學史概論、第一外國文英文、第二外國文」，總計 26 門。[4]而在四年制學制教育的背

---

1 伍靜：《中美傳播學早期的建制史與反思》，山東人民出版社，2011 年版，第 28 頁。

2 Bronstein, C. & Vaughn, S., *Willard G. Bleyer and the Relevance of Journalism Education*, Columbia, SC, Association for Education in Journalism and Mass Communication, 1998, p38.轉引自賀明華：《論美國新聞教育模式的形成和價值》，《國際新聞界》，2011 年第 8 期，第 27 頁。

3 方漢奇、李矗主編：《中國新聞學之最》，新華出版社，2005 年版，第 355 頁。

4 周婷婷：《中國新聞教育的初曙——以北京大學新聞學研究會爲中心的考察》，復旦大學博士學位論文，2008 年版，第 73 頁。

景下，新聞系的課程根據需要進行了大幅的擴充，由原計劃的 26 門擴充爲 47 門，通識教育課程的數量同時得到增加，具體安排如下：

表 2　平民大學新聞學系分年課程表[1]

第一學年		第二學年		第三學年		第四學年	
新聞學概論	2	新聞採集法	1	新聞經營法	1	新聞事業發達史	2
速記術	1	新聞編述法	1	新聞評論法	1	特別評論法（戲評書評）	1
經濟學	3	廣告學	2	採編實習	2	出版法	1
政治學	2	社會學	2	評論實習	2	採編實習	2
文學概論	2	照相製版術	1	時事研究	2	評論實習	2
哲學概論	2	財政學	3	現行法令綱要	2	群眾心理	2
民法概要	2	中國近代政治外交史	2	戰時國際公法	2	時事研究	2
中國文學研究	2	平時國際公法	2	中國近代財政史	2	現代各國政治外交史	2
英文（讀報）	2	統計學	2	現代金融論	2	現代社會問題	2
日文（讀本文法）	2	中國文學研究	2	近代小說	2	近代戲劇	2
憲法	2	英文（讀報）	2	英文（讀報）	2	英文（新聞學選讀）	2
文字學	1	日文（讀報）	2				
		文字學	1				
總課時	23	總課時	23	總課時	20	總課時	20

在平民大學新聞學系分年課程表中，我們可以發現，新聞學專業課程並沒有占很大的比重，尤其是前 2 年，基本以通識教育爲主，人文社科類課程占比很大，後 2 年新聞專業教育的課程數量和學時才逐漸有所增加，從課程設置上來說，平大新聞學系的通識教育傾向體現得十分明顯，不妨以更加直觀的數據表格形式來加以說明：

1　戈公振：《中國報學史》，中國文史出版社，2015 年版，第 251 頁。

表3　平民大學新聞學系課程分類占比情況

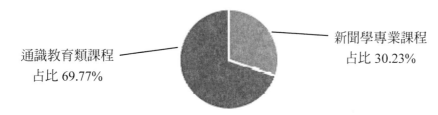

新聞學專業課程
占比 30.23%

通識教育類課程
占比 69.77%

　　通過表3，可以看到在平民大學新聞學系的課程設置中，通識教育類課程學時的占比情況，近 70%的通識課學時以明顯的比例表明平大新聞學系的新聞教育導向。其實，在這一過程中還發現，在僅有的 17 門新聞學專業課程中，新聞理論課程只有 3 門，分別是新聞學概論、廣告學和新聞事業發達史，而業務方面的課程卻有 14 門之多，這可能也與當時新聞事業的蓬勃發展急需人才有關。[1]1924 年 1 月由北京平民大學新聞學系主辦的《北京平民大學新聞系級刊》在北京創刊，每半月出版一次，由該校王豫州主編，這也是中國最早有關新聞學研究的刊物之一，戈公振對此評價甚高，謂「為報學界罕有之出版物」[2]，但此刊僅出 3 期便停刊。

　　從新聞教育的歷史角度而言，平民大學新聞系的通識教育模式是一次值得肯定的嘗試，它不僅為北京新聞教育的早期發展開創了一條新的路徑，也為後期我國新聞教育的發展起到了引領性的作用。

八、幾點突出的貢獻

（一）為北京地區甚至全國培養了一大批優秀的新聞人才

　　比如成舍我創建的北平新專直接給「世界報系」輸送了一批專業的新式新聞人才；平民大學新聞學系畢業生中也有被譽之為「平大三鳥」（三人中名字皆有鳥字）的《北洋畫報》主編吳隼（秋塵、隼同鶽）、世界晚報總編輯左笑鴻和上海立報總編輯張友鸞等民國報界響噹噹的人物；燕京大學更是碩果累累，有一段時期「中央社」派往一些主要國家的記者都是燕京人。

　　需要指出的是，這一時期北京新聞教育機構所培養的新聞人才，不僅在一定程度上滿足了當時報業發展對人才的需要，更有包括燕大新聞系畢業生

1　邱沛篁、吳信訓、向純武等主編：《新聞傳播百科全書》，四川人民出版社，1998
　　年版，第 491 頁。
2　戈公振：《中國報學史》，中國文史出版社，2015 年版，第 248 頁。

盧祺新在內的一些畢業生轉而投入到新聞教育事業中去，同時也有一些在業界積累了相當經驗，轉而回到教育崗位的新聞人才，這對於後來我國新聞事業和新聞教育事業的發展大有裨益。首先，在業界的經驗能夠幫助教師更好地向學生傳達最新的新聞動態，跟得上現實社會的發展，培養出的學生能很好地滿足報館的需要。其次，很多在業界擁有辦報經驗的教師，能夠帶領學生在學校率先嘗試獨立辦報，接觸到報館的工作內容，比如燕京大學創辦的《平西報》等，既能夠讓學生將理論應用於實際，加強學習，同時也能通過新聞實踐反作用於新聞理論的學習，激發學生的學習積極性，一舉兩得，所以說民國時期北京的新聞教育有很多方面值得當今的新聞教育界借鑒學習。

（二）對本土新聞教育模式進行了積極有益的探索

著名報人張季鸞先生曾說：「中國報人以英美式的自由主義為理想，是自由職業的一門。其信仰是言論自由，而職業獨立。對政治，貴敢言；對新聞，貴爭快。近多年來，報紙逐漸商業化，循著資本主義的原則而進展；所以從大體上說，中國報業是走著英美路線」[1]。同時，我國的新聞教育也深受英美的影響，尤其是初期對美國新聞教育的仿照，使得民國時期的北京新聞教育深深地打上了美國的烙印。

1924 年，在北京創辦的燕京大學新聞系不但與美國的密蘇里新聞學院合作，而且在教學模式、課程設置等方面傚仿密蘇里新聞學院，深刻地影響了當時北京新聞教育的發展。但隨著北京新聞事業的不斷發展，燕大新聞系等新聞院校也在不斷走向成熟，根據北京及中國實際所做出的調整和探索也在相繼展開。

由於當時我國正處於革命戰爭的特殊時期，相對於對商業、社會通俗新聞的關注不同，國內對於軍事和政治等議題更加關注，而這也對新聞人才的培養目標提出了更高的要求，1937 年時任燕大新聞系系主任的梁士純先生，就曾主張新聞系應根據社會現實培養「今日中國報界所缺乏的……有遠見，有魄力，有主張……能負重大責任，有創見及改革能力的領袖人才」，而不僅僅是定位於一般性的專業人才。平大和北平新專也為探索本土新聞教育模式做出了努力，平大為培養更紮實的新聞人才，不同於一般的 4 年制，而是先讀 2 年預科夯實基礎。新專更可以說是一種徹底的本土新聞教育形式，從最基礎的印刷排版學起，到經營編輯甚至學理探討等 7 年完全的新聞培養模

---

1 張季鸞：《抗戰與報人》，《大公報》（香港版），1939 年 5 月 5 日。

式，雖說因戰爭原因後無法實現，但其設想依然值得參考，後來成舍我移居臺灣所創辦的世新大學將這些設想變爲了現實。而這些開拓性的探索和努力，無論當時還是現在都應該被肯定，他們爲建立起北京本土化的新聞教育模式做出了不可磨滅的貢獻。

（三）奠定了新中國新聞教育的發展基礎

我國新聞教育在北京發端及其後期的發展，從當時來說，是我國新聞事業的客觀需要，但同時也爲新聞教育本身奠定了紮實的基礎，有些新聞系的畢業生也進入了新聞教育事業，爲我國新聞教育的發展做出了進一步的貢獻。

正是因爲有了民國時期北京新聞教育界的努力，新中國成立後，我國的新聞教育才有章法可循，有資源可用。燕京大學所在的地區於 1948 年 12 月 14 日解放，時任系主任蔣蔭恩欣聞北平解放，放棄了在被美國的研究工作，於 1949 年 10 月 1 日——中華人民共和國誕生的節日之夜回到北京，重返他在燕大新聞系的崗位，繼續擔任系主任、教授，在蔣蔭恩的不懈努力之下，燕大新聞系慢慢有了起色，重新聘請孫瑞芹教授來系加強英文新聞業務教學，同時蔣先生力薦時任北京新聞學校校長的陳翰伯校友來系任教。另外，聘請張琴南、包之靜爲兼任教授，充實教學力量。並在解放後的形勢下，積極爭取黨和國家新聞、宣傳領導部門的指導、幫助，大力振興、改革新聞系的工作與教學。雖然在建國後的院系調整中，頗有聲色的燕大新聞系併入了北京大學中文系，後又併入中國人民大學新聞系，但發展至今，不僅人大新聞學院成爲了我國新聞教育界的翹楚，燕大新聞系的教學理念也影響了一代又一代的新聞學子們。

其實，物質基礎尚在其次，更重要的是民國時期北京新聞教育所培養的一批人才以及對新聞人才的培養模式對新中國的新聞教育起到了承前啓後的作用，在前人的基礎之上，總結經驗教訓，使得新中國成立後的新聞教育得以迅速的開展起來，應該說民國時期新聞理論成果的積累，實踐經驗的逐漸成熟，這些都爲新中國的新聞教育事業奠定了比較堅實的基礎。

第二節　民國時期上海的新聞教育

民國時期上海的新聞教育大體經歷了幾個發展階段：

「第一階段從民國元年至抗戰爆發前是萌芽階段。以全國報業俱進會在

上海提出成立「報業學堂」爲起點，以 1937 年抗日戰爭全面爆發爲終點[1]。縱觀整個民國時期，上海 25 所開設有新聞學科的學校裏（包含專科學校和函授學校），有 14 所學校屬於這個時期開辦，超過半數。這個時期的新聞教育有明顯的「美國新聞教育」的特徵，受密蘇里新聞學院的影響比較大。聖約翰大學新聞系和南方大學報學系是這個時期的代表。1929 年復旦大學新聞系成立，標誌著上海新聞教育走出了獨立自主的關鍵一步。在此之後，有越來越多的本土化色彩濃厚的新聞教育機構不斷湧現」[2]。

　　第二階段爲 1937 年抗戰爆發至 1945 年抗戰結束。這是上海新聞教育發展比較困難的階段。1937 年 11 月，中國軍隊撤離上海，上海被日軍所佔，成爲「孤島」。全國的教育機構都因戰事而有所停滯，發展陷入低潮，各高校及附屬的新聞院系紛紛西遷，由於師生流散、設備損毀或不便搬運，搬遷後的教學條件也受到很大程度上的限制；無力搬遷的新聞教育機構則無奈停辦。1941 年太平洋戰爭爆發後，日軍開進租界，避居租界內的聖約翰大學新聞系、民治新聞專修科等學校被迫停辦。在困難時期裏，上海共有 10 餘所新聞教育機構搬遷或停辦。而因新聞宣傳的需要以及搬遷高校的集聚，四川、重慶等抗戰大後方的新聞教育快速發展，成爲國內新聞教育的中心。

　　第三階段爲 1945 年抗戰勝利至 1949 年中華人民共和國成立爲止。1945 年抗戰勝利後，全國新創辦 14 所新聞教育機構。[3]而在上海新創辦了 5 所新聞教育機構，如中國新聞專科學校、暨南大學新聞系和華東新聞學院等，占全國創辦總數的三分之一。加上陸續遷回上海的老牌新聞教育機構，上海新聞教育迅速走出抗戰時期的低谷，重新撐起了全國新聞教育的半壁江山[4]。

一、上海開埠與上海新聞教育的開啓

　　上海是中國在清末最早「五口通商」的城市之一。

1　就全國範圍的新聞教育時期劃分而言，一般分爲三個時期，萌芽時期：1920 年至北伐戰爭前。發展時期：北伐勝利到抗戰前夕。成熟（進一步發展）時期：抗戰到新中國成立。參見《中國新聞教育史論》（李建新）、《七十年來的中國新聞教育》（方漢奇）以及《四十年來中國新聞學之演進》（黃天鵬）。

2　李建新：《民國時期上海新聞教育的史論理析》，《新聞與傳播研究》，2016 年第 3 期。

3　李建新：《中國新聞教育史論》，新華出版社，2003 年版，第 71 頁。

4　李建新：《民國時期上海新聞教育的史論理析》，《新聞與傳播研究》，2016 年第 3 期。

1843 年上海開埠後，西方在華的重心逐步由香港、廣州轉移到上海，爲上海注入了技術、資本，帶來了西方文化、宗教以及現代報刊。在大動盪、大變革的時代和環境中，政黨、政客需要報刊宣傳其綱領主張，普通市民需要報刊瞭解變化中的社會，傳教士需要報刊宣揚其教義傳播其文明，西方在華人士需要報刊瞭解行情和商業信息，這些需求凝聚成一股合力，在將上海的新聞事業推向高潮的同時，也產生了巨大的新聞專業人才的需求，爲上海新聞教育的起步與發展奠定了基礎。

與此同時，新聞事業的發展也對新聞機構提出新的要求：報館需要專業人才來管理、經營，採訪、編輯、排版以及印刷等工作也需要專業的新聞工作者來擔任，而培養、造就這些專業人才的途徑就是新聞教育。當一個行業發展到一定規模後，純粹的技術層面已經很難再有所突破。因此報界在發展遇到瓶頸時自然會尋求學界的幫助，因此，呼籲設立新聞教育就成爲了當時社會一個比較大的呼聲。1919 年 4 月，在上海成立的中華民國全國報界聯合會草擬了《新聞大學組織大綱》，倡議成立新聞教育機構。3 年之後，上海的新聞教育機構便破繭而出。

社會需要、客觀存在、環境背景等諸多條件的適宜是新聞教育能夠在上海萌生並發展壯大的原因，也是上海有別於其他地區的新聞教育的原因之所在：

（一）對西方教育、文化的認可程度較高

由於在滬西方人士較多，國人與之接觸較爲頻繁，因此易於接收西方的文化、宗教、習俗和思想觀念。此外西方傳教士在滬開辦大量的教會學校，仰慕西方文明以及信教的華人樂於將子女送至教會學校讀書。正是在這樣一個較爲寬鬆的環境下，新聞學這門「舶來」的學科才能夠率先在上海「搶灘登陸」。

（二）英文作爲「工具」的便宜性

民國時期上海懂英文的人比較多。無論是與洋人溝通還是進入洋行工作，都需要一定的英文基礎，無論是在民國時期還是在當今的上海，掌握一口流利的英語總是一門非常吃香的技能。近代首批傳入中國的報紙，多由洋人用英文編輯和發行，這就催生了爲洋報館辦事的中國訪事員、編輯等。戈公振認爲一個合格的記者，「同時要懂得兩國以上的文字。在上海的環境看起

來，英文不可不知道。」[1]

（三）從商、經商的氛圍濃厚

上海作爲中西方貿易來往最頻繁的城市之一，經濟發達，商業繁榮，需要大量的經濟人才。世界上最早的現代報紙便是由商業的需求而產生，發達的商業需要準確、即時、海量的信息，需要懂經濟、懂商貿法律的新聞工作者。因此貿易往來頻繁、資本經濟發達對上海的新聞教育產生了一定影響，如率先在新聞教育中結合廣告學、法學、經濟學等科學。

（四）市民的文化程度較高

上海聚集了一批舊式文人、海歸學子、新知識分子、在華西方人士等，整個市民群體的文化水平較高，基礎教育普及。在 1910 年時，上海人口已經遠遠超過北京，達到 130 萬人，成爲中國乃至遠東最大的城市。[2]廣大的潛在消費者、新聞從業者使得報業的繁榮和新聞教育的開展具備了基礎和可能性。

（五）報社、通訊社林立

民國三十六年，全國共有 4273 家新聞單位（包含報社、通訊社和雜誌社），而上海就有 595 家，遠超第二的廣東（373 家）和第三南京（364 家）。[3]如此眾多的新聞機構自然需要新聞教育機構爲其輸送大量的新聞人才，同時這些新聞機構也爲學生實習、實踐以及就業提供了便利。

（六）基礎設施比較好

我國第一家機器造紙廠和新聞用紙的機器造紙廠均在上海創辦，到 1935 年，上海開辦 22 家造紙廠，居全國首位。1913 年，我國第一家近代油墨製造廠在上海創辦。此外上海郵政、交通、運輸便利，在具備了發展新聞事業的技術條件和生產資料後，加上上海地區雄厚的金融資本的推動，國人自行創辦報紙成爲可能。

（七）新聞事業本土化的內在動力

近代報紙在上海生根發芽後，爲了適應中國讀者和中國市場，需要進行

---

1 戈公振：《新聞學泛論》，收錄於黃天鵬編寫的《新聞學演講集》，現代書局，1931 年版。
2 崔波：《清末民初媒介空間演化論》，北京大學出版社，2012 年版，第 75～76 頁。
3 《中華民國實錄》編委會：《中華民國實錄，文獻統計（1912.1～1949.9）》，人民出版社，1998 年版，第 5418 頁。

必要的改良和本土化，因此外國報館多雇傭中國訪事員、編輯來使報紙本土化，在此過程中，西方辦報的技巧、理念、經營模式和機器設備逐漸被國人掌握，國人自行辦報最後的技術壁壘也被突破。隨著 20 世紀初國人第二次辦報熱潮的興起，新聞教育在上海的開展也就水到渠成了。

表1　民國時期上海新聞教育機構統計

新聞教育機構名稱	負責人	成立時間
聖約翰大學新聞學系	畢德生（Don Patterson）	民國九年（1920 年）
南方大學報學系	汪英賓	民國十四年（1925 年）
新聞大學函授科	周孝庵	民國十四年（1925 年）
光華大學報學系	汪英賓	民國十五年（1926 年）
國民大學新聞學部	戈公振	民國十五年（1926 年）
大夏大學報學專科	戈公振	民國十五年（1926 年）
民治新聞專科學校	顧執中	民國十七年冬（1928 年）
復旦大學新聞系	謝六逸	民國十八年秋（1929 年）
滬江商學院新聞科	張竹平	民國廿一年秋（1932 年）
江南學院新聞專科	未知	民國廿二年（1933 年）
申報新聞函授學校	史量才	民國廿二年一月（1933 年）
上海商學院新聞專科學校	趙君豪	民國廿二年四月（1933 年）
群治大學新聞學系	未知	民國廿五年（1936 年）
中國新聞學函授學社	顧執中	民國廿六年（1937 年）
新中國大學新聞學系	盧錫榮	民國廿六年九月（名存實亡）（1937 年）
中華第四職校新聞科	瞿紹伊	民國廿七年（一年即停）（1938 年）
華美新聞專科學校	未知	民國廿七年九月（一期即停）（1938 年）
循環新聞專科學校	未知	未開辦
上海法政學院新聞專修科	李南薇	民國廿七年九月（一年即停）（1938 年）
致用大學新聞學系	儲玉坤	未正式開辦

三吳大學新聞學系	洪潔求	未正式開辦
益友新聞研究班	張季平	民國廿八年八月（1939 年）
現代新聞專科學校	蔣壽同	民國廿八年二月（1939 年）
中國新聞專科學校	陳高傭	民國卅四年（1945 年）
上海暨南大學新聞系	馮列山	民國卅五年秋（1946 年）

二、法效西方與「中西結合」的實踐

聖約翰大學於 1921 年創辦了我國真正意義上的第一個新聞系。1920 年，聖約翰大學校長卜惠廉（William Pott）在教務會議中提議設立報學系，附屬於普通文科，並請《密勒氏評論》（The Millard's Review）主筆、密蘇里大學新聞學學士畢德生（Don Patterson）主持。畢德生按照「密蘇里」模式設計了課程、課時，第一期招收 35 名學生，學制四年。同時創辦了《約大週刊》（The St. John's Dial），鼓勵學生從事收集材料，編輯新聞，撰寫時評，創作應時小說，及從事廣告工作等實踐，以彌補課堂理論教學之不足。《約大週刊》由報學系學生自行用英文編輯和出版的報紙。這是聖約翰大學的第一份報紙，也是國內最早的校報之一，獲得了校內外較高的讚譽，「中西文化藉此溝通，此誠本校創設之初旨。」[1]「聖約翰大學開設的新聞課程是亞洲第一、遠東第二的專業新聞學課程。在未來，聖約翰大學的新聞教育將和正處於破曉黎明的中國一樣，有著光明的前途。毫無疑問，新聞教育將是培養訓練有素、擁有遠大新聞理想的新聞工作者的重要途徑。除個別情況外，這種新聞理想正是中國新聞界所缺乏的。」[2]

畢德生對於約大新聞系的貢獻在於將一門孤立的新聞學課程，發展為涉及新聞學全領域的綜合課程。1924 年，畢德生返回美國，他的校友新聞學碩士武道（Maurice Votaw）接替他的工作。武道負責新聞系之後，依舊按照「密蘇里」模式，進一步對新聞系課程進行改革，在注重實踐的基礎上，開設了更多課程，增加了更多學時，更側重於培養專業化新聞人才。初級班開設新聞採集、新聞寫作，高級班開設新聞報導、新聞編輯，此外還增加廣告課程。在課堂上講授的內容有：新聞的採集、新聞結構的基本要素、新聞寫

1　《聖約翰大學五十年簡史：一八七九年至一九二九年》，第 3 頁。

2　Hawks Pott. Annual Report of St. John's University for the Academic Year Sept. 1921 to July1922.上海市檔案館，案宗號：Q243-006。

作的基本模式等，並要求每個學生每週起碼要寫一篇稿件，供給《約大週刊》發表。

武道認爲當時新聞系發展的最大阻礙在於：（1）約大新聞課程開設之初，畢德生因晚來學校而錯過了選拔適合新聞工作的學生的機會，而不得不接受他班上已經報名註冊的學生。[1]（2）西方新聞學在中國的水土不服：新來中國的外籍教師剛接觸到中國的新聞事業，尚未消化，又要馬上教給學生；除口頭交流獲得的信息外，得不到任何關於中國報業和報人的新聞學理論的參考。[2]可見約大新聞系成立之初，報名註冊的學生對新聞學這門新興學科還沒有深入、全面的認識和瞭解，「密蘇里」模式在中國的發展也困難重重，但是新聞系仍舊迅速發展成聖約翰大學的招牌專業之一。

1925 年，上海南方大學報學系成立，在報紙上刊登聲明：「我國在世界上有報紙最早，而進步最遲，其原因甚多而人材缺乏必居其一，本埠南方大學有鑑於此，自今年起特添設報學（通稱新聞學）系及報學專修科，延聘美國哥倫比亞大學報學碩士汪英賓先生爲主任，以造就此項人才。」[3]汪英賓曾在《申報》老闆史量才的幫助下，於 1922 年留學密蘇里新聞學院，次年在密蘇里新聞學院獲得學士學位後，前往哥倫比亞新聞學院繼續攻讀碩士學位。因此汪英賓爲南方大學新聞系設置的課程與聖約翰大學新聞系一樣，深受「密蘇里模式」的影響，與密蘇里新聞學院的課程設置秉承相同的理念。

南方大學的報學系學制爲兩年，不過只招收已經修完本校兩年基礎課程的學生；專修科學制爲三年，面向社會招生。必修課有報學原理、廣告學原理以及訪事學。在課外，學生組織南大通訊社，採集新聞，免費提供給在滬的報館。南方大學是中國新聞教育史上最早設立「報學士」學位的大學。該校規定報學系學生修完必修與選修各課，滿 80 學分而且畢業考核及格者，將授予「報學士」學位。

1　Maurice Votaw. Report of the Department of Journalism 1922-1923.上海市檔案館，案宗號：Q243-006。

2　Maurice Votaw. Report of the Department of Journalism 1922-1923.上海市檔案館，案宗號：Q243-006。

3　《南方大學添設報學系》，《藝術》，十四年二月八日（1925 年 2 月 8 日），四版。

表2 聖約翰大學新聞系課程安排[1]

課　程	學分	學時（小時）	預修學程	備　註
新聞學	3.3	3.3	一年級英文、英文散文	搜集與撰述新聞，並實地工作
校對及時評	3.3	3.3	新聞學	
廣告原理	3	3	經濟學概論	
廣告之撰寫與徵求	3	3		
推銷術	1	1	經濟學概論	研究推銷方法
新聞之歷史與原理	3.3	3.3	至少有二年級程度	兼習本國新聞學

表3 南方大學報學系課程安排[2]

報學系一年級（即第三學年）		
課　程	學　期	學　分
訪事一	1	3
訪事二（或廣告之編寫與銷售）	1	6
廣告原理	1	3
報學歷史與原理	2	6
補系必修課	2	10
隨意課	2	12～24
報學系二年級（即第四學年）		
報館管理一	1	3
報館管理二（或社論編寫）	1	3
報學指導	1	2
編輯法	2	10
補系必修課	2	10
隨意課	2	12～24

1　《聖約翰大學簡章，十八年至十九年度》，上海圖書館近代書庫年版，第21頁。
2　戈公振：《南方大學報學系及報學專修科起源》，《新聞學報》，1940年一版。

表4　密蘇里新聞學院課程安排[1]

第三學年				
第一學期	新聞史論	新聞記事	廣告原理	選科（哲學、歷史、文學、政治、經濟等）
第二學期	新聞史	新聞概論	通信	作稿論　選科（同第一學期）
第四學年				
第一學期	作稿論	通信	選科	
第二學期	廣告學	地方新聞	農業新聞	文稿寫作　漫畫（任意選）

　　密蘇里新聞學院的教育理念為「做中學」（Learning by Doing），重視新聞實踐和動手操作能力，強調基礎課程與政治、經濟、文化方面的常識與人文素養，把參與新聞媒體的實踐視為新聞教育課程的一部分，在實踐中學會新聞技能、習得新聞學理。密蘇里新聞學院作為「做中學」新聞教學方式的首創者，將人文科學的頂尖教育與專業媒體獨一無二的實踐訓練結合起來，以培養新聞學、廣告學以及其他媒體相關領域的優秀人才。正如密蘇里新聞學院院長威廉博士所說：「密蘇里大學新聞學院的目標，不是製造新聞記者，乃是為新聞事業預備健全的人才。」[2]

　　統攬聖約翰大學新聞系、南方大學報學系和密蘇里新聞學院的課程安排，不難看出課程設計重專業技術（如校對及時評、編輯法、地方新聞）與實用性（如推銷術、廣告原理、廣告學），而通識教育則由一、二年級完成。目的在於從具有一定學科基礎和文化程度的學生中培養專業的新聞才人，既不同於專修科只重技術，也不拘泥於純粹的新聞學理。然而照搬密蘇里的教學模式也有水土不服的缺陷。戈公振認為，英語教學、照搬美國新聞教育模式培養出來的學生畢業後多在外文報刊工作，對於國內的中文期刊的促進作用較小，與國內學界的交流也不甚密切。

　　聖約翰大學新聞系和南方大學報學系的成功證明了在培養新聞人才的過程中，新聞教育的可行性和必要性，批駁了新聞教育只需在報館內通過師徒傳授即可完成的「新聞無學」思想。可以說，區分傳統「學徒制」的新聞教

1　王媛：《民國時期新聞學課程設置的研究》，陝西師範大學，2013年版，第10頁。
2　李建新：《民國時期上海新聞教育的史論理析》，《新聞與傳播研究》，2016年第3期。

育與現代「教育機構性」的新聞教育，是新聞教育發展的重要突破，即不但要求老師「有學」可授，而且還需要學生有一定的文化基礎和人文素養。

三、類型多樣與層次和範圍的寬廣

從 1929 年起，以復旦大學新聞系爲代表的一批新聞教育機構邁出了擺脫「密蘇里」模式的第一步，進行新聞教育自主化的嘗試，將本土元素融入到新聞教育的課程安排中，具有較強的「上海特色」。此時國內新聞學者已經意識到如何「消化」新聞學的問題，潘公弼在復旦大學新聞學會成立時的演講中說到：「新聞學是一種社會科學，應以社會爲對象，而且新聞學是有民族性的，我們不能拿別國的學說事實，完全搬到中國來實施。」[1]滬江大學商學院新聞專修科、民治新聞專修科學校、申報新聞函授學校等就是國人在擺脫了西方模式之後大膽探索新聞教育的代表。

（一）滬江大學商學院「如果新聞教育不能單獨辦理，應該歸併在商學院內」

1932 年初，滬江大學於上海市區圓明園路成立滬江大學城中區商學院，這是上海教會大學首創的夜間大學，爲白天在市區工作但渴望學習的青年提供方便。同年，商學院與四社（《時事新報》、《大陸報》、《大晚報》、申時電訊社）總負責人張竹平共同創辦新聞培訓班。初有成效後，正式設立新聞學科，並增添課程，上課時間爲每晚五點半至九點半。邀請各大報社、通訊社總編作爲委員會成員，以指導培訓與業界理念相近的新聞人才。

滬江大學商學院新聞專修科，一律走讀，不收住讀生。學制爲兩年，採取學分制，需要修完 36 學分才能畢業。每學期招生二十餘人，歷屆學生有一百餘人，學生課外組織滬江大學新聞學科同學會、文社等。[2]滬江大學商學院「承《時事新報》每年贈獎學金一名，《大晚報》每年贈獎學金一名，《新聞報》每年贈獎學金兩名，上列獎學金每名每年八十元，獎給新聞學科，學習成績最優學生四名。」[3]

---

1 潘公弼：《復旦大學新聞學會成立演講辭》，收錄於《新聞學演講集》，黃天鵬編，現代書局，1931 年版，第 166 頁。

2 朱一熊、黃靜安、周辛易：《滬江大學新聞學科的回憶》，收錄於《滬江大家庭》，滬江大學校友會編，1991 年版。

3 《私立滬江大學商學院章程：民國二十三年至二十四年》，私立滬江商學院，1935 年版，第 43 頁。

張竹平先後邀請汪英賓、黃憲昭、梁士純出任系主任，聘請潘公弼、黃天鵬、郭步陶和曾虛白等著名學者來授課。主修課程有：報學概論、採訪、編輯、報館經營與管理、通訊、評論、編輯、中國報學史、比較報學、時事研究、新聞文藝、翻譯、雜誌學、新聞心理學、廣告學、世界報業。開設的選修課有：中國近百年史、中國政治史、歐洲百年史、中古史、上古史、社會學原理、社會問題、應用心理學、市場學、國際公法、公司組織、公司理財、英文寫作、英文會話、新聞國文、新聞英文、新聞學與社會、新聞學與法律、商業道德、日文。[1]

滬江商學院的新聞專修科附屬於商學院，是上海新聞教育和商科教育的首次結合，是在復旦大學新聞教育自主化嘗試之後的又一次重要突破。既有一般專修科學校靈活的優勢，又彌補了一般專修科學校師資條件簡陋、課程不完善的缺點。朱沛人認為：「如果新聞教育不能單獨辦理，自行設院，也應該歸併在商學院或法學院內，而不應該隸屬在文學院裏。無論從課程的開設和教師的選聘上講，新聞系在商、法學院內，要比在文學院內更為便利。」因為「除了新聞寫作和評論寫作，新聞系其他課程和文學發生關係的就沒有了，如編輯、採訪、報業管理、發行、廣告、史地、政治、經濟、法律等等科目，根本就和文學院發生不了什麼關係，倒是和法學院或商學院的關係更接近一點。」[2]儘管這種觀點有些偏頗，但是也有一定道理，因為廣告、管理、政治、經濟、法律等基礎課程，商學院或法學院本來就有，只需再添加幾門新聞專業課，便能完成新聞系的建設，有利於新聞教育的發展和在高等院校裏的擴張[3]。

滬江大學新聞專修科偏向於經濟新聞方向的人才培養，與上海濃厚的從商、經商氛圍密不可分。儘管其他地區的新聞教育機構也有開設商業、經濟學相關的課程，但多是淺嘗輒止，只要求學生掌握個大概。橫向對比其他地區的新聞教育機構，南京中央政治大學新聞系，僅有一門國際貿易與匯兌，北京民國大學新聞系僅有一門經濟新聞讀法，廣州中國新聞專科學校僅

1　《滬江大學商學院附設新聞學科簡章》，上海圖書館近代書庫，1932 年版，第 10～13 頁。
2　龍偉、任羽中等編：《民國新聞教育史料選輯》，北京大學出版社，2010 年版，第 273 頁。
3　李建新：《民國時期上海新聞教育的史論理析》，《新聞與傳播研究》，2016 年第 3 期。

有一門經濟學。[1]並沒有像滬江商學院新聞專修科那樣能提供公司理財、公司組織、市場學、報紙販賣學等豐富多樣的基礎課程，供學生自由選擇。

（二）民治新專等專科學校：「個人驅動」下的折衷的「私塾制」新聞教育

在上海新聞教育的發展時期，一些新聞專修科學校憑藉便利的上課時間、靈活的學制安排、較少的運營成本，教師豐富的實踐經驗，漸漸展露出了頭角，滿足有志從事新聞事業的青年的需求，與高等院校的新聞系形成良好的互補。

在新聞專修科學校中，以著名愛國報人顧執中所辦的民治新聞學專科學校最具代表性。1928 年冬，《新聞報》記者顧執中，因有感於中國新聞人才不夠，「中國人民在政治上的發展，迫使新聞工作不得不比從前一個時期更活躍更積極，舊的只擅長飲酒賦詩的新聞記者已不能適應時代的需要，而亂拉來的人又往往不能使用。」[2]便與好友一同開辦了民治新聞專科學校。民治新專原是新聞學院，後因國民黨政府的壓迫，降為新聞專科學校。

民治新專最初每屆招生五十人左右，學制為兩年，最後半年為報館實習。開設過的課程有：採訪、編輯、新聞寫作、管理、印刷、攝影、英文（或俄文、日文）、時事分析、歷史、地理、國際公法、軍事常識、哲學等。[3]儘管每個學期不能同時開設上述所有的課程，每個學期安排的課程也經常變動，但採訪、編輯、時事分析和攝影等核心課程都會保留。

顧執中是活動在採訪報導一線的記者，他對新聞教育的理解和認知是出於長期新聞工作中的實際經驗，而非「學院派」的師承，因此他在設計民治新專的課程時，純粹是從實際需要出發，不受西方模式的影響。

民治新聞專科學校的辦學特點為：（1）一視同仁。第一屆投考者中有本科生、博士，也有沒有文憑的青年。但是在錄取時不看資歷，只以考試的成績和文筆為判斷是否錄取的標準。無論是海歸博士生還是沒有文憑的學徒，均一視同仁。（2）重視國文寫作。顧執中強調國文寫作的重要性。招生廣告

---

1 參見施志剛：《論中國新聞教育》，收錄於龍偉、任羽中等編：《民國新聞教育史料選輯》，北京大學出版社，2010 年版。
2 顧執中：《報人生涯》，江蘇古籍出版社，1987 年版，第 336 頁。
3 顧執中：《上海民治新聞專科學校的誕生與成長》，《新聞研究資料》，1981 年版，第 198 頁。

上特地說明：「入學考試，特重國文，國文無根基者，概不錄取。」[1]（3）師生關係親密。顧執中除了在報館的工作外，其他精力和時間全部花在民治新專上，他常在課餘之暇常與學生接洽談心，「有的（學生）現在已是七十五、六歲了，還是信件來往不斷，見面時親密如手足，年紀輕一些，則親密勝逾兒女。」[2]（4）對政治活動不指導、不干涉、不壓迫。民治新專不設訓育主任，不壓制學生參加政治活動。學校師生政治覺悟較高，與共產黨聯繫緊密，心繫國家安危，也因此遭到國民黨迫害。

　　類似民治新聞專科學校等這樣的學校，大多由著名報人創辦，旨在培養與新聞業界聯繫緊密、新聞業務技術過硬的新聞人才。它們有如下的共同特點：（1）辦學以「個人驅動」為主。新專學校以一兩個核心教師（往往是創辦者）為中心，核心教師統籌學校一切事務，而其他老師、學生圍繞其展開教學活動。「個人驅動型」的辦學模式的優點為，核心教師憑藉強大的人格魅力、豐富的業務經驗，能凝聚一大批學生和其他任課教師，師生之間聯繫緊密，親如一個大家庭。其缺點是，一旦失去了核心教師，學校將迅速分崩離析，難以維持。這也是大多數私人創辦的新聞專修科學校存在時間較短暫的重要原因之一。（2）入學門檻較低，收取的學費、雜費遠比高等院校的低。其次，對學生的文化水平要求較低，僅需高中或以上文憑，有些學校甚至沒有文憑的要求。使得大部分家境貧寒、文化水平較低的學子也能獲得受教育的機會。（3）側重新聞技術的傳授。儘管新專學校是倡導「新聞有學」，並且或多或少提供基礎知識的課程，但是對於核心的新聞課程還是側重「去學理化」的技術傳授。「現代學校根據學生的不同水平，將學生分在不同班級，並一年級一年級地升學，而私塾則反之，學生在同一年進入同一個班級，一起接收新課程。」[3]從這個角度而言，新專學校的教學模式處於大學新聞教學模式與報館「學徒制」教學模式之間，可以說是折衷的「私塾制」新聞教學模式。這種私人辦學對於這一時期新聞教育的發展起到了極大的推動作用，彌補了大學新聞教育門檻較高，而報館新聞教育門檻較低的尷尬，使更多青年能瞭解、接觸新聞教育，並從中學到需要的相關知識。

1　《新聞雜誌》，1937年第一卷第二十期，第19頁。
2　顧執中：《上海民治新聞專科學校的誕生與成長》，《新聞研究資料》，1981年版，第195頁。
3　Sally Borthwick. Education and Social Change in China: The Beginnings of the Modern Era. Stanford: Hoover Institution Press, 1983, page 131-2.

（三）申報新聞函授學校：報界與學界「產學結合」辦新聞教育

民國時期上海新聞函授教育代表是申報新聞函授學校，旗幟性人物是史量才。

史量才認爲，「我國地域廣大，而都市報紙所能披露的，僅限於局部的國民生活，大部分人民的狀況，並不能從少數都市報紙中反應到我們眼中來。因此，怎樣養成普遍在各地的優秀通訊員，使他們能以各地民間的實在狀況，儘量提供到都市報紙，使大部分人民的生活能在我們眼中有一個具體的顯現，這是今日我國新聞事業應特別努力的一點。本校除訓練一般報紙編輯與管理人才外，並望能由此更養成多數各地的優秀通訊員。」[1]

申報新聞函授學校創辦於 1933 年 1 月，爲紀念《申報》創立六十週年而創辦，史量才任校長、張蘊和任副校長。原址設於上海南京路大陸商場內，後經改組遷回申報館內。3 月份開始招生，共招生 466 人。第一屆學生有 183 人通過考試，其中成績最佳者，由《申報》任用爲地方通信員，其餘考試及格學生，皆給予修業證書。[2]申報函授學校學生分布廣泛，除西藏、新疆等邊疆地區外，學校遍及全國，甚至在香港、新加坡、西貢、荷屬東印度、菲律賓、安南、加拿大、錫蘭、英屬馬來、蘇門答臘、日本等地都有學生。如此廣泛的學生分布是同時期非函授學校無法企及的。這是申報函授學校「引以爲可喜之一點」，也是申報函授學校創立的目的之一。

申報新聞函授學校課程述要中寫到：「本校講義，皆係請擔任教授專爲本校撰寫在外間從未發表過，講解詳明，說理淺豁，學習者但須悉心研究，不必另購其他參考書籍，自能完全貫通。」申報新聞函授學校請各教授編寫的講義不但作爲新聞學研究的重要成果，也作爲商品、產品、學校的核心競爭力在販售，因爲函授學校不同於課堂面授教學，而是通過同學自學講義來獲得知識、完成教育，教學效果將直接反應在講義質量和銷售量上。函授教學的特殊形式直接將新聞研究成果（講義）作爲商品直接推向市場，講義的好壞將直接決定學校是否能贏得口碑、進一步生存和發展。此外，新聞學教材的本土化是新聞教育本土化的一個重要環節，申報新聞函授學校通過邀請國內教授編寫講義，在客觀上促進了新聞學的本土化和改良。

1　上海市私立申報新聞函授學校編：《申報新聞函授學校概況》，上海圖書館近代書庫，1935 年版。

2　朱星：《六拾四年來之申報館》，《上海圖書館近代書庫》，滬江大學，1936 年版，第 45 頁。

自從我國新聞教育之始，學界與業界就處於密切合作之中，儘管部分業界人士對於新聞教育是否有成效持保留態度，但是對於新聞教育的必要性達成了共識。回溯源頭，我國新聞教育也是由全國各報館聯合會所催生，而且當時各個新聞院系聘用新聞學教授也往往直接從著名的報館編輯、記者中尋覓。反之，由報館牽頭開辦的新聞函授學校，往往需要有「教授」頭銜的老師來講課，以「名師」來吸引學生報名入學，可以說是一種產、學的結合，學、術的互補。正如新聞學者白寶善所言，「一部新聞教育史，就是學校和新聞界的合作史。」[1]

四、「孤島」堅守與新聞教育的歷史擔當

從 1937 年 11 月上海淪陷至 1941 年 12 月珍珠港事變日軍侵入租界為止 4 年的時間裏，上海被日軍侵佔而成為淪陷區，僅租界內未受日本侵略者的控制，猶如海中「孤島」。

抗戰爆發後，上海著名的復旦、大夏、大同和光華四所大學組成臨時聯合大學進行西遷。不便隨校搬遷而留滬的 410 名學生和 44 名教員組成復旦大學補習部，於 1938 年 2 月復課。除新聞、生物兩系暫停外，其餘四院 11 系照常辦理。[2]復旦大學絕大多數新聞系師生隨校西遷，上海新聞教育的師資力量受到了嚴重削弱。因日軍炮火轟炸，滬江大學主校區毀於戰火，師生搬遷至滬江大學城中區商學院，新聞專修科被迫停辦。「八‧一三」抗戰後，新聞系主任梁士純假原址成立社會科學講習所，聘請鄭振鐸、周予同、嚴景耀、張宗麟等文化教育界知名人士講課，深受各界青年歡迎，但因環境險惡，也無奈停辦。[3]作為中立國的教會大學，聖約翰大學遷校至公共租界內，繼續展開教學工作。但是約大的教授大多選擇回國避難，新聞系主任武道也離開聖約翰大學到南京擔任民國政府宣傳顧問，並隨宣傳部退至重慶。聖約翰大學的新聞系在戰火中堅持了五年，直到 1941 年太平洋戰爭爆發，日軍進駐租界，才被迫停辦。1937 年新中國大學新聞系成立，設於文學院之下，分本科和專

1　龍偉、任羽中等編：《民國新聞教育史料選輯》，北京大學出版社，2010 年版，第
　　293 頁。
2　復旦大學學史編寫組編：《復旦大學誌：1905～1949（第一卷）》，復旦大學出版社，
　　1985 年版，第 154 頁。
3　朱一熊等：《滬江大學新聞學科的回憶》，收錄於《滬江大家庭》，滬江大學校友會
　　編，1991 年版。

修科，由盧錫榮負責。但剛剛成立便遭遇了戰事的影響，在苦苦支撐 3 年後停辦[1]。

「孤島」時期新成立的新聞教育機構以專修科學校、函授學校、補習班等形式出現。1938 年，《申報》記者瞿紹伊創辦中華第四職校新聞科，後因遭特務襲擊而逃離上海，導致新聞科停辦。上海法政學院開設新聞專修科，由李南薌負責，由於經費原因，一年即停。華美新聞專科學校開辦，一期即停。次年，蔣壽同創辦現代新聞專科學校，張季平創辦益友新聞研究班，都一期即停。儘管戰時創辦的新聞教育機構存在時間不長，但是體現了新聞人在國家危難時刻的歷史擔當。馬克思認為「報紙最大的好處，就是它每日都能干預運動，能夠成為運動的喉舌，能夠反映出當前的整個局勢，能夠使人民和人民的日刊發生不斷的、生動活潑的聯繫。」[2]因此新聞教育被視為與社會現實、反侵略運動密切相關的學科，在凝聚、團結、組織和動員群眾功能上有重要作用。在這些短暫存在的機構中，上海法政學院新聞專修科與現代新聞專科學校最具代表性。

1938 年，中國技術合作協會來函邀請上海法政學院與中華大學圖書公司合辦新聞專修科，期望灌輸實際新聞知識，培養戰時新聞人才。受戰事影響，法政學院新聞專修科第一期實際招生 34 人，學生的構成以江浙滬為主。因教學效果良好，第二學期多了 6 名選科生和 1 名旁聽生。新聞專修科學生在《大英晚報》上開闢《新聞學》週刊欄目，後轉移到《譯報》上刊登，直至《譯報》停刊。學生還舉辦讀書會，分社會科學組和新聞學研究組，於每週日上午舉行。

法政學院新聞專修科主任李南薌認為：「新聞學校之在上海，雖有民治新聞專校及滬江、復旦兩大學附設之專科，然其創辦俱在戰前，以故一切計劃及課程方面，自與戰時不同，本科為適應戰時新聞機構暨造成戰時新聞人才起見，對本科整個計劃及課務之釐訂，莫不詳加研究，配合當前需要。」第二學期增加了七門國際問題課程，就是特地為適應戰時的新聞教育而添加的，以提高學生的政治素養、增加其見聞。法政學院新聞專修科原擬定三年的課程安排與教學計劃，因為太平洋戰爭爆發，學校經濟困難，無力支付新

---

1 李建新：《民國時期上海新聞教育的史論理析》，《新聞與傳播研究》，2016 年第 3 期。

2 《馬克思恩格斯全集》第 7 卷，人民出版社，1959 年版，第 3 頁。

聞專修科教職員薪金，故法政學院新聞專修科開辦一年後被迫停辦。法政學院新聞專修科第一學年課程安排如下：

表5　上海私立法政學院新聞專修科廿七年度課程表[1]

上海私立法政學院新聞專修科廿七年度第一學期教授擔任學程表		
教師	**履　　歷**	**課　　程**
王維楨	現任《新聞報》總務科科長	新聞學概論
王錦荃	現任《中美日報》總編輯	英文
黃金樹	現任光華大學英文系主任	英文
陳高傭	現任暨南大學教授	中國近百年史
金學成	現任《華美晨報》經理	日文
王啟煦	現任《大美晚報》總編輯	新聞採訪
王成組	現任大夏大學文學院院長	中國人文地理
柯　靈	現任《文匯報‧世紀風》編輯	新聞文藝
張和艱	現任第一中華職業學校無線電科主任	無線電通訊技術
周雪清	現任上海美術專門學校秘書	中文速記
錢納水	現任《每日譯報》總編輯	思維方法論
趙邦鑅	現任《每日譯報》編輯	新聞記者技能講座
上海私立法政學院新聞專修科廿七年度第二學期教授擔任學程表		
教　師	**履　　歷**	**課　　程**
李　銘	律師	新聞關係法令
何　封	現任文匯年刊部編輯	社會科學概論
王啟煦	現任《大美晚報》總編輯	新聞編校
趙邦鑅	現任《每日譯報》編輯	資料收集
劉祖澄	現任《大美晚報》編輯	新聞編校
王成組	現任大夏大學文學院院長	世界政治地理
胡道靜	現任持志學院教授	新聞史

1　《私立上海法政學院新聞專修科學程表》，上海檔案館，Q248-1-161-8。

柯　靈	現任《文匯報・世紀風》編輯	新聞文藝
李南薇	現任本校新聞專修科主任	中國近百年史
朱鏡水	現任《華美晨報》編譯室特約編輯	英文
張和艱	現任第一中華職業學校無線電科主任	無線電通訊技術
周雪清	現任上海美術專門學校秘書	中文速記
錢納水	現任《每日譯報》總編輯	國際問題
羊　棗	現任哈瓦斯社記者	國際問題
梅　益	現任《每日譯報》編輯	國際問題
韋　愨	現任商務印書館編譯室總編輯	國際問題
孫冶方	現任《譯報週刊》編輯	國際問題
馮賓符	現任《譯報週刊》編輯	國際問題
金學成	現任《華美晨報》經理	日文
吳清友	現任交通大學俄文教授	國際問題

「孤島」時期成立的幾家新聞專科學校，是新聞人社會責任和擔當的體現。如現代新專的專科部和函授部的學制由通常的兩年縮短為一年，同時還設置了僅三個月的速成部。如此安排是為了適應戰時快速輸出新聞人才的需要。函授部能使交通不便或「孤島」外的學生獲得學習機會，圖書部則銷售各類圖書、教材，以補貼開支。可以說現代新專綜合了專修科學校、函授學校甚至書店的優勢，是蔣壽同在戰爭狀態下對新聞教學方式、辦學模式的靈活改變，以應對特殊環境和惡劣條件。

五、學理提升與政權更替前的轉型

抗戰勝利後到 1949 年新中國成立的幾年中，上海百廢待興，文化處於復員時期，民主自由的氣氛濃厚，新聞教育在大環境即將發生根本改變的情況下，提前發生了轉型。轉型的特徵主要體現在以下幾個方面：

（一）新聞學理有所提升，要求寬鬆的輿論環境

如「報紙與報人獲得言論自由保障後，自然會有人肯投資經營新聞事業，有興趣去接受新聞教育。（陳錫餘，1947）」、「戰後一般愛好和平的人士，莫不認為戰後的世界，如欲踏入和平民主的新時代，則各國國內言論自由，也

是一個不可缺少的條件。（儲玉坤，1948）」、「首先必須建立新聞政策，確保新聞自由，予新聞事業以理想，獨立的發展機會，不致遭受任何阻礙與摧殘……新聞事業固然有待於新聞政策的確立，新聞教育方針亦必須依從新聞政策。（施志剛，1948）」

（二）強調學界與業界的合作

如「欲發展新聞事業必須徹底發展新聞教育，新聞界同仁均有登高疾呼，提倡推行的責任……使新聞事業與新聞教育達成一片。（吳灘聲，1948）」、「學校和新聞界原是不可分的，二者相輔相成，相依為命。新聞事業之進步，固藉助於新聞教育；同樣，新聞教育之發展，更非取得報界之合作不可。（白寶善，1948）」、「中國本位報業學術的建立，不僅是報學教育家的責任，而是全國報界人士的責任……唯有學術機關和職業界的切實聯絡，才能促成那一種專業的進步。（袁昶超，1949）」

然而隨著國共談判的破裂，在短暫的和平之後，全國迅速進入解放戰爭。人民解放軍以摧枯拉朽之勢，擊敗了國民黨的軍隊。此時上海的新聞教育工作讓位於頻繁的民主政治運動，思想進步的師生經常參加政治運動。部分思想進步的新聞教育機構開設新民主主義論、辯證唯物論、革命史等課程，如復旦大學新聞系、民治新聞專科學校和中國共產黨創辦的華東新聞學院等。在政權即將更替之際，新聞教育提前進行了轉型。

如民治新聞專科學校的轉型就可以從以下幾個方面體現出來：（一）開設正規的俄文系，使有志青年學生系統的學習俄文。（二）為滿足「本外埠有很多青年很想在校外學習與新聞有關的理論和技術」的需要，設立新聞函授部。（三）除了報紙以外，我們覺得空中新聞的廣播事業必定日益發展，因此我們要充實我們對於新聞教育的任務，開設廣播系，以培養有志於新聞廣播工作的人才。」[1]

此時的民治新專設有本科、函授部和專修科三部，設置報學系、廣播系、電影新聞系、新聞藝術系、語文系和俄文系，每系都分設日班和夜班。報學系又分為採訪、編輯、管理和印刷四組，一學期修完一組，再轉入另一組學習。各系共修科目有：新哲學、新政治學、新經濟學、新民主主義理論與政策、中國革命史、世界革命問題、新聞工作與群眾路線和時事分析 8 門課程。

---

[1] 《私立民治新聞專科學校為增設俄文及廣播兩系的有關文件》，上海市檔案館，Q253-1-16-1。

各系課表如下（除語文系和俄文系）：

表6 民治新聞專修科學校課程安排[1]

報業系課程（二年，分四組）				廣播系課程（二年，不分組）	電影新聞系課程（二年，不分組）	新聞藝術系課程（二年，不分組）
採訪組	編輯組	印刷組	管理組			
採訪學	編輯學	印刷學	報業管理	聲學	光學	藝術概論
採訪實習	編輯實習	造紙學	報社組織	電磁學	攝影原理及技術	新聞與藝術
新聞寫作	社論寫作	鑄字排字	發行研究	氣象學	攝影化學	和聲學
拍電通訊	文藝理論	印刷機	廣告學	錄音學	取材與編輯	作曲
速記	資料收集	油墨研究	報刊副業	無線電原理	製片	透視學
攝影	俄文	工廠管理	報業會計	收音機構造及修理	影片剪輯	速寫與漫畫
俄文	英文	照相製版	人事管理	收發報	放映	表現學
英文	新聞批判	承印估價	報業史	世界廣播現狀	電視學	化妝及舞臺裝置
綜合地理	近代史			語言與廣播	幻燈設置	劇本寫作
	空缺（字跡遮擋）			電訊法令	電影事業	藝術欣賞
				電臺經營		
				聽眾心理		

　　爲了適應環境的需要，顧執中在原先新聞專修科的基礎上，增添了其他與新聞有關的學系和課程。廣播系、影視系、藝術系、語文系、俄文系甚至函授學校的創辦，充分體現了顧執中敏銳地感受到新時代、新環境下學生的需求和文化事業的發展方向，廣播系的開辦更是與時俱進精神的體現。儘管教學、招生範圍擴大了，但是民治新專的教學重點還是在報學系上。報學系的學生一學期的課程相當於其他系兩學年的課程，加上報館實習工作，學業是十分繁忙的。

1　《私立民治新聞專修科學校招生簡章》，《私立民治新聞專科學校組織系統調查表》，上海市檔案館，Q253-1-14-5。

六、民國時期上海新聞教育的價值發現

（一）地域特徵明顯，引領作用巨大

民國時期上海的新聞教育是一個「中心」，是一個帶動周邊新聞教育發展的「中心」，附近省份的新聞教育紛紛向上海看齊。如上海法政學院新聞專修科 1938 學年的招生中就有 22 人來自江蘇，8 人來自浙江。申報新聞函授學校的生源，有 197 人來自江蘇，45 人來自浙江，23 人來自江西，17 人來自安徽。

民國時期上海的新聞教育機構主要可分為四類，第一類是綜合性大學新聞學系，一般採取四年制，如聖約翰大學、復旦大學等，師資力量強大、設備經費較多。第二類是新聞專科學校，採取兩年制。如民治新聞專科學校、上海法學院新聞專修科等，其中由個人創辦的私立新聞教育機構為其亮點。第三類是函授學校，如上海文化函授學院、申報函授新聞學校等，第四類是暑期補習班，如上海遠東通訊社開設的暑期演講會、華東暑期大學開設的新聞課程等，為各界青年、學生補習、進修提供便利。

聖約翰大學新聞系與復旦大學新聞系為上海新聞教育的代表。聖約翰大學在當時屬於「貴族」學校。平均每個學年學生要繳納二百元學雜費，一般勞動人民的子弟是無力繳付的。30 年代上海普通工人的平均工資約為二十元，無論如何也無法承擔這筆學費。[1]而復旦大學的學費則親民得多，使貧寒子弟也有機會獲得良好的新聞教育。不同入學門檻、不同辦學規模、不同教學理念的新聞教育機構為各界人士提供了不同的選擇，使得新聞教育在上海能迅速、持續、多元和健康的發展。私立的、國立的、國民黨創辦的、共產黨創辦的、教會創辦的，社會人士創辦的，中外合資創辦的，各種類型的新聞教育機構都可以在上海找到，可以說上海是當時各種不同類型的新聞教育機構的「標本庫」。

上海的新聞教育機構常常聯合周邊學校、報社等，交流學術，開展業務。上海滬江大學、南京金陵大學等四所學校在暑期開設華東暑期大學（內設新聞學課程），先於南京金陵大學開辦，後在上海滬江大學開辦，可見上海與周邊高校形成良好的互動。戈公振成立的上海報學社經常在杭州、南京等地開展活動。因戈公振的授業弟子黃樹芬在杭州工作，為杭州新聞學研究生活躍

1　顧長聲：《傳教士與近代中國》，上海人民出版社，2004 年版，第 343 頁。

分子，上海報學社的活動熱點在常杭州。[1]

（二）多種風格兼具，不同模式共存

上海新聞教育擁有中國新聞教育史上的多個第一。1921 年，聖約翰大學新聞系是我國第一個新聞系，並創辦國內第一份供新聞系學生實習的英文校報。1925 年，上海南方大學報學系設立「報學士」，是國內最早授予報學學位的大學。同年，《時事新報》編輯周孝庵創辦上海新聞大學函授科，將新聞教育與函授教育結合在一起，也是國內首創。復旦大學新聞系、民治新聞專修科學校、滬江大學商學院新聞專修科等新聞教育機構的成立則進一步奠定了上海在國內新聞教育領頭羊的地位。號稱「天下第一大系」的燕京大學新聞系二十年來，共培養了 386 名畢業生[2]。而僅 1945 年，復旦大學新聞系在校學生就多達 200 餘人。[3]

在學科體系建設方面，復旦大學新聞系率先將課程分爲基礎知識、專門知識、輔助知識、寫作技術和實習五類，並加入中國文學、中國近代史、本國新聞事業等必修課程，[4]邁開新聞學「本土化」改革的步伐。此後，民治新專應時開設時事分析、俄文、廣播等課程，滬大新聞專修科安排大量商科選修課，都使得中國新聞教育走上了「本土化」發展的道路。

（三）理論提供保證，教師現身說法

新聞教育需要理論、需要教材、需要對當時新聞業的認知和把握等等，也就是需要依賴學術的支持和支撐。民國時期上海新聞學研究成果豐碩，據《中國新聞年檢》統計，1903 年至 1949 年，全國共出版新聞學著作 317 部，其中上海出版了 205 部，占 64.6%。[5]國內最早的兩本新聞學譯著，松本君平的《新聞學》和休曼的《實用新聞學》便是分別由上海商務印書館和上海廣學會翻譯出版的。1917 年，姚公鶴編寫的《上海報紙小史》開國內新聞史研究的先河。1927 年，戈公振根據在上海國民大學授課的講義編寫《中國報學史》，成爲新聞史研究的奠基之作。1935 年，劉覺民編寫的《報業管理概論》

---

1 陳鎬汶：《戈公振與上海報學社》，《新聞研究資料》，1990 年版，第 146 頁。
2 林溪聲、方漢奇：《薪繼火傳，再創輝煌——與方漢奇教授談復旦新聞教育 80 年》，《新聞大學》，2009 年版，第 3 頁。
3 李建新：《中國新聞教育史論》，新華出版社，2003 年版，第 109 頁。
4 復旦大學學史編寫組編：《復旦大學誌：1905～1949（第一卷）》，復旦大學出版社，1985 年版，第 311 頁。
5 轉引自馬光仁：《馬光仁文集》，上海社會科學院出版社，2012 年版，第 248 頁。

為國內第一本新聞事業管理學著作。此外，黃天鵬編寫的《新聞與新聞記者》、《中國的新聞事業》和《新聞學演講集》，任白濤編寫的《應用新聞學》，趙君豪編寫的《中國近代之報業》和《上海報人的奮鬥》，謝六逸編寫的《實用新聞學》、《新聞資料儲藏研究》和《國外新聞事業》等，在當時國內也有較大影響力。這些新聞學研究專著，多以教學講義、課堂內容為基礎。以教學需求推動學術研究，以研究成果促進教學活動，是民國時期上海新聞教育的特點之一。

（四）擔當社會道義，興教啟智益民

在民國時期，新聞業被視為一條救國之路，有改造社會，啟發民智之力。新聞學者希望通過培養優秀新聞才人——革除報業存在的流弊——使讀報者接受「文字明朗」、「趣味高尚」的信息——提高國民文化水平和素質的路徑來完成其應盡的社會責任。復旦大學新聞系主任謝六逸提出，「『新聞教育』包含著兩種意義：(a) 就普通的學校說，應該設新聞學的學科，由教師講授新聞學的常識，並指導學生為學校辦『學校新聞』。(b) 就專門以上的學校說，應該開辦新聞學系，為本國報館培植人才。」[1]全國報界聯合會所決議之新聞大學組織大綱中的第六條說明：「新聞大學應附設函授科，周行科，使國內現在從事新聞事業及一般有志入學而不得者，皆得受大學同等之教育，並促進社會之文化。」因此，新聞教育在當時是一個廣義的概念，並不僅僅侷限於記者的培養，更是社會市民正確的價值判斷，政治素養，生活常識的養成。所以在上海，不但高等院校內設立新聞系，而且新聞專修科、新聞函授學校、新聞補習班等層出不窮，此起彼伏。

上海是無產階級新聞事業的發祥地。新聞工作者以及廣大師生積極投身於愛國救亡運動，反對侵略和獨裁，呼籲民主和自由的進步，體現出了較高的政治覺悟與社會責任。在抗戰時期，出現了一批宣揚「新聞救國」的期刊與著作，而 1937 年創辦的《新聞記者》是國內較早宣傳「戰時新聞學」的理論刊物，為新聞界的愛國救亡運動，起到了表率的作用[2]。

1　陳江、陳庚初：《謝六逸文集》，商務印書館，1995 年版，第 273 頁。
2　李建新：《民國時期上海新聞教育的史論理析》，《新聞與傳播研究》，2016 年第 3 期。

第十章　對民國新聞教育的歷史反芻

　　民國時期的新聞教育作爲我國新聞教育史的重要組成部分，不僅開創了我國新聞教育的歷史，而且還進行過本土化的探索和嘗試，爲之後我國新聞教育的發展積累了豐富的經驗，並且對我國當今的新聞教育都有或多或少的影響。但歷史是客觀的，民國時期的新聞教育除了他的歷史價值，也存在著一些無法避免的問題，這都是新聞教育發展過程中所必須面對的。「一切歷史都是當代史」，研究民國時期的新聞教育，就是爲了能在歷史的觀照下，以史爲鏡，以史爲鑒，從歷史中窺視未來。

　　民國的新聞傳播教育，發中國新聞傳播教育之嚆矢。在專業性的新聞教育出現之前，許多業界人士認爲記者根本不用到專門的學堂去學，而是提倡「學徒式」的報館教育，以一種知其然而不知其所以然的方式，將新聞教育作爲一種工作經驗的傳承。當北京大學新聞學研究會出現以後，新聞教育的價值再一次被肯定，並且推翻了所謂的「新聞無學說」，將新聞上升到學科高度，其地位因此得到了廣泛的認可。新聞教育的開端是中國的新聞教育實現了從零到一的質變性跨越，由此在中國新聞界和教育界產生了多米諾骨牌似的連環效應，不僅掀起了關於新聞教育的熱議浪潮，更在實際上推動了全國的新聞教育跨越式的向前發展。

第一節　宏觀讀解

一、受美國新聞教育影響比較大

　　民國時期的新聞教育，受國外特別是美國的影響比較大，特別是由於燕

京大學新聞系與密蘇里大學新聞系的直接聯繫，不可避免地帶有濃厚的美國新聞教育色彩，但美國新聞教育對民國新聞教育的深刻影響必須從兩方面去反思，一方面是在民國新聞教育的初創階段，美國促進了民國新聞教育的創立。如果沒有美國新聞教育的影響，我國新聞教育的起步可能更晚，燕京大學新聞系甚至根本無從建立。另一方面，也正是因為這種影響過於深刻，初期民國新聞教育對美國新聞教育模式有一種盲目的信賴和崇拜。無論是教學理念還是實際操作，並沒有切切實實地根據中國的實際環境和歷史條件作出客觀合理的規劃，使得「抗戰期間，諸多新聞教育家評價中國新聞教育是失敗的」[1]，這一問題也值得當代新聞教育者反思。

二、重視新聞業務與實踐

一是因為受到密蘇里模式「做中學」的實用主義教學理念影響，二是因為當時我國報業的發展也處於一個相對繁榮的階段，報紙對社會的影響力較大，所以重視新聞業務和實踐，能夠培養出直接上手的新聞人才，有利於為當時迅速發展的報業服務。當然還有新聞教育自身的原因存在，在當時，新聞學的學科體系並沒有完整地建立起來，所謂的新聞教育很大程度上都侷限於「術」的學習和研究，新聞學理論和新聞事業的發展史並沒有成為新聞教育的重點，在平民大學新聞學系的課程設置中，關於新聞理論和新聞史方面的課程僅有 3 門，占比不到 7%，這都說明在民國新聞教育的發展初期，新聞業務與實踐才是教學重點。

三、教師大多擁有豐富的從業經驗

民國時期新聞教育的初創階段，教師大多有過比較豐富的實踐經驗，比如北大新聞學研究會導師邵飄萍，就是《京報》社長，平民大學新聞學系所聘任的教師中就有北京新聞通信社社長吳天生、《實報》社長管翼賢、《創造季刊》主編郁達夫等都有過業界的實踐經驗，後來燕京大學新聞系聘用的黃憲昭，也曾在報界工作多年。有業界背景的教師，不僅能結合自己曾經的實踐經歷豐富教學內容，更能夠從報界的發展狀況出發，針對性地開展教學，邵飄萍就曾將個人的實踐經歷及教學實際結合起來，出版了一本《實際應用

---

1 陳立新：《威斯康星模式與中國初期新聞教育——兼論新聞價值理論之淵源》，《國際新聞界》，2013 年第 6 期，第 141 頁。

新聞學》，這對於當時北京，乃至全國的新聞教育來說，都屬於創造性、歷史性的研究成果。

四、新聞系主要由私立學校創辦

民國新聞教育發展初期，除了北京大學新聞學研究會之外，正規的新聞教育機構都屬於私立院校，燕京大學是由美國教會在中國創辦的一所私立綜合大學，平民大學也是由政界名人汪大燮出資創辦的。就當時的歷史條件而言，私立學校相較公立學校束縛較少，可以更靈活地根據社會發展的趨勢做出應變，滿足社會對不同類型人才的需求。而這也給了當代的新聞教育一些啟示，面對日新月異的社會變化，新聞教育落後於新聞實踐，已經是不可否認的現狀，那對於我們如今稱之為的民辦教育機構，是否是一個突圍的契機？或許還會對深陷改革困境的公立新聞教育形成倒逼也未可知[1]。

第二節　中國新聞傳播教育傳統模式開始形成

中國的新聞教育起步於民國，也發展壯大在民國時期。經過了政府的、政黨的、民間的、媒體的、外來的等諸多新聞教育單位和一些新聞教育家的實踐，形成了有一定規律可尋、有「固化」的經驗可以總結的「模式」。從對比和歷史的眼光看，民國時期的新聞教育模式可以稱之為「傳統模式」。教學運行組織方式和特點如下：

一、辦學層次增多

社會雖然在動盪之中，但新聞教育還是在發展。這一時期不僅有正規的新聞教育，也出現了短期培訓、函授、夜大等多種教育層次，共有新聞教育機構58家，其中屬於大學本科性質的22家，屬於大專性質的16家，這兩部分加起來共38家，占總數的70%左右，是新聞教育中的主要部分。此外，屬中專性質的3家，屬於研究班訓練班一類在職培訓性質的8家，屬於函授性質的8家，接近雙學位或研究生性質的1家。後面這幾部分占的比例雖不大，但卻滿足了各種學歷的社會人士接受新聞教育的需要、在職新聞工作者充實提高的需要，以及新聞工作單位對各種類型和不同層次的人才培訓的需要。

1　李建新：《中國新聞教育史論》，新華出版社，2003年版。

二、辦學地點集中

民國時期的新聞教育機構大多集中上海、南京、北京、廣州、重慶 5 大城市。其中上海 22 家居首，以下依次爲重慶 8 家、北京 7 家、廣州 3 家、南京 2 家。

三、摸索出了中國的新聞教育道路

以復旦大學新聞系的創立和發展爲標誌，中國新聞教育逐步摸索出了一條適合自己的道路。在此之前，中國新聞教育受美國的影響較大，先期創辦的燕京大學、聖約翰大學等較有名氣的學校，不是美國教會所辦，就是由美籍老師主持、主講。復旦新聞教育既借鑒歷史經驗教訓，又善於接納國外的先進理念，並能很好地結合中國的實際，在理論與實踐中均取得了一定的突破，逐步建立和完善了自己的新聞教育體系。

四、新聞教育理論得到進一步充實和發展

隨著越來越多的人進入到新聞教育的行列中來，隨著新聞教學與實踐的漸次推進，隨著人們對新聞教育規律認識和理解的加深，新聞教育的觀點趨於明朗，一些新聞教育理論也屢見報章。如戈公振的《新聞教育之目的》、謝六逸的《新聞教育的重要及其設施》、汪英賓的《中國報業應有之覺悟》、郭步陶的《今日中國報界應有的覺悟》等一些探討新聞教育理論的文章開始出現，使中國新聞教育有了理論和思想深度。

五、政黨新聞教育開始出現

在國民黨統治區，有了國民黨創辦的新聞教育，而共產黨的新聞教育也在這一時期起步。政黨新聞教育帶有明顯的政治色彩，兩黨的新聞教育都強調要爲政治服務，只不過性質截然不同。政黨新聞教育強調新聞教育對學生進行的政治教育，培養學生當好黨的政治宣傳人員[1]。

第三節　中國新聞教育傳統模式分析

中國新聞教育發展到 1949 年全國解放前，共經歷了 30 多年的時間，不

1　李建新：《中國新聞教育史論》，新華出版社，2003 年版。

僅規模在不但擴大，而且形成了一種模式。這種模式是以培養應用性人才
為目的，以新聞知識與技能的教育訓練為教學重點。具體體現在以下幾個
方面：

一、在培養目標上

　　1924 年成立的燕京大學新聞系說：「本學系之目的在培養報界人才」。
1928 年創建的民治新聞專科學校的辦學目的是為新聞界培養新生力量，重點
培養外勤記者。復旦大學新聞系 1929 年成立時宣布該系的培養目標是「養成
本國報館編輯人才與經營人才」。1933 年，北平新聞專科學校創辦時，確定的
辦學目的是：「改進中國新聞事業，及訓練手腦並用之新聞人才。」史量才為
「申報新聞函授學校」制定的培養目標是：「以養成管理與編輯地方報紙人
才，訓練採訪新聞通訊技能為宗旨。」

二、在教學內容上

　　各個系科的課程設置、操作層面的術理性課程在專業課程中佔有絕對的
優勢。1923 年，由徐寶璜先生創辦的平民大學新聞系，4 個學年共開設專業
類課程 15 門，其中操作層面的術理性課程有：速記法、新聞採集法、新聞編
述法、廣告、照相製版術、新聞評論法、戲劇評論法、新聞經營法、出版法、
採編實習、評論實習等 11 門，占專業課程總數的 73%，其中兩門實習課開兩
個學年。而學理類課程僅有新聞學概論、新聞事業發達史、群眾心理和新聞
學選讀（英文）等 4 門，占專業類課程總數的 23%。

　　1929 年成立的復旦大學新聞系，學制 4 年，共開設專業課 34 門，其中操
作層面的課程有新聞採訪、評論寫作、通訊練習、速記法、新聞儲藏法、新
聞編輯、新聞照片製版等 17 門，占專業類課程的 50%。

　　1943 年中央政治學校新聞系 4 年制課程也大致如此。必修的新聞專業類
課程有：新聞學、新聞文學、採訪編輯、新聞英語、中國新聞史、世界新聞
史、報業管理、出版法、社論寫作、編輯實務等 10 門，操作層面的課程有 6
門，占 60%。

　　至於報人和媒體獨立創辦的新聞教育機構，操作層面的術理性課程所佔
的比重更大。比如顧執中先生的上海民治新聞專科學校制定課程設置時，明
確規定，以採訪、編輯、時事分析和攝影等課程為主。

三、在教學環節上

各個教學機構注重實踐，重視學生動手能力的培養。不要說那些媒體和報人獨立創辦的中專性質的或者夜間上課的新聞教育機構給學生很多的實踐機會，就是一般大學創辦的新聞系也十分重視業務實習，安排較多的實踐和通過較多的方式使學生在學習期間就有較多的機會接觸和參與新聞實踐，在實踐中提高自己的工作能力。爲了便於學生實習，不少院系還創辦了通訊社和實習報刊，如聖約翰大學新聞系創辦了《約大週刊》，燕京大學新聞系創辦了燕京通訊社和《平西報》、《燕京日報》、《燕京新聞》、《新中國月刊》，南京大學新聞系創辦了南大通訊社，復旦大學新聞系創辦了復旦通訊社和《復旦五日刊》，北平新聞專科學校出版了《新專晚報》，民國大學新聞系創辦了民國通訊社，政治大學新聞系創辦了《中外月報》、《南溫泉週刊》，社教學院新聞系出版了《新社會報》。

中國新聞教育的這種模式是與當時中國新聞事業的發展、新聞人才的需求相一致的，其形成是有一定原因的。

（一）中國新聞教育的這種模式與新聞教育機構的主持者和教育者有密切關係

1949 年以前，中國新聞教育機構的主持者和教育者多數都是新聞實務界中人，他們在新聞實踐過程中深感中國新聞業的水平有待提高，而新聞水平的提高，必須改變從業人員的素質，培養出一批有較高新聞業務能力的人員，因此，媒體與學校聯手，甚至媒體獨立創辦新聞教育機構成爲一時的風氣。被喻爲「中國現代新聞界的全才」的邵飄萍非常熱心新聞教育，主張中學以上的學校都應開設新聞課程，大學應設立新聞系。他在 1918 年與蔡元培、徐寶璜共同發起創辦北京大學新聞學研究會，成爲中國新聞教育的拓荒者之一，在 20 世紀 20 年代又先後在平民大學、政法大學創辦過新聞教育，始終主講新聞採訪課程。中國新聞史學的奠基人戈公振先生在自己的新聞實踐中認識到新聞教育的重要性，在 1927 年出版的《中國報學史》中，專列《報業教育》論述中國新聞教育的起源與現狀，1927 年至 1928 年他到歐洲、美洲和日本考察時，也很關注那裡的新聞教育。回國後，著文《新聞教育之目的》，專門評介英國、美國和日本的新聞教育。他提出：「記者必須接受新聞教育，就是大學教育，此外沒有別法。」他不僅在大學創辦新聞系，而且擔任數家新聞教育機構的教學任務。長期擔任《新聞報》外勤記者的顧執中先生，在

1985 年撰文談到他創辦著名的上海「民治新聞專科學校」的動機時說：「在實踐中，我愈來愈感覺到新聞教育的重要，許多新聞工作者老化了，許多新聞工作者的思想與能力遠遠趕不上祖國形勢的發展，在祖國那時的新聞戰線上，必須有新的生力軍的支持。」深感報業的發展，根本在於人才的養成，「我國今後新聞事業，既必將隨時代之邁進，而益趨發展，則我國新聞界今日責任之重可知。此實力如何，即新聞人才養成是也。」在已知的 59 個新聞教育機構中，學校獨立創辦的只有如燕京大學新聞系和復旦大學新聞系等極少的幾家，其餘絕大多數是報人與學校聯手或報人、媒體獨立創辦的，報人或媒體獨立創辦的有 30 餘個，占一半以上。

（二）中國新聞教育的傳統模式與新聞學研究有密切關係

　　沒有科研，就不可能有該學科的教學，科研水平有多高，教學水平就會有多高。任何一門學科的研究和教學的關係都是如此。即使新聞學屬於應用性學科，也是如此。

　　雖然中國的新聞學研究在那個時期也有一定的成就和成果，但是，我們還必須看到，中國新聞學的研究還很不深入；由於對新聞內容的過分關注，新聞史往往成了政治鬥爭史，缺乏對新聞史自身發展規律和特點的研究；應用新聞學的研究基本上是新聞業務操作層面的做法介紹，上升到理論性闡述文章和論著較少；理論新聞學的研究差距更大，不僅還沒有建構起自己的理論體系，就是一些基本概念都還比較混亂。由於新聞學一直囿於人文學科的範疇，受政治和意識形態的影響太嚴重，所以我國出版的理論新聞學著作，大都是關於媒介功能（主要是政治宣傳功能）的闡述、新聞工作（黨報的新聞宣傳工作）基本原則的論述和新聞事業（以黨報爲主體的社會主義新聞事業）基本性質的論述，對新聞本體的研究涉及得很少，就是談到新聞價值這樣多少與新聞本體有聯繫的命題時，也是從時新性、重要性、接近性、顯著性和趣味性等實際操作層面去闡述，僅僅是向讀者介紹一些選擇新聞的具體做法。理論新聞學研究的缺憾，使得新聞學作爲一門學科也缺乏應有的學術底蘊，當然也就使得新聞學作爲一門學科缺乏自己完整的學科體系。

（三）中國新聞教育傳統模式形成與中國新聞實務強烈的政治性也有一定的關係

　　從遠一點講，中國在 19 世紀 70 年代到 20 世紀初就形成了政治家辦報的

傳統。既然是政治家辦報，理所應當把政治利益放在第一位，自然而然地按政治鬥爭的要求辦報，尤其是政黨報刊，作爲政黨之喉舌，更應按政黨的要求辦報。在實際運作中，服從宣傳紀律的作用勝過遵從新聞規律，一系列規章制度雖然有效地保證了黨性原則的貫徹，但也在一定程度上限制了新聞工作者主觀能動性的發揮。久而久之，在人們心目中便形成了一個錯覺，似乎幹新聞不需要什麼理論，甚至什麼學問，似乎誰都可以幹新聞。因此，新聞教育機構也就降低了自己的培養標準，只滿足於對學生操作層面的技能訓練。在教學過程中，把一些報刊工作原則當成理論講授，名曰爲理論課，實則無理論深度，出現教師對理論課缺乏信心、學生對理論課缺乏興趣的不正常的現象。

中國新聞教育傳統模式的優點，總起來說就是「短平快」，即人才培養週期短（幾門專業業務課一年多就能學完，稍通文墨者經幾個月短訓班學習也可畢業），成本低（不需要什麼投入，也不需要特別的師資），見效快（畢業生走上工作崗位上手快，立馬可用）。但是，中國新聞教育傳統模式的缺陷也是明顯的，主要是學術底蘊不足，培養的人才後勁不足，根底不深，大多數只是一些工匠式的「編輯」、「記者」，同時缺乏使用高科技傳播工具的能力。[1]

第四節　促進民國新聞教育發展的主要因素

自從 1911 年清政府被推翻以後，國民黨政府可以算是第一個比較強大的全國性政權。雖然這個政府的權限是有限的，大學裏一些學者在早期對於這個政府仍寄予了很高的期望，希望中國的高等教育從此能有所轉機。雖然國民黨政府沒有人們期望的那樣給中國的新聞教育帶來預想的結局，但人民群眾的偉大力量和時代向前發展的洪流，仍將中國的新聞教育推向了前進。

不僅大學裏的一些學者，就是有關管理決策、服務等機構以及社會其他機關的部門，無不希望中國的教育事業能走上一條興旺發達之路，以挽救民族於水深火熱之中。在一個時期裏，中國的教育的確邁出了堅實的腳步。其中，新聞教育能在困難的環境和戰爭的硝煙中向前發展，除了從事新聞教育

1　吳廷俊：《傳播學的導入與中國新聞教育模式改革》，新聞大學，2002 年版（春季號）。

的人及相關人士的努力之外，還有以下的三種精神撐起了中國新聞教育的豔陽天。

一、振興民族教育的精神

1927 年以後，國民黨政府在高等教育領域最爲關注兩件事情，一是如何使大學的課程和內容符合國家建設的實際需要，二是如何使全國高等學校的地理分布更爲合理。當時有許多年輕的學者從國外留學歸來後被委以重任，他們把很多外國的教育思想折衷地引入了中國的教育領域，加上國內學者與教育家們的共同努力，使得這一時期中國教育思想的發展比以前更爲成熟和獨立。在這種情況下，政府在制定法令時，也就有可能把美國和歐洲的教育模式按照自己的目的綜合起來加以利用。一大批致力於中國新聞教育事業的人士也找到了用武之地。

1927 年 6 月 13 日，在蔡元培的倡議下，中華民國大學院成立，它是一所獨立於政府之外的全國最高學術和教育行政機關，大學院除了管理全國的大學，圖書館和博物館等文化教育機構外，還起著教育部的作用。爲了實現蔡元培在北大提出的「兼容並包、學術自由」的目標，蔡元培著手建立了一個全國性質的學術委員會，以提高和促進各領域的學術研究水平。截止 1930 年，中國共有大學 39 所，學院 17 所和專業學校 23 所。據筆者統計，在這一時期的學校中開設了新聞教育的就有約 6～8 所。我國近代教育家、愛國老人、復旦大學的創始人馬相伯，一生曾有過當神甫、辦洋務、搞外交、從事翻譯等經歷，但他最終的歸宿卻是捐產興學。他立志要辦一所與歐美著名大學並駕齊驅的「中國大學」。此外，顧執中、成舍我、戈公振、謝六逸、陳望道、馬星野等一大批人以辦好中國的新聞教育爲己任，這種矢志振興民族教育，不甘後人的精神激勵和培養了許許多多的進步青年。復旦大學在 1924 年即開設新聞學講座，1929 年正式成立新聞系，與此不無關係。復旦大學的新聞教育後來是桃李滿天下，飲譽海內外。與此相類似的還有不少，但概括起來說就是有了一大批振興、開拓民族教育的先輩們的努力，爲新聞教育的發展提供和創造了環境，推動了新聞教育事業的快步發展。

二、艱苦辦學的精神

中國的新聞教育從無到有，艱難起步，能迎來今天的大好局面，與艱苦

創業的精神是分不開的。教育是一項投入大、耗時長、見效慢的工程，從投資的角度講，也許投資教育還很難講有直接的回報。中國是個重視教育的國家，經典的教育典故不一而足，其主旋律少不了艱苦辦學、興教富國。

1928 年，以顧執中為代表的新聞界人士在沒有一點援助的情況下，靠幾個人的出資，籌得一批款項，辦起了新聞教育。以後他們又歷經時事更替，歲月交接，在國民黨政局故意刁難，在沒有教材、沒有校舍、甚至衣食都難保的情況下，在因為時局的變化而不得不四處遷移的情況下，把民治新專辦了下來。

成舍我創辦世界新聞學校，是利用他辦報的條件進行的，並無現成的辦學條件。世新學校 1942 年遷到桂林，「所謂學校，就是幾間簡陋的茅草屋，桌椅板凳都是他從農民家裏借來的。」「他那時幾乎每天步行到北郊觀音閣附近去籌建新校舍。」廈門大學報學科在成立之時，學生只有一人，教師的匱乏也是能想像到的，但仍堅持往下辦。平民大學、法政大學、申報新聞函授學校等學校，上課沒有教室時只好改在晚上，借用別人的教室，沒有教材時，老師靠自己的積累整理講義，學生記筆記。共產黨的新聞教育條件更為艱苦。那時黨正在進行與國民黨和日本侵略者的鬥爭，在興辦起新聞教育後，也是一邊打仗，一邊教育，為鬥爭的需要而培養人才。據華北聯大的學生張長海回憶，當時華北聯大在河北張家口的東山坡上上課，學生大部分是從全國各地投奔來的，教師是晉察冀日報的編輯記者。上課就是聽報告、記筆記，無教材、無校舍，幾十上百人露天而坐，聽老師講課，住的是窯洞，幾十個人一間房子，生活就更為艱苦，粗糧淡飯，學生有時連菜都吃不上，只好吃楊、柳樹葉，學習之餘，學生還參加土改，有時一天要跑幾十里，在沒有教師的情況下，只好到其他系聽課，新聞實習除能到張家口日報實習外，其他均談不上。後來的華中新聞專科學校、濟南新聞學校、華東新聞學院等均是秉承了共產黨的艱苦奮鬥的光榮傳統，在條件極其艱苦的情況下進行新聞教育，為黨的新聞事業輸送了一批批合格的人才。

復旦大學新聞系是我國新聞教育的一個典範。1924 年該校在中文系設立「新聞學講座」時，面臨的窘境之一就是師資、教學設備、教材及學生的缺乏，但這都沒有難倒謝六逸、陳望道及其他師生。在他們艱苦奮鬥的努力下新聞教育還是頂住了各方面的壓力開展了起來。陳望道在 1944 年寫的一篇文章《新聞館與新聞教育》問題中說：「現在中國新聞教育機關急需解決的問題

似乎有兩個：一個是如何充實教學的設備與內容，使有志新聞事業的青年更能學以致用。二是如何與新聞事業機關取得更密切之聯繫，使學與用更不至於脫節。」復旦大學在社會各界的鼎力相助下，於 1944 年 4 月 5 日在重慶募捐籌建了一座「新聞館」。陳望道十分感慨地說：「乘各界有識之士以空前的熱忱協助，得於短期落成……現在總算解決了第一個問題的一小部分」，在教學中還得尋求「與新聞事業機關的密切合作」，由此我們不難想到，當時新聞教育的條件確實是艱苦的。這也印證了我們的觀點即沒有艱苦奮鬥的精神，中國新聞教育前進的腳步一定會是雞行鴨步或者是徘徊不前。

三、探索未知的精神

　　現代意義上的教育對中國而言是舶來品，所以中國教育學科體系的構建無不以西方教育理論的學術分類為基礎。從清末到民國初年，中國的教育學科從日本引入。從五四運動到建國前，中國教育工作者從西方發達國家、特別是美國直接引入教育理論，中國的教育研究更接近西方的方式。在吸取西方教育分類標準和框架的同時，中國的教育工作者往往根據各自不同的教育觀，根據中國教育的實際需要，根據自己教育實踐的經驗和教訓，逐步建立起了自己的教育理論。這些理論不但借鑒西方教育理論中的一些內容，豐富了自身，而且建立起了或許名稱與西方相同，但實質與西方不完全相同的教育學科，如教育學、教育哲學、教育社會學等。它們往往從內容到形式都明顯帶有中國政治、經濟、文化和傳統的印記，形成了具有自身獨特價值的教育科學體系。

　　中國新聞教育工作者既然學習了美國等西方先進的新聞教育模式，又以一種探求中國新聞教育未知的精神，深挖細究中國新聞教育的未來之路，用心良苦地構建中國新聞教育的大廈，把中國新聞教育推進到了一個新的層面。

　　中國新聞教育在從國外「引進」到「本土化」的過程中，首先要適應環境、文化背景及政治風向的變化，其次還要考慮現實的教育現狀，此外，還要顧及社會需求和學生的希冀。

　　當新聞教育的「西洋景」來到中國大陸的時候，古老的民族正飽受動盪和戰爭之苦。社會之不穩定和人民生活之貧窮，再加上幾千年來封建思想的束縛，是很難全盤接受西方的新聞教育理念的。即便西方人拿來的是屠龍之

技，在這裡也找不到用武之地。「本土化」勢在必然。

美國早期的新聞教育，其課程主要屬職業訓練性質，著重傳授新聞採訪與寫作技巧。20 世紀 20 年代後，重點開始轉入人文學科，強調學生應學習和掌握廣博的知識，密蘇里新聞學院認為，新聞學不僅是研究新聞的學問，而且是集一切學問之大成。正是基於這樣的原因，大學新聞系都在前兩年集中進行基礎課教學，直到第三年才開始新聞專業教學。一般大學新聞系的專業課與基礎課的比例是 1：3，即專業課占 25%，基礎課總量占全國課程的 75%。教學提倡以自學為主、重視實踐，鼓勵學生獨立思考。在學術上發表自己的見解，主張不同意見的平等爭論，為給學生提供更多的實習機會，美國大部分新聞院校都辦有廣播電臺、電視臺和報紙，在專業技能的訓練上下大工夫，以實踐為主，精講多練。

為了突出我國新聞教育的特點，在課程的設置上，我國新聞教育在發展初期引入了不少美國的東西，包括請美籍老師擔任系主任，做主講教師等，但給學生傳授中國的傳統文化也不少，不少新聞系科規定學生必須學中國語言、歷史、讀經典名著等，突出了中國的特色，新聞教育有一大部分內容是講傳統文化與傳統文明的。為了適應形勢的需要，中國的新聞教育並沒有照搬美國的模式，而是採取了靈活機動的方式，有正規的大學新聞教育，也有短期的培訓，還有函授、夜大學、集中培訓、業餘學習等多種形式。

新聞教育建立在新聞事業和新聞學發展的基礎之上。那一時期，我國的新聞事業尚不發達，新聞學的研究也不受社會重視，雖然有徐寶璜的《新聞學》，邵飄萍的《實際應用新聞學》，任白濤的《應用新聞學》，任超的《新聞學大綱》，蔣裕泉的《新聞廣告學》，蔣國珍的《中國新聞發達史》，戈公振的《中國報學史》等著作出版，但較之新聞教育這門大學科而言，尚不足以言重。因此，對那一時期的新聞教育不能估計過高。但是從另一個角度講，畢竟在新聞教育中有了我們自己的東西，有了東西方教育的結合與探索，這的確是令人高興的。

中國新聞教育在開始時，多為美國人或國外教會把持，到發展時期，國人辦的新聞教育逐漸多了起來，教學方式和理念也日趨豐富。相信在世界上任何一個國家和地區，也找不出類似中國民治新專這樣的培養新聞人才的學校。

包括戈公振、顧執中、成舍我、謝六逸、陳望道等老一輩新聞教育工作

者在內，他們在那一時期也不能完全明瞭地給出新聞教育的內涵與眞諦，但他們一方面借鑒國外的經驗，一方面參考吸取其他學科發展的經驗，不斷地實踐，不斷地總結，不斷地摸索，靠日積月累的量化終至中國新聞教育出現一定規模和一定程度的質變，他們勇於探索未知的精神是值得肯定的[1]。

第五節　問題與思考

一、職業化傾向嚴重，學理研究偏少

　　雖然民國時期新聞教育機構大多提倡理論與實踐並重，但實際上卻將更多的精力放在了實踐的教學上，這與當時新聞事業的蓬勃發展對人才的需求是分不開的，其中尤以成舍我創辦的新專爲代表。新專的成立，很大程度上其實就是爲成舍我的「世界報系」輸送人才，這既與新聞學本身的應用學科屬性有關，同時也與當時人們對新聞學的認識有關，有的學生進入新聞系學習就是爲了當記者、做編輯，他們對新聞實踐的興趣超過了對理論的研究，這可以從當時許多學生投身創辦報刊以及爲一些社會報刊寫稿的經歷中可見一斑。當然，對於一門新興學科而言，理論的發展尚且不夠，高談學理研究也是一種奢望，不過這對於我們當代新聞教育者來說，就是另一個值得深思的反極端性問題了。

二、本土教材缺乏，西方色彩較濃

　　本土專門教材缺乏，是指由國人所著的新聞學專門教材較爲缺少。早期，我國新聞教育大多採用來自日本和美國的新聞學教材，比如日本松本君平的《新聞學》、美國人休曼的《實用新聞學》等，國人第一本新聞學專著，是徐寶璜撰寫的《新聞學》（發表時曾名《新聞學大意》，後又改名《新聞學綱要》）一書，蔡元培曾評價爲「實乃破天荒之作」，邵飄萍當時也在《京報》上評價爲：「無此書，人且不知新聞爲學，新聞要學」。但是相對其他學科而言，新聞學的本土教材實在是少之又少，不足以形成規模，這也爲我國本土化的新聞教育帶來了一些困難，西方和日本的新聞學專著多是依據各自自身的新聞事業發展的狀況寫就的，而中國當時的新聞事業正處於蓬勃發展的時期，缺乏對我國本土新聞事業的研究，從另一個角度而言，也影響了我國新

1　李建新：《中國新聞教育史論》，新華出版社，2003年版。

聞教育的本土化。

三、教師背景各異，專業力量較弱

當時的新聞教育尚處於初步發展階段，並不成熟，專業新聞教師實在是少之又少，燕大新聞系還曾出現過專任教師僅剩一名的情況。「依照大學教授聘請的條例，必須經過教育部的審查合格。因此在新聞系，就發生了一個嚴重的問題。在國外大學研究新聞學的人，固然不乏其人，他們都可以取得教授或副教授的資格，但是他們都沒有實際的經驗；而現任各大報的總經理，總編輯或總主筆的人，雖有豐富的經驗，但其學歷未必能合教授的資格。所以在各大學新聞系，最不易聘請到優良的教授。不論是燕大復旦甚至政大，都有著教授缺乏的現象」[1]。高要求當然能保證教師的水平，但也正因為此導致教師數量較少，在中國新聞事業急需人才的背景下，這無疑是一大缺憾。而民國時期關於教師任職的要求，對當代新聞教育者也是一種參考，理論與實際經驗的結合或許是較好的選擇。

四、教學標準不一，引發不正當競爭

因為新聞教育萌芽及發展的民國時代，辦學層次不一，公辦、民辦混雜，培養目標各異，培養模式也大不相同，無論是學制還是教學內容等基本條件，沒有公認的相應規定，所以民國時期北京的新聞教育並沒有一個統一的標準，有設 4 年本科制的，也有先讀預科再讀本科共 6 年的，也有如北平新專不同的階段設置不同的培養目標，完全讀完需 7 年的。甚至北平新專為了不使人才過多外流，使用特別的印刷排版教學方式，其所學只能用於成舍我的「世界報系」工作，這不僅限制了學生未來的發展空間，也表明當時的新聞教育界存在一種為謀取私利而進行的不正當競爭，這種不規範的新聞教育無論是當時還是現在都不利於我國新聞教育事業的良性發展，當然，每個時代所暴露的問題不同，但其實質是相同的，所以，這也當為當代的新聞教育者敲響警鐘。

五、新聞教育宜擴大與現實需求的無縫對接

民國時期「戰時新聞學」在北京新聞教育界的興起，表明新聞教育並不

---

1 儲玉坤：《今日之中國新聞教育》，《讀書通訊》第 138 期，1947 年版。

是象牙塔裏的閉門造車，而是與現實緊密聯繫在一起。新聞是對新近發生的事實的報導，新聞教育也應該與時俱進，與新近發生的社會現實建立起必要的聯繫。

隨著互聯網技術的發展，近年來「大數據」逐漸興起，而新聞學領域的數據新聞學也逐漸萌芽，得到了一些新聞教育者的關注，甚至部分學校的新聞系已經開設了數據新聞的相關課程，而數據新聞不僅對傳統新聞人才的新聞業務素質有最基本的要求，同時也與計算機科學、統計學等學科領域有非常密切的聯繫，這就要求新聞教育者應從更全面的角度去思考新聞教育。除此以外，VR 技術在新聞領域的運用也在近兩年開始出現，通過虛擬現實技術，將受眾置於真實新聞場景之中，實現人們對新聞最大限度的感同身受，更好地還原新聞的真實性，這對新聞界而言也無疑是一次革命。值得一提的是，2016 年國內已經有高校聯合社會資源創辦了 VR 工作坊，如復旦大學於2016 年 3 月 25 日舉行了復旦大學新聞學院新媒體傳播專業碩士項目與財新傳媒合作的首屆「復旦－財新 VR 內容創作工作坊」，這是國內最早由高校與社會媒體共同創立的有關 VR 研究、創作的平臺[1]，另外暨南大學、新疆大學也正式推出了 VR 工作坊，主要目的是讓學生能掌握 VR 技術的基本知識，學會VR 實景拍攝和後期製作，拓展 VR 技術的運用。新疆大學新聞學院提出：VR 工作坊主要以大量 VR 技術應用試驗來積累豐富的感性知識，為後續的理論研究進行鋪墊，並設想結合國內外傳媒領域中同類型 VR 作品進行對比分析，從而準確把握這種新技術的理論研究脈絡[2]，但這仍然不夠，未來新聞學對於人才的要求不再僅僅是基礎理論的掌握，更需要對新技術、新概念等新興事物有充分瞭解，並熟練掌握的新型新聞人才，而這就要求新聞學院能及時地引進新技術、新概念，不再拘泥於過往，而是應該將眼光更多地放到未來。

同時，新聞教育還應當與社會現實無縫對接，這體現在新聞學研究必須更多地觀照當今社會正在發生的現實事件或趨勢，尤其是當代中國處於社會變革的關鍵時刻，存在一些關注度比較高的社會問題，如氣候問題、醫療問題和教育問題等，也有一些存在但並未被人們知曉的事實等待著挖掘，這就

1　徐燦：《首屆復旦——財新 VR 內容創作工作坊成功舉辦》，復旦大學新聞學院官網，2016-04-05，http://www.xwxy.fudan.edu.cn/node2/fdxwxy/xyxw/u1ai107005.html。

2　《新聞學院援疆教師於冬冬在新大開設「VR 工作坊」》，中國人民大學新聞學院官網，2016-11-25，http://jcr.ruc.edu.cn/xinwen/dongtai/content-1219.html。

要求新聞教育者能夠將學術研究和現實問題更緊密結合起來,從現實出發,站在理論的高度分析現實,闡述現實,從而引導社會輿論。新聞系學生能夠從社會現實中學習新聞理論,不僅能活學活用,還能激發學習興趣,更深刻地理解新聞理論的內涵與外延,知其然更知其所以然,區別於民國時期的「學徒訓練」。

新聞教育與技術現實和社會現實的無縫對接是必然的,這是新聞教育發展的趨勢,也是新聞教育改革對現狀所提出的要求,只要將二者緊密聯繫起來,新聞學才能煥發新生,才能真正地為新聞事業,為社會發展做出應有的貢獻。

六、從通識教育向共享教育發展有大的空間

民國時期的新聞教育強調「通才教育」,也就是我們如今所說的通識教育,其目的是使學生不僅對新聞專業本身的知識有所掌握,還因為新聞本身的跨學科屬性,要求新聞人才同時對政治、經濟、文化或其他領域有所瞭解,從而能更好地滿足報館的需求,勝任未來的記者或編輯工作。新聞教育在我國發展近百年來,這一屬性並未改變,而更有加強,如今的新聞媒體機構對新聞人才的要求更高更全面,所以新聞教育也必須順應時代發展的趨勢,做出應有的改變。

從通識教育向共享教育發展,主要體現在兩個方面,其一是上述的新聞教育跨學科共享趨勢,其二是新聞教育的互聯網技術共享趨勢。新聞工作要求跨學科領域的背景知識,所以新聞教育必須是學科共享的新型教育模式。新聞教育需走向共享教育的本質原因在於新聞教育是為新聞事業所服務的,而新聞工作者對各個領域的新聞報導要求他們必須掌握一至兩門其他學科的知識,從而才能更好地應對工作中所出現的新聞和問題。

引用文獻

一、圖書專著部分

1. 北大黨委宣傳部、社會科學處編：《北京大學紀念毛澤東百年誕辰論集》，北京大學出版社，1993 年版。
2. 陳昌鳳著：《中美新聞傳承與流變》，中國廣播電視出版社，2006 年版。
3. 陳鎬汶、戈崔波：《清末民初媒介空間演化論》，北京大學出版社，2012 年版。
4. 陳桂蘭主編：《薪繼火傳》，復旦大學出版社，1999 年版。
5. 陳江、陳庚初：《謝六逸文集》，商務印書館，1995 年版。
6. 陳旭麓、方詩銘等：《中國近代史詞典》，上海辭書出版社，1982 年版。
7. 鄧明以著：《陳望道傳》，復旦大學出版社，1995 年版。
8. 丁淦林編：《復旦大學新聞學院（系）分志》，復旦大學新聞學院，1993 年版。
9. 丁淦林等著：《中國新聞事業史新編》，四川人民出版社，1998 年版。
10. 方漢奇、張之華主編：《中國新聞事業簡史》，中國人民大學出版社，1998 年版。
11. 方漢奇、李矗主編：《中國新聞學之最》，新華出版社，2005 年版。
12. 方漢奇著：《新聞史的奇情壯彩》，華文出版社，2000 年版。
13. 方漢奇：《中國新聞事業通史（第二卷）》，中國人民大學出版社，1996 年版。
14. 費正清著：《中國：傳統與變遷》，世界知識出版社，2002 年版。
15. 復旦大學學史編寫組編：《復旦大學誌：1905～1949（第一卷）》，復旦大學出版社，1985 年版。
16. 戈公振著：《中國報學史》，三聯書店，1955 年版。

17. 戈公振著：《中國報學史》，中國文史出版社，2015 年版。

18. 顧長聲著：《傳教士與近代中國》，上海人民出版社，2004 年版。

19. 顧執中著：《報人生涯》，江蘇古籍出版社，1987 年版。

20. 黃天鵬編：《新聞學演講集》，現代書局，1931 年版。

21. 金林祥主編：《20 世紀中國教育學科的發展與反思》，上海世紀出版集團、上海教育出版社，2000 年版。

22. 李建新著：《中國新聞教育史論》，新華出版社，2003 年版。

23. 李曼麗：《通識教育——一種大學教育觀》，清華大學出版社，1999 年版。

24. 李壽朋、王士谷等：《燕京大學史稿》，人民中國出版社，1999 年版。

25. 李秀云：《中國新聞學術史（1834～1949）》，新華出版社，2004 年版。

26. 劉建明主編：《宣傳輿論學大辭典》，經濟日報出版社，1993 年版。

27. 龍偉、任羽中等編：《民國新聞教育史料選輯》，北京大學出版社，2010 年版。

28. 馬光仁：《馬光仁文集》，上海社會科學院出版社，2012 年版，第 248 頁。

29. 馬光仁：《上海新聞史》，復旦大學出版社，1996 年版，第 816 頁。

30. 馬克思、恩格斯著：《馬克思恩格斯全集》，人民出版社，1980 年版。

31. 寧樹藩主編：《中國新聞事業通史》（第 2 卷），中國人民大學出版社，1996 年版。

32. 邱沛篁、吳信訓、向純武等主編：《新聞傳播百科全書》，四川人民出版社，1998 年版。

33. 任畢明：《戰時新聞學》，光明書局，1938 年版。

34. 上海市私立申報新聞函授學校編：《申報新聞函授學校概況》，上海圖書館近代書庫，1935 年版。

35. 童兵著：《中西新聞比較論綱》，新華出版社，1999 年版。

36. 王鐵崖編：《中外舊約章彙編（第一冊）》，生活·讀書·新知三聯書店，1957 年版。

37. 溫濟澤、李言、金紫光等：《延安中央研究院回憶錄》，湖南人民出版社，1984 年版。

38. 吳廷俊著：《中國新聞傳播史稿》，華中理工大學出版社，1999 年版。

39. 吳憲增著：《中國新聞教育史》，石門新報社，1944 年版。

40. 伍靜：《中美傳播學早期的建制史與反思》，山東人民出版社，2011 年版。

41. 夏林根主編：《近代中國名記者》，福建人民出版社，1990 年版。

42. 蕭超然著：《北京大學與五四運動》，北京大學出版社，1995 年版。

43. 謝然之教授九秩華誕祝壽文集編輯委員會編：《新聞與教育生涯》，東大圖書公司，2000 年版。

44. 徐寶璜著：《新聞學》，北京大學出版部，1919 年版。

45. 許煥隆著：《中國現代新聞史簡編》，河南人民出版社，1988 年版。

46. 燕京大學校史委員會編，張瑋瑛、王百強等主編，《燕京大學史稿》，人民中國出版社，1999 年版。

47. 燕京研究院編：《燕京大學人物志（第一輯)》，北京大學出版社，2001 年版。

48. 曾虛白著：《中國新聞史》，三民書局，1989 年。

49. 張惠芬、金忠明：《中國教育簡史》，華東師範大學出版社，2000 年版。

50. 張之華主編：《中國新聞事業史文選》，中國人民大學出版社，1999 年版。

51. 趙敏恒：《外人在華新聞事業》。

52. 趙敏恒著著：《採訪十五年》，天地出版社，1944 年。

53. 莊廷江：《「戰時新聞學」研究（1936～1945)》，湖北人民出版社，2014 年版。

54. 莊廷江：《「戰時新聞學」研究（1936～1945)》，湖北人民出版社，2014 年版。

55. 《報海生涯》，新華出版社，1998 年版。

56. 《歷史、話舊、懷念·香港中國新聞學院紀念文集》，生活·讀書·新知三聯書店香港分店，1984 年版。

二、檔案資料部分

1. 《私立上海法政學院新聞專修科學程表》，上海檔案館，Q248-1-161-8。

2. 《燕京大學研究院之沿革》，《燕京大學研究院概況》，北京大學檔案館卷案編號：YJ36016。

3. Committee for Graduate Division-Annual Report 1930-31，北京大學檔案館卷案編號：YJ1931002。

4. 上海市檔案局檔案號：R48-1-971。

5. 上海市檔案局檔案號：Q248-1-163。

6. 《私立民治新聞專科學校為增設俄文及廣播兩系的有關文件》，上海市檔案館，Q253-1-16-1。

7. 《私立民治新聞專修科學校招生簡章》，《私立民治新聞專科學校組織系統調查表》，上海市檔案館，Q253-1-14-5。

8. 《文學碩士及理學碩士學位之授與》，北京大學檔案館卷案編號：YJ24006。

後　記

　　《民國時期的新聞教育》是國家社會科學基金重大項目「中華民國新聞史」（13 & ZD 154）子課題的研究成果，主要關注、整理、發掘、還原、理析、史論民國時期的新聞教育。

　　書稿從「民國新聞教育萌芽的內外因」、「民國新聞教育的創立與初步發展」、「北京大學新聞學研究會成立的里程碑意義」、「民國新聞教育的發展與壯大」、「民國時期的政黨新聞教育」、「戰時新聞學」、「日偽時期的新聞教育」、「民國時期新聞研究生的培養與教育」、「民國新聞教育的『南北兩鎮』」等幾個方面入手，力求總體概覽、個例聚焦、人物細解、歷史關聯地勾勒民國新聞教育的容貌。

　　尊重歷史，還原歷史後我們發現民國新聞教育是一種多元呈現，對民國新聞教育的總結也是立於歷史事實的基礎之上，其目的也是尋找新聞教育歷史的法則，為當今的中國新聞教育尋找發展的方向。

　　研究民國時期的新聞教育，關注這個時期新聞事業及新聞人的實踐活動以及社會發展變化之中社會、政黨、受眾對新聞人才的需求、對新聞教育的希冀等，是一種放大學術與歷史視野的做法。

　　對代表性院校、代表性人物、代表性成果的研究論述是本研究傾注心血與刻意求之的內容，通過對這些重點內容的論述，力求把民國新聞教育的輪廓、筋骨、精神以及它的特點等提煉概括出來，書稿同時注意了「點面結合」，在全面之中還有針對不同問題、不同內容而區別「拿捏」的手法。

　　史論是本研究中的一個堅持。研究民國時期的新聞教育，不僅在史料、史實的基礎上真實客觀的還原歷史、再現歷史，也以客觀中立公允的態度對

一些史實進行「標注」，表明應該表明的態度，亮明作者的觀點。目的是在思考與辨析之中，明白是非得失，從歷史中汲取養分和記取教訓。

考慮到連貫性與完整性以及讀者閱讀時的便捷性，在有些問題的論述中，沒有完全的以章節的劃分而把有關內容割裂開來。所以，儘管本書有 10 章，有一定的時間劃段，但有些內容是集中在一起完整敘述的。

活脫脫的回到民國時期的新聞教育之中，是比較困難的一件事，原因之一是許多一手材料難以完全收集，有些資料還在「禁期」，作者個人的認知、水平也無法絕對保證，加之，學術界對整個民國的「還原」也還在一個持續推進之中，許多問題還沒有「板上釘釘」，因此，本研究在這裡所說的力求全面、客觀、完整等，僅只是一個相對的概念。

記住民國新聞教育的歷史，薪傳中國新聞教育百年旺旺的香火，期冀這把已經燎原的香火助力當今中國新聞傳播教育的發展，並照亮中國新聞傳播教育未來前行的道路！

最後，我要衷心感謝以倪延年教授為首席專家的國家社會科學基金重大項目「中華民國新聞史」項目組的所有成員和首席專家倪延年教授。感謝「倪首席」對我的信任和提供的機會。

與課題組成員近五年的合作研究與交流，不僅幫助我提高的學術研究的能力，更重要的是使我看到了當今中國新聞史研究領域中十幾位頂級專家的為人與治學，楷法他（她）們，是我今後的又一個「重大項目」。

這是我承擔國家社科重大項目「中華民國新聞史」的子課題「民國時期的新聞教育」之後，斬獲的最大收穫。

因此，我的感謝是由衷的和發自肺腑的！

李建新

2018.11.09，上海一打齋